从友誼關到金甌角

纵贯越南行思录

孙新生　著

世界图书出版公司

图书在版编目（CIP）数据

从友谊关到金瓯角 / 孙新生著 . -- 广州 : 世界图
书出版广东有限公司 , 2019.6
ISBN 978-7-5192-5973-0

Ⅰ . ①从… Ⅱ . ①孙… Ⅲ . ①游记－作品集－中国－
当代 Ⅳ . ① I267.4

中国版本图书馆 CIP 数据核字 (2019) 第 004204 号

书　　名	从友谊关到金瓯角
	CONG YOUYIGUAN DAO JINOUJIAO
著　　者	孙新生
责任编辑	钟加萍
装帧设计	方锦丽
出版发行	世界图书出版广东有限公司
地　　址	广州市海珠区新港西路大江冲 25 号
邮　　编	510300
电　　话	(020) 84451013
网　　址	http://www.gdst.com.cn
邮　　箱	wpc_gdst@163.com
经　　销	新华书店
印　　刷	广东广州日报传媒股份有限公司印务分公司
开　　本	787mm×1092mm　1/16
印　　张	31
字　　数	385 千字
版　　次	2019 年 6 月第 1 版　　　2019 年 6 月第 1 次印刷
国际书号	ISBN 978-7-5192-5973-0
定　　价	128.00 元

序 一

三十日穿越四十省

老夫聊发少年狂。前些年与几位发小驾车把中国陆上边境大致跑了个遍。先是2013年的东北行，由广州驾车抵锦州、赤峰，过巴林、乌珠穆沁，上蒙古高原，沿额尔古纳河、黑龙江，攀大兴安岭，览漠河，登黑瞎子岛，折乌苏里江、图们江和鸭绿江，上长白山，过山海关后归返。此行收获颇丰，对发源于关东大地的鲜卑、契丹、女真、渤海国、高句丽、东蒙古、满洲等族群、方国有了现场观察感，耗时30天，行程18000余公里。第二年春上奔大理，沿滇藏线，穿怒江河谷，于芒康接川藏线西去，过拉萨、定日到阿里，登6000余米高程的古格王国故址扎达后，走青藏线下世界屋脊，绕四川盆地东侧归岭南，行程超过20000公里，初步了解了藏羌民族史源变迁。最令人难忘的是前年那次西北行，四位年龄总计250多岁的老头，40天内连续穿越秦岭、贺兰山、阿尔泰山、天山、帕米尔高原、喀喇昆仑山、昆仑山、阿尔金山、祁连山等高山雪岭，横穿准噶尔、塔里木、柴达木三大盆地，重点考查了新疆，主要是南疆曾经的西域三十六国，由号称"小西天"的佛教王国骤然"伊斯兰化"的过程。后将此行所闻所思写成《**此去新疆五万里**》一书，带来一些反响。游走下来，有顿悟之感，特别是对一个地方的地理环境与历史脉络、沧桑骤变与现实发展的关系的了解更为清晰些，而不被所谓的误区、迷雾所耽。现实常常要沿着历史与文化所既定的轨迹行走。

恰恰广西、云南与越南、老挝接壤这一段，是前三次绕行边境所缺失的部分，为了却夙愿，2016年冬季从东兴的北仑河口至西双版纳

1

的磨憨驾车奔走8000公里。然这一历程也撩拨起我们对越南的好奇与一探究竟的兴趣，更何况舒明兄还有很深的安南"情结"，其父唐才猷将军1946年曾率领著名的"老一团"转战越南一年多。

在北仑河口外的白龙尾半岛，当地民众在法国炮台上背依残破的炮架向我们讲述这里曾是中国援助越南抗美战争**"海上胡志明小道"**的起点，中国在长达二十多年的日子里曾由此向南北越南海岸不事声张地起运过无数的战备物资和军事装备。

沿边境参观过清代修建的**镇南、平而、水口**三关，**冯子材、苏元春**曾在金鸡岭下大败法军，这是当时中越两国共同抗击殖民者最大的一场胜利，后在边境重镇钦州，探访**刘永福**故居时，方知这位被越南阮朝国王封为总兵提督之人曾率领黑旗军在河内纸桥等地三败法军，骁勇异常，甲午年保台失败后他从台湾返乡。总兵府故居曾作为越南

▲ 刘永福故居

早期革命者的重要据点，越南革命先行者**潘佩珠**是这里的常客。

在**峒中**、**龙州**、**靖西**一线，抗战时期**胡志明主席**曾在这附近战斗、生活了四五年，在广西边民的掩护和支援下，沿边境两侧成为越共开启民族解放运动的策源地。我两次参观胡志明的**北坡根据地**和**"列宁洞"**，这里走出来的北坡游击队，即越南解放军"宣传队"后来成为越南人民军的创始队伍。

▲ "列宁洞"的中国一端

▲ 龙州胡志明展馆

瞻仰了**由东兴至麻栗坡**、河口的十余座烈士陵园，安息在这里的战友们为祖国而战，永垂不朽。使人诧异的是，今天沿边的一二十个口岸却生意兴隆，生气勃勃。东兴、凭祥、龙州、麻栗坡、河口等市县已发展成为具有浓厚现代气息的中、小型城市，高楼大厦鳞次栉比，服务设施一应俱全，**对岸的芒街、同登、谅山、老街**等集镇也焕然一新，开关之时人群川流不息、熙熙攘攘，天天都如过去的农村赶集、乘墟般，热闹得很。

我们还登临一度战火纷飞的**法卡山**、老山之巅，中越陆上边境以

▲ 法卡山之巅南望（范福东摄）

山脊划界，已协商解决了边境问题。这种居强忍让、理性客观之态度，彰显中华民族追求和平之理念与智慧。

　　第一次赴越是随旅游团去的，我弟弟**孙磊**伴行。由芒街入关，先后到了下龙湾与吉婆岛，后途经海防、海阳，在首都河内住了两宿。虽时间短促，走马观花，**但似乎对该地了无陌生、新奇之感**，与20世纪六七十年代的珠江三角洲相似极了。即便是遍布越南城乡刚刚落成的那种夹街而建的联排或单体楼，也与两广乡镇二三十年前所盖的楼房如出一辙，皆受粤广一带的骑楼建筑风格影响。那里的地理景观也与黔、桂、琼相似，大多以喀斯特地貌取胜，连**下龙湾**这个世界地理文化遗产都要自号为**"海上桂林"**以招揽生意。虽然越南20世纪已将国语由汉文改为拉丁字母组成的越文，但散布在城乡的庙宇、道观、祠堂仍挂满汉语匾牌，如来、观音、孔孟、关羽与当地神祇一起受到顶礼膜拜。绝大多数越南的地名用的都是汉语词根，许多在中国还能

找到重名，如"河南""太原""海阳""即墨""三亚"之类。导游告诉我，现代越语中的词根有百分之六七十是汉语转化而来的越汉语，类似于广东的粤语。这一切直接加深了我对胡志明主席所谓的中越两国**"同文同种"**判断的理解。但在不温不火的接待中和一些人充满狐疑的眼神里游离着捉摸不定的感觉，似乎与我少年时那个充满激情的年代不相合拍，真有高山幽谷之感，但并不出乎意料。落差巨大的感受驱使我再度走进这个邻邦，去细细体会那个似乎熟悉却又显得陌生、隐秘的心灵。解惑方能理解，相通必先亲近。

在大量阅读了有关资料与书籍之后，我与**舒明**在2017年春节后再次踏上越南的国土。我们以完全的"自由行"，"混迹"于平民之中。远者乘长途汽车或窄轨火车，厢内空气混浊不堪，乘客拥挤贴面，然却能体感微末，交谈中增进理解；近者搭乘摩的，骑自行车，或步行，还多次乘船阅江巡海。徜徉中观景赏物，颠簸中猎取新奇。我们也曾租用出租汽车连续多日在数个省内穿行，或搭乘短途廉价航班，在腾云驾雾中饱览山川景色，增加了对这个国家多种交通工具及其运输效率的体验。这一切，借用网络语言，可谓"**暴走**"。几近三十日，遨游近万里，纵贯北中南，顾盼两千年。当我们**驻留和穿越了越南的43个省和直辖市**，抵达中南半岛东南端的金瓯角的时候，面对太平洋的滚滚波涛，长喘一口气，身躯的疲惫已达到极点，然心中的欢悦感也在升腾，这完全得益于远行中的思索和思索中的所得，它似乎解开了疑问，理清了思绪，好像将顺了一些什么脉络和线头之类的东西。精神上的所获远远大于肉体上的所累和物质上的所付。我与舒明，及后来加入行程的**福东**兴奋不已，抱成一团，感情迸发，介有泣笑。

　　人类社会所有历史活动都是在一定的时间和空间中进行的，必定打上明显的时代和地域印记。每当驻足或移动于某个地理区块时，当然扯拉起与其相对应的发生于这个地域的由时间连缀成串的历史事实，当将一块具有统一性的地域看完之时，那么对这个完整地块，譬如一个国家就可能具有比较明晰、完整的印象。这种史地结合利于窥测领会的情况对越南而言也是适用的。时间上由古至今，地域上由北至南。经过传说和早期社会、中国郡县时期、自主国家时期，由交趾、安南而越南，疆域由红河平原至金瓯角，中间夹杂着多少历史结节和沧桑。

　　越南有很重的**南越国**情结。一些越南史书把"南越国"列为越南的"国统"，说什么"为我越倡始帝王之基业"。我入境后多次看到南越武王（即赵佗）庙，在河内许多庙、祠设有赵武王的塑像与牌位。孰不知正是**赵佗**作为秦军的主要将领带兵征服了岭南与交趾（今越南北部的统称）。公元前221年，秦始皇派**屠睢**发卒50万为五军入岭南，在桂越结合部受到瓯雒越的抵抗，"越人皆入丛薄中，与禽兽处"，秦军不得取胜，屠睢败亡。后秦又派**任嚣**、**赵佗**领兵继续攻战，两次攻伐历经七年，终于在公元前214年平定岭南，设南海、桂林、象三郡。

▲ 北仑河口

今越南北中部属象郡，象郡首府设临尘（今广西崇左）。处于蒙昧状态的红河平原一带只能算岭南三郡的一部分。秦亡后，楚汉相争，国内大乱，赵佗继任嚣位，**领南海郡荡平桂林、象两郡**，并于公元前207年在番禺（广州）建立割据政权南汉国。今越南中、北部属之。公元前204年**刘邦**建立汉朝，名臣**陆贾**两次出使南越，赵佗称臣于汉，南越国成为汉王朝的一个诸侯国。后权相**吕嘉**倡乱，企图自立，**汉武帝派伏波将军路博德**灭南越国，在其地设置九郡，其中在今越南中北部设**交趾、九真、日南**三郡。交趾地再次归为中国郡县。焉能说"倡始帝王之基业"？

在海防闹市曾见到高大的**二征夫人之一征侧**之石雕像。二征即征侧、征贰两姐妹，为河内附近的麋冷县人，雒王之后，雒将之女，将其立像竖于越南北方第二大城市的中心广场，足见对二征之重视与尊崇。2000年的越版《**越南历史大纲**》认为公元40年发生的二征起义为

7

越南争权独立"奠定了方向和开辟了道路",而中国人民大学出版社出版的**《越南通史》**则认为,当时的交趾三郡"是中国汉朝统治下的一个郡县地区,基本上属于国内发生的阶级斗争,不是国与国之间的关系,不能拿现代的民族主义观点去处理昔时的历史问题"。东汉之前,交趾地区一直保留了雒将制度,"以其故俗治,无赋税",世袭,"铜印青绶",一些雒将以部落贵族身份实际统治着县以下的行政区划。东汉政权认为,经过二百年治理,"生雒"已为"熟雒",故尔推行改革,践行封建法令和儒家礼仪,变"贡物制"为赋税制,调整混乱的婚姻制度,引起奴隶主们的不满。因交趾太守**苏定**操之过急,激化了矛盾。**苏定**斩杀带头闹事的征侧丈夫**诗**,二征便纠集各地雒将,聚众起义,攻陷交趾三郡及岭南合浦郡六十余城,侧自立为王。光武帝**刘秀**封**马援**为伏波将军远征交趾。仅两年,便斩杀二征,平定叛乱。马援不仅善战,且善政。"援所过辄为郡县治城郭,穿渠灌溉,以利其民。条奏越律与汉律驳者十余事,与越人申明旧制以约束之,自后越奉行马将军故事。"学者**郭振铎**认为:平定二征叛乱,"其结果汉朝封建制度战胜了原始氏族制度,从此之后,交趾、九真、日南三郡由氏族社会,越过奴隶社会,开始直接转入封建社会,这是一个重大的历史转折"。

我们由河内向西行150余公里,抵永福省会**越池市**,再向西北行20余公里,见**雄山**,山势奇崛,青翠迭峻,沿小径攀行三五公里可见雄王三祠。越南不少学者和教科书称越南建国始自**泾阳王**于雄山创建的**"文郎国"**。称国君泾阳王是中国**炎帝神农氏**三世孙**帝明**之子,被帝明派来治南方,帝明娶**洞庭龙女**生子**貉龙君**,貉龙君又取仙女**妪姬**生百男,号百粤之始祖,后分五十子从母归山,五十子从父居南,居南之长子为第一代雄王。越南人自称是龙子仙种。"自泾阳王至雄王十八世,君王二十易,……凡2622年。"中外多位学者对此提出疑问:"如果有文郎国,其存在2600多年,18位雄王,人均150岁,那从古至今人有可能如此长寿吗？"红河三角洲周围没有公元前建立过国家的记录，南面建立国家较早的是林邑，西面的澜沧王国，都是在1世纪以后的事，北面与雒越相邻的瓯越部落也没有建立过国家的记录，红河三角洲单独有一个如此长历史的国家是没有理由的。实际上，于14世纪才成书的越南编年史是杂糅了中国古籍，特别是唐代《柳毅传书》中关于炎帝神农氏、"百越"等传奇故事，编造了文郎国及雄王的传说。

越南在中国郡县时期，能被当地百姓与史书以"王"相称的仅有两人，魏晋时期的**士燮**与唐朝的**高骈**，分称**"士王""高王"**。与越南首都河内隔红河相望的北宁地区，又称江北地区或京北地区，这里是越南文化的发祥地或文化遗产高集区。**我们曾在北宁省顺安县三亚村找到写有"南越学祖"字样的牌坊**，原以为找到士王庙，入园内见墓陵方知这里是**"士王陵"**区。后多亏乡人引导，才在顺安城南一片密集的居民区内寻找到**"士王庙"**。一千多年前的建筑虽已残破，今也无整修，但殿堂、门坊、陵园仍大致如初，模样犹存，反映了越南民众对"士王"的尊爱。**三国时期**士燮任交州太守，后改任交州牧，达40年之久，其功劳除保交趾一方平安、至"疆场无事，民不失业，羁旅之徒"外，还发展生产，礼贤下士，吸引"中国士人往依避难者以百数"，推动了当地经济文化繁荣发展，尤其是创建了**羸陵城**，这个交趾地区最早最大的城市。秦汉之前，安南尚无城市，所谓都市也是"处溪谷之间，篁竹之中"。羸陵古城呈"日"字形，长近600米，宽约300米，四角有烽火楼，城门有角楼，周围有外壕。城外有生产日用品的作坊。首府城市的出现使羸陵成为交趾地区的政治行政中心和经济文化宗教中心，前后长达约5个世纪，致交趾地区的建设水平和繁荣程度提高了一个档次，安南始有真正意义上的"城市"。而唐朝的"高王"骈，也出手不凡，功勋卓著。他领兵破南诏军，收复交趾城，使安南被南诏侵扰10年后重新恢复安定，且治理政绩突出，疏通从广州到交州的海道，再次修筑和扩建**大罗城**。大罗城规模空前，"周回一千九百八十丈零五尺，高二丈六尺，脚广二丈六尺"。还在城内造屋5000余间（又一说是40万间）。高骈任安南节度使仅5年，多行善政，深受百姓爱戴，生为立祠，尊为高王。李公蕴利用不当手段，建立李朝后，认为丁、黎两朝命运短促（仅41年），是择都选址不当，写了著名的《**迁都诏**》，决定学周"三迁都"，"图大宅中"，以"高王故都大罗城"为都。李公蕴在大罗城西南建升龙城。今越南首都河内囊括了古螺城、嬴陵、大罗城和升龙城，主要是在士、高二王城的基础上发展起来的。

从图形上看，越南是一个呈"S"形、南北长、东西窄的国度，如果以广平省与广治省为交界的蜂腰处计的话，宽仅三五十公里，而长度可达两千余公里，长宽比几乎七八十倍。当我们沿着南海海岸线与长山山脉东麓之间的平原、丘陵一路南下时，方感路遥途长，从海防至西贡（现称胡志明市）这条南北走廊实际走了两千多公里，乘车南趋十余日方抵达，虽然途中停留多地，边走边看，费了不少时光，然终觉将一小国的南北贯通行程非短。南方开发时间虽晚，可富庶程度已超北方。与河内相比，胡志明市显得更加时髦与现代些，但与大罗、升龙一样，其创建与开发同样离不开华人的建树与贡献。

胡志明市在南北越南统一前旧称**西贡**。17世纪中叶，西贡为广南嘉定府府治，又称嘉定城。广南重臣**郑怀德**为明乡人后裔，所著《**嘉定府通志**》称嘉定为**古真腊**（即高棉，今柬埔寨）**故地**。就历史的纵轴而言，西贡建城是越南于公元968年脱离中国的郡县制而走上自主之路数百年之后的事情。

7世纪，西贡一带便成为真腊的一个码头和货物集散地，世为柬埔寨副王的统辖之地，称**普利安哥**。因位临**同奈——西贡河水系**的高敞处，而该水系与**湄公河水系**同注入**水濑岩湾**，致两大水系沟通，江海互连，水网密布，舟楫便利。郑和七下西洋时曾在此地多次进行过朝贡或贸易活动，是西面沿岸国家朝贡或贸易船只停泊的一个港口，取名"西贡"，含"西方来贡"之意。

交趾安南原并不与真腊高棉天然接壤，南隔占婆。

占婆古国称林邑，早先归汉**日南郡**，兴于东汉时**区连**起事。占人属南亚人种，操马来语系。由于日南处**汉**与**天竺**交通要道，故受印度教和佛教文化日深。虽**占婆**常犯汉境，并多次被击败，然魏晋（公元420年）之后，直至隋唐，接受中原封号，累为汉室藩篱之国，两国边境稳定在现广治省南一带。占婆文化发达，所遗**美山陵伽故址**，规模宏大，历史久远，早于真腊**吴哥窟**而兴建，现已被授予世界文化遗产便是明证。交趾与占婆相安无事的局面在10世纪中后期交趾自主而为**安南国**后被打破。两国之间经历了数百年先是互有攻伐、后北方居强

▲ 白龙尾炮台

11

▲ 里火口岸前的待商越民

凌弱的历史。李朝时安南数次对占人用兵，陈、胡朝时安南取得优势地位。1306年，陈朝**玄珍公主**嫁给占王**制旻**，制旻将顺北一带作为聘礼献与陈朝，但由于占王死玄珍公主未殉葬违反占人祖制，两国反目，陷于领土争夺战之中。胡朝之后，**黎利**清化起义建立黎朝，仍兵锋直指南邻。黎朝中期陷入内乱，数第二次**北郑南阮**的军事割据历时最久，近两百年。**阮主**占据**顺化**并定居于越中南部。1697年，阮灭亡占婆，将占国宗室赶到平顺一带，只保留三块自治领土，由占人三首领据之。此时，广南阮主地开始接壤高棉。待建立阮朝后，又于19世纪中叶借故将占人三府收回，占人所有之行政权均归终局。我曾遍访越南部，仍见该地有许多占人庙宇与陵塔存在，尤以**藩切**南的墓塔为最。中国

▲ 峒中口岸——望不到头的越南"车阵"

海南省三亚市羊栏古村的回民就是其先人兵败后从占婆渡海迁徙而来的，其至今与越南占人遗民及马来人语言相通，后许多羊栏人又迁居马来半岛，名人辈出，其中族人**巴达维**当过马来西亚的总理，近年还回三亚寻祖。占人为聚族心族力，于11世纪后由信仰印度教改信伊斯兰教，这种脱胎换骨的变化，说明占人不甘败亡的用心之深。华人送与安南最大的礼物就是建于占婆故地的**会安城**。这个活脱脱的华人商城至今仍保留了完整的华舍与华风，在中世纪一度成为越南最著名的商港，是**世界历史文化遗产**中宝贵的一部分。

不知是否巧合，**阮主染指高棉也是由公主嫁与南邻王室始**。据儒文化圈所创建的生产力，17世纪的阮主实力远强于当时的柬埔寨。

▲ 四连山上俯瞰"双联市"河口——老街

1623年，柬王迎娶广南的**六公主**，这位公主向夫王讨得**"普利安哥"**这片土地，说以使越族流民躲避割据战祸。而实际上这是阮主扩大势力以对抗北郑的韬略之一。高棉根本无力阻止越南流民潮。1689年，

阮主福澜在西贡设置嘉定府，开始经略**东浦**（越南南方东部地区）五镇，斥地千里，得户逾四万。阮主多次向高棉开战，还直接占据金边而统治之数十年，在高棉兵民大起义后被迫撤回。恰逢此时明亡清立，大批不愿剃发易服的中国人南下，加入了对湄公河三角洲的开发。尤以南明**高州总兵陈上川、龙门总兵杨彦迪**最为出名。1679年，陈、杨二人率三千兵士，五百战船转投广南，受命开发边和、美荻一带。这种大规模、有组织的立邑垦殖，仗持的是粤广一带成熟的农耕生产力，善文善耕善商又善战，致垦区很快成为繁荣富庶之地，为西贡备下广阔的经济腹地。后陈上川因功授胜才侯，治嘉定府，吸引华人纷至沓来，堤岸成为世界著名华人城。**嘉定和堤岸为现代西贡设市奠定了基础和雏形。**与此同时，广东雷州侨领**莫玖**经柬王批准开发现高棉**白马**至金瓯一带，辖土万余平方公里，建成港口都市**河仙**，史书称之为"**港口国**"，后莫氏为保众携土归顺广南，为越南南方的开发出力殊巨。当我们驾车行走在金瓯半岛和泰国湾濒海地带时，被这里瑰丽的自然风光和良田沃土所吸引，更为莫氏四代经营河仙所取得的成绩所折服。

北宋使臣**宋镐**出使越南曾写过观风录，清**顾炎武**《天下郡国利病书》也清楚地记述过由钦州赴安南的详细水道，但两者的局限在于，前者记录局促，偏隅于丁朝的首都华闾一地，后者则缺乏现场感，只叙述行程路径。

越南与我，虽为近邻，近些年记叙、考论该地的书文也渐多起来，但俯下身来，纵横南北，从实地观感，史地结合，以域带史，览物之情，表于笔端，却不觅一宗。何况对于在中华国度载体内同生了千余年，操同一儒学文化伦理体系，而现今前后脚发展于南海之滨，正赶上如此环球现代化、国际化之潮流的邻居。

▲ 老山之巅望越南（范福东摄）

▲ 老山峰顶处（范福东摄）

不揣陋力，把所见所闻所思奉上。无愧事实和我心即可。

序 二

八千里行追两千年

历时三十天，行程逾八千里，不虚此行，收获颇丰。其中感受最深的是寻见了几个古战场遗迹，这对我们而言有如雨撒珠玑，着实惊喜。更何况所陪翻译年少阅浅，全仗吾等依蛛丝马迹寻觅而去。重大历史事实对环境的依赖是有目共睹的，尤以军事事件对空间的依赖更大。**绝非所有的地形都适于作战，善战者选择利战之时、利战之地而战之。重大战端爆发之地，特别是多战、累战之地，必有其奇崛紧要之处。**在回味历史演绎为战争过程时，观览将战争附与其上的地理风光，阅史、阅事与观景合为一体，乃趣事一桩。

由边城**同登**南行，隘口与小盆地交替出现，沿狭谷行约60公里，抵**支棱关**。支棱隘实为一椭圆形的小盆地，南北口收缩，近似紧闭。隘长约4公里，最宽的地方1公里许。**商江**在盆地内穿行。由东北而西南排列五座小石山丘，其中南隘口被称作"道门"，马鞍山挡道，如锁钥般拒扼要津。隘南则一马平川，俯瞰红河平原。地势险峻的支棱关是南去河内的必经之地，被称为"交趾咽喉"。这里战事频仍，其中**最具影响的有三起**，一是981年黎桓篡丁朝位登基为帝，北宋斥其违纲常，谋篡逆，累犯边，派**侯仁宝**等人讨伐，黎桓一边卑词于宋，谎称纳降，一边遣卒于**支棱隘**诱杀侯仁宝；二是1406年**明成祖**派五千兵卒护送陈朝宗室**陈天平**返安南，篡政权臣**胡季犛**设伏兵于**支棱关**南至芹站途中，邀杀天平，护兵败退，以至引发明军入越；三是1427年**黎利**设伏于支棱关击败明朝援军的先头部队，重伤总兵柳升。看来，支棱关下，马鞍山旁，确为历代安南坚力据守、设伏诈兵的好去处。

我曾两次折返支棱至河内，后去慈山、北宁时多次渡**如月江**（梂江的一段），并细览之。由谅山过东莫后，要连续渡过**陆南河**、**商江**、**梂江**几条大江，方能抵红河，与河内隔岸相望。红河水在三角洲处异常复杂，北纳陆商、商江于**普赖**汇合之水，再汇梂江于**万春**，接红河干流墩河进白藤江，入下龙湾。而红河南系则南接太平水系，由太平、南定、宁平数省多个口子出海。**如月江畔**（宋史称富良江畔）爆发的最大一场战争是1077年春的**郭逵**与**李常杰**分别为统帅的**宋李朝之战**。古时如月河一带除现有的几条大江之外，还有袈露河、黄江等现今已淤塞和干涸的江河相隔，致支棱去河内短短上百公里竟要渡过五六条天堑般的大江才能到达。北宋在中国历史上是一个比较软弱的朝代，"国朝西北有二敌"，即占据幽燕的辽和"叛服不常"的西夏。宋应对之策为"重北轻南"。即使南壮首领**侬智高**欲弃交投华，宋朝为避边乱仍未允，致侬作乱兵锋一度直指岭南首府广州，后宋派名将**狄青**平之方渡过灾祸。但交趾并不领情。李朝扰边数十年，而以李常杰为甚。1075年，其领兵十万劫掠钦、廉十余州县，后围攻邕州（现南宁）数十日，城破，太守**苏缄**自焚，三十六口家人投井，**越人屠城**。钦、廉、邕等州县数十万人被杀，并掠二十九万余归之。忍无可忍的宋朝从西夏前线分兵七万南进。当宋军进入商江和梂江之间的狭长地带，即富良江北河段时遇强敌十万。郭逵部先遇袭受损，后攻击李军西翼，胜之，斩杀李军数万和皇太子洪真。先败后胜的宋军后撤回边境，并收回被交趾强占的广源、苏茂、桃榔等五州。

尤吸人眼球的是**白藤江**。我们为找寻这个曾改变中越两国间历史的地方，由海防城区北上，不惜驱车奔波数百公里遍访之。白藤江水域是极为复杂的热带水网地区的水系，也是红河水系的北干流和梂江—商江—陆南河水系交汇形成的主干流的统称，其中在**万节**处会合后其干支流又多次会合,沙洲平滩众多,并吸收沿海多支流汊,而沿石泊河、荆门江(均为白藤江上流水系)旁分布数十座峻峭山峦,致出海口水道情况叠乱。白藤江干流的出海处有俗称**谷湍濑**的暗礁,五条石滩横截近四分之三的江流,在干流转弯处分出多条支流由南向东直接入海,且还接有运河通江达海,四周遍布沼泽稻田和红树林。白藤江及其支流均注入下龙湾,海防市、吉婆岛和鸿基(现名下龙市)及古代交趾第一大港云屯港分列左右。白藤水道历来是由海入江至海阳、河内之主要航道,**顾炎武**《天下郡国利病书》和明朝**郑若均**记载过这条水路:自廉州岛雷山发舟十一二日可达白藤江口。两汉时**路博德**统一南越国、**马援**平定二征夫人乱均走这条海路,既可负重,又便捷。10世纪后,**白藤江水域连续爆发三次大的战斗。一是**938年五代十国的南汉国主刘龑因交州反而出内乱,派儿子**刘洪操**领兵征战。交州将领**吴权**则"逆战海口,植铁橛海中,权兵乘潮而进,洪操逐之,潮退舟还,轹橛者皆复,洪操战死,龑收余众而还";**二是**981年宋将**刘澄**率水路进军白藤江,以策应走陆路南下的侯仁宝部。刘澄部在江口大败篡政的黎利军一部,但地形复杂,宋军入迷宫般的水网沼泽地带,而未完成侧击和接应任务,致侯仁宝部在支棱关附近败;**第三次是**1287年,元军在占领安南大部后,因暑热难耐,粮食不济,大军多祸,且频受袭扰,被迫从河内撤军,水军受诱入白藤江。越**陈军**效仿南汉国时的隐兵之计,又将木杖铁犁植入江中,利用潮汐作用困住元军,施以火攻,元水师大败,仅少量人马脱逃。

站立之处,白藤江与支流争江交汇的岬角尖,江水吞潮,海风逆吹。未曾料这绝美的自然之地,山峰林立,水网密布,荻芦荡漾,绿树沿岸,竟成为死生之地,难不呼哉。

我还曾在淫雨霏霏中访**北纬17°线**,这个在20世纪50~70年代闻名于世的南、北越军事分界线,其附近地域是抗美战争的前沿阵地。一位参加过援越战争的老领导多次详细地向我介绍过当时的兵阵及战例，而眼前只有贤良河水滔滔，难觅当年踪迹，仅剩河北岸的**永牧村**长达百余公里的地下坑道还可参观。几天后又去**西贡附近的古芝地道**参观，规模更加庞大，据说南越游击队曾将地道修到西贡城下，多次由此发起对西贡机场的袭击。永牧和古芝地道构造大体相同，异岐之处在于永牧地道在北纬17°线之北，重在防空袭和舰炮袭击，而古芝地道则深入南越腹地，防进剿为第一要务，地面伪装惟妙惟肖，出入口逼真难觅。

河内几日，多次去城西南**纸桥**。这里是19世纪80年代**刘永福**的黑旗军两次击溃法国殖民军的地方，**安邺**、**李威利**等法酋毙命于阵前。还曾在**宣光**埋设伏兵，用火药炸死法军400多人。刘永福军取得了阮朝时期抗法战争难得的几次胜利。可惜的是纸桥胜利遗迹全无，空余几座桥梁和公路。

巡走**美荻**河岸，柬王曾在此河中布下铁索阵，但仍难抗广南阮主率兵侵吞水真腊土地的步伐。九龙江平原今已成越南最大的粮仓。

中国两千多年来，以儒治国，儒释道并尊，是显著于世的礼仪之邦和文化之乡。孙子曰"**兵者，国之大事也，不可不察也**"，讲究慎重初战，绝不可轻启战端。即便战，也事出有因，先礼后兵，以不战而屈人之兵为上。**历代华朝大多以此为训，对边境地区和藩属国抚剿并用，抚治为主，常以和顺、合道为底线。当然，作为封建政权也时有突破底线、非理性行为的出现，尤以武力倾向重的少数民族政权入主中原后所作所为为鉴，但这些举动或方略始终未占中央王朝对外政策之上风，历代史书均一笔带过，不入主干，有不对外宣扬和低调评价之意，因而可视此为短暂、偶尔、被动之现象，绝非中国古代史上之主流**，反而异邦他族之侵略与欺凌行径则屡见不鲜。这种阅历促使中华民族对和平敦睦的追求与期望甚为强烈。

近观越南**潘辉黎**（曾为越南史学会会长）等人著**《越南民族历史上的几次战略决战》**，称"从反抗秦朝侵略的抗战开始到抗美救国战争的胜利结束，在大约二十二个世纪之中，我们的民族已进行了**十三次极其激烈的卫国战争**"，并取得了十次胜利，只有三次遭到了失败，即公元前2世纪的抗赵（赵佗）战争、胡朝的抗明战争和阮朝的抗法战争。在其详细描述的所谓**"战略决战"**中，除抗暹罗（1784–1785年）、抗法（1788–1789年）、抗法美（1946–1954年）和抗美战争（1955–1975年）的四场战争外，称其余**九场战略决战均是与"东方封建大国"之间进行的**。

欲谈中越曾在封建时代发生的那几场战争，对中国而言顶多也就是战斗、战役级别的，或是偏师之战，怎么谈得上战略级别的决战？更何况有九次之多？这一切都要把它放在一定的历史背景和具体情节中考察方能得出结论。

通常人们只了解近代以来的越南，以为它与一般的东南亚国家差不多，不知道越南古代的历史，更不知道越南（安南）曾经在中国版图内超过1000年，比它作为一个独立国家的历史时间还要长。

有历史记载以来，越南的名称多有变更。在未进入中国版图的蒙昧时代，中国称之为"交趾"，"古者尧治天下，南抚交趾，北降幽都，东西之日所出入，莫不宾服。"秦时收该地为**象郡**，两汉时为**交趾、九真、日南**三郡。三国至隋朝称之为**交州**。唐朝设立**安南都护府**。968年**丁朝设立，建国号"大瞿越"，宋朝于973年封丁部领为交趾郡王，从此交趾由中国的郡县成为朝贡国**，取得自主地位。至李朝中期，其国王又被封为"安南王"，其地又被称**"安南"**。阮氏王朝肇起南方，开朝君王**阮福映**于1802年向清朝纳贡请封，要求将国号改为"南越"，清嘉庆帝对此予以否决，认为历史上的"南越"涵盖整个岭南，其字面含义与阮氏政权统治的安南古地名实不符，而将"南越"颠倒为"越南"，这个国号沿用至今，为越南人所接受。这种任命君王、命名国名以保持王道正统的政治关系，符合朝贡之名保持日常往来或市场贸易的经济关系构成了封建社会宗主国与藩属国之间的基本关系内涵，在此之下，中央政权承认越南对属地属民的自主统治权。这种关系直至1885年订立《中法会定越南条约》、阮朝向法殖民者交出藩属大印——中国大玺，并当众销毁后，才宣告结束。从此中国放弃了保护权，越南沦为法国的殖民地。屈指算来，越南郡县时期长达1182年，远超其917年的自立时期。

由此度之，所谓中越历史上的九次大战的论调基本上是置历史背景与客观事实于不顾。所谈的公元前3世纪第一次**秦越之战**、公元前2世纪的**赵**（指赵佗创立的南越国）**越之战**，纯属秦、汉体制内的部属收属之战。且不论史籍根本就没有赵佗与安阳王之战的记载，仅提到过赵佗收复雒越部族之事，赵和安阳王之战纯属虚构，即便可能发生过几次秦赵与雒越、西瓯越的战斗，也属于收服处于蒙昧状态的部族之间的内部事件，何谈国与国之间的战争。反倒是，西瓯、雒越部族进入秦、汉属后，直接进入封建社会历史形态，应当说这是郡县制带给红河平原地域一个正能量的礼物。

而所谓发生于938年的战争，即五代十国时期的**南汉国与吴越政权**之间的**白藤江之战**，虽没有被明确定为十三次战争之一，但一些越南学者常将此作为中越之间的主要战例而详述之。实为南汉国内当权诸侯与要求自立的诸侯之间的战事，因为当时中国并没有统一的中央政权。北宋朝的建立是在战事发生三十年之后的事情。**吴权**在939年称王，既未统一过整个安南地区，其仍陷于"十二使君"争斗的过程之中，未被越南正史如《越鉴通考总论》《大越史记全书》《钦定越史通鉴纲目》《安南志略》等所承认，均没有将"吴传"列为**本记**，历代守任，视其为五代时期的僭主，非独立国君。丁部领建立"大瞿越"国后，宋太祖封王，始称"列藩"，安南自主。此前发生的事，何以为国与国之间的战争？

在余下所谓的另**七场战争中**，其中三场即13世纪中叶发生的**蒙、元**与安南之间的战争则比较特殊，事出他故，其责任是否可以记在正统中央王朝的头上值得商榷。主要原因在于，**1257年蒙古从云南顺红河而下对越南的攻击**，并非中越之间的战争。那时元朝并未建立，蒙古仍处于成吉思汗孙**蒙哥**即汗位的汗国时期，在攻陷吐蕃、四川、云南等地后欲假道安南而攻南宋。从本质上讲作为藩属国的安南与南宋在对抗蒙的问题上态度是一致的，且宋曾对安南的抵抗蒙军给予了赐良工、良箭、派精兵屯驻边境等实际帮助。南宋与蒙对峙的四十余年间，南宋与安南是一条战壕的战友。此时的蒙古主要精力在亡宋，除1257年外，均未对已宣布"内附"蒙古的安南动武，史曰"元兵平宋，无暇南顾"。

忽必烈于1271年改国号为元，并于八年后灭宋，方腾出手来对越作战。无论其出于什么目的，如"未事众事"、"国君未亲朝"、"借道攻占婆"等，均不合儒家法统，不能成为1285年、1288年蒙元帝国两次侵占安南的理由。实际上，这两次战役均可以视为是成吉思汗草原汗国受以战争为职业、凶狠好战的本性驱使，因善骑善射、能征惯战而催生征服世界野心的自然延伸和展露，对安南的攻击之举乃预料之中，不足为怪。忽必烈沿中国海对四周海邻均发动过征服战争，如对朝鲜、日本、占婆等，又如即使对安南两次战事失利，仍于1292年悍然出兵**爪哇**（即今印度尼西亚）并战败。元朝在中国历史上是一个比较短暂、特殊的历史时期。元统治者诸多贸然战争行为代表不了中国社会的主流观念和民众意识，是受到社会民众反对的。忽必烈死后两年**元成宗**即位便改变了对外侵略的国策，对越采取睦邻政策，直至元末（1294年）。越在元军北撤后，自感战端再起会有覆灭之危，"进金人谢罪"，上表"甘作元天子儿臣"，以图日后。元越虽战，但文化经济往来频密，又重新回到了原来的朝贡关系，据记载，进贡达47次之多。

情况是复杂的，有时朝贡对越南是有利的，史书曰："一则奉正朔以威其邻，一则通贸易以润其国"。查元宪宗七年（1257年）至元至正二十八年（1368年）蒙元与安南交往的111年，兵戎相见的年份仅5年，和平交往的年代达106年之久。这对信奉武力为上的游牧民族统治者而言是罕见的。此与元成宗接受儒家文化关系极大。**宋元之际，印刷术、指南针和火药三大发明传入越南，郭守敬发明《授时历》、李元吉、丁庞德教传的杂剧、杂技以及被陈朝誉为"神医"的邹孙父子带来的医学、针灸等中医技术和青花瓷烧制等，在安南始得运用。**元时安南陈朝的文化建设和社会文明程度得到迅速发展。继续引入中国**进士科举之制**，多次组织廷试，此后被历朝历代所应用，直至1919年法国殖民时期科举才废止；成立国史馆，以中国二十五史纪传体的"正史"为范本去撰写越南"正史"，安南第一部正史、黎文休的《**大越史记**》，无名氏的《**越史略**》，黎崱居中国汉阳时写的《**安南志略**》等史书均于陈朝所著。

至于**另四场所谓的陈年战争**，即潘辉黎文中所提到二次抗宋、一次抗明、一次抗清战争，**要具体情况具体分析，不能一概而论**。我看有两种类型。

第一种类型，如1076年的富良江之战，许多中国学者认为，这实际上是北宋的**自卫还击作战**。李朝迁都升龙（即今河内）后，国力渐强，**李公蕴**及其后代君王**李德政、李日尊、李乾德**，野心膨胀，除屡次侵略占婆、劫掠哀牢（老挝）外，还不断地侵犯宋朝边境，甚至深入内地烧杀劫掠。连《**大越史记全书**》也批判李朝所为："对大宋的入侵忘其恩也。"至1075年李朝的嚣张气焰达到极致。李乾德命**李常杰**和**宗亶**领兵十万，分为两路，水陆并进，前去攻打宋朝桂地，其借口是王安石变法"残害百姓，大越军队来攻以拯救人民云云"（见越·陈重金《越南史略》），真是奇谈怪论。李常杰领水军出永安（今越南芒市），再攻钦州、廉州，宗亶率陆兵出永平北上，后与李常杰合攻邕州。安南军围攻邕州（今南宁），持续四十二天，未克。城内守军仅二千余人，余为平民。"外援不至，城遂陷"。知州苏缄"命其全家三十六人皆先死，藏尸于坎，乃纵火自焚，城中感缄之义，无一人从贼者。"李常杰攻入邕州城后，"尽屠五万八千余人，并钦廉二州，死亡者几十余万人"（见《大越史记全书》）。此时，**宋神宗**改变了以往"抚宁荒服，务令静谧"的克制态度，发"讨交趾敕谕"，派大将郭逵、赵卨领西夏前线兵征之。后与李常杰鏖战于升龙城北的富良江畔，先败后胜，杀李朝皇太子洪真。李乾德继上表宋皇，"愿修贡如初"，"诣宋军门纳款"。

第二种类型则涉及宗主国与藩属国矛盾的处理问题。战争的起因常常与卫护国别关系中的王道正统有关，与儒文化在朝贡体系中贯彻伦理纲常、典章制度、权力系统相涉。这是以孔子及后来的董仲舒等为代表的"内圣外王"政治儒学的具体表象。当然这种学说所主张的朝贡体系导致了一定的主辅强力，或名义上的不平等，但此绝不等于近现代殖民主义所采取的殖民统治及种族歧视、暴力欺凌等压迫手段。**东西方两种不同的文化体系、价值观念及政治学说在处理国与国之间的关系常常不具有同一性。**在战争的问题上，儒学儒家更讲究师出有名、先礼后兵、抚夷化蛮、正统有序，不能以时过境迁、刻舟求剑式的态度来看待历史。

如**981年发生的那场北宋与前黎之战。**北宋期间国势较弱已是不争事实。在强敌环伺的形势下绝难再起南进之心。此战缘起**黎桓篡位。**北宋刚承认丁朝为藩属国，并分封**丁部领**为交趾郡王和安南都护，仅十余年，两边关系热络，而黎桓借宫廷内乱，先与皇太后杨氏私通，骗取信任，后利用"十道将军"的身份，逼幼主丁璇及其母杨氏让权，再將丁璇母子两人逼出宫，加以软禁，"挟天子以令诸侯"。对这种"私通国母"、"篡权"的有违儒家王道伦理的行为，**宋太宗**大怒，派孙全兴、刘澄、侯仁宝率水陆兵马南下讨伐。黎桓乘机撕开面纱，黄袍加身。刘澄水路先在白藤江取胜，但船行受阻致行动缓慢，至黎恒集中主力在支棱关附近设伏败宋军。

又如**明朝与胡朝之战**。在安南**胡季犛**是个著名人物，既善战，屡败占婆；又好诗，诗赞安南犹如中华："欲问安南事，安南风俗淳。衣冠唐制度，礼乐汉君臣……"还在田亩、赋税、货币等方面实行过改革措施。但胡季犛是个王莽式的人物，口是心非，野心勃勃。1402年废陈朝少帝而自立，自称是虞舜、胡公满后裔，建立胡朝。他还谎称陈朝宗嗣继绝、支庶沦灭，请求册封。后一称陈朝宗室的**陈天平**者逃出，面见**明成祖**道出胡季犛几乎杀绝陈氏宗族及篡政经过。迫于压力，胡季犛父子再耍阴谋，称"迎归天平"。待明军护送陈天平回安南时，胡朝在支棱隘设伏截杀仅有几千人的护队，陈天平被凌迟处死。胡还掳掠我边境。一代雄主**朱棣**容不下这种明目张胆的挑衅和背信弃义的戏耍。1406年出兵安南，1407年初攻破河内和西都清化，俘获胡氏父子，占领安南全境。后明军四处访求陈室造裔，未果。1407年5月安南北江、安越等地耆老1120人向总兵官**张辅**报告，陈氏子孙已被杀尽，"幸遇圣朝扫除凶恶，孳军民老稚得见中华衣冠之盛"，**"咸愿复古郡县，庶几渐革夷风，永沾圣化"**。安南又回归明朝郡县，经历了长达20年的"属明"时期。本为翦灭奸雄，匡扶正义，无意再据旧土。不想为之，却又难却民意而为之。明王朝在安南问题上陷入两难境地。张辅曾三挂帅印，先定安南，再平两次叛乱，无奈年老力衰回国，后因各种原因安南局面不可收拾。致1415年**黎利**蓝山起义，得到民众支持，明军在付出沉重代价后，撤离安南。实际上，朱元璋创立明朝时就曾将安南设为"不征之国"，即便之后有各种"可征"之原因，但轻易改变基本国策，易激发各类矛盾，图虚名而遭实祸。

再如1788年的大清与西山朝之战。18世纪末，越局势糜烂。**后黎朝**经两次长达两百多年的南北割据，爆发西山朝农民起义。1787年安南保有西山朝和流落的后黎朝小朝廷两个政权。北郑败亡，南阮主先逃暹罗，后偏安嘉定一隅。后黎朝末代君王**黎维祁**和皇太后多次向清求救，后又亲赴中国，乞求中国出兵灭西山扶黎。清朝作为宗主国被迫派兵入越。两广总督**孙士毅**率兵两万月内即占领河内，当夜宣诏黎维祁为安南国王。**乾隆帝**考虑师老心疲，下令班师回国。孙士毅一心想俘虏西山军首领阮文惠，以绝后患。由于轻敌，阮文惠使诈，于1789年春节期间突然发动攻势，象阵排头，至清军措手不及，溃败退却。《清实录》曰："得其地不足守，得其民不足臣。何必以中国之兵与钱粮、靡费于炎荒无用之地。"确实如乾隆所说清军出战的意图是"俾黎氏国祚重延，并不利（占领）其土。"《安南纪略》也说："且中国幅员广远，前古所无，安肯乘人之危，利其疆土。前惟熟筹妥办，俾黎氏国祚弗失，斯为大公至正。"越南一些学者说："乾隆盛世时早已觊觎我国"，此与中国史籍与一些越南史书记载完全不同。

然而，越南历朝历代政权对宗藩关系是认可的，绝大多数时期表现得积极主动。如曾击败明军首领王通、柳升的后黎朝开国君主**黎利**，在与王通关于撤军的谈判成功后，即上表明**宣德帝**，进献"代身金人"，请求册封，声称"永为藩臣，常奉位"。碍于既成事实，明先封黎利为"权署安南国事"，待归还明军器及军政人员后，方封"安南王"，历时三年之久。明还多次调解过安南与占国、郑主与莫氏政权的矛盾。又如，黎仁宗时，其长兄谅山王宣民与大臣同谋越墙入城斩杀仁宗及皇太后，自立为主，其首要之事就谋"名正言顺"之名，即上表请册。诸上事端李、陈两朝也是如此。可见，**改朝换代之后政治上谋事之首举正名为要，结朝贡关系、当藩属之君在安南有根深蒂固之传统。**这绝非是现代人用现代理念所能理解。**只有正名，才能振其威，**处理好藩国之内的君臣、上下关系，以及与其邻国、四夷之间的关系。除此之外，**"润其国"也是目的之一。**作为"天朝上国"的中央政权，虽受益些许，但偿赐馈还更多，此类记载汗牛充栋。还可开放贸易，引进技术、文化，对朝贡国的发展十分有利。一旦朝贡体系被打破，则不利于政治体制的稳定和经济文化宗教的发展。从这个角度去看待宗主国的一些政治军事举动，便有顺理成章之感。我们既要坚持现代的国际法制理念，又不能陷入历史虚无主义的泥潭，将尊重历史与尊重现实结合起来，方能解开"历史心结"。

今天越南的主体民族京族起源于古代中国南岭到越南北方一带百越族群的一个分支——雒（骆）越和西瓯越。他们与从中国内地迁徙而来的华夏族群融合而成今天的京族。长期作为中国郡县的安南脱离中国之后与中国形成宗藩关系，其也将这种打有封建时代烙印的制度推及四邻，形成安南与占婆、真腊、哀牢之间的**亚宗藩关系，**利用战争与开发并举的手段，鲸吞占婆国、侵占水真腊（即今柬埔寨）和哀牢（老挝）的一部分土地。这些举动都远远超出所谓朝贡关系原有的范畴，而形成题外之义。

轻车疾行，追随明末赴越三总兵足迹，遍访越南南圻十余省。1679年春天，抗清失败的高、雷、廉三州总兵**陈上川**和龙门总兵**杨彦迪**率兵船在岘港附近投**广南阮主。**正向南发展的阮氏政权，奉大明为正朔，多次请封，因明已封黎朝和莫氏政权而讨封未得，但这未影响广南割据政权对正统的认可。**阮主福濒**认为，即便陈、杨二总兵率兵远来，情伪未明，但他们不忘明主，不肯事清，"穷逼奔投，忠节款陈，义不可绝"，凭此可信，毅然收留卒伍，将他们安排在当时是荒野一片的**东浦**一带。这种以忠义取人、节气为重的待人之道，是儒文化圈的共同价值取向，可看作是中越关系史上的共同精神遗产，无意之中铸成越南开发南方的正确方略之举。**陈上川部由芹滁海门入边和，杨彦迪部由湄公河前江大、小海门入美荻**，仅几年光景，变"薮泽林莽"为万顷良田，荒蛮的处女地为"市铺街市"，致**农耐大铺**（边和）"瓦屋迷墙，炫江耀目，联络五里"，"富商大贸，独此为多"，**美荻大耐**（美荻）"瓦屋雕薨，高亭广寺，洋江船艘，帆樯往来如织，繁华喧闹，为一大都会"。后陈上川主政嘉定，招旧部和华民开发**堤岸**，使其成为与西贡齐名的商埠都市，跻身今日胡志明市的重要组成部分。堤岸及农耐、美荻两大铺的开发，使阮主势力直接进入同奈—西贡河流域和九龙江平原，为越南南方骤变为富裕的农商区域奠定基础。这也是与越南民众有同一价值信仰的华人信守仁义的最好注脚。

当我们徜徉在金瓯角无边无际的红树林丛中，行走在暹罗湾沟渠纵横的沿海平原时，一个与陈、杨两人齐名的名字同样不绝于耳。美丽**河仙**的入口处，矗立着高大的**莫玖**戎装石雕像。这位不愿剃发的雷州抗清义士，下南洋后抛弃柬的高官厚禄，醉心实务，将个"澍湫之地"的滨海小镇硬是开发成繁荣兴旺的港口城市，还修复了后江以南上万平方公里的自流灌区。在暹罗、真腊、广南争锋缠斗的夹缝中，纵横捭阖，折冲四方，以经济和社稷为重，将河仙至金瓯一带融入到九龙江平原开发的大潮之中，将战损减少到最低程度。莫氏子孙四代七人得以保全河仙的自治地位达百余年之久，被**阮明命帝**追封为"树功顺文中等神"，至今仍受到民众祭拜。以莫玖为代表的华侨、华人所体现的务实、忠厚、和顺、睿智及充满创造力、生命力的表现广为世人所称道。

世代传递下来的实在交往和历史继承，数百年来的开发贡献和义不可绝的传奇故事，由闽粤桂民众身上所体现的经商才干和当时所能达到的成熟、先进的生产力，更重要的是附着其上的儒家价值观念和

文化传承，是无论什么时候、什么力量也抹不去的保持中越两国紧密关系和人民友好相处的底蕴所在。

回顾由968年始，长达千余年的中越交往史，更像是翻看一轴漫长的《清明上河图》似的历史画卷。它绝难被抽空、简化、删白。有人想用几场在浩繁史籍中都绝少记载的战事来定格两国关系，是极不严肃、极不科学，且严重脱离客观事实的。它丰富的历史交往、立体的睦邻关系，共同创造和遵循的文化价值（不否认各具特色）是不可能被颠覆的。即便在封建王朝时期，有过几次如上所述的战役，也如烟云一般风吹拂去，不应再不厌其烦地强固其记忆。这些战事与近现代帝国主义发动的殖民战争有着完全不同性质的含义。北宋、明清之际发生的中越战事，撇开事出有因、大多以平局结束不谈，多为偶发事件，所历战争时期很短，且呈现间断性、不连贯、过后即停的特点，近千年才发生四五次，明清两朝六百年仅一朝打一仗，这是朱元璋将越南列为"不征之国"后的直接效应。之后，中越不再交战。近代中国助越抗法抗日抗美，对其革命、独立和统一起到不可替代的作用。当前有些越南学者强调要认识其**东南亚**的背景，但仅仅是最近一些年份的噱头罢了。两千多年儒文化圈的滋润与造就是无法改变的事实。著名学者古小松说：越南文化极具包容性，一些外来文化，如印度文化、占婆文化、高棉文化、西方文化留有色彩，但"**本土民族色彩还是基础性的**"，"**汉文化更是处于中枢地位**"。此论断可谓一语中的，深刻准确。

目录

I

2月15日

南宁—友谊关—
河内（跨境入越）

南宁
友谊关
同登
谅山
支棱关
河内 慈山

天刚鱼肚白，我和**舒明**便起床准备旅行之事。早餐后，舒明的朋友**小陆**驱车赶到招待所载我们去凭祥关口过境。舒明姓唐，其父**唐才猷**去年恰好百岁，尚健在，生日之日，北京还委托当地领导到家里祝寿。对研究过粤西、桂南以至滇东南抗战，以及解放战争战史的人来说，唐老是一个怎么也绕不过去的人，他的一生充满了传奇色彩。1946年国共和谈后，我华南抗日游击队的主力在惠阳大亚湾登船北撤至山东解放区，并组建为著名的两广纵队。整个华南地区，当时我党所掌握的部队仅剩一个主力团，即广东南路抗日人民解放军第一团，俗称"老一团"，剩余队伍则都转入地下。面对国民党军队的进逼围剿，唐才猷作为老一团的主要领导，率部完成了奇袭湛江凤朗机场、歼灭防城守军等多个英雄举动之后，转战于中越边境地区的十万大山之中。遵中央指示，唐部在创建了桂南革命根据地之后，将主力部队撤至越南，与胡志明领导的越南劳动党部队一起投入抗法战争。在越南一年零三个月之后，由越南老街一带入滇，与**庄田**、**朱家壁**等人会合，组建了滇桂黔边纵队，掀起了云南解放战争的序幕。唐当时任滇桂黔边纵队副司令员，后于1949年6月率部东进，任粤桂边纵队副司令员。这两个纵队均为解放军编制序列中在华南、西南七个游击纵队中的两支重要作战力量。去年4月，我与舒明驱车峒中大山深处，问起当地壮汉百姓，无人不晓"老一团"，"唐司令"的名气大得很。

小陆的父母也都是"老一团"的老兵，是舒明父亲的老部下。两人循着父辈的足迹前行劲头十足。舒明告诉我，无论遇到多大的困难和痛苦，都要忍受，绝不轻言放弃。

出南宁城上高速公路南下，一路平川沃野，葱绿一片，地处云贵高原向东南丘陵的过渡地带，地势由西向东倾斜，海拔逐渐下降，虽北部有越城、渚萌等五岭山地，与黔、湘等省分割置北，但向南、向东则多为零碎丘陵、台地与平原，便于交通与耕作。南宁古称邕州，左、右江合水于此，称为邕江，与柳江、漓江、浔江共同汇于西江，得舟楫之利可直达梧州，而地幅则东南交于钦、廉，东与广西最成熟的经济带贵港、玉林相连，北通连柳州、桂林，中隔昆仑关，抗日战争中期白崇禧、杜聿明曾率国军精锐第五军在这里挫败从钦州登陆准备上犯桂林的两个日军师团的进攻。可这片山地不大，过去国道曾穿肠而过，现高速公路已绕道宾阳不再行此，可见桂中腹地鲜见险阻，坦途居多。

虽元宵节刚过，然南国已春意浓。常绿的四野，正换旧叶，发新芽。"池塘生春晕，园柳居鸣禽"。脱去冬衣的我们，觉得一身轻松。南宁自成为中国东盟博览会永久举办地后，变化很大。城内商厦幢幢，异彩纷呈，坦途道道，车辆首尾相随，却不觉拥密。我们过邕江，走绕城道，轻车疾行，在吴圩拐上G72高速公路。两侧远处隐约可见隆起的山岭高地，宽大的谷地直贯南北。约2小时后进入崇左地界，地势开始有些起伏，偶见山丘。大片的坡地被树林、灌木丛所分割，开垦成望不到边际的蔗田。岭南的红土地上，正进入轮番收割、播种的季节。大片甘蔗已经收割，红土裸露着；少部分土地刚移植蔗苗，那绿色的生命还显得羸弱、娇小；而零星的地方仍挺立着待收的蔗林，有些枯黄，尚在积蓄糖分。广西早已取代广东，成为中国蔗糖最重要的产地。崇左被称为糖都。中国60%的食糖来自广西，而广西的食糖60%出产于崇左。凭祥，这个从战争中走出不久的边境小城显出勃勃生机。

迫近边境，石灰岩山体突兀而来。虽不绵密，也蔚为壮观。高速公路在山体中穿行，而与越南1号公路相连的旧国道则在两边山体的坡上逶迤延伸。近二三十年来，广西治理石漠化初见效果，封山育林渐成气候。乔木、灌丛、田畴在喀斯特地貌中的仅有的稀薄的土壤中挣扎生长，不断扩充势力，山体几乎全被绿色所覆盖。婉丽的明江静静流淌，壁立的山体花山上刻画着古代骆（通雒字）越人创造的褚红色的图形、文字符号，早已被列入世界历史文化遗产名录，称**花山壁画**。中国的壮族与越南的侬、岱族为同一族系，加之越南主体民族京族即战国秦汉时史籍所称的骆越均将这神秘、绚丽的符号视为生命图腾。

沿宁明县城的边缘行，约20分钟，越牛头山、观音岭等天然屏障，经夏石抵**凭祥市**。市府所在地为偌大的一片平原，方圆上百里。我30年前曾来过此地，在市南一山岭北麓下的一片平房里住过10余天。那时的市区若为一集镇，仅有两条马路，现已焕然一新，俨然一副现代化的城市模样，车水马龙，热闹非凡。凭祥不仅成为沟通中越的公路、铁路枢纽，还在城区西侧的弄尧、埔寨建成国际贸易口岸，尤以红木家具贸易城著称，规模之大，令人咋舌。

城区南15公里则为**隘口**。我们在隘口街圩下车，绕山体步行，即可见高大雄伟的**友谊关城楼**。

隘口实为一大豁口，宽约100米。两边皆为高山，愈往前走，山口愈窄，形成隘道，在紧要处建起雄关。关城左侧为左弼山，右侧为右辅山，均有城墙相连。再与两侧山体相连，形成对越界山，连绵百里，

▲ 友谊关，原称镇南关

在山顶或要冲处筑有炮台。

在凭祥隘口处设关可追溯秦汉。友谊关初名雍鸡关，后改鸡陵关、界首关、大南关、镇夷关，明正德年间改称**镇南关**。广西巡抚**苏元春**在1885年中法镇南关之战后，主持构建了中越边境地区完备的绵延数百公里的防御工事。镇南关防御体系位列其中，并与**水口关、平而关合称"桂边三关"**。镇南关为桂边三关之首。

五代十国时期之前越南仍为中央王朝的郡县属地，那时广西关口的作用为治安、驿站及驻军千夫长，而北宋之后中国与安南（越南旧称）关系则由郡县而变为朝贡关系，镇南关摇身一变为军事重地、往来要冲，地位作用发生重大变化。镇南关设关立市、建塞布防由此开始。清雍正年间即修葺关楼一座，外层额书"南疆重镇"，内层额书"镇南关"，还修建关墙城堞，计119丈，形成现有关防雏形。清光绪年间，古关楼毁于战火，重建。现关镇为中华人民共和国成立后，国家拨款重建称睦南关，共3层，高22米，石料结构。陈毅元帅于1965年亲笔书写的"友谊关"三个大字镌刻在城门上。镇南关由此才改称为**友谊关**，这与当时中越关系甜蜜的大气候相辅成。

过关门，立见晚清广西军门、抗法老将**冯子材**策马傲立的巨石雕像立于谷地之上。关前隘谷宽两三里，长四五里。尤其使人惊叹的是右侧俗称金鸡岭的右辅山，山体兀立，如斧劈刀削般，直插天穹，面观山体颜色黢黑，顿感雄浑。我与舒明等人驱车绕行数公里登上山峰，顶部平坻，面积宽阔，清时所建的五六个炮台依旧如初，保护很好，然几门开花大炮已锈迹斑斑，像在诉说着过去的岁月。站立峰沿，向南望去，俯瞰越南，山川、城镇、农庄尽收眼底。近处**同登**，如临脚下；远处**谅山**，清晰可见。公路、铁路从山谷冲出一路南下，蜿蜒弯曲。回首北望，青山秀嶂，横亘绵长，好一派边关景色。

下山继续前行，谷南端为一东西走向高地，名**横坡岭**，所谓镇南关的天然屏障，控制着南进北出的隘地，与左弼、右辅两山形成犄角之势。被称为"南疆锁钥，汉将旌旗"的镇南关，扼要津，护八桂，控安南，威震四方，自古以来为我国九大雄关之一，与山海关、嘉峪关齐名。

过廊道数百米，即出国境，入越南**同登海关**。同登为关外一小镇，原名"文渊"，为东汉光武帝刘秀为褒奖**伏波将军马援**平定交趾二征夫人之乱，收服安南，而以其表字命名之；并在文渊镇区外班家村设"**班夫人庙**"，以纪念班夫人在马援平乱粮尽食绝之际率乡人赈济王师的正义之举。在南关一带繁衍生息的壮族先民世世代代供奉着这位神祇似的人物，习俗沿袭至今。同行小陆绘声绘色道，十余年前过来做生意时还曾见到班夫人庙，然近来已毁。可能不为一些人容。

在同登入关的散客不多，大多是旅行社组织的团体人员。与东兴入芒市有所不同，那里以散客为主，每日熙熙攘攘，人山人海。去年6月，我曾由芒市去亚龙湾，关口大厅内外人声鼎沸，五六路入关者，排队五六百米长，尤以越南入中国从事边境贸易的为多，人皆负重上百斤，有服装、食品、电子产品，更令人想不到的是负建材者，尤以妇女为甚，个子矮矮的，瘦瘦的，用蛇皮袋装满了大块大块的瓷砖，有地板的，也有墙皮的，负上百斤者多，且排队待检时不卸肩，一等就是个把小时，与我们同时进出，真对越南妇女吃苦能力喟叹不已。

半小时后出关，还算顺利。这两天媒体纷纷报道，有中国入关者由于没有给小费而遭毒打，以致引起两国外交部门进行交涉。同行的小陆说，入关时可在护照内夹带些小费，也可以不夹，如海关者示意要的话，即要奉送，不然常有麻烦。这类事情前些年很多，近年则少些，听说越南正在整顿关风，索要小费者渐少了些。我等未遇此事，办入关时未见索贿。我们也未在护照内有所夹带。然越方海关者多表情麻木、严肃，我们也未感到担忧之意。

过一条小河入同登市内。已订好的私家三菱越野车在等我们。停车场到处是这类拉客的车辆，以小面包车为主，也有不少越野车，还有接团体客的大巴、中巴。以日本、韩国车为主，多中低档，却见不到中国产的，有些惋惜。小陆说，越南国内无汽车产业，完全放开，不存在汽车市场内外竞争的问题，完全是日、韩的天下。但进口税很重，

▲ 越南同登海关

有30%、40%之多，远超中国，因而车辆比中国贵。这完全超乎我之意料。我说，我十余年前去东兴，北仑河对面的芒市山坡上停满日产车，皆是向我国出口或走私的。小陆说，此一时彼一时也。那时越南战后经济凋敝，走私货仅对中国，以攒些原始积累；现国内海关收紧，走私日艰，越抬高税收，利国赋。

同登原为一小盆地。前些年登金鸡山望之，盆地内仅为一小村镇，近些年发展甚快。虽然由友谊关入关者不多，但由其附近隘口，如油隘、埔寨、叫隘入关者很多，更重要的是同登为越1号公路起始点，南宁至河内铁路贯穿其中，是中越间人货互通的重要枢纽，地位重要。

车缓缓南下，两边皆为街市，行五六公里仍不见尽头，饭馆、车行、店铺一个挨着一个，密密麻麻。

中午时分，我们在路边一个餐馆就食。店主人是个小伙子，个子不高，有些胖，在瘦小的越南人群中显得突兀，会说些有点结巴的汉语，很热情。年轻的老板娘说，越南有三瘦：一是房子"瘦"，都是单开间，面窄，仅四五米，狭长，有十米左右，三四间相连，甚至更长，还有七八间的；二是路"瘦"，主要公路穿街而过，两车道居多，居民区的街道更"瘦"，多为四五米（这种情况到越南国内才发觉更甚，后文再叙。）；三是人"瘦"，你看姑娘们个个体形苗条，即使是男人也很少胖的。她笑着说："当然，我爱人除外，他经常去中国，沾了你们的仙气。"大家一阵欢笑。

往谅山，途中穿越几座不高的大山，弯曲，沿山脚行。山谷有些水田。铁路并向而行，铁轨则有些奇怪。它是三轨并排，宽者是中国的标准，与中国的铁路"宽轨"相连，20世纪60年代中国为支援越南抗美战争运送物资而建；窄者是法国标准，又称"米轨"，为越南国内通行轨道，由河内至海防、河内至老街皆采用此种装置。在今后的旅行中，我曾多次乘坐此种列车。由于轨窄，车速慢，载货量小，摇晃不定，稳定性差。原滇越线因是法国人设计建造，也为米轨，现中国路段已废止不用，启用新轨，米轨成为文物。未料越建国七十余年，革新开放也三十余年仍沿用此"古董"，始料不及。行数公里，见路东高山起伏，山峰座座，称"扣马山"，为谅山制高点，而路西隐约可见成片山体，莽莽苍苍。

谅山与同登几乎连成一体，虽两市中心相距十多公里，不过已被门脸狭窄的民居楼所连接。民居大多为两三层，许多通花屋顶配有锐角形房檐，似乎有点其殖民地时期的法式风格，且多绘有蓝、绿、红等色彩，临街一字排开，挨着墙相连，没有间隙。几乎清一色底层都是敞开式的店铺，得益于边贸和旅游，谅山一带民众开始富裕起来，已经改变了十余年前我登山所见的民不聊生的状况。新房多了起来。似乎觉得，这种门脸上搭顶造棚、家家经商、招牌号、商户广告满街的熟悉状况，应是广西一带镇、街十余年前的景态重现。当然这是经济发展过程中难以逾越的一个阶段。

穿过了无生气的老城区，同样临街房屋均为档铺。主城区的街道渐渐宽了起来，抬头可见耸立城内的大、小石山，又去了省政府、火车站及鬼屯炮台。此炮台与同登鬼屯炮台均为法治时期法军所建，为钢筋水泥质的三层环形防御工事，坚固异常，连日本侵占越南时都未曾打下。后驱车到**奇穷河**南，登上大桥，举目望之，不胜感慨，百余米的河岸，水流涟涟。

▼ 谅山奇穷河

一位朋友曾多次向我提起此处。他说，他在二十多年前过奇穷河后再向南前驱数公里。有的回忆文学说，过奇穷河后一马平川。旅行后方知，之后仍然关山重重，大河道道。当然此为后话。

绕城前行时，市中心见一犹如校园式的大门，大门紧闭，涂为金黄色。后才知道城南的党政机关及军营等建筑物均以此种颜色为主色

▲ 越南谅山烈士陵园

调。门内筑有高台阶，且上有方尖柱类似的碑柱，园内花坛很大，后问司机知晓此所为谅山省的烈士陵园。将陵园置于省城的中央足见越对其重视程度。

战事已过，伤痕抚平，多记优处，少议过节，眼向前看，脚向前行，应为两国邻里相处之正道。

过谅山后车流明显加大，虽仍处狭谷之中，视野却逐渐开阔。狭谷中隘口与小盆地交替出现，谷中丘陵多为土山，林边山势较高，而西边则是成片成群的石砬子山，这种喀斯特岩体分布在广阔的水平线上，由北至南，连绵数十公里。怪石突起，荆棘丛生，奇形怪状的大小石灰岩洞密布于山的各部。

南行二三十公里，顿时村庄稠密起来。路东的河谷和山坡上多辟为农田，山脚下分布着一个个小村落。我们来到一个叫做**海拉**的小镇休息，问服务区工作人员可有一个叫做支棱（又称支稜）的地方，皆摇头。我好生奇怪，难道当地人竟对名声很大的"支棱关"不知情？1407年，作为宗主国的明王朝官兵护送安南陈朝叫做陈天平的王室宗亲返回，以继王位，不料篡政大臣**胡季犛**出尔反尔，在支棱关（又称支棱隘）埋伏重兵，截杀护送明军五千人。明成祖朱棣被胡的"大逆不道"所震怒，派名将**张能**佩征夷将军印，征讨之，"**期伐罪以吊民，将复灭而继绝**"。明因陈朝后裔杀戮殆尽，无可继承，应当地官吏遗老求，"原复古郡县"，再置安南，仍称旧名"交趾"，重现历二十年之久的"属明治时期"。又一次重要战事与支棱有关的，则是1427年，仍为明朝时期，蓝山起义的安南豪族**黎利**在包围退守河内（东关）的明朝交趾步兵官王通后，又在支棱附近设伏兵五万，重创前来救援的明军于倒马坡桥，明军首领柳升身亡。

后我前行到谷地开阔处，停车问一农夫，此为何处？经反复探问方知停车处就是**支棱关**。原来我汉译支棱关的地方，而越南现在则另称一名，小陆虽用越语问道，也问不出名堂。

既窃喜已到支棱，回头一看更为支棱关地势所震惊。细观之，才发觉此地的不寻常处。支棱关并不见关所，也不见城墙。以13、14世纪的越南要在此处修一长城似的建筑非其能力之所为。据说仅有些城隘、路奢。站在公路上向南望去，西边石山群峰已逐渐向远处收去，东边两三公里远才为山地，谷地所到处呈一喇叭口状向南扩大。如果称此为隘口的话，则相当宽大很难设防，但意料不到的却是在豁口正中立有一挺秀山峰，山势陡峻，由西向东升高，山体雄奇，有一两公里之宽，如一把大锁将支棱隘口堵住，而在山体的两侧只留有不甚宽大的通道，且这周围均为大片的稻田及水网地带。过了这山谷再越些许低矮丘陵就是广垠的红河三角洲平原，直通安南腹地。真可谓是天锻地造、鬼斧神工。这

▲ 支棱关，隘口两座山峰挡道

个由谅山进入红河平原旷川大通道的最后一道天然屏障，安南胡朝、后黎朝在此设伏拒北是有军事眼光的。

2月的红河平原正进入插秧季节，少许早稻开始返青，大片水田的

秧苗刚刚插上，显得有些羸弱，许多农民正在自家的田里弯腰忙碌。耕田耙地的水牛不多，黄牛当家，几乎看不到机械作业，人力畜力劳动仍处于主导地位。

入境以来，除在谅山南麓看到一座正冒黑烟的水泥厂及爆采石灰岩的裸露山体外，满眼是夹路随行的民居农舍和店铺食肆，载行的越野车似乎尽在穿街过市。难道这里的人都搬到了公路两旁居住？难道家家户户都在经商？有那么大的市场需求吗？这种念头伴我访越始终，并且愈到后面愈发强烈。

临北江市，霎时间觉得天地开阔起来，零散的村庄，满眼的稻田，翠绿的竹林树木，与我在东莞望牛墩下乡当知青时所见相似，仿佛又回到了青春年少时。工厂的厂房和开发区的工地擦肩而过。日立、现代、三星等外资企业的招牌引人注目，而其邻国的中国商标与企业标牌却很少看到。看来日韩企业捷足先登了。但其中原因却不言自明。

河流众多，沟渠纵横，即便是冬末春初仍不失水乡风光，水量显得十分充沛，由谅山一路走来，上百米宽的大江已过数条。刚过陆南江，仅南行不及二十公里，车又行走在商江大桥上。由越北山区倾泻而下的**商江**，与世称昌江的**裘江**在下游不远处的一个叫做普赖的小镇汇合，再下行与经河内的红河一主干流相汇，形成**红河河系的北支**，分别注入下龙湾和海防市。这既带来舟楫之利，浇灌上万平方公里的良田，更形成天堑，拱卫河内及安南腹地。眼下是宽似广州珠江的**南江**，望着滔滔江水，不胜感慨，也更理解了发生于宋、元、明朝时与安南几场战争之所以如此惨烈与不可收拾的底因。

自公元前221年秦统一六国后，强大的秦王朝开始实行郡县制，开世界封建集权统治之行政梯次治理之先河，大大加快了人类文明的步伐。交趾安南这片土地，谓为之雒越民族进入一个新的历史时期。秦在岭南即两广和交趾（今越南北部）一带置南海、桂林、象三郡。象郡之治所为临尘（今广西宁明一带），辖有交趾之地。秦汉之际，龙川县令**赵陀**乘乱据有岭南三郡，建南越国，仍奉西汉为正朔。汉元鼎六年（公元前111年），西汉收南越国，属地，并设岭南九郡，其中在今越南北方设交趾、九真、日南郡。由此之后南越继续郡县矣。郡县这个概念，既有政治统辖之义，更重要的也是一文化概念。交趾成为化内之地，由此而脱蛮入华，比西南夷皆早。

历西汉、东晋、隋唐至五代，约1200年，交趾、安南演化成儒文化圈的属内方域，为东南亚地区所仅有。这不但使该地区社会进程加快，带来脱胎换骨的变化，更为其经济文化的发展准备了前提条件。儒家文明的礼仪教化和成熟的农业经济是安南历史和现实的一个显著特点。

968年之后，北宋承认了安南的独立自主，由郡县之属变为藩篱之国。安南传承了郡县制的物质文化遗产，全面推行汉制汉学，以儒为正，辅之释道，到李、陈朝达到鼎盛，在与周围的国家部落竞争中处于优势地位，并不断扩张之，至19世纪初形成今日疆域之大模样。

也有中国人常以兄弟称两者关系，越也认之。胡志明就说，中越两国同文同种，同出一辙。但对今天而言，则意味着什么？越与中之关系，可谓渊源深厚。

▲ 慈山市政府前的广场

过北江省后，原本要顺道赴北宁。但考虑到天色已晚，北宁这个越南历史上的文化大省，不忍随便弃过，便绕行北宁市区，再直插红河大堤。

从北宁赴河内，好将此地一个看。这块两万多平方公里的冲积平原，承载着越南近四分之一的人口，已高度开发，除却城市、村庄，便为水田和经济作物以及纵横交错的河流湖泊，难得一见树林与空地。

红河冲积平原，是越南民族的发祥之地。我去年10月，由东而西，走海防、海阳入河内高速公路主要干道，但所谓的"高速"公路，也仅封闭一下车道而已，绝无高速公路之概念，顶多为汽车专用道。小陆说，这已经是很大的进步了。东、西两干道旁皆为民居，虽然建筑等级不高，西方人说有些"丑陋"，然终归进入"小楼"的范畴。

我们渡南江过慈山市，这是个临近河内的富庶小城。再沿红河大堤，行十余公里，于黄昏时分过红河新桥入河内。

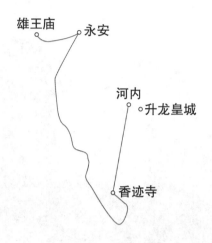

河内与广州的时差虽一小时，但仍有些不习惯。我北京时间7点起床后，在三十六坊街内逛了一两个小时，街上还是空荡荡的。路街垃圾遍地，尚未清理。喧嚣到下半夜的老城街吞噬了人们过多的精力，把清凉安静的晨早留作养精蓄锐的时光，不失为亚热带地区城市居民的一种休整安排。这种喝夜茶、重夜市的习俗不仅越南的都市流行，我所生活的广州及珠江三角洲一带在改革开放初期也曾经十分流行。不过随着现代化步伐的来临，人们生活节奏的加快，广州的夜市区被装进某一条街，或某几幢楼，那种全面开花式的大面积的夜市区已很少见。广州人也大多回复到正常作息的常态。而越南却旧俗如故。

7点半后（后均为河内时间），我们乘出租车沿红河南岸一路向西走去。市内的主要公路开始熙攘起来。摩托车群几乎占满了所有的车道，出租车在车流中慢慢挪动。穿街过市一个半小时后才开始看到村落、稻田。随着地势的升高，远处山峦渐入眼帘。

我们直奔美德县香山地区的**香迹寺**而去。

春节过后，仍属于越南民间的礼会（庙会）期间。所谓**礼会**，即常见的民间文化活动，如祭祀祖先、求神拜佛、卜卦算命、联欢愉快、角力斗牛等，与中国的闹新春元宵、赶庙会社火有相似之处。礼会大多围绕着寺院、庙祠、村亭进行，其中以祭拜佛祖的香迹寺礼会规模最大。

美德县原属山西省，2008年8月后山西省省级行政架构被取消，所属市县，包括美德县，一并归入河内首都建制。

抵香山乡码头，登上有遮棚的小船。摇船者竟清一色的女性，以30至50岁的妇女居多。戴着斗笠的妇女身材瘦小，但却内蕴柔力，驾船之术娴熟，先用双手，继之交换使双脚摇橹。船沿燕溪向西行，两岸山川在雨雾中飘渺缠绕，如诗如画。摇船娘身姿婀娜，香客互相致意问候，歌声塞川，此乐何极，实乃难得之意趣。燕溪沿岸的群山统

▲ 河内香迹寺礼会

称香山，沿途寺庙、道观、尼姑庵接连不断，据说有七十余座，与中国两广地区的庙、观、院样式相仿，大多在门枋上写有汉字的名称及对联，香迹寺列为此地名胜之首，其次为郑氏庙、天等寺，此地各宗教建筑的礼会总称被称为香迹寺礼会。礼会开始于每年的春节后，结束于农历二月，长达四五十天，其中以农历二月十五为正日。

船行40分钟登岸。虽非正祭日，亦不是节假日，香客游人仍接踵而来，许多人还挎着供品，举家前往。雨过天晴，春回大地，进香朝拜的人见佛就拜，见庙台就上香火，很是虔诚，更有多人席地而坐，喝茶进食，有滋有味。

香山属喀斯特地貌，山不高，但形状丰富，多溶洞，神秘幽深，加之草木葱茏，繁花竞放，是春游好去处。香迹寺位于最大的溶洞当中。香客历经艰辛，好不容易登上山顶，极目四望，心旷神怡，突然路随山转，豁然见一拱门，穿过拱门即入香迹寺。洞阔三四百米，因势在溶洞内四周较高敞处供着大小菩萨神灵，香火终年不断，招来人头攒动，其原因皆为香客们信其神仙灵验。越南黎朝圣宗称赞其为"**南天第一洞**"。还有一个重要原因则有一个被民众视为圣物的东西存在：溶洞中央有一石笋，呈乳房状，高约160厘米，石笋顶部酷似女子乳头，恰溶洞顶部有一处滴水从其上方滴下，正好滴在其乳房上，溅起水花，充满了象征意义，可谓造化神奇。人们，尤其是那些想生孩子的妇女争先恐后地上去抓摸，带来喝声一片。人们既要拜生子观音菩萨，又去抓摸人自身生殖器官的象征物，实质上就是佛教信仰与原始图腾信仰的混合。这与广东兴化丹霞山的观音塑像及阳根山、冬阴峰前的热闹景象何其相似。岭南百越中的雒瓯越后裔即使分群两国，其文化的传承与相通是任何力量也无法割断的。

仅**河内市**内就修了多座红河大桥，过往南北显得方便多了。离开城区，过**日新桥**，往西而去，走上了六车道的机场公路。夹街而市的现象少了些。终于可以看到刚开发的商住小区，看到新盖的厂房。我们从河内机场南边擦肩而过，进入了红河中游平原。行20公里后感到人口密度降低、村庄稀疏起来，大片的水田处于春播之中，耘田的耘田，插秧的插秧，看到躬身耕作的农妇仿佛把我带到二三十年前的珠江河畔，这种以人力为主的劳动方式在中国已不多见，基本被机械所替代。越国的农人是隐忍的、勤劳的，战火之后，20世纪八九十年代我在东兴、凭祥一带多次看到越南边民过境换取食粟，以饱饥腹。短短一二十年间，已恢复如常，大片的良田沃野，阡陌纵横，由自给而出超，越南已成为与泰国比肩的稻米出口国，近些年年出口大米1500多万吨，货值竟达80多亿美元。这与越南全面推行与中国相似的土地经营家庭承包制有关，更是上千年的郡县制稻作文化所熏陶出来的熟练农手辛勤劳动的结果。而之前在柬埔寨所见到的情景则完全与此不一样。洞里萨湖烟波浩渺，水浪拍岸，为东南亚第一大淡水湖，也是贯穿柬境南北东西的湄公河流域的调节型蓄水池，如洞庭、鄱阳两湖与长江的关系般，但去年三月抵柬埔寨，游走于金边、吴哥窟与白马之间，多么平展的土地，竟只有赤土千里，田里几乎无一寸庄稼，所得到的解释竟然是"现在是旱季"。而同为降水量相似、一江相牵、土地相连、位于长山山脉以东的越南，却在沃野之上被满是绿意盎然的稻秧所覆盖，唯一得到的合理解释是，弥漫在浓郁的南传（又称上座部）佛教氛围之中的柬埔寨每年仅种植一季水田，与金碧辉煌的寺院建筑相伴而生的则是全国几无一处大型可供堪用的水利设施，而居红河、湄公河下游的越南遵循儒家重农耕垦殖的文化传统，很早就成为成熟的稻作文化区，养成每年两作，甚至三作的稻田耕作习惯。大片的稻田相连，低洼处间以鱼塘、池沼，将翠竹、树木把村庄迴绕，似乎见到20世纪60年代珠三角"桑蔗鱼田"的景象。农作的传统方式相似背后是文化传统的相通。当然也有变化，公路两旁时常可见成片成片的**坟茔**，面积数亩，甚至数十亩，也有孤零零的坟座立于稻田之中，且大多数是新建或者重新粉饰的。如此金贵的土地资源置于坟茔建设之中，有些可惜，可能是祖宗祭拜与风水文化过于强烈使然。中国作家**贾鲁生**90年代所写的报告文学《白色的坟茔》说，粤、闽等东南沿海的农民，富裕后的第一件事就是给祖先修墓地，以"荫庇后人"。而中国此类现象近些年几近绝迹，越则正步其后尘，又是慢一拍。越南统一后的人口总数5000万，在2014年已达9300万，有人说现在可能过亿。据说越政府开始提倡火葬、简葬。这是一个良好的开端。

未曾想刚刚阴云蔽日，才上大路已云破天晴，午日熔金。很快，仅仅80公里，就沿3号公路到了**永安市**，即永福省的省会。越南的省级区划太多，30多万平方公里的国度，竟然有5个直辖市、58个省，达63个省级单位，一个省大者上万平方公里，小者数百平方公里，则其省城规模可想而知，许多省城连广东、广西的一个县城规模都赶不上。

续行40公里，入富寿省会**越池**，多栋褐红色建筑物排列在主要公路两旁，颇有些气势。再加之陈式化的学校、医院、派出所、陵园，与所经过的多个省会城市的构造十分相似。过雄王大学，校舍刚刚粉刷一新。此时地势逐渐抬高，公路两边虽然餐馆、店铺连绵不断，但明显路开阔些。原以为过了越池，即可临**雄山**。可出租车夫言，尚需再西行15公里，又追索了几十万越南盾的租车费。

沿柏油路攀上，20分钟后地势渐隆。山峦叠嶂，形同兀起。入雄王庙风景区。乘电瓶车又绕一湖，过一山，到形胜惊人处。左下方，竟有上百级的台阶，台阶底部为一旷川，正在大兴土木，修建城楼、殿堂、宾馆之类。右手边则为一小山丘。山丘背后连着层层山峰，阳光直射之下，不失挺拔秀丽。

登山而行，台阶宽大，青石铺就，明眼一看就知是近期所建。

位于河内西北的富寿省，地处黄连山脉向红河平原过渡的山地、台地地带，之内地形起伏，被众多盆地、谷地所分割，既景色峻秀，植物茂密，又适宜采集、农作与居住。在上古时期，当红河平原被泛滥洪水所肆虐之时，富寿、和平一带则是早期人类如当地的雒越部落的主要生活聚集地。而位于富寿省中部的寿山县群山起伏，气象不凡，是雒越部落联盟首领生活的核心地带。所在山地，红河环绕，原称义岭，现称雄山，历来为雒民拜祭之处。10世纪后李、陈二朝，在**义岭山**之上建有**雄王庙**，香火渐盛。阮朝时，越南封建国家直接参加了祭祀。1917年，阮朝礼部定阴历三月初十为国祭日，并制定了祭祀礼仪。20世纪60年代初期越将雄王庙列为国家历史遗产。而真正将雄王庙会提升到国家层面的规格举办，并付于实施公祭仪式的是2010年，公祭仪式于农历三月初十上午7时正式开始，当时的越南国家主席阮明哲和政府、国会、省市领导，以及海外越侨代表等参加了进香仪式。进香后国家主席作为"主礼者"发表演讲，在主礼者授权下，有关人员恭读祭文，上万名香客涌向雄山祭拜，场面非同寻常。

关于"雄王"之称谓，中外学者大多认为，由于"雒越"的"雒"字与"雄"字的字形相似，后人把"雒"字误写成"雄"字。这一误写被自13世纪以后越南史学者所沿袭，故而在越南历史上出现了"雄王"。因此，越南人至今仍把"雄王"看成是自己的始祖。

这种把雄王认作自己民族始祖的依据源自一个传说。

据说，炎帝神农三世孙**帝明**，巡视南方，到达五岭，娶婺女之女为妻，得子名为**禄续**，被封为**泾阳王**。泾阳王生子**雒龙君**。雒龙君娶**瓯姬**为妻，生百男。由于雒龙君是龙族，瓯姬是仙族，水火相克，不能久居，于是瓯姬带50子在今越南峰州（即富寿）地方生活，封其长子为王，称为雄王，王位传了18世，皆称为雄王，历时2622年。而雒龙君则带50子来到水里生活，越南人也称自己是"龙子仙孙"。

▲ 富寿雄王庙山门

　　庙区范围很大，有几十平方公里，据介绍，近些年每年有五六百万
人次参观烧香。下车后，穿过旅游商业区，拾阶而上百余步，到前山
山门，上书"高山景行"四个汉字。门坊上饰双龙戏珠雕塑。一望便

知此为老物件，有些年月。沿半山腰行约1公里，到一宽大谷地，坐旅游巴士，沿湖约行2公里，抵一山峦前，山势不高，但俊美秀丽，古树参天，枝缠叶绕。临近公祭日期，游人塞途，步行缓慢。半小时后，山路横挡一座四开间二层重檐的亭楼。穿楼过，路变得窄而陡，随众人扶梯攀行，又见第二组建筑，主殿为七开间三进歇山式简瓦红顶红墙建筑，殿正中书"天光禅寺"，前后神龛分拜佛祖与雄王，对联有一句写有"有缘登觉岸义山凑会"字样，说明此山即为"**义山**"岭，拜雄王如临佛界圣地和彼岸世界，禅定与拜祖同义。继续攀顶，则到园区的主体建筑"雄王庙"。庙立于一个不大的四方院落当中，院内已人头攒动，几无立锥之地，穿着校服的学生正在举行祭祀仪式。庙舍不大，廊悬"雄王古庙"楷书牌。后翻阅资料，所经三处建筑，分为下、中、上三祠，原为义岭附近三个村庄的村社，15世纪后逐渐改建为"雄王庙"。

峰顶部为"**雒龙君寺**"和"**瓯（妪）姬寺**"，分别供奉第一代雄王的父亲雒龙君和母亲瓯姬，即龙王与瓯仙。"雒"、"瓯"二字，明眼人一望便知此为古代中国百越中"雒"越和"西瓯"越的代称。中国古籍一向认为"雒越"和"西瓯越"是中国广东、广西、交趾一带土著先民的统称。两寺皆为近代新建筑。寺门为越式牌坊型建筑，灰白色，书"南越肇祖"。寺内塑有雒龙与瓯姬塑像，样式着装完全与

▲ 雄王庙正门（南越肇祖）

中国的帝后般。不知何故，此寺内禁止照相。香火旺盛，尤其瓯姬像前，人们排成行挨个进行拜礼，我排队半小时才轮到拜见的机会。拜祭者以女子居多，神情虔诚，大多口中念念有词。

越南有句民谣：不管你身在何方，请记住三月十日祭祖的这一天吧！看到这拥挤的人群、崇仰的面容以及踊跃捐募的举动，真实地感觉到越南民间对祖先不死、阴阳交流的崇拜心理之强烈与深厚。我们似乎看到了我在中国甘肃天水的伏羲庙、黄土高原下的黄帝陵、罗霄山脉中段的炎帝陵及岭南九嶷山麓的舜帝陵前所见到相似的浓烈祭祀相。儒家文化的孝道哲学与心理在圈内地域的生命力仍然如此强大。

雄王之说作为民间传说，并代代相传，标榜龙仙子女的高贵族裔血统，并与东亚主流文化所命奉的三皇五帝之一的炎帝神农氏的命脉相联通，以提高民族的自信心和凝聚力，本完全可以理解。甚至将上古时期雒越部落首领尊称为"雄王"，以民间故事的形式传播尚无文字记载的蒙昧时期的本国一段历史，也说得过去。但将此传说作为信史，并以此为凭去主张一些不着边际的东西，却值得研究。有学者认为，越南隆重祭祀雄王，既有寻找和纪念民族始祖的意识，同时也有以此来把国家建立的历史大大向前推移的考量。对这个问题的考证，有大量的文史记载与探究考察，在此间我不多叙述，留待补记时再说。我想最有说服力的结论就是越南的信史本身，如越南近现代的历史学家**陈重金**所说："纵观自泾阳至雄王十八世，君王凡二十易，而从壬戌年（公元前2879年）计起至癸卯年（公元前258年），享年2622年，若取长补短平均计算，每位君王在世约150年！虽系上古之人，也难有这么多的人如此长寿！观此则知道，鸿庞时代之事，不一定是确实可信的。"

落山返回，始知景区的电瓶车，即景区唯一的代步工具，竟完全交由私人承包。由于同行的人少，仅我们3人，等了40分钟也无车可乘，只得到山脚下搭摩托车。摩的司机竟将我们向附近村庄里拉，还说那里有特种服务。唐舒明惊呼停下，后经翻译小秦多番解说，才改变路线，把我们送到新建的园区大门口算完事。我们又步行近20分钟找到载我们来的那辆挂河内车牌的出租车，顺利下了山。

待到越池红河大桥上，已黄昏时分。向西望去，群山连绵，落日余晖，由河内至河口、终点昆明的滇越铁路纵贯大桥东西。站立桥上，我想起朋友**张平**在临赴越南前跟我说的一段话：别忘了到**越池大桥**看看，江水流淌着我们解放军的血呀！1968年，张平作为援越铁道兵战士赴越参战。他们营的任务就是守护和维修越池大桥，确保滇越大动脉的安全与畅通。他清楚地记得，刚到阵地的第三天就迎来了第一场战斗。20多架美军轰炸机、战斗机由西南老挝方向偷袭而来。我驻越池的一个高射炮团，英勇还击，击落3架。但由于是初战，缺乏经验，很快就消耗完弹药，而20分钟后上百架敌机黑压压一片飞临越池上空。中断了弹药的高炮阵地和抢运弹药的运输队成为敌机肆意掠杀的对象。我军伤亡惨重。危难关头，只装备有近射火器的铁道兵挺身而出，射出复仇的火焰。张平说："我作为12.7高射机枪的射手，10余分钟，打出整整2箱子弹，与战友一起取得了击落、击伤美机各一架的战果。"张平荣立三等功，而同班的两名年轻的战友牺牲

▲ 雄王祖庙山亭

▲ 雄王祖庙大堂

在战场上。翻译小秦指着上游左岸的一个山头说，那里有我军的一个烈士陵园，埋葬着上百名解放军烈士。我问陵园维护情况怎么样，小秦说，经常有越南老百姓自发地去清扫，近两三年，我大使馆和烈士亲属常来探望，越方也开始重视了。民众心中有杆秤，历史岂能忘记。呼啸而过的列车把我从深思和凝望中惊醒。天色已晚，归途尚远，只能怀着惆怅归去。

补　记

关于雄王及蜀王子泮的信史思考

雄山归来，一个思絮麻团始终萦怀在心。那个雒王时期的"文郎国"，和蜀王子泮时期的"瓯雒国"，到底能否、有否称之为"国"？其社会政治结构是属于"部落联盟"阶段，还是已具有国家称号，具备了独立国家的基本形态？这个问题的讨论在一定意义上说，决定了今后安南交趾地域的郡县制建立的历史政治逻辑判断。当然这个问题的走向最好交由学术研究去梳整，让历史发展去检验历史。我曾在力所能及的范围内查阅中外史料，发现我国著名东南亚问题学者古小松所著《越南：历史、国情、前瞻》对这个问题作了清晰而有说服力的阐述。现将该著作有关部分摘录如下：

……

2. 文郎国是传说

对越南独立建国的时间，越南不少学者及其教科书的说法与中国学者的说法相差甚远。他们往往认为越南建国应从传说中的"文郎国"开始。其实，"文郎国"仅仅是一个传说而已，历史上很可

▲ 雄王祖庙

▲ 雄王祖庙

　　能有如此一个部落,但与一个国家的概念还相差甚远。相传,"炎帝神农氏三世孙帝明,生帝宜。既而南巡至五岭,接得婺仙女,生王(泾阳王,名禄续)。王圣智聪明,帝明奇之,欲使嗣位。王故让其兄,不敢奉命。帝明于是立帝宜为嗣,治北方,封王为泾阳王,治南方,号赤鬼国。王娶洞庭君女,曰神龙，生貉龙君"。貉龙君"娶帝来女。曰姬姬，生百男，是为百粤之祖。一日谓姬曰：我是龙种，你是仙种。水火相克，合并实难，乃与之相别，分五十子从母归山，五十子从父居南。封其长为雄王，嗣君位"。"雄王之立也，建国号为文郎国。分国为十五部……置相曰貉侯，将曰貉将。王子曰宫郎，王女曰媚娘，有司曰蒲政。世世以父传子，曰父道。世主皆号雄王。""自泾阳王至雄王十八世，君王二十易，时从壬戌年（公元前 2879 年）至癸卯年（公元前 258 年），凡 2622 年。甲辰元年（公元前 257 年），文郎国为蜀王子泮所灭，蜀泮称安阳王，改国号曰瓯骆（同雒），在位约 50 年，至癸巳年（公元前 208 年，秦二世胡亥二年）为赵佗所并。"

上述可见，如果有文郎国，其存在 2600 多年，18 位雄王，人均约 150 岁，那自古至今人有可能如此长寿吗？红河三角洲周围在公元前都没有建立过国家的记录，南面建立国家较早的是林邑，西面的澜沧王国更晚，都是在公元以后的事，北面与雒越相邻的西瓯部落地区也没有建立过国家的记录，红河三角洲单独有一个如此长历史的国家是没有理由的。

据中国社会科学出版社出版的《古代中越关系史资料选编》，"约成书于 5 世纪的《林邑记》，记载了朱吾县（今越南广平省洞海县南）南文狼人的情况，它说文狼人当时还处于'依树止宿，鱼食生肉'的状况。这样低下的生产力显然还没有到达阶级社会的水平"。"6 世纪的地理学专著《水经注》在引证了《林邑记》关于文狼人的记载之后说，朱吾县南有条河叫文狼究，是文狼人居住的地方。""唐代杜佑著《通典》时参考了关于文狼人、文狼水、文狼城的记载，结合古代对国字含义的理解（古代'国'字即城邑的意思），把文狼说成国名，改狼字为郎字，又将其地点移到经济较为发达的峰州（今越南富寿县越池县南），便把唐代峰州说成是古文郎国的地方。"杜佑同时代及后来的历史学家和地理学家都没有采用这一说法。**越南 10 世纪独立后，成书于 14 世纪的编年史《越史略》、15 世纪神话传说《岭南摭怪》及后来越南的史书糅杂了中国古籍特别是唐《柳毅传书》关于炎帝神农氏、"百越"等传奇故事，编造了文郎国及雄王的传说。**

3. 瓯骆国也是传说

一些古书中曾有"瓯骆国"的记载，反映的是传说中古代雒越、西瓯人原始部落社会的一些情况。当代越南史学家写的《越南历史》把瓯雒部落当成一个国家来描述："骆越人与西瓯人自古就经济文化关系密切。**蜀泮**是西瓯人居住在文郎部落区域的首领。西瓯部落日益强大。""秦军入侵前，雄王与蜀家族已发生未分胜负的冲突。在秦军猛烈进攻的新形势下，双方一起抗击外侵。抗战胜利使蜀泮以指挥者的身份取代了雄王登上了王位，定国名为瓯骆。""瓯骆国涵盖了瓯越人和西瓯人的居住范围。""瓯骆国为首的是蜀安阳王，其下有雒侯协助管理。各地则有雒将领头管理。""瓯骆国存在的时间不长，约从公元前208 年至公元前 179 年。"

从时间看，瓯骆国建立和存在的时间正好是古象郡存在并被赵佗击并的时间。《史记》明确记载，秦始皇三十三年（公元前 214 年）已"略取陆梁地，为桂林、南海、象郡"三郡，其中的**象郡**按照《大越史记全书》（外记卷一）的说法"即今安南"。那么，公元前208年又怎么能有瓯骆国的建立和存在呢？《史记》又记载，**赵佗"击并"的只是象郡而不是瓯骆国**。从有关史料看，秦军平定岭南时，很有可能是遇到了西瓯和骆越两部落联盟的激烈反抗，所以秦始皇派遣"尉屠睢发卒五十万为五军……三年不解甲驰弩，使监禄无以转饷；又以卒凿渠而通粮道，以与越人战，杀西呕君译吁宋；而越人皆入丛薄中与禽兽处，莫肯为秦虏，相置桀骏以为将，而夜攻秦人，大破之，杀尉屠睢，伏尸流血数十万，乃发适戍以备之"。因此，从相关的史料所描述的时间、地点以及事件经过大体可以判断，**所谓的"瓯骆国"很可能就是西瓯人与骆越人建立的反抗秦军的联盟而已**。这个联盟很可能从抗秦开始，一直存在至赵佗击并象郡。后来赵佗割据岭南，在南海、桂林、象郡的基础上建立了南越国，并把原来的象郡分置为交趾和九真两郡。"赵佗攻破象郡安阳王，'令二使典主交趾、九真二郡人'。"

……

可见所谓的在公元前208年至公元前179年立国的"瓯雒国"在历史上是不存在的，这一期间恰好是秦王朝史禄凿通灵渠、秦将任嚣、赵佗平定交趾，并在此地置象郡，及到秦王朝灭亡，赵佗将南海、桂林、象岭南三郡统一为南越国这一历史时期。

2月17日

河内市内

三亚村

顺安

慈山

河内

　　河内之所以称"河内"，是就红河而言的，取意于环抱于红河之内，由阮朝沿用至今。红河又称珥河，是越南北方最大的河流，也是北方最大的水系，由于河水中挟带着大量的泥沙而呈红色，俗称红河，或红水河。**红河的主干流在中国境内称元江。**由中国河口进越南老街后称红河，全长1140公里，在越南境内仅长505公里。**红河的两大支流分别为沱江和泸江。**沱江位于红河右岸，因流经森林茂密、腐殖质高的黄连山区，河水呈黑色又名"黑水河"。沱江全长982公里，其中越南境内长543公里；泸江位于红河左岸，由斋江、锦江、明江汇合而成，在宣光汇合后称泸江。泸江全长450公里，在越南境内长270公里。红河主干流和两条重要支流均发源于中国，在中国境内的云贵高原源起溪流，汇水万条，千回百转，成江河后冲决山岭阻绝，在云南省的文山、西双版纳、红河州等地川流越南，真可谓"我住江之头，君住江之尾"。中国云南、广西和越南是实实在在的"同饮一江水"的关系。沱泸二江在越南富寿省会越池汇入红河。越池之上多荒山野岭，或河床狭窄，礁石浅滩较多；或沟深浪大，水流湍急。越池之下则河床展宽，水流平缓，面积达2万多平方公里的红河平原让数千万人在此生息繁衍。取河内之名者，为清册封的越南国王**阮福晈**，时为明命十二年（1831年）。阮朝都城位于越南中部（又称中圻）的顺化，亦称承天城，河内仅为北部（又称北圻）重镇。那时，在西方列强重压下的清朝政府已显衰败之相，在1884年与法国签订了《中法天津条约》，之后放弃了对越南的宗主国地位。法吞并越南南、北、中三圻及柬埔寨、老挝后，在这三部分地域直接实行殖民统治，并虎视眈眈于中国的云南、广西及北部湾地区。法称越南南圻即西贡地区为交趾支那，统称越、柬、老三国为印度支那联邦，并设联邦总督府于河内。1945年4月越南独立后，迭经战火，法又占据河内数年，之后为越北方占有，国号屡变，如越南民主共和国、越南社会主义共和国，然均建都于河内。

河内，称为"河内"，可能时间不长，仅180年而已，但作为越南

▲ 河内市内

最重要的城市、统治重心以及经济文化中心，则时间久矣。

越在有史记载的2000余年的历史中，在1885年前，可分为中国治理时期（越史称"北属时期"）与自主时期。

秦始皇在统一六国、建立秦王朝帝国后，构造灵渠，发兵岭南，先后在大将**屠睢**、**任嚣**的统领下，征战七年，于公元前214年收服百越，**在今广东、广西及越南北部地区设置南海、桂林、象三郡，**由此开创中央王国以郡县制直接治理岭南，包括越南北部地区的时期。在秦亡、楚汉相争时，中原无暇南顾，南海郡龙川县令**赵佗**继任嚣袭南海郡守后，"并击桂林、象郡"，建立了以番禺（广州）为中心的封建割据政权"南越国"，自立为"武王"。赵佗在今越南的中北部设交趾、九真二郡。交趾一名始肇于此。西汉朝立，赵佗接受册封称臣。后南越国相吕嘉叛乱，汉武帝派**伏波将军路博德**率军征伐，于**元鼎六年**（公元前111年）灭南越国，并在其故地设置九郡，**其中在越南北中部设置交趾、九真、日南三郡。**两汉、南北朝、隋、唐期间，如今越南中、北部这块地域的行政区划多有变动，辖属关系时有调整，名称也常有变化，但始终得以为一个大的行政区划领之。历时较久，且较为显声的有西汉时期的统辖交趾等三郡的交趾刺史部、唐朝时期管理交州等十二个州的安南都护府，其刺史部、都护府的治所均为河内及附近这块地域。治所先后称名为"古螺城"、"嬴陵"、"宋平"、"罗城"、"大罗城"、"龙编"等。其中，以东汉三国时期（公元187年）交州太守士燮所建的嬴陵、唐朝中期时任安南都护经略招讨使的高骈在紧邻嬴陵所筑的大罗城这两座首府城镇尤引人注目。

秦汉以前，安南尚无城市。"越，方外之地，发文身之民"，"越非有城郭邑里也，处溪谷之间，箐竹之中"。**士燮筑嬴陵**具有开创意义。古城呈"日"字形，长约600米，宽约300米，城墙为土建，四角有烽火楼，且有护城河环绕，使人惊叹；高骈在击败南诏国的多次侵略后，

▲ 交州（安南古城）府治嬴楼建初寺

所筑罗城的规模更大，"罗城周回一千九百八十二丈五尺，城高二丈六尺，脚阔二丈五尺，四面女墙高五丈零五寸。望敌楼五十五所，瓮门六所，水渠三所，脚阔一丈，及造房屋四十余万间。"以上为司马光《资治通鉴》、越吴士连《大越史记全史》所言。此后越人黄高启所著《越史略》除涉及大罗城的基本情况与司马光所言一致外，但也有些细微异处，如说"又筑堤子，周回二千一百八十五丈八尺，高一丈五尺，脚阔三丈"，又如提到建屋五千余间。看来两者在建造房屋总数上，是四十万间还是五千间，数字有些差距，可能一说是全城，一说是民屋。但无论如何皆说明当时的大罗城作为首府是一个很有规模的大城镇。此两城相继为交趾地区政治上最重要、经济上最繁荣、文化上最发达的都市，为今后越南在此地扩建都城，建立河内市打下坚实基础，在越南文明发展史上具有极大的推动作用。越南史书历来对士燮、高骈评价甚高，分别称两人为"士王"、"高王"，并在北宁顺城和河内龙编建有士王庙、高王庙。

称为"国都"的前提是必须有"国"，即必须有一个独立、持久、稳定的行政管辖权与统治权的国家实体。**古小松说**："一些地方的文明历史很长，但建国的历史并不长，……越南也是这样，公元前这里就有了和平文化、北山文化、雒越部落的发展，以及后来中国在这里设立了一千多年的郡县，但直到10世纪才独立建国。"因此，虽然由秦至唐，至五代十国的封建割据政权刘隐的南汉国，古称古螺、龙编、嬴陵、罗城、大罗城的城市，只能被定义为治所所在地，当时称之为州城、府城，顶多称之为首府，而绝不能称之为国都、首都。学术界一般认为，应将968年**丁部领**建"**大瞿越国**"作为越南建立自主封建国家开始。宋太祖封丁部领为检校太尉、交趾郡王。尽管，名义上与中国仍然保持着宗藩关系，但此后的越南实际上已自主于中原王朝，可独立地行使统治权。

河内并非自然而然地成为国都。越南的前两个朝代寿命很短，丁朝十三年，前黎朝二十九年，两朝的首都均设在越南中北部的宁平山区**华闾洞**，即今宁平省华闾县。

作为前黎朝殿前指挥使的**李公蕴**于1009年篡位，建立了李朝，被称为李太祖。李随即迁都，取名升龙，即今之河内，都城的范围涵盖嬴陵、大罗城。

李公蕴为建都广造舆论，曾以汉字撰文《迁都诏》，被奉为越史上的名作。现抄录如下：

《迁都诏》

昔商家至盘庚五迁，周室迨成王三徙。岂三代之数君，徇于己私，妄自迁徙？以其图大宅中，为亿万世子孙之计。

上谨天命，下因民志，苟有便辄改，故国祚延长，风俗富阜。

而丁、黎二家，乃徇己私，忽天命，罔蹈商周之迹，常安厥邑于兹，致世代弗长，算数短促，百姓耗损，万物失宜。

朕甚痛之，不得不徙。况高王故都大罗城，宅天地区域之中，得龙蟠虎踞之势，正南北东西之位，便江山向背之宜，其地广而坦平，厥土高而爽垲，民居蔑昏垫之困，万物极蕃阜之丰，遍览越邦，斯为胜地，诚四方辐辏之要会，为万世京师之上都。

朕欲因此地利，以定厥居，卿等如何？

李公蕴正是看中了高骈所筑大罗城（今河内）的地缘和气势之利，及经济上的"蕃阜之本"，才定下"遍览越邦，斯为胜地"之决心，择河内一带为越南的"万世京师"。

红河水由西而东，汩汩流淌，在年平均降水量达1600毫米的冲积平原之上，又汇众水，终成大江。由西北方向入河内，河道宽广，达1500米。水势滚滚，然却平缓。河中多有沙洲，有的筑有房屋，已成村庄市镇，有的辟为良田鱼塘果园，收获甚丰，有的则日显日没，荒草杂枝。河水在市内东行约30余公里，突然拐一大弯掉头南下，河道收窄，分为东、南两道，直奔广安、太平入海口。现红河上建有10余座桥梁，南北已成坦途，其中最为出名的是铁公两用的**龙编大铁桥**。桥是法国殖民时期所建，已有上百年的历史。西边不远处又有一座新桥，为中国在20世纪中期所援建，原称中越友好大桥。20世纪60年代越南抗美战争时期，大铁桥成为美军轰炸的重点目标，多次炸断，又多次重修，反复搏杀，场面十分壮观。当时曾有一部著名的纪录片《炸

▲ 河内龙编大铁桥

不断的大铁桥》，讲的就是那场在这里发生的惨烈战斗场面。而当时并不为世人所知的是，负责保卫、维修这座大桥，使之始终保持畅通的部队就是我军的铁道兵部队。我发小**王春平**，曾是这英雄部队的一员，他多次向我提到参战两年多的经历，仅他那个连队就有20多位战友血洒红河。战火中王春平也曾负过伤，现他已离我们远去。我行走在大铁桥上，摸着已锈迹斑斑的桥梁上的凸形支架，虽然桥梁中部的铁轨上仍然跑着火车，铁轨两侧的窄道上行走着不尽的摩托车流，战争的

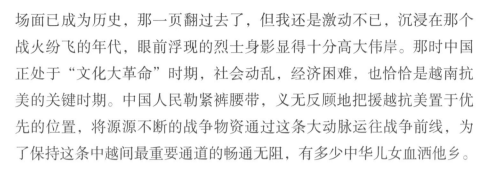

场面已成为历史，那一页翻过去了，但我还是激动不已，沉浸在那个战火纷飞的年代，眼前浮现的烈士身影显得十分高大伟岸。那时中国正处于"文化大革命"时期，社会动乱，经济困难，也恰恰是越南抗美的关键时期。中国人民勒紧裤腰带，义无反顾地把援越抗美置于优先的位置，将源源不断的战争物资通过这条大动脉运往战争前线，为了保持这条中越间最重要通道的畅通无阻，有多少中华儿女血洒他乡。

时光流逝，斗转星移。在早期的雒瓯越部落联盟进入到中原农耕文化治理的岭南小文明圈后，摆脱了蒙昧状态，在现今越南北部形成一个比较稳定的行政单元。这个先后称为交趾、交州、安南，而后由清嘉庆帝赐名"越南"的地方，其统治中心由"方外之地"、"溪谷之间"而逐渐固定。**先是汉士燮设赢陵，这座当时东南亚地区最大的城市，存在了四个多世纪，再到唐高骈筑大罗城，规模更大，后于11世纪越李朝李公蕴所筑升龙城，即今河内市，经历了由北而南的过程，先在红河北，再到红河南，尔后再往南移至升龙城，直至今将上述三部分涵盖之的河内市，从州治、府治发展成为一个独立国家的首都，也可以说是在承继了先朝遗产的基础上再发展、扩大了的方城。**虽然现在所说的赢陵地区淹没在村镇之中，行政上归北江省，但仍然与河内街市相连，浑然一体，其区别只是名号而矣。

我想越之首善之地一直南迁，直至河内才算稳定下来，这种状态的形成，不仅仅是经济文化因素使然，更重要的可能还是出于政治、军事方面的考虑。正如李公蕴所说，选定高王故都大罗城，是学古之圣贤，"蹈商周之迹"，摒弃丁、黎二家之"徇己私，忽天命"，"以定厥居"，以求"国祚延长"，"便江山向北之宽"再恰当不过了。

先为割据，后为独立，与中央王朝的关系由郡县而改藩篱，始自中国混乱的五代十国时期。对安南的实际统治权操失于割据岭南的**南汉国主刘岩**（刘隐弟，后改名刘龑）手中。971年，宋太祖**赵匡胤**的北宋政权灭南汉，在**丁部领**表示愿作藩属，请求册封后，北宋接受了现实，封丁部领为交趾郡王、静海军节度使，安南走上了建立事实上独立的封建国家的道路。深具战略眼光的李公蕴建立李朝后，接受丁、黎朝京畿重地地狭多局促、远离交趾经济文化重心的教训，将京城安在红河附近。可能也有对北方中央政权的某些战略考虑，在京城选址上向士王城、高王城南偏移。由谅山、支棱关南下，既有关山险地，更有大河阻途。原大罗城北已有北宁、北江两省的裴江、商江、陆南江三条大江横流莽原，仍嫌不够。因此，既要在"高王之地"周围选址，又不能全盘照收于红河之北格局，独具匠心地在三大河之外再增加红河这条更大的河为天堑。

在毗邻于大罗城的红河之南择地而居，可谓一举两得。既可图强，又可御防。然更大的意图是向南徐图之。李朝是越南立国后走向鼎盛的起端，其所定国策，为后来之历朝历代，如陈、后黎、西山等朝所继承，皆照办之。与南阮对立的北郑，也一直将其统治中心置于河内。阮朝虽定都顺化，但始终赋予河内以特殊地位。

河内现已是660多万人口的大城市了，行政区划有9郡（区）、20县，面积3300多平方公里。但城区面积尚不足200平方公里，2012年仅182平方公里，现正处于城市建设快速扩张的先导期。

我们住在老城区里被称为**三十六坊的谢贤街**上。街道逼窄，有五六米宽，两边密密麻麻地盖满了门脸窄小的两三层的单体楼，现多辟成店铺，以旅店、餐馆、杂货铺、水果店、工艺品店、牙科诊室及形形色色的小中介机构居多。街上摆满了各色小摊，沿街兜售，即使大白天，依然人群川流不息，而摩托车、的士以至小面包车竟在人缝中穿行，却鱼贯而入，挺有秩序，很少见有碰撞发生。行不多远，就看到多处院落，内里房舍有洋楼式的，也有中国南方粤闽一带的堂屋似的，许多门脸两旁或上额书有汉字，如某某商行、某某货栈，或写有某某氏祠堂、某某寺院。给我印象深刻的是周氏祠堂，写有"**岐山堂**"的堂号，显得十分地道，一下子就把周氏的起源地点明了。街上

▲ 居河内中心区的三十六坊夜市

低矮的楼房，多楼龄陈旧，估计有百年以上，也有新翻建的。我所住的旅店就是近些年才建的，在街尽头拐弯处的一高岗上，门脸仅三五米，内里却挺宽大，每层有三四百平方米，有六层，楼呈"日"字形。令人不可思议的是在门面侧下方有两三米宽的通道，直通大楼地下，原来旅馆的停车场就建在这里，有两层，每层可停七八辆车。真可谓螺蛳壳里作道场。在之后的旅程中，我越发体会到越南人在这方面的能力。

不远处就是著名的**白马寺**。与中国洛阳白马寺以纪念西来白马驮佛经而来的意义不同，河内这座白马寺却与李太祖有关。寺院建于11世纪，据说是城内最古老的寺庙。当时，李公蕴求助于白马来帮自己选择造城墙的地址，白马就将他带来此地，为了纪念这匹马，便在这里建了寺庙。眼前庙宇规模不大，貌也普通，可香火很旺。目前大部分结构只能追溯到19世纪，如内里的孔子寺是1839年补建的。这种将祭祀当地神祇（白马）与纪念圣人（孔子）相结合的建筑形式，实际上就是越南这个儒释道文化圈的国家在信仰上的一种变通。

翻译小秦是越南河内国家大学的中国留学生，他说，三十六坊是个历史名称，其实绝不止三十六条坊街，而是泛指老城的传统市民区和商业区。这里充满了异域风情，是河内古老的心脏和灵魂。我置身其中，花了整整一个上午的时间也未走出这热闹的街市。游商小贩挎着篮子游走于街头巷尾，篮子里面装着便宜小吃。每个街角都能找到米粉摊和越式鲜啤酒吧、冷饮店，充满了嘈杂和欢笑。现代的风貌和中世纪的感觉融为一体。漫步坊中，领略身边的景、声、味，更加深了对这个民族的理解。

河内的主城区是在老城区的基础上发展起来的。李公蕴在红河掉头向南的大拐弯处的西部地区，亦即靠近赢陵、龙编旧城的红河河段对岸，择地而筑城。传说他乘船行到城墙跟前，看见一条翼龙腾空而飞，因此将大罗城改名为**升龙城**。既有称此地为龙盘虎踞之地的意味，又暗喻自己为真龙天子。升龙城区四周为不规则围城，外延周长约25公里，就位于西湖以南、剑湖以西的偌大地区，皇城在城区中，偏东部。内城东部修有三十六坊，以安置各色手工作坊及种类繁多的商贸行当，如金银首饰、铜铁制作、丝绸布匹、茶叶、药材等。**华人在三十六坊中居重要地位。**中药材街的最大商号为**傅家**，而傅家则是明末清初由福建先迁入兴安，待站稳脚跟后再入河内的。当时街道名称往往以集中交货的货物名称命名，如棉街、纸街、帆街、鱼露街、银器街、糖街等，不少街名沿用至今。据史书记载，1875年河内已有36条街，不仅交易的货物品种丰富，数量也十分可观。我所居住的谢贤街，过去就是网绳行街，因纪念行首而获名。

商业行街与居民区连成一片，商业区的范围急速扩大，已形成河内市的闹市区。居住在城区的居民住房大多是自建房，形式与色彩各异，有歇山屋顶的古建筑，也有一些仿照西欧或南洋样式的小楼，但主体部分是形状细长的单体楼，楼楼相连，无间隙，临街而建，几乎未留人行道的间距，面窄，从两三米到七八米的都有，长度一般超过十米，通常建三层，少数也有七八层以至十几层的。首层毫无例外地都改作商业用途，二层以上住宿及他用。临街面光线较好，内里则幽深灰暗，空气不流通。街上电线杆林立，各种电线密如织网地散搭在空中，虽然城市开始有些整理，如捆扎，但仍有碍观瞻，潜伏着火灾危险。

午饭后，我们向西北走去。行不多远便进入**殖民时期所建的新区**，道路宽了许多，四车道，树木高大，盛密，两旁多为法式建筑，如广州的沙面、汉口江汉路般，但似乎觉得这种"洋化区"的面积大了许多。这可能是法兰西帝国殖民越南近百年，将统治印度支那联邦三国的总督府设于河内的副产物吧。约行2公里，到达升龙皇城。

▲ 河内升龙皇城

▲ 皇城博物馆

▲ 皇城博物馆

▲ 考古用地

　　河内皇城被联合国教科文组织列入世界历史文化遗产名录。但走到跟前，五味杂陈。

　　购票入园，道路右边为皇城展览馆，主要是以图片文字的形式介绍皇城的沿革史，仅有越、英、法语说明，无中文，有些遗憾。作为使用汉语为官方语言、书面语言达两千年之久的国度，汉越语词汇占越南语词汇达70%以上的文字符号系统，却无汉语说明，真是不可思议。

▲ 皇城广场

　　路的左边为皇城区。我们面对的是一个绿草茵茵的开阔广场，面积有两三个足球场大。沿着场中甬道前进，皇城城关矗立眼前。城墙砖石结构，涂以黄色，高约六七米。不似中国皇城门大多有瓮城结构，繁复重叠。升龙皇城城门却较为简单，显得有些单薄。城门楼为一个仅有三开间的塔式牌楼。后在旅程中发现，越南的城墙、庙宇等重大建筑物的门楼基本都沿用这种方式。城门仿汉式，中间并列三门，中门平时紧闭，供皇室人员出入，左、右隔二三十米又各开一门，供官员的进出，与城墙相连，门楼外左右各有一辅门，供日常人员进出。

由城门正门入。迎面竟是一法式建筑，二层楼，底面积很大，矩形，用石头垒起，红屋顶，墙面涂米黄色。东西还有两栋小楼，一栋好像别墅，一栋似乎是宿舍楼。有两拨大学生正在院子照毕业照，穿着学士服，都很激动，欢呼着把帽子丢向天上。再向前走，显得空旷，唯有几棵大树，四周砌墙圈住。在城门的西北方，有一大片的考古用地，层层开掘，露出不同时期皇家建筑物的础基。

偌大皇城，历经沧桑，兵燹天灾无数，早已成废墟一片，怎不令人惊愕、惋惜。法国殖民印度支那三国期内，这里成为总督府的炮兵司令部，几栋法式建筑，全是19世纪末期所建，仍可见一些废弃兵营和残缺的炮兵阵地，几门古老西洋大炮锈迹斑斑，散落其间。抗美战

▲ 皇城内的法式建筑

46

争期间，越南军队在这里构筑了地下工事，著名将领武元甲就在这里指挥作战，重新定义了这块皇城的价值与意义。

向东南方向约一公里开外就是**越南军事博物馆**。展馆不大，也是两栋二层楼的法式建筑。院子里摆满了被击毁的美式飞机、坦克及大炮，报废的枪支、火炮和弹体，叠堆在一起，如一座小山，任风吹雨打，供人观看。馆内展出的文字图片叙述了越南人民军初创时期、抗法战争、抗美战争期间的历史。展馆对面有一高台，台上耸立着塔式角楼。楼体东、南、西方向分别写有旭晖、镇南、迎西字样，唯独北方用石灰遮盖，经辨认原为"镇北"两字。我们由塔门越上十余米，登临角楼。远望之，可见皇城城门，附近还有断续的城墙，此塔原为皇城塔楼，起拱卫作用。塔楼至城门之间大片皇家用地，在殖民时期被辟为河内新城，越式建筑已无踪迹，皆为西洋式楼宇，政府机关、达官贵人官邸、富豪公寓和新式商业街市连成一片，再与东、南两个方向的旧城区相比邻，构成河内主城区19世纪之后的基本框架。

太阳西斜，余晖洒向**文庙**坊门。四周停满了旅游大巴，仍然有许多游客，大多是欧洲人，络绎不绝地涌向这里。

坊门为典型的带有越南色彩的门式建筑，一大门，四柱，东西各一小侧门，大门上再立一小三开间通透的房屋，好像牌坊，又似塔楼，深灰白色。二层门楼横额书写"文庙门"三个大字，西侧分列两副长联，其中内副联写得很有意味：

大国不易教不变俗且尊崇之亦信斯久原有用

吾儒要通经要识时其拘固也尚思圣训永相敦

整个文庙建筑群呈中轴线式布局，共分五个院落梯次相连。第一个院落，现已无任何建筑物，甬道两侧种满树、草、花，阔百米，长七八十米，显得清静、风雅。第二个院落缀一小门，称棂星门，门内

院落有一装有护栏、数亩见方的池塘。标准孔庙格局一般也挖池引水，多设庙外，学名"泮池"，俗称"学海"，生员和举进之人到文庙拜孔圣人，须先绕池一周，观"学海文澜"。但河内文庙却将池塘置于院内。看来士人之习，传之甚广。东西廊房建有碑林，始于15世纪的后黎朝，

▲ 文庙大殿内的孔子

▲ 碑林，共有82块碑，每块碑都由一只石龟驮负

◀ 河内文庙坊门

共有82块碑，每块碑都由一只石龟驮负，上面镌刻着科举考试中了进士的考生的名单。第三个院落为庙的核心部分，即大成殿，亦称先师殿。由于础基较矮，仅有一层，也无拜台，因而显得不甚高崇，但却阔大，九开间三进七架抬梁歇山顶式建筑，覆筒瓦。殿前摆放紫铜所

铸宝鼎、凤架等物件。殿正中悬挂**康熙**亲书的"万世师表"的匾额，神龛上供孔子塑像和"大成至圣先师孔子之神位"，两侧有从祭的"四配"（指颜回、孔伋、曾参、孟轲四大儒学传人）、"十二哲人"（指闵损、冉求、朱熹等十二大儒）。另还有拜祭周公旦的神位。以上文庙堂为李朝圣宗于1075年后陆续建成。后两个院落为国子监及国学院，为李仁宗所创建，陈、后黎等朝代

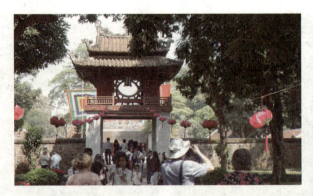

▲ 文庙二进院

▲ 文庙三进院

续建所就。院中主建筑还有祭祀李朝太祖、圣宗、仁宗的神龛，分别评价为"国学肇基"、"兴学任贤"、"文教诞敷"，别具一格的是将越南的大儒**朱文安**突出出来进行单独拜祭，并被称为"朱圣人"，匾曰"传统正学"。朱文安为陈朝先儒，通经博史，学业精深，为人清直严毅，凛然可畏。其最重要的贡献是将中国儒学经典《四书》进行注释、阐发与本地化，写成《**四书说约**》，并以国子监祭酒的身份进行推广与传授，使儒学在越南更接地气。院落内区有大片房舍供生员学习、生活之用。据说庙外附近还有贡院，作为科举考场，现已夷为平地。未见

▲ 文庙殿堂

传统孔庙意义上的杏坛、文昌阁等式建筑，这可能是本土文化的省略。
即便如此，看到这片规模如此之大、且历经战火仍保护良好的历史建
筑，实令儒文化圈人欣慰。

晨曦已去，三十六坊开始了正常生活的一日。沿着拥挤的巷道前行500米，便到了城区的主干道。这原是河内古城墙的墙址，现改为并行的六车道。道北即是旧皇城区域，在法殖民时期，除皇城内的紫禁城仍保留一部分城楼角楼等古建筑外，其余的均毁于一旦，在瓦砾之上建成了印度支那联邦总督府行政区，以及新的商业区和高级居住区。虽然名义上顺化——承天城仍然是阮朝的首都，但具有统治功能的中枢地域则在河内，旧皇城内成为事实上的法统治越、老、柬三国的京枢要地。

这片形同中国沪、津、汉法租界建筑风格的地区，地幅宽大，竟跨两三个郡（相当中国的区）。宽敞的大道两旁栽满了梧桐和橡树，这些树在充沛雨水的催生之下，长得郁郁葱葱，高大挺拔，把整个街区遮得如撑绿伞荫深幽暗。过了一个十字路口，径往北去，车辆几无，地面开阔。不知不觉中，来到了著名的**巴亭广场**，这个在越南与北京天安门具有同等意义的广场，常在电视中看到，不觉已到跟前。虽然比天安门广场小了许多，长两三百米，宽一两百米，仍使人感到耳目

▲ 河内巴亭广场上的国家权力机构的侧面

一新。

　　正面为国会大厦，一个平顶青灰色的现代建筑，体量中等。适逢越南国会开会，看到许多佩戴了红色胸牌的人群正向会场走去。这两年越南推行政治革新，在领导人的选举上大幅度地推行差额选举。据说，差额选举方式已经扩大到中央领导层人员组成这个层面。在越南这个国内政治生态比较复杂的国度，既要保持领导核心的贤明和稳定，又要广集民意推动改革，确实是其国内政治生活的一个重要课题。翻译小秦说，在去年确定越南新一届领导班子的名单时，国内外新闻媒体作了大量报道，选举压力很大。

　　向左望去，一片绿荫中，三五栋法式建筑若隐若现，楼房约四五层高，统一漆成了越南最常见的那种橙黄色，那是越南国家机关的办公区域。相邻不远处，便是使领馆区。中国大使馆占地面积很大，牌坊式的大门显得典雅古朴，带有雕花式的砖墙将馆区封围，内里建筑大多是带有外廊的法式小楼。据说五六十年代使馆和顾问团的工作人员达上千人，而今则闹中取静，不事张扬。

　　拗过身来，正面对**胡志明主席陵墓**。它位于广场北部中央，在由墨青色石材筑就的宽大台基上，矗立着高大的陵堂。这个主体建筑用黑色岩石砌就，20根灰白色花岗岩台柱，支撑起硕大的殿堂顶部，图形简洁而不失美感，线条有力，又显得十分庄严。我们越过水泥块铺就的广场，进到陵台底部下的灵堂，围绕胡志明主席的遗体绕行一周。看到他慈善和蔼的面容，尤其是他那熟悉的山羊胡，心情格外激动。这位中国人民的老朋友，有太多传奇的故事和感人的事迹。我想

▲ 胡志明主席陵墓

起1969年的7月，当我探亲路过合肥火车站时，广播里传来了胡志明逝世的消息，虽是少年，但却情深，站在车站广场上泪流满面，不能自已。而那时，我姐姐**孙国萍**却作为援越医务人员正在炮火连天的前线，抢救伤病员，我真为她捏把汗，更为当时的中越情深所感动。

陵园的左侧方不远处，就是**主席府**。这座四层高黄墙红顶的拱形欧式建筑，虽有上百年的历史，仍不失风采，是电视画面中时常出现的越南标志性建筑物。这座法国殖民时期的总督府，至今仍是越南国家主席的办公地点。戒备显得森严，只能远远望去而无法接近。

实际上主席府是一个很大的院子，进门左拐行约200米，便看到一个占地上百亩大的黄色建筑群，主楼为一座二层高的法式别墅，周围

▲ 越南主席府

▲ 胡志明住过的小楼

还有十余间平房，原来这是胡志明的故居。别墅内摆放着胡志明生前使用的各种用品，摆放样式与生前毫无二致。给我印象最深的，是小楼旁边的车库里，摆放着斯大林和毛主席赠送给胡志明的两台小车，一台吉姆，一台红旗。

在池塘的另一边，临水而立是一座高脚屋式的建筑。据说常年在丛林中战斗的胡志明，进城后仍念念不忘那段生活，部属为他在水畔修了这座吊脚楼。楼上只有两间十余平方米的房间，一间为卧室，木板床上铺着凉席吊着蚊帐，另一间为办公室，只有一张桌子、一对藤椅和一部手摇的老式电话。床前那双用轮胎做成的简易凉鞋是胡志明生前常穿的实物。俭朴的生活，亲民的作风，历历在目，备感斯人人格之伟大。

临出园前，有一售卖越南纪念品和工艺品的商贩区。众多售卖有

关胡志明主席的各种文集、传记、画册，几乎都是越文、法文、英文
所著，难以看到写有中文的作品。在漫不经心的翻看中，突然发现在
一个书柜的角落里，有一本黄色的小册子，虽然封面写有拉丁文式的
现代越文，但在扉页却有胡志明自己用中文毛笔正楷书写的"**狱中日
记**"，这引起了我的兴趣。使我想不到的，文内竟然以越文和中文两种
文字印刷。这本著名的狱中日记，我在20世纪60年代上高中时就曾读
过，当时就被胡志明高尚的乐观主义精神和生动的诗词描写以及熟练
的驾驭汉语的能力所吸引。诗词记载的是1944年在广西靖西、桂林被
国民党军队囚禁将近一年光阴的生活。1943年，胡志明由越南北坡入桂，
准备赴重庆与国际反法西斯力量联络争取外援时，不料被当时的国民
党地方当局发觉，囚禁狱中。胡志明以五言七律的汉诗记述了狱中生
活，写得生动风趣，富有文采，竟达七八十首之多。抄录三首：

《难友吹笛》
狱中忽听思乡曲，声转凄凉调转愁。
千里关河无限感，闺人更上一层楼。

《绑》
胫臂长龙环绕着，宛如外国武勋官。
勋官的是金丝线，我的麻绳一大端。

《久雨》
九天下雨一天晴，可恨天公没有情。
鞋破路泥污了脚，仍须努力向前行。

这种信手拈来、直白形象的诗文含隐着诗人博大的胸怀和志存高

远的精神追求。大将**陈赓**曾忆及1952年7月，他参与指挥越南边境战役时的情景。陈赓和胡志明交情深厚。在1925至1927年大革命时期，陈赓在黄埔军校工作，兼任周恩来的秘书，胡志明名义上担任孙中山的苏联顾问鲍罗廷的翻译，二人无话不说，情同手足。1952年7月，在越北丛林中的茅草棚里两位老友在阔别二十余年后首次见面，胡志明兴奋之情溢于言表，顺口吟出两句汉诗："乱石山中高士卧，茂密林中美人来。"陈赓忙说："你看我这模样，怎称得上美人？"胡志明搓着自己的胡子笑道："那就改为茂密林中英雄来"，后边境战役首次战斗告捷，夺取了两个法军连守卫的据点，胡志明来到陈赓居所，兴奋异常，又吟诗一首：

> 携杖登高观阵地，万里山拥万里云。
>
> 义兵壮气吞牛斗，誓灭豺狼侵略军。

战役取胜，陈赓归国欲赴朝鲜战场。胡志明携香槟酒送行，又改写唐代诗人王翰的《凉州词》，以诗送别：

> 香槟美酒夜光杯，欲饮琵琶马上催；
>
> 醉卧沙场君莫笑，敌军休放一人回。

主席府不远处，便是建于十二世纪李朝时的**独柱寺**，又称延佑寺。寺不大，仅有一间房，在越南却十分有名，一是来头大，为李朝第二代国王李太宗（即**李德政**，亦名佛玛，宋仁宗时册封其为南平王）所建，开越南李、陈二朝将佛教立为国教之先河；二是造型独特，颇具艺术感。寺堂立于池塘中的一大石柱上，石柱凿眼，与木梁柱形成卯榫结构，支撑整个殿宇。造型寓意寺如苦海中开出的莲花，象征纯洁、高尚。在岸上修一石梯，直通那间小小的庙堂。堂内供奉长有多只手臂的观音菩萨。寺庙样式及内部装饰属汉传佛教格局。只是我觉得独柱寺的观音面庞显得胖些，不如中国的观音那般清秀苗条。几个青年

▲ 独柱寺   ▲ 还剑湖边拍照的越南妇女

妇女正在上香，神情虔诚。旁边的募捐箱塞满了化缘的纸币。陈朝儒臣**黎括**曾描述越南当年的崇佛之景："上至王公，以至庶人，凡施于佛事，虽竭所有，顾无靳啬。苟今日托付于寺塔，则欣欣然如持左券，以取明日之报。"看来这好施佛事之举仍在延续。

在闹市之中的还剑湖，是河内第一景观，不能不去。

湖面不大，周长约1公里，呈水滴状，南北长，东西窄。三十六坊居还剑湖西北方向，几近毗连。四周缀满楼舍商铺，终日车水马龙，熙熙攘攘。路到水畔，建有亲水风景区，供行人游乐观景。只是景观带过于窄小，地幅不大，显得逼仄。但也是树荫遮岸，花草铺地，不失是个好去处。一群越南少女身着五颜六色的长衣裙，摆出各种姿势留影，嬉戏异情，清纯声一片，很是惹人喜欢。

正当晌午，春光明媚，轻风拂面，目光所至，景物一览无余。

说起此湖一名，与15世纪创建后黎朝的黎太祖**黎利**有关。一日湖面泛起一巨龟驮剑送与黎利，黎仗剑聚众，胜利后他又奉剑还愿，哪知龟衔住神剑，钻入湖中。民间传说，龟将剑还与天神，故名"**还剑湖**"。

湖心为一沙洲，两三亩大小，树木葱茏，花草繁茂，上盖有龟碑楼，

▼ 河内还剑湖一瞥

就是因应神龟吸剑的神话故事。碑楼高四层，黄墙黑瓦，上塑龙虎造型，现为越南的国标物之一。

湖名与黎利有关，但立于湖东面的那座巨大黑褐色石雕塑像的主人翁却是11世纪初李朝的开创者**李公蕴**。望着身着汉式皇装的李公蕴，总觉得有很多话要说。曾下迁都令，将大罗城改名升龙，并定为安南首都的李公蕴一直被看作河内的守护神，其开创的李朝及仍有血脉延

▼ 李公蕴塑像

续的陈朝历时近四百年，是越南封建社会的鼎盛时期。李公蕴登基时，朝制简陋原始。《越史略》记，至彰圣嘉庆元年（1059年）百官上朝时，才开始穿戴幞头鞋袜。李朝沿袭汉制"一遵于宋"，还国王临政，自称皇帝中央集权，设置州县，九品封官。依汉唐律订《刑书》。可由于当时生产力低下，文化不盛，统治集团"奉佛为有国常典"，拜佛教首领僧统、僧录为国师，僧侣充斥政府机构，佛教盛行，广建庙宇，仅升龙城就有"四庙八寺"。另辅以道教和民间信仰，如祖先崇拜、城隍崇拜等宗教，以凝聚民族心理。后随着生产力的提高及统治国家的需要，逐渐明白儒学的重要，**李圣宗**之后复崇儒学，建太庙，行科考，**英宗时**又置国子监。李朝时北抗宋廷，多次袭扰钦、廉、邕州，还西攻哀牢（老挝），南侵占城（现越南中部），收服西北、西部山区的"洞獠"、"诸芒"等诸多少数民族部落，国势渐盛。原北宋封李朝历代居主均为交趾郡王或南平王，将越视为"交趾郡"，至1175年，宋廷封李英宗为"安南国王"，自此越被称为"安南国"。从中国方面看，这是中央政府首次视越南为一个独立的国家。当然朝贡外藩地位仍保留，之后，又分别封李英宗为"守谦功臣"、"守义功臣"等衔称。李朝均奉收。

　　湖东北角的**玉山祠**与龟碑楼遥对相望。据**"玉山帝君祠记"**称，玉山岛原为还剑的黎利的钓鱼台，在修建了碑楼的同时又建湖心岛这座祭祀关公的庙宇。临街而立的是头道门楼，上有"福禄"二字。二门名曰"砚台"，右题"龙门"，联称"砚台笔塔大块文章，唐科宋榜士子梯阶"；左题"虎榜"，联称"窦桂王槐国家桢干，虎榜龙门善人缘法"。面桥矗立的是第三道石门，名曰"得月楼"的阙楼，左右分题"不厌湖上月，挽在水中央"，显得有些文气。楼后即为玉山祠主殿关帝庙，合祀**文昌帝君**、**关帝**和**吕祖**，主殿后的次殿祭祀曾率领陈朝军民在白藤江打败蒙元军队的**陈国峻**，即被越人看做神祇的兴道大王。上述四神除兴道大王以外，都是明清时期在东亚广为流传的儒道教神体。

▲ 还剑湖旁玉山祠

▲ 龙门

▲ 虎榜

▲ 得月楼

　　玉山祠在越南宗教史上的地位，还在于此祠曾经是越南道教的传播中心，刊印了大量的中国道教经书，如《道藏》的部分篇章，还编印了越南神仙的传记集，如《会真篇》，约成书于阮朝绍治七年（1847年），现存刊本有嗣德三年（1850年）的玉山殿本。其中，收有越南男性神仙13名，女性神仙约14名。

　　时间紧迫，我们又绕湖去了造型优雅、融合了中国和法国建筑元素的赭色建筑——**越南国家历史博物馆**，越战期间这里是囚禁美国战俘的华卢监狱。接着还参观了建于1886年的新哥特式建筑——**圣约瑟夫大教堂**，以及越南独立战争纪念碑。

　　驾车北去，赶到河内著名的**西湖风景区**时，已近下午3点。湖东面为越南著名的**真武宫**。李陈时期实行三教并举的政策，道教盛行，特别是在社会动荡的年代，"有醮禳忏谢请福之事，常爱用道士"。后黎朝时期，北郑南阮割据，社会陷于动荡之中，上层劲吹崇道之风，

▲ 与唐舒明、陆力阳摄于真武观

先是1514年**黎襄翼**统治期在西湖边修建真武庙，后郑主**郑柞**又重修真武庙，改称镇武观，即现在的真武宫，号称"北圻第二名胜"。关内有两座山门，第一座山门为两层三门排楼式建筑，上书题额"镇武宫"，对联分题"水绕花环西湖钟秀，龙列凤舞北阙恩光"，突出表现了对北方文化的尊崇。过一大庭院便为第二道山门，山门宽大，仅有一层，为一典型的中式排楼建筑。院内古木参天，树荫下

▲ 河内镇武观

▲ 北圻第二名胜

见五开间三进之殿堂。殿前树一高大旗幡，上书"镇北"二字，似手写的，与此道观主题不相符合。殿内主祭真武帝君及玄天上帝。宋朝时期真武信仰在中国大地广泛流行，玄天上帝受到宋元明清历代王朝的封诰，武当山为玄天上帝的圣地。这种真武信仰岭南尤盛。广东南海西樵山、博罗罗浮山及广西容县真武阁等名山古刹皆拜真武，被看作南方的守护神。越南后黎朝之后，这种信仰逐渐传入安南全境。西湖边的这座真武阁便应势而兴建。正殿供奉真武大帝铜像，据称，像

▲ 河内镇国古寺

高3.46米，重40吨。此铜像铸造于后黎朝熙宗永治二年。铜像为真武君坐像，散发，身披胄甲，左手握手印，右手持剑，膝下有龟蛇合体的造型，神态威武狰狞。

绕湖西行，湖南边涂有黄、红、白色彩的**镇国古寺**，在阳光下熠熠发光。高棉式的塔林成群成片，一望便知，南传佛教的影响仍在，越地是多种文化的碰撞之地。

过湖北一片自建房社区，西边远处有十余幢高层建筑。河内的经济开发区建设正向西、南发展，虽未成势，可见端倪。新开发的商业区道路宽广，路旁都是新建的楼宇，50多层高的乐天大厦为韩国投资，已开始营业，成为河内一新型景观。

半个小时后，来到**纸桥**地区。这个抗法名将**刘永福**多次与法军鏖

▲ 著名古战场纸桥现貌

战的地方，竟然所有古迹荡然无存，也没有纪念碑之类的东西。只看见在原河内城墙的墙基上修起一条宽大的马路，与之交叉的是一条高架桥公路和一条新砌的城市防洪河道，"纸桥"古桥已被水泥桥梁所取代。上个月，我曾去广西钦州刘永福故居参观，始知这位在1895年日本吞并台湾之时愤起抵抗的著名将领也曾经率领中国的义军黑旗军多次痛击法军，为越南的民族独立和国家尊严做出过卓越贡献。第一次作战发生于1873年12月，法军将领**安邺**率数千法军进攻河内，刘永福率军在河内西门外纸桥地区与法军大战，"**设伏以诱斩安邺，覆其全军**"。越王封刘永福为"山西、兴化、宣光三省副提督、英勇将军。"第二次作战为1883年5月纸桥之战，黑旗军出动3000人与法军展开激烈交锋，从早上9点至下午1点，黑旗军大获全胜，击毙法军2000余人，斩首千

▲ 红河平原上的普通民众墓地

余级，法国侵略军头子**李威利**也丧了命。越王为感谢刘永福的战功封他为三宣提督，爵一等义良男，还曾在纸桥立碑纪念。第三次作战为1883年八九月间，先在怀德大败法军，后又在河内近郊单凤与法军血战三天三夜，"是设计歼击法军亦以千计"，致使法军听到刘永福的名字就胆战心惊。黑旗军的胜利推迟了法国变越南全境为殖民地的计划。追昔抚今，感慨良多。华之待越有如长兄待弟，不离不弃，多有牺牲。**要多叙历史渊源，常记患难之交，以远长久之计。**

2月19日

去嬴陵
（越今称累楼）

　　天亮即起，急忙用餐。随即登车向**京北**地区赶去。这是涵盖北宁省、北江省部分区域，以及河内市东英县与龙编坊的古老地区，至今人们仍以"京北"这个俗称称呼这个到处是名胜古迹的地方。它是古代安南地区文明诞生、发展的重要摇篮。其核心区域则为嬴陵（累楼）、古螺城，是交趾、交州时期的政治、经济、文化中心。李朝时期越南重心向南发展，沿着累楼、古螺城、龙编的历史脉络延伸，直至今天的升龙（河内古称）。江北地区与河内隔红河相望。这种选择，既没有割断历史，仍依赖老的文化基础，又在地缘上作了战略调整，充分利用红河这个天堑，便于防守、治理，把京都放在一个相对宽大、安全的地幅内，为越南今后上千年的历史发展奠定地缘基础。

　　车向东北方向驶去。穿过市区，上红河大堤，过大桥，抵北宁**慈山市**。见到舒明的发小**陆力阳**。1949年初陆父曾与越南游击队一起攻占过芒街，还负了伤。这次从友谊关入境到河内，就是他带的路。他现做木材生意，在慈山设置了办事处。他说慈山是越南最大的红木专业市场，越南、老挝，以至泰国的红木木材均集散于此，聊以向中国

69

销售。以前主要出口原木，后加工成板材，现则提高加工程度，以粗加工的家具散件为主。他带我们到附近的三个村庄逛了逛，半小时才走了一半。这三条村都是红木加工、销售专业村，中国红木市场上所售板材、粗件多由此发货。中国商人赚的是批发差价，越南商人赚的是原料采购和粗加工的利润，前些年两者均赚得盆满钵满。但近年中国的生意已不如前，呈饱和状态，且老、柬也开辟了直接的购销渠道，竞争加剧，对慈山经济影响很大。

先到了北江省**顺城县清姜乡**。这里是**嬴陵古城遗址**。古城墙、旧城区已不见踪迹，只留下些许残墙断壁，均被民舍、稻田所包围。慈山、顺城一带人口稠密，村庄相连，只要能称得上公路的路两旁均盖满了民居，可想保护好历史古迹难度有多大，何况正处于经济发展初始阶段的国度。

在镇区内的公路旁，我们找到了**宁福寺**。山门不大，仅一开间，门两侧停满了"摩的"，售卖祭祀用品及各色小吃的商贩成群结队。庭院内建有多座古殿，内塑有佛像，最有特点是千手千眼佛像，雕工精湛，活灵活现，年代久远。当然比开封相国寺、承德普宁寺的同类雕像小多了。还耸有一座凿石而砌的宝塔，叫**严宝塔**，形象如石雕的笔形塔，宁福寺又被当地人称笔塔寺。

不远处又有一古寺，叫**延应寺**。进庙门后，觉得庭宽院深。正面为一座七开间的大殿，中有通脊相连，连接上一后殿，呈"工"字形。大殿为歇山顶式，木架结构，红顶筒瓦，明显广东特色，屋脊塑有龙的形象，而两边檐头则模仿船形做成大的弓檐，给人意欲腾飞的洒脱和与天地融合的和谐之感，但却不感到高大、雄壮。其主要原因是大殿的基础低矮，仅只铺就两三层台阶，不似中国的殿、堂，大多立在宽大的、约数米高的基台之上，且该殿堂屋檐过大，把原本就不高的梁柱遮掩，显得檐大殿小。我想这种设计可能跟当地气候有关。檐大

可避风雨防曝晒，屋
矮则能遮阳纳凉，不
失为聪明之举。殿后
立有三层四方塔楼，
显得端庄挺健，皆为
17世纪时的建筑。殿
内主祭女性化的佛陀、
观音菩萨，还备有道
教中的四大天王、本
地城隍四圣及大王、
圣母等众多道家范畴
的神、仙塑像，显示
越南佛教寺庙特有的
"前佛后神"样式。当
然，这种包容化的信
仰传播，并没有取代
以汉传佛教，即佛教
大乘系为主的基本格
局。

▲ 顺城县城的延应寺

▲ 延应寺寺内汉装神祇雕塑

　　隋唐时期的交州安南佛教，实为汉地佛教的一个侧面与分支，但
又具本地固有的特色，主要表现在对禅宗的继承和发展上。这可能跟
中唐之后禅宗思想在五岭地区格外受到青睐有关。据传，天竺**毗尼多
流支**，汉名**灭喜**（？–594年），574年游学长安，适逢周武灭佛，遂避
难邺城，得受禅宗三祖**僧璨**心印；然后南下广州，居于制业寺，译出
《象头精舍经》和《业报差别经》；580年抵达交土，驻锡北宁省内的法
云寺，创**"灭喜派禅宗"**。此派影响越南极大，直至李朝太宗李佛玛还

71

写诗赞颂之。

灭喜派第一代弟子**法贤**（560-626年），曾四处传法，发展极快，前后在峰山（山西）、爱州（清化）、驩州（义安）、长州（守平）兴建佛寺，最有名是在北江慈山建造的众善寺，有弟子300余人。第四代**清辩**（？-686），也在北宁建阳寺，专以《金刚经》传禅。此后，代有名师闻世。至第十代**法顺**，在黎朝建国中起过重要作用，被封为国师。《大南禅苑传灯录》说他"博学工读，负王佐之才，明当世之务。少出家，师**龙树**抉持禅师。既得法，出语必合符谶。当黎朝（980-1009年）创业之始，运筹定策，预有力焉"。所著《菩萨忏悔文》最为著名。

在400多年中，灭喜派的禅思想有很多变化。后人传说，灭喜本人也讲究"不立文字，不依言语，以心为印"。他形容的"心"，"圆同太虚，无欠无余"，属真如佛性说。清辩随**法灯**习《金刚经》，当是受唐室着重提倡此经的影响有关。及至法顺倡导菩萨忏悔，用符谶参与政治，使禅宗具有了新的特色。这一系禅法，也被称作"**禅守前派**"。

9世纪上半叶，**无言通**（？-826年），在安南创立第二大禅派。无言通**原籍广州**，俗姓郑，于婺州（浙江金华）双林寺出家，后从**百丈怀海**学禅，唐元和十五年（公元800年）来到安南，住锡北宁顺城县初建寺，收徒传禅，史称**无言通禅派**。他弘扬内地关于"心、佛、众生三无差别"思想，实行"面壁观禅"的**达摩**观法，所以又称"**观壁派**"。他强调"西天北土，此土西天"，以为心性"清静本源"、成佛不必心外别求，与《坛经》的观点大同。

越南佛教的主要派别直接从中国本土传入，是不折不扣的汉传佛教支派。

隋唐以来，交州就是中国佛教与海外佛教交往的要冲。据《**大唐西域求法高僧传**》记，益州**明远**，以交趾为附舶的出发点南游河陵、狮子国（今斯里兰卡）而至印度，后他于河陵将译出之《涅槃经后分》

寄往交州。公元676年，再由交州都督遣使送往京都（长安）。**凡经海路向南、向西去的僧侣，大都以交州、嬴陵为中转站**。唐代在这里传教的僧人也不少。洛阳**昙润**，善咒术，闲玄里，路经交趾，"缁素饮风"。原康居人僧**伽跋摩**，唐高宗时奉敕至交州采药，适逢当地灾荒，人物饥饿，乃每日设法营办饮食，救济孤苦，涕泣外流，时称**"常啼菩萨"**，大有三阶教的作风。

出自安南本地的名僧见于中国史籍的也不少，其中经海路求法者，有**与唐僧昙润同游的运期**，善昆仑音，颇知梵语，《涅槃经后分》就是由他送往中土内地的。**窥冲**是明远弟子，二人曾同时泛海经狮子国至印度王舍城，其他如慧琰、权提婆（解脱天）、智行、大乘灯等，也都是冒险远游者。此外，还有一些应唐帝之请，入京讲经，与内地文士结交而知名的佛徒，**如杨巨源作诗送别的奉定法师，贾岛作诗送别的惟鉴法师和黄知新居士等。沈佺期在安南时，谒九真山净居寺无碍上人，开首谓"大士生天竺，分身化日南"**（今越南清化以南）。来安南弘化的印度僧人中，也有精通汉学，并知名于内地士大夫的僧人。

提起嬴陵，不由得想起一个人，东汉、南北朝时期的**交州太守士燮**，他在越南至今仍被称为**士王**。越南的主要史书，皆赞誉士王的开辟之功。士燮祖籍中国山东，后其先祖因避王莽之乱迁居广西梧州。梧州古称苍梧郡，居岭南九郡之中心位置，会八桂之水，扼珠江干流西江之要津。前我参观广西梧州博物馆时，曾见到士燮的生平事迹陈列。与士并列为梧州的名人的还有另一位同样对启蒙越南有重大历史贡献的人物**牟子**（牟博）。牟与士是同时代人物，汉末（公元195年）牟奉母流寓交趾，"锐志于佛道"，在嬴陵写下**《牟子理惑论》**这本最早的汉语佛教典籍。这本论经广引佛、儒、道诸家观点，驳斥了一些人重儒、道，轻佛教的论点，大大弘扬了佛法，对汉传佛教的形成和传播起到

▲ 顺城建初寺内的和丰塔

了重大作用。牟子在越南影响很大，曾建有牟子庙。不少牟子后裔今仍居广西玉林北郊。许多语言学家认为，**属于粤语系的玉林方言，与越南语较为相似。**

士燮为士氏世家入越第五代，东汉时先为日南太守，再为交州太守。后中国群雄并起，三国鼎立，陷入内乱，而交趾偏安，士燮乘势兼及交州三郡。虽秦汉以后中央政府在安南设置郡治，但正处文明开蒙的初期，并无真正意义的城镇可言。而士燮的不世之功之一，就是其在红河北岸的相对繁荣富庶之地，择赢陵而建城镇，先为交州郡治，再为交趾地区的首府，使现在越南的中、北部地区有了能称之为城镇的地方，走出了"越非有城廓邑里也，处溪谷之间、篁竹之中"的"方外之地"时期。赢陵古城周长两千余米，建有烽火楼、角楼、更楼及城门，四周有护城壕沟。城外还有民居、集市、手工作坊、祭祀场所等。晋朝之后，赢陵建有越南最早期的四座寺庙：法云、法雨、法雷、法电。其中，3世纪印度赴越传教的**丘陀罗**、灭喜禅派创始人——天竺人**毗尼多流支**均在**法云寺**传教。法云寺后易名桑寺，现仍在，我们去参观时，仍可见古时遗留下来满娘塑像及代表生命延续的那块生殖器图腾石头。还有顺城附近的北宁扶桑的**建初寺**，也是著名古寺，越南无言通禅宗创建人、唐朝僧人无言通曾在此传授禅学，创建此派。**赢陵在2世纪至5世纪，一直是交趾地区规模最大的城市，也始终是行政中心、经济文化中心和宗教中心。**其作为行政中心的地位，直至8世纪才被唐朝时的安南都护使高骈所修建的**大罗城**所取代。

拜访士燮庙的念头始终强烈。半小时后，小秦打听到去寻访的路径。车向顺城北行去。沿途街市，民居延绵。约2公里可见田野，村庄散布。又行三五公里，见道右侧有一村道。问农人始知此地为**三亚**

▲ 士燮陵坊门

▲ 士王陵区

村（与原海南崖县三亚镇，现三亚市同名），便折东去。路狭，仅容一车，两旁水田。进村后，见南200米处有一片茂林便下车步行往。果然见有一围墙，进去后穿过丛林，水泥方砖砌就的坪地，北屹立一座三门三层塔楼式的大门，门楼四角竖有雕柱，很有些气势。门额上题"**南交学祖**"。舒明喝道："总算找到了！"大家显得很兴奋。舒明诙谐地对我说："可以会一会老乡了！"暗指士燮祖籍春秋战国时的鲁国宁阳人，我祖上则为鲁国峄县（现枣庄）人。进门回望，又见山门上题"有功儒教"。正面有一五开间厅堂，栽有两棵高大龙眼树，左右皆为厢房，厢房顶部分别破檐而立有钟鼓楼，虽简瓦、柱低，仍不失体度，是标准的中国式四合院建筑。厅堂匾额"垂万世"，后塑有龛台，却不见塑像，供桌前两侧分立四尊着有红袍的儒官之像，似乎刚刚漆描过，应验了汉朝时"尚赤"的官俗。

出殿，见西厢房外有大片树林，葱茏茂盛，便疾步前往。见林中央建一墓台，四周栅围，置一供台，墓墙上写有"**濮士垗**"的古字样。这时刚好有一越南小男孩在陵区玩耍，我给了孩子一块糖，逗了起来。不一会儿，孩子的爷爷赶到，老人清瘦而和善，突然用广东式的中文口音说道："谢谢。你们是中国人？"我应声："广州来的。你会说中文？"老人答道："儿时上学学中文，村里过去有十几户中国人，三十多年前都迁回国了。"可能老人指的是上世纪时越南排华时迁走的华侨。我问："还写中文字吗？"他答："还会说几句中文，能看懂几个字，长时间不练，不会写字了。"他显得有些遗憾。我说："这就是'士王庙'吗？"老人说："这是**士王陵**，士王庙在城里。"听之，似恍然大悟。原来所见厅堂，实际上相当于贵者陵墓区的配殿，供扫墓祭祀用。老人还说，村里的人经常扫拜士王。

几乎闹大笑话，错把士陵当士庙。虽时近正午，仍驱车前往。经多方打听，进顺城县城区。这实为嬴陵古城城内，但古物已无，皆村

▲ 士王庙外观

民住房。街巷逼仄，仅容一车，遇到摩托也要避让。出租车司机驾技老练，不多时即驶出巷尾，在城西南一池塘前停下。只见塘前十来步的地方有一破旧歇山顶黑色瓦房，门户紧闭，窥内见堆了许多杂物，两旁还有两三间旧砖搭建的房屋，如广东农村的柴火房、农具间，正怅然时，一老者搭讪，才知士王庙正殿在后面，便随去。见一石灰抹墙的四开间瓦屋，大门已无，用木板替之。入门后见小神龛上奉有许多塑像。老人说正中的是"士王"。墙上贴满了用汉字写的密密麻麻的符咒谶语似的纸片，每张纸片有一二尺见方。我问老人会说汉语吗？他说只会写，不会说。后查书才知这种以汉字写就的祈禳式文字，本

▲ 士王庙内

地人叫"**久约**"，即通过汉字向神灵、圣母、城隍等信仰人物表达心意，以求保佑、祈祷等。写"久约"的人能熟练应用古汉语书写祈语，但并不等于会说汉语音，有的也不解其义，格式化罢了。眼前的老者当即把他写的"久约"让我看，上写有"南交学祖仕王仙，圣王一邦道始万世，儒世……恭维……必告礼也，伏惟尚享"等字样。眼前所见，再联想起河内三十六坊街巷里书写汉字春联和字幅的情景，均说明适用汉字在越南民间有深厚基础。两千多年的史书，汗牛充栋的文献，均由汉字写就，是难以割舍与弃用的。

建于15世纪后黎朝时期的"士王陵"，其门楼额书"南交学祖"四个大字，确反映了士燮等汉晋儒人对越民族的教化之功，但我似乎又觉略显不足。应将他们置于更广阔的历史进程以评价其贡献。

汉朝以降，**锡光、任延**等循吏，大力推广中原地区先进的文化和生产技术，下令铸造铁农具，推广牛耕，教习耕作，建立学校，提倡儒学，引进佛道，使用汉语，使越民族开始有了文字符号系统，倡导一夫一妻制，摆脱蒙昧，进而跨越了奴隶社会，在中央政权的强力影响和推导下，很短时间内完成了封建化的过程。

士燮治交州历四十年，在战乱不已的三国时代服属东吴孙权，保持了交趾地区的和平稳定，延续和扩大了儒家政治经济文化制度和道德伦理观念在越南的存在，尤以文化的开创和传播为甚。中越史籍均有很高的评价。据《三国志》载：士燮"既学问优博，又达于从政，处大乱之中，保全一郡，二十余年疆场无事，民不失业，羁旅之徒，皆蒙其庆"。越南的《越鉴通考总论》说："士王习鲁国之风流，学问博洽，谦虚下士，化国俗以诗书，淑人心以礼乐，……治国逾四十年，境内无事。"越南封建史学家吴士连说："我国通诗书，习礼乐，为文献之邦，自士王始。其功德岂特施于当时，而有以远及于后代。"说交趾地区通诗书"自士王始"未免言过其实，应当还有前人，但士燮确实对提高交趾地区的文明程度作出了突出贡献。越南人民对士燮的尊敬是发自内心的。

古螺城距顺城（即嬴陵古城）不远，向西行约半个小时便可。传说中，由北而南的蜀王**子泮**号**安阳王**，征服了雄王部落（即由原始社会的群落转向部落制），建立瓯部落联盟，曾在古螺城一带活动，并建了三层围墙的寨城，但无据可查，现踪迹全无。唐朝中期，云南境内的少数民族政权南诏崛起，在安南峰州土酋的引领下，多次攻陷交趾，猖乱十年。安南都护使**高骈**领兵大败南诏军，收复交趾城。高骈能征善战，文武雄才，又多行善政，任职安南五年，受人爱戴，曾立生祠，尊为**高王**。**与士燮并列，称"士、高二王"。中原郡守，能被越人称"王者"，仅此二人。**现河内、北宁、义安仍存"高王庙"。可见好人终有好报。由于战争，当时交趾城（嬴陵）已残破，高便另筑大罗城，即今河内市的北部。由于古螺城邻近大罗城，曾受到历代统治者的重视，便修有不少皇家建筑，尤以陈朝为甚。

红河平原土地肥沃，稻田阡陌纵横，避开城镇，行于田野，颇显宽大。刚插下禾苗的水田，淡青色覆盖，很是养眼。地势稍高处有一大村落，

▲ 古螺城

▲ 古螺城陈太公庙

▲ 古螺城陈朝大殿

古木参天，清水迴环，觉得很有风水，此处便为古螺城。

　　进村镇，路旁皆为商铺，路南一牌楼，上书"俯仰千古"，写有对联："五色祥云缘圣殿，千古恩勇覆民灵"。牌楼前广场已成停车场，看不出什么名堂。后小秦多方打听才整明白此处为陈朝的陈太皇的皇城。

▲ 皇殿侧墙

▲ 主殿内梁柱

◀ 古螺城遗址

　　已见不到什么皇城的景象了，只剩下两个院落。前一院子占地七八亩，殿前有"御池"，年久失修，余一潭死水。正殿五开间三进，黑瓦红墙，木结构，鱼脊翘角檐。龛台上书额"英灵祠"，为皇城的主殿。后一个院子为整修过铺了砖底的广场，立有石马石牛，山门后大

▲ "神皋佳丽"陈太祖伉俪寝殿

殿九开间，为越南中世纪传统式的殿堂样式，巍峨谈不上，显得挺秀。殿内空旷、幽深，立有48根梁柱，没有遗物及塑像，仅余龛台，上书"神皋佳丽"，一望便知是陈太祖伉俪的寝殿。

所谓太祖，即**太上皇**。这与陈朝在政权传承上实行太上皇制有关。

12世纪末到13世纪初，李朝的政局呈现衰弱迹象，各地叛乱屡屡发生，地方豪强陈氏家族崛起并趁机入朝夺权。史籍记载，陈氏王室的先祖来自中国福建，迁入越南后定居于**即墨乡**，族人靠从事渔业起家。传至李朝时，已凭其经济实力成为一方豪族，史称"傍人归之，因有众"。1209年，李朝将领郭卜在国都升龙发动叛乱，**李高宗**与太子**李旵**逃到陈氏势力范围内，李太子娶陈氏族人**陈李**之女陈氏容，陈氏族人遂召集乡兵助太子平乱，使高宗皇帝及太子得以安然返京。不久，李高宗去世，李旵登位，是为**李惠宗**。

天彰有道元年（1224年）十月，李惠宗中风，出家大内真教禅寺。他无子嗣，便传位给次女昭圣公主，史称**李昭皇**。

李昭皇即位时，年仅7岁。当时**陈承**为辅国太尉，陈承的从弟**陈守度**为殿前指挥使。陈氏兄弟欺李氏病父幼女，掌握了朝中大权。建中元年（1225年）十月，陈守度知城市内外诸军事，其侄年仅8岁的**陈日煚**为正首。李昭皇喜欢与陈日煚作伴，邀入宫中玩耍。于是，陈守度趁机关闭宫门，派兵包围，对百官扬言，李昭皇已下诏让位给陈日煚。

12月，**陈日煚**即位，称**陈太宗**，李朝亡。

陈朝帝王从陈太宗起，自己在世时就将帝位传给太子，改作太上皇。这样，一旦太上皇死去，不易发生宫廷政变。陈太宗在位33年，即传位给20岁的长子**陈晃**，是为陈圣宗。

陈朝和李朝，并称"李陈"，陈继承了李的封建体制，也是越南封建社会的昌盛时期。但统治手法上有很多不同。除上述太上皇制外，最明显的区别是对朝政治理的指导观念不同，突出表现在对儒学的态度上。《**大越史记全书**》记："终李之世，遂以奉佛为有国法典，一二之起寺至三百五十所，一钟之铸铜至万二千斤，一字之碑石至丈有尺……糜国中之货财，惑吾人之心志。……自欺欺人，上下如犯。"同时，僧侣充斥政府机构，文职官员往往由僧官担任。在1075年以前未有科举，"虽识敏之人，亦由释道简知"。后由于统治需要，儒教的地位有所恢复。而陈朝则吸取教训，崇尚儒学，设国学院、国史院，科举取仕，不是如李朝样以进士制为主，而是以太学生科为主，既扩大取仕范围，又提高了取仕质量。陈朝"选儒生能文者充馆阁省院"，儒臣逐渐掌握了朝纲，致陈朝的经济文化有很大发展。当然，陈朝也未走极端，继续重视佛、老，承唐宋制，提倡"三教合一"，保持民众信仰上的平衡。

雨后复斜阳。在东去**北宁庭榜**的路上，狼吞虎咽了两个越式热狗。时间紧迫，可看的东西太多。

快到庭榜，街上挤满了人，越向前越挤。越南跟中国一样，也过春节，正月里格外热闹。唐代在此地就有祭拜城隍的习俗，几乎每个村都有自己的守护神。李朝的开国君王李公蕴就是庭榜人，李太祖理所当然成了庭榜一带共同的"城隍"。尽管祭祀李太祖的最隆重仪式"礼会"还有十几天才到，但已经每天人来人往，热闹非凡了。这个祭祀的中心地点，就是位于庭榜乡中心的**李八帝庙**。李公蕴在越南民众心目中是被神化的，传说他是其母在仙山寺梦见仙人后受孕诞生的，这似乎预示着什么。当他在他的师傅、也是叔伯辈的长者、被称为"国师"的**万行和尚**策划下登上皇位时，宫廷、官场上均流传着有利于他的谶语。李朝之前的丁、黎两朝国祚拢共41年，那是越南进入自主国家的初始阶段，而李公蕴开创的李、陈二朝则寿长达400年之久，也开始有了"安南"这个具有独立意义的国号，使越南封建社会的政治经济制度、行政区划、国家信仰和民族向心力上进入了一个比较稳定的状态。

李八帝庙占地面积很大，约五六百亩。入门后，一条宽大的公路，绿树成荫，行百十米，为一湖泊，湖中间建有雕栏平台，与大路有石桥相连，台上建一古亭，亭为两层重檐结构，檐上嵌有龙头和云纹结构。小秦说此亭为越南后黎时期建造的代表作。路的西面，为被称之为"**都祠**"的八帝庙的主体院落。入院后，见一双层亭阁，立有佛陀，亭后为主殿九开间。大殿内分为多个龛间，龛间涂金描红，雕梁画栋，做工精细。龛台上分别放置李太祖、李太宗等八位李朝君王塑像，上刻有"莲花八叶""八叶重光""古法肇基""古法永传"等汉字的匾额，龛台上还写有对联，大多是歌颂所对应的帝王事迹。大殿通过榫头相接，与后宫相连，呈"工"字形，拜祭的对象为各个君王的皇后，又被称为**王母祠**，也是分开龛间祭拜，不过体量较主殿小些罢了。出殿后，还看到四门右侧有一缀满瓷片的牌墙，将李太祖的《迁都诏》全文铸刻于上。在主殿院落的两侧，分别建有祭拜被越南称为"文圣人"的**朱文安**和神武将军**李常杰**的庙，规模也是不小。整个庙区是最近才修整的，文武二庙似乎是重建的。出大门时，那副"重修法殿，建设都祠"的对联便是明证。

20世纪70年代后期，中越关系进入了复杂多变的时期，越南有关方面明显加强了对**李常杰**的宣传与纪念。当我们驱车过慈山市区回河内，沿红河堤坝行至龙编大铁桥附近时，见一两层塔式牌楼，上书"李太尉故乡"，便下车走了进去。路西侧有一大祠堂，祠堂东北两面皆为村庄，村后面便是红河。祠堂西边地势稍高，上有一片庙宇式的建筑，进去一看才知道这就是为了纪念李常杰而建的**李太尉庙**。整个庙宇分两部分，主殿区为一座四合院式建筑，四根石柱山门后便为二层重檐的亭台，中摆一大香炉，供焚香膜拜用。正中为三座七开间的大殿，正殿大门紧闭，从门缝可见塑有李常杰塑像，书有"神武将军"，左右两殿现已改为展馆，分别陈列一些古代兵器和介绍李常杰生平事迹的

▼ 河内李常杰故乡坊门

▲ 李常杰庙

文字，重点介绍所谓打败北宋军队的"如月江大捷"。另一片区则建有祠堂、亭台楼阁，并立有牌坊和石碑。

李氏统治者虽然表面上臣服于中国的宋朝（李公蕴刚即位就请求宋朝册封），但是当他们自感羽翼丰满后，即开始了侵犯宋境的活动。据史料记载，李太祖、李太宗、李圣宗时期，均派兵入宋境，"掠人畜甚众"，"焚室庐而去"，波及广东、广西境内数百公里。其中，1060年，安南李朝谅州牧**申绍泰**借口追捕逃犯，领兵入侵宋境，抓走宋朝指挥使杨保材及士卒、牛马等，还杀了宋朝的五个巡检。后，北宋采取了一些措施，边境的地方官员做了一些防御的准备工作。正当广西安抚使**于靖**与李朝使臣谈判要求归还被劫人口时，李朝方面蛮横无理地加以拒绝。岂料这竟成为李朝大举入侵的借口。1075年十月，李朝辅国太尉**李常杰**率十万大军，分水陆两路大举进犯。水路由永安（今越南芒街）乘船渡海侵犯钦、廉二州，然后与陆路之兵汇合，合围邕州（今南宁）。李常杰围攻**邕州**城持续了四十二天。当时邕州城内守军仅两千余人，但是，知州**苏缄**带领全城军民对入侵者展开了殊死战。史籍记载，"交人围邕州，知州苏缄悉力拒守，外援不至，城遂陷。缄义不死贼手，命其家三十六人皆先死，藏尸于坎，乃纵火自焚。城中人感缄之义，无一人从贼者"。安南军队攻入邕城后，"尽屠五万八千余人，并钦廉州，死亡者几十余万人"。李常杰还"俘三州人而还"。

面对肆无忌惮的入侵和野蛮屠杀，北宋忍无可忍，只得派兵反击。当时正值王安石变法时期，北与辽契丹政权隔白沟对峙，西要抵御西夏李氏政权的频繁侵扰，国内因变法引起的矛盾众多，非不到万不得已恕难派兵。

以"老于边事"的**范仲淹**部将**郭逵**、**赵卨**为正副招讨使的宋军很快将李朝军队赶了出去，收复邕州等失地。后为严惩李军而进入越南。据宋朝**李焘**的《**续资治通鉴长篇**》记载，郭逵、燕达等率宋军"抵富良江，未至交州三十里。贼舰战舰四百余艘于江南岸，我师不能济，欲战弗得。达请示弱以诱贼，贼果轻我师，数万众鼓噪逆战，前军不利。逵率亲兵挡之，达等继进，贼少却，叱骑将张世矩、王懋合斗，诸伏尽发，贼大败，蹙入江水者不可数，水为之三日不流，杀其大将洪真太子，擒左郎将阮根，乾德（即李圣宗）惧，奉表诣军门乞降，……乃班师"。

越南的史书《**越史通鉴纲目**》的记载是：宋军"来侵，帝命常杰领兵逆击，至如月江大破之。……郭逵复引兵西进，直至富良江，官军乘船逆战，宋军不能渡。乃伐木治攻具，机石如雨，官船皆坏，官军为所袭击，死者数千人。帝因遣使诣宋军门纳款，以求缓师，宋人……从其请"。

将上述记载互相印证，可以看出宋朝这次反击战的梗概：郭逵率军进入越南后，曾与越南军队在如月江发生战斗，宋军失利。后来，宋军重新部署，继续进击，在富良江（今红河）设计大破越南水军，李朝的皇太子洪真丧命，李乾德害怕了，向宋军交了投降书。双方议和，然后宋军后撤回国。

也就是说，宋军先败后胜，即先在如月江败，后在富良江胜，并斩杀李朝洪真太子，越南的《越史通鉴纲目》也承认有此事。但近来许多越南书籍却将他们的先胜后败改为先败后胜，即先在富良江败，后在如月江大胜。《越南民族历史上的几次战略决战》〔越·潘辉黎等著〕却说："洪真、昭文二皇子奉命指挥四百只战船运载二万名士兵，万春溯如月江，对郭逵的营寨展开一次大规模进攻。这是对敌人最大军团左翼和主将郭逵大本营的一次正面进攻……负责指挥的两位皇子和几千名将士牺牲了……就在当日夜晚，李常杰亲率大军跨过如月津偷袭北岸的宋军营寨。"还说到他们取得了最后的胜利，宋军是在"一片混乱中撤退"。

可见，潘辉黎等人在1976年出版的这本书，把在河内北部地区爆发的那场战争，说成是先败后胜，即洪真、昭文二皇子的败亡及二万水军的失败在前，李常杰在如月江打败宋军在后，其目的很明显，就是将最终胜利的冠冕戴在自己的头上，这不仅与我国史实记载不符，也与他们自己的史书记载不符。历史决不是一个任人装扮的女孩子，想怎么说就怎么说。应当说郭逵、赵卨的进攻作战是先败后胜，与李常杰打了个平手。当然，北宋军也受到很大损失，但基本上还可稳定战局。宋军是在李朝乞降求和的情况下才班师撤退的，并在撤退中乘势收回了被李朝侵占去的**广源州**（今高平省）等四州。我国学者历来对这场战争我北宋军队先败后胜、李朝军队先胜后败这一历史事实持肯定态度。中国社会科学出版社出版的《**越南**》一书第三章说到："1076年3月，宋朝命郭逵、赵卨等领兵攻入越南，先败后胜，于富良江大败越军，击杀越将洪真太子，后来两国重归于好。"

我第一次听到"**李常杰**"这个名字，是在1974年。那年我南海舰队与南越伪军的西沙之战，我猎潜艇曾击沉击伤各一艘南越的驱逐舰，其中的一艘舰名就叫"李常杰"号。2016年6月奥巴马访问越南时，曾引用了李常杰的那首诗："南国山河南帝居，截然定分在天书。如何逆虏来侵犯，汝军行看守败墟。"余留河内一带仅仅数日，便见到多处修葺一新的李常杰庙，这说明李常杰在越南确实是一个家喻户晓的人物，但应如何正确地评价利用这个历史人物却是大有讲究的。我感到李常杰确实是越南李朝时期的一员战将，打过一些胜仗，特别是在攻掠占城（越南中北部）、哀牢（老挝）及我国两广地区，立有战功，但与讨伐李朝的北宋军队也仅仅是打了个平手，如此而已。更遑论其发动几场战争性质如何了。但他那句充满了自信和独立意念的"南国山河南帝居，截然定分在天书"却给我留下了深刻印象，不过至今也不解他所说的"天书"在哪里，"南国山河"也并非自古以来就是"南帝"居，在公元968年前的1170余年里，就始终置于秦、汉、晋、唐等朝代的郡县治理之中。

2月20日

河内—海防

河内 ○
海阳 ○
海防 ○

约9时许，朋友约我们到一个叫**西园**的地方去吃自助餐。入园方觉院小风景大，径深通幽处。水塘旁堆有花岗石假山，岸畔搭水榭亭阁，连廊尽处是戏台，正在唱称为越南京剧的乡土戏种**叹剧**，人物皆才子佳人、鬓花女郎，音调犹如福建南音、花城粤剧，低婉长吟，余音绕梁。问戏名，竟是秦香莲状告陈世美。满院皆翠竹绿树，还有几棵红棉树，庭院中间站立几尊神仙、菩萨之大理石塑像，院里的兰花树叶繁茂，花朵硕大，颜色多彩而光亮，不似所见花盆里栽的兰花那样，都是枝叶纤细，花似柳眉。而那餐楼修得似歇山顶式飞檐的三层楼阁，以为到了广州泮溪、南北园这些岭南园林酒家之

▲ 河内西园

中。岭南、安南风格好相似。**真可谓同文同种，两广为甚**。汉至唐广州、交州（即今河内）曾多次转换同一辖区的府治位置，而历史上就有**交广同治、交广分治**之说。

餐饮区域，厅堂很大，可容数百人。价格不菲，每人160元人民币。有中餐、西餐及越餐。海鲜品种很多。高档的有金枪鱼、蟹、鲜鲍，但无海参、干鲍、鹅肝等，同等价值在广州中档以上的自助餐馆大多有此类品种。中、西餐司空见惯了，把心意放在越餐上。鱼类很多，都是蒸、煮或煎，也有炸制，很少红烧、炖；主食以米粉为主，如粗细不一的米线，和宽狭不一的粉条，不煮，大多是浇以热汤头，或用热水烫，辅料以豆芽、青菜、笋类为主，再放鱼露、薄荷等调味品，没有醋，柠檬代之，即现场把鲜柠檬汁挤出。也有炒粉。另还有各类粽子及春卷。很少有炒、炖、烘等作法。特点是生、冷、酸、辣，烹制方式较为简单。

由于要赶往海防，匆匆用完珍馐，乘出租车赶往河内车站。新修的河内火车站候车大楼为两层建筑，大厅内空荡荡的。一问才知，河内车站只有发往西去河口、南下胡志明市的列车，而东去海防的始发站在**龙编火车站**。

龙编车站就在龙编大铁桥附近。未曾料到连接北去友谊关、东往海防的铁路枢纽站竟如此简陋。车站为法国殖民时期建设的一幢黄色平房，就好似中国20世纪六七十年代的一个县城小站，虽然在旁边增加了一些面积，也不过就是简易地搭了两个棚子。车站在公路和铁路交叉的路边，面向公路和铁路方向的门皆敞开，候车厅内摆了十几排并列的用铁皮焊起来的、有靠背的长椅，能坐百余人，现内里空无一人。到售票室问询才知道每日发谅山两班，早晚各一班；发海防四班，上午两班，下午两班。现在12点刚过，我们要等15时30分的列车。14时后，陆续有乘客前来乘车。15时后，候车室已站满了人，连马路边、

▲ 登车河内龙编火车站

▲ 龙编火车站候车厅一瞥

铁路旁也停留了不少候车的旅客。我连忙站起来，把座位让给了照看小孩子的妇女。15时20分，工作人员吹起了哨子，告诉大家，火车快要进站了。人群蜂拥而上，但站台只有20多米长，容人不多，大多数乘客需一直向南走，站在枕石之上的铁轨旁等车。阳光直射，耀得人睁不开眼，招呼声，呼叫声，呐喊声汇成一片，好不热闹。不久，列车进站了，站台上的人可直接登梯上车，却苦煞了轨道旁的旅客，轨道与车门阶梯高差六七十厘米，大多要手脚并用爬车，一些行动不便的老人、孩子得连推带拉才能登上车门，列车还单挂一列货车车厢，专门搭载小商小贩用。可能是法国人留下的生活习惯，许多越南人爱吃面包，面包形似二三十厘米长的棒槌形。很多人用塑料袋装得满满的，捎回家食用。我们乘坐的是软席车厢。人造革的席座上坐满了人。由于是米轨，车厢很窄，两排座椅分坐两人或三人，座距很小，显得紧紧巴巴。列车开动，有晃动感，车速很慢，车轮与铁轨的摩擦声很大，有些震耳，且停靠的车站多。河内到海防的距离不足110公里，竟要走4个半小时，车速之慢，真出人意料。车内秩序尚好，许多人上车主动补票，唯一想不到的是许多越南人待车开后，纷纷把鞋脱了，有些异味儿。我旁边的几位妇女也将鞋脱下，甚至赤着脚，把脚直伸在前排座椅靠走廊一旁的扶把上，而前排乘客竟无怨言，反倒是我们有些尴尬，不知说什么好。20世纪60年代，广州人也爱在公共场合穿拖鞋或赤脚，但远未到这种赤脚抬上台面的程度，越人与两广人同俗，而今广州人文明进化程度快些，倒显得越人保留热带习俗更顽固些。

列车穿行在红河平原腹地，与铁轨并行的是连接河内到海防的5号公路，远处还可以看到东去的高速公路，路上车辆不多，据说只修到了**海阳省会**。河内以东均为平原，人口稠密，沿铁路、公路两侧，农民所盖的单体自建楼房几乎连续不断，自建房大多搭有瓦棚，面街一楼都是商铺，特别是到了集镇地区自建房更显稠密。这些年越南经济发展速度较快，大多年份国民生产总值（GDP）可增加5%左右，才十余年的光景，2016年人均GDP已达2000美元，百姓生活改善不少。平原地区自建房多有装裱，许多搭有法式尖顶，用黄、绿、兰、粉红色料敷外。我曾到过河内郊外几家民居观察，室内皆瓷砖铺地，大多有电视、风扇，少部分还有空调，家中摆设以红木家具居多。越南人生性看似寡淡，易于满足，虽然沿街而居，有些喧闹，也受汽车尾气污染，尘土飞扬，但看守摊铺有生意可做，已成为经商谋生的一种手段，似乎并无多少怨言。在越南经济尚不甚发达、就业门路少、人口压力大的情况下，这也不失为一种现实选择。这种在自有经营权的土地上，盖上可以居住也可以经商的自建房，老百姓的接受程度是很高的。车过海阳省会，工厂厂房和商厦多了起来，明显感到这个位于红河三角洲中心的城市正在着力承接产业转移，开始成为外来投资的重点地域。**海阳**历史悠久，是一个富庶的地方，尤其以文化之乡著称，唐朝中期，还出过许多科举名人，当今是越南高考升学率居高的省份之一。

到**海防**时黄昏已过，天色渐黑，我们乘坐出租车约半小时后到一家庭宾馆。海防是越南的第三大城市，濒临海湾，其附近地区是红河等几条北方河流的交汇处或出海口。由于海防临海扼江的地理位置，自古以来就是岭南沿海地带交通交趾的重要港口和门户城市。海防还有多条河道直达河内及红河中游的多个城市。汉唐时，港口在港湾外，叫**会流**、**云屯**，法国人侵占越北部沿海后，将港口迁至江海相交处，改名海防，成为越南北方最重要的海港码头。

海防是19世纪以后新建的城市，道路宽于河内，法式建筑很多，欧味浓郁。我们住在市区中心附近的一条巷子里，民居建筑大多是彼此分离的独幢小楼，与临街搭建的、彼此相连的、单开间的民居有所不同。放下行装后即乘车绕城一周，观看城市夜景。新开发的外商投资区高层建筑开始多了起来，街道灯火通明。沿江边行走，可见多艘海轮，港口区的几架龙门吊还在繁忙工作。市区的中心广场面积不小。宽约百米，长三四百米，北部修成林间公园，南部则为石板铺就的广场，殖民时期留下的法式歌舞剧院披满霓虹灯，虽然体量不大，倒也显得堂皇。广场正南方有一巨大的身着盔甲腰挎战刀的女将军花岗岩塑像，显得雄伟高大。走近一看，才知道是被称之为**二征夫人**之一的姐姐**征侧**之像。

▲ 夜幕下的海防市中心广场

我们在广场东侧的一家大排档点了几色越南菜肴，又要了点越南的菊花酒对酌起来。未曾想出身在河内西部邻近的省份永福，也即当今河内内排国际机场所在地区起事的二征夫人竟有塑像修在遥远的海防。夜色已深，闹中取静。静中思定，纵

▲ 夜幕下的征侧之像

史事纷乱而心静致良知，非等闲中来。

秦朝和西汉初期，中原封建王朝将交趾、九真、日南三郡列为"**初郡**"，既不征税，政治统治也较松弛，且仍让雒（同骆）吏雒将用传统方式对基层进行治理，即所谓"且以其故俗治"。如此过了一两百年，三郡由"**初郡**"成为"**熟郡**"。东汉初，中原王朝改变了对"初郡"的治理政策，经济上改变"无赋税"的做法，开始同熟地一样征收"调

税"；政治上也加强了统治，地方官吏开始行使职权，直接管理三郡的民众。这些变化致残存的部落制度面临完全崩溃的危险，引发东汉地方官员与当地土著部落头人之间产生尖锐的对立和矛盾，最终导致"二征暴动"。汉建武十六年（公元40年）二月，交趾郡麋冷县（原属永福省）雒将之女征侧、征贰起兵反抗东汉王朝。在一年半的时间内，与交趾相连的合浦、九真、日南境内的"蛮俚"纷纷响应，二征暴动的队伍迅速壮大，"略岭南六十五城"，征侧则自立为王，声势日渐浩大。建武十八年（公元42年）春，东汉王朝派出**伏波将军马援**率军一万余人，前往征讨。马援为东汉名将，曾留下著名诗句"青山处处埋忠骨，何须马革裹尸还"。他与征侧在浪泊（今越南河北省仙山）决战，东汉军大胜，斩首数千级，降有数万人，征侧败走禁溪山洞。次年四月，征侧、征贰姐妹先后被擒，后送往洛阳，余众纷纷投降，二征暴动于是平息。

马援在征讨暴动的过程中，还采取了一些其他措施。《后汉书》载："援所过辄为郡县，沿城廓，穿渠灌溉，以利其民。条奏越律与汉律驳者十余事，与越人申明旧制，自后骆越奉行马将军故事。"这些措施巩固了东汉王朝在当地的政治统治和治理，促进当地的农业生产，推动了交趾地区封建因素的成长壮大和社会的发展进步。

除马援，还有明帝时的**李善**，顺帝时的**祝良**、**张乔**，桓帝时的**夏方**，灵帝时的**谷永**、**贾琮**等人都是以平乱抚民而闻名于当时的。

马援征交趾结束后，把所率领的军队士兵相当部分留在交趾、九真等地，将他们安置在当地的雒越居民之中，历史上称这部分人为"马留人"。时至今日，**"马留人"**早与越人融合，成了今天的京族人。

关于二征问题，古今中外的学者有很多不同的评论和观点。争论的焦点是：二征起义究竟是一起被统治者反抗统治者的斗争，还是越南本地民族反对另一个外来民族的斗争？中外学者多认为，由于当时交趾地区属于中国的一部分，因此二征起事是一国内的阶级斗争问题，而非民族斗争问题。

郭振铎等主编的《**越南通史**》（中国人民大学出版社）一书中写道："当时苏定太守无法贯彻汉王室的封建生产关系和一系列的封建法规，故苏定只好对她们的'雄勇'绳之以法，但遭到氏族社会刚刚解体尚有较高权力的征氏的反对。这不是个人之间的较量，而是两种制度的较量。其结果汉朝封建制度战胜了原始氏族制度，从此之后，交趾、九真、日南三郡由氏族社会，越过奴隶社会，开始直接转入封建社会，这是一个重大的历史性转折。并且当时三郡是中国汉朝统治下的一个郡县地区，基本属于国内发生的阶级斗争，不是国与国之间的关系，不能拿现代的民族主义观点去处理昔时的历史问题。"

实际上公元968年前，即越南尚未独立成国前，交趾（即后来的交州、安南）地区发生过多次起义暴动。许多越南的历史教科书往往把其定性为抗击外来的入侵。中国学者则认为，这里**有三个问题值得讨论**：一是当时该地区尚在中国的版图内，这些起义暴动定性为国内农民起义或反抗官府的统治，都是可以的，而如果把它定性为反抗另一个国家的民族外来入侵，则不符合当时客观现实。二是教科书从小学到大学一代又一代，如此长期向后人灌输一种带有明显狭隘民族主义倾向、不符合客观现实的意识和观点，会有利于中越两国之间的友好吗？其实，从长远来说对越南也是不利的。任何事情都要看当时的客观环境，还要看其长远的影响后果。三是如果追根求源，京族本来就是汉民族与当地世居族群的融合体，一些所谓反抗外来汉族统治的人本来就源自华夏中原，甚至越南建国以来几乎所有朝代的国王（对内自称皇帝）就是汉越融合的后裔。这样，如果总是把这些斗争都往反抗外来民族上引的话，那么且不说从事理上说不通，难道从对祖宗的感情上能说得过去吗？

附表：摘自社会科学文献出版社出版的《越汉关系研究》

越南历代国王（总统）为中国人后裔一览表			
越南朝代	存在时间	开国皇帝（总统）	祖籍
丁朝	968—980年	丁部领	中国
前黎朝	980—1009年	黎桓	中国广西桂林阳朔
李朝	1010—1225年	李公蕴	中国福建安海
陈朝	1225—1400年	陈日煚	中国福建福州长乐邑
胡朝	1400—1407年	胡季犛	中国浙江
后黎朝	1428—1778年	黎利	中国福建
莫朝	1527—1593年	莫登庸	中国广东东莞
后黎朝郑主	1593—1787年	郑检	中国福建
后黎朝阮主	1558—1778年	阮潢	中国福建
西山朝	1789—1802年	阮惠	中国浙江
阮朝	1802—1945年	阮福映	中国福建
南越	1954—1963年	吴庭艳	中国福建

资料来源：张秀民：《安南王朝多为华裔创建考》《印度支那》1989年第3期，第9—13页；韩振华：《中国与东南亚关系史研究》，广西人民出版社，1992，第97—100

页；范宏贵：《越南民族与民族问题》，广西人民出版社，1992，第216页；袁澍：《吴越佛教与越南佛教文化交流探析》，杭州佛学院编《吴越佛教》第八集，九州出版社，2013，第135页；陈大哲：《越南华侨概况》，台北，正中书局，1989，第39页。

上表可见，从越南的开国之君主到最后的一个封建朝代的阮朝皇帝阮福映，几乎都与中国有割不断的血缘关系。

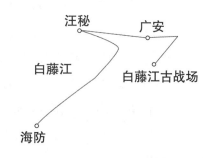

汪秘　　　广安

白藤江

白藤江古战场

海防

我让**小秦**接连问了几个海防的出租车司机，去**白藤江**怎么走，大都摇头。但在我心中，这个代表了一段裘江江域的地域却是我们此行不能不去的地方。对于中越两国而言，它代表了一段难以放下的历史。虽然在中国已很少有人听说过这个地方，但越史却一再提起，尤其是自1979年后，此地被反复提起，与前几天日记中提到的"支棱"这个地名一样，"白藤江"也被宣扬成打败北方强敌的"重要战场"，而成为一个不一般的地方。上个月，我在《环球时报》看到越南有关方面在海防的一块地方修建了白藤江战役纪念碑，并举行刻字铭石仪式的报道。我找来《资治通鉴》《宋史》及中越两国现代人写的史书一堆，细细读后始知确有"白藤江"这个地方。古代中国，包括中央政府或地方割据政府，也包括蒙元这个少数民族政权，确曾在此地与古交州、安南（越南前称）发生过战斗，但是否如越南潘辉黎等所说"均是大胜"则值得商榷。而中国对越地或为郡县属，或为藩篱属也有争论，而愈往后愈钟意于后者。20世纪越南胡志明主席说："没有什么比独立和自由更重要的了。"这本是对抗法、抗美而言的，但前一二十年却有

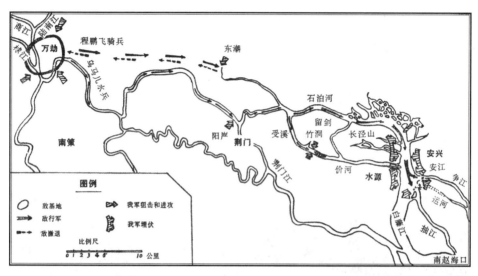

▲ 白藤全阵演变草图（转载自《越南民族历史上的几次战略决战》）

将此义推而广之的趋势，甚至隐喻所指北方。真所谓有违于本意，也有违于历史事实。

后叫出租车司机带我们到市里最大的书店买了幅海防地区的地图，小秦在越文地图找到了"白藤江"此点，司机恍然大悟道："哦，这个地方，那里确实有块石碑。"原来是翻译上的原因，两人没有对上路。只不过我没有想到的是，"白藤江"竟不在海防市辖区，而是属于广宁省的广安县，且要绕行高速公路、国道、省道、县道与乡村公路，地图上看似不远的一个地方，来回却要走好几百公里。

我们乘车沿荆门江西行，穿过**港口区**。港口对岸为数个江心洲，江面开阔，有多条支流汇合。港口沿江而设，长十余里。荆门江往西约三十里又与白石江相汇，可直通裘江。裘江有运河，与富良江相连，富良江又与红河的河内段相连。港口区还有两条支流直通海防市区，蜿蜒狭窄的河道，但水深浪平，在市区西北约九十公里处，再度与荆

▲ 白藤江江面

门江相连。海防市区向南还有两条大江入海口，但由于海口周围都是
滩涂，不便建大港，海上小舟可由此西行，进入红河平原腹地。

荆门江口的东北部则为著名的白藤江水域。

海防濒临浩瀚的南海，且有**吉婆岛**群岛拱卫，北、西、南多水汇合，
竟得地利之先，又可直通河内及红河平原腹地。越法时期，将位于下
龙湾的**云屯古港**逐渐废弛，而在荆门江新建大港，实为明智之举。20

▲ 白藤江大桥东望

▲ 白藤江大桥西望

世纪60年代抗美战争时期海防是美军轰炸的重点，这里曾演绎了多场激烈的空战，据说击落美机上百架。我援越部队曾在此地布防了两个高炮团，援越物资相当多的部分是由防城港市白龙尾半岛经海防港运往越南的。

半小时后，过**镜江大桥**。路面很宽，水泥铺就，路旁村镇相连，夹街而市，很快就到了**水原县城**。往北走，地势逐渐开阔起来，可见大片水田和蕉林，高敞处还种有芒果、枇杷等果树，沿途水网密布，连续跨过12座大、小桥梁。过价江后路面变得狭窄，可隐约看到山丘，不少山体裸露岩石，被辟为采石场。路两边仍然是看不到头的农民的自建房，似乎连通交通的公路就是为那些看不到尽头的铺面准备的，真可谓路有多长，市有多长，即使遇到了山坡、水塘也遏止不住。

正午时，过一大桥。上桥后，顿感此处风景奇特，忙下车，立于桥上向四面观望，察看后方知已登上**白藤江大桥**。桥面很宽，长千余米，水势汹涌，浩浩荡荡。越南诗人曾描写过这段白藤江的险峻：

接鲸波于天际，蘸鸡尾之相缪，

天水一色，风景三秋，

渚荻岸芦，瑟瑟飕飕。

站在高处望，四周皆为低平的平原和密布的水网，还有沼泽湿地。桥西段又称**白石江**。远处平原之上兀立十余座陡峭的山峰，披满绿装。东边河流更加宽广，河道旁断断续续地有些孤立的山头，江中数个江心洲一路排去，而使人惊叹的是东北方向的远处那片黑压压的山地，山势绵延，山峰林立，尚未到那个著名的古战场便被这里奇特的地貌和复杂的水势所震撼。下桥后，沿10号公路行半小时上高速公路，进入广安省，不久到达**汪秘市**，这个作为公路和铁路交通枢纽的小市，到处都在搞建设，发电厂、水泥厂的高大烟囱冒着浓浓的白烟。顾不上吃午饭，又向东急行。约30公里后，下高速公路向南行去，路越发窄小，两边山体多了起来。车未走省道，拐上乡村便道，只为操捷径罢了。在丘陵中穿行，车颠簸得很，出租车司机时有怨言，我忙不迭说道，再加租车费，才算息了牢骚。在离**广安县城**不远处，我们又向东南方向拐上另一条乡村公路，路就修在水田上，三四米宽，行走了40分钟，再穿过四五个村庄后路到了尽头，司机下车问村民过去打仗的地方在哪里，村民丈二和尚，摸不着头脑，只是说："村外靠江边前不久立了块碑，我想可能就是那块什么纪念碑吧。"忙递烟，说好话，给了个小红包，请他带路。穿过村子，向西南方向约行500米，便见一大片沼泽地，靠江面一边皆为红树林，有三四米高，绵延三四公里长。我们急忙向沼泽地中心走去。浅沼处周围布满了看不到边的芦苇荡，还有鱼塘相连。穿过一条小路，到一新修的大路上，路旁还有两辆正在施工的挖掘机。向西行5分钟，可见在一高平

▲ 新立的白藤江石碑

处立有一碑，碑修得很简单，一块黑色石基上立黑色板材刻就的**石碑**，拢共只有3米高，1米多宽，石碑上刻满用拉丁字母写就的越南文字。小秦边看边翻译，才知道碑文记叙这里便是越南陈朝军队与蒙元军队战斗的地方，之中还提到了在白藤江地区曾发生过与中国军队之间的另外两场战争。

站在堤坝上，脚下的红树林尽遭破坏，原来这里正在修建一条防洪大坝。我们不顾鞋湿水浸径直往江边走去，此处虽不是白藤江的主干流

入海口，而是分汊白藤江的另一个入海口，即现称**柠檬江**的入海口，即便如此，江面仍显宽阔，直通大海。后查图发现，在柠檬江附近还有一个叫南江的小入海口，也即是说**白藤江主干流在临海几公里处分成多条水系直流入海**。望浩荡江水，想古今往事，这个临山濒海控江而又密布河汊沼泽的诡异之地，竟成为爆发多场大战的著名古战场。

我想白藤江地区之所以成为一个重要的古战场，是与其重要的地理位置密切相关的。自古以来，中国到安南有三条重要途径，两条为陆路，一条为水路。陆路中以从凭祥过谅山穿支棱关越富良江为首选。从云南河口过老街沿红河上游经越池到河内这条道为次之。相比较谅山那条路，走老街这条路路途遥远，要穿越越北山区，但却是沟通我国西南与越南之间的便捷之道。在古代，陆路交通山险路窄，人背马驮负荷有限，若完成大规模的运输则难敌水路。我国海上航行在秦汉之际就较为发达，对越大规模起事交通首推海路。两位**伏波将军**，西汉时**路博德**收复赵氏南越，东汉时**马援**征讨二征起义，重兵皆走海路，跨江越海，好不威风。自汉唐至宋元，白藤江一直为由海入江之要津。顾炎武《天下郡国利病书》之《西南海道》曰："自马伏波以来，水军皆由之。自钦州南大海扬帆，一日至西南岸，即交州潮阳镇也。又云廉州发州师进都斋。"可见海路之重。明朝**郑若**曾对广东至安南的海路记载详细："自廉州乌雷山发舟，北顺风利一二日可抵交之海东府。若沿海岸以则自乌雷山，一日至永安州白龙尾。白龙尾二日至山门。又一日至万宁州。万宁州一日至庙山。庙山一日至屯卒巡司。又二日至海东府。海东府二日至经熟社，有石堤，陈氏所筑，以御元兵者。又一日至**白藤江口**，对天寮巡司，南至安阳海口。又南至多渔海口，各有支港以入交州。其自白藤海口而入则经水棠、东潮二县至海阳府，复经至灵县黄径、平滩等江。"海路之便利，乘古代风帆动力之海船，由廉州（即广西北海市）出发仅十日即可到达白藤江海口，而从白藤江海口可循红河流域水系很快抵达海阳府，即昨天我们刚刚路过的海阳省会海阳市。而海阳距离河内仅50公里。可见当时即可由广东一带直接沟通河内，入交趾腹地。这是一条相当便捷的通道。唐宋以降越南北部最大海港就是白藤江口以东数十公里的**云屯港**，即今广宁省会下龙湾市。交广两地及后来的中越两国，无论是经贸往来，文化交流，还是朝贡、兵事，皆需经白藤江口作为海路枢纽。

还应看到，白藤江地域复杂的水文地理条件常可被据地作战一方加以利用。便利施津口，为兵置险地。

历史记载，**首次战役发生于我国五代十国时期的**938年。

唐朝经安史之乱后，国力渐趋衰落，所采用的节度使制度逐步演变为诸藩镇拥兵自重，经唐末黄巢农民起义的冲击，辉煌一时的唐帝国于907年走向灭亡。继之而起的是梁、陈、周等五个小朝廷，拢共仅存活了五十年，平均算来，每个朝代仅有十年，伴之这些短命政权的是长江以南建立的十个由藩镇发展起来的封建割据政权，俗称**十国**。占据两广和安南的为设府广州的**南汉国**。南汉国主**刘隐**，唐末时，被唐册封为**清海节度使**，后又加封**静海节度使**和**安南都护**，领有广州、交州（即安南）。而据有交州实权的**曲承裕**（也为中原而来，后发展成为安南的豪梁大户）及其子、其孙也曾先后被唐、后梁封为静海节度使。但曲承裕之所封晚于刘隐。刘所镇的静海节度使在唐末时辖有交州，从名分上讲，刘隐所据的南汉诸侯国据有交州地。923年，南汉军**擒获曲承裕孙曲承美**，曲氏政权亡。后曲氏将领**杨廷艺**奋起反抗，虽胜南汉军，但怕报复，仍表示臣服，接受南汉封的交州节度使衔。但不久杨又被其牙将**矫公羡**所杀。矫仍臣服于南汉。杨廷艺牙将**吴权**起兵抗矫。此时南汉国主位已传刘隐之弟**刘岩**（后改名刘龑），应矫之请，龑便以儿子**刘洪操**为静海军节度使领兵前来救矫。据《资治通鉴》记载，刘龑的臣僚萧益进言："今霖雨积旬，海道险远，吴权桀黠，未

▲ 白藤江水沼地形

可轻也，大军当持重，然后可进。"而刘龚没有听进萧言，仍出兵交州。刘洪操挟兵重，轻敌冒进，由海口进白藤江。

由白藤江入海口上溯五六十公里，江东岸又分出**争江、抽江**（现称柠檬江、南江）两支流，也可直接出海，在三江汇合处，即白藤江江心中，有一暗礁滩从石岸横穿至争江和白藤江河口之间，当地百姓俗称**谷湍濑**。谷湍濑有五条石滩横截将近四分之三的江流。横阻江流的谷湍濑是白藤江的一大天然障碍，而随潮起潮落，河道忽宽忽窄，忽深忽浅，本地船只大多走白藤江支流争江出海。刘洪操贸然入白藤江，其目的是尽快抵海阳与吴权决战。而老谋深算的吴权则"逆战海口"，"植铁橛海中，权兵乘潮而进，洪操逐之，潮退舟还，轳橛者皆覆，洪操战死，龚收余众而还"（见《新五代史》）。这种利用潮汐作用，将带铁犁的木桩植于江底以制敌的做法，完全出乎陌于地势水汛的刘洪操的意料之外，刘将自己置于死地而未察觉，败亡应在情理之中。

第二次白藤江战役发生在中国北宋和越南前黎时期的981年。肇因于前黎朝第一个国王黎桓以不正当的手段篡政。

吴权死后，安南陷入封建割据军阀争斗之中，史称**"十二使君"**之乱。史书记载："海内无主，十二使君争长，莫能相统。"骦州刺史丁**部领**率部三万起事，纵横捭阖，能征惯战，于公元968年统一安南，建立丁朝，国号"大瞿越"。丁先后向南汉、北宋请封，分别被封静海军节度使、交趾郡王。从此越南由郡县为"列藩"。后丁部领及其长子被害，年仅6岁的次子**丁璇**被立为帝。执掌丁朝兵权的**"十道将军"黎桓**趁丁璇年幼，与其生母杨太后私通，自称"副皇帝"，夺取朝政，后将丁璇及太后逐出皇宫，加以软禁。消息传到北宋，作为宗主国皇帝的**宋太宗**大怒。黎桓冒用废帝丁璇之名上表朝廷，希望宋"俯怜其过，未忍加罪"。宋太宗不允，为迫黎还政于丁，于980年派**孙全兴**率陆路兵马，**刘澄**率水路兵马，以**侯仁宝**为交州路水陆转运使，统领水陆大军，讨伐黎桓。黎桓乘机逼太后同意丁璇让位，黄袍加身，登上了黎朝"皇位"。为此，宋、黎间爆发战争。

宋将**刘澄**率水路兵马进白藤江，在江口大败黎军，黎分少部兵力在白藤江阻敌，刘澄因不明情况怯战，行动迟缓，没有与宋军汇合。黎桓诈降，诱宋军深入。黎军在**支棱豁口**设伏，侯仁宝战死，宋军讨伐失败。孙全兴、刘澄只得带兵撤退。黎桓获胜后仍胆怯于与宋再战，多次遣使到宋，"上表谢罪，且贡方物"。直至十余年后，即宋真宗时期，于993年宋朝才照例封黎桓为交趾郡王。

第三次白藤江之战发生于蒙元忽必烈执政与越南陈朝时期的1288年。

13世纪蒙古曾与越南爆发三次战事。

1257年，蒙古仍是草原汗国。**忽必烈**奉蒙古大汗**蒙哥**之命欲借道越南包抄南宋。南宋此时与越南陈朝结盟抗蒙。元军从大理沿红河侵入越南，仅用兵两千，不久占领首都升龙（河内），陈太宗出走海岛，部众分散在清化等地进行抵抗。蒙古兵因气候湿热，人马多病，不得已撤回云南，但仍迫使陈朝三年一贡。

1284年，已入主中原建立元朝的元太祖**忽必烈**向陈朝借道以攻占婆，陈朝不允，元军攻越，再陷其都城，并由海路攻取占婆，包抄位于安南中部的义安。越南南北受敌，王廷退至清化。越将**陈国峻**率军民反抗元军，次年在兴安省东安县的**咸子关**渡口败元军，元将**唆都**等被杀身亡，元军被击溃，越军收复首都升龙。

陈仁宗重兴三年（1287年），**元世祖**又命大将**脱欢**等分兵三路，水陆并进，渡过富良江，侵入越南，以图报复。陈仁宗弃城逃走，**陈国峻**将军队化整为零，利用有利地形，四处出击。不久元军因粮食不济，且士兵多病，被迫撤军，主力走陆路，偏师行水路，越南乘胜追击包围。**白藤江一役**，陈军效仿南汉国时的隐兵之计，又将木桩插入河中，涨潮时诱元军入白藤江，待退潮时则伏兵突起，施用火攻，致元军下船应战时陷沼泽之中，数万兵马几乎全军覆灭，还夺得战船数百艘，伤元大将**乌马儿**等人。

战后，越南故伎重演，急忙遣使元朝求和，从此通聘于元朝，继续朝贡。忽必烈死后，新即位的**元成宗**下令罢征，元、越遂不再战。

夫战者，生存之道，死亡之地，不可不察也。战争是门艺术。"大江东去浪淘尽，多少风流人物"。但诸葛亮巧借东风，火烧赤壁的故事仍传颂古今。海防城外的白藤江口演绎的几场战争，远不及赤壁场面之壮观雄伟，可就军事指挥艺术和战役战术实践而言也有其可圈可点之处。

我的站立之处，白藤江与支流争江交汇的岬角尖，山曲曲，岸层层，泥淖淖，林翠翠，江水吞潮卷雪澜，海风逆吹舞樯帆。未曾料这绝美的自然之界，山峰林立，水网密布，荻芦荡漾，绿树沿岸，竟成为死生之地。

前两次战役虽然规模不大，过程稍显简单，可对作战胜利一方而言，其高明之处就是一个**"诱"**字。将对手诱之既设战场，主动权操之于我。你奈何不了我，而我则可随时奈何你。我将你引入形胜之地，地利于我，弊于你，且潮起潮落，木桩铄橛阻敌，而你则动弹不得，处处被动挨打,焉有不败之理。这是刘洪操之失算。又刘澄者,虽闯过白藤江,歼敌些许,可陷入缠斗,在利于敌方的地势中只能蹒跚而行,未达到助主力一臂之力的战役目的,虽小胜而满盘输。

而败蒙元水师的白藤江之战,奥妙之处则在于"**逼**"。蒙古铁骑骁勇善战,蛮野成性。兴道王陈国峻避其锋芒,曾三次弃首都升龙,撤至越南中部,利用田野丛林河汊,疲劳消耗对手力量,北人不习南方热暑瘴气,劳师远众,难以立足。渐渐力衰势蹙,被逼撤退,偏师水军只能走江海相通之唯一水道白藤江。陈兴道再在谷湍濑力阻,再逼敌入已埋木桩的支流争、抽二江和运河之中,入死战之地,将作战时机和作战地域的选择艺术推至柔美之景境。无论是"诱",还是"逼",其指挥艺术的基石皆为择"**地利**"。《孙子兵法》曰:"夫地形者,兵之助也,料敌制胜,计险陀远近,上将之道也。"白藤江之战又为军事史上利用江海水文、河汉地利提供了一个战例。热带丛林河网地区作战

▲ 白藤江旁山头兀立

历来就是冷、热兵器作战的难题。从越南的战争史看，即便至20世纪中期强大的法军与美军都没有很好地解决这个问题。

作战目的与作战艺术是两个不同的范畴，有时是统一的，但也常常分离。作战目的决定战争的性质，如果作战目的是为了反对压迫、暴政，抵御外来侵略，则虽谈不上什么指挥艺术、军事谋略，即使失败也可以壮怀激烈，英勇悲壮。反之，倘若仅为一己之私或集团之利，或者弱肉强食，侵略成性，其所导致的战争，即便取胜，或创造杰出的战例，也谈不上正义、高尚。作战目的正当与指挥艺术高超的战例历史上也不乏之。这种胜利往往是鼓舞人心、永载史册的。

我赞赏兴道王陈国峻指挥的**白藤江破脱欢之战**。忽必烈发起侵越战争，两次目的均借口借道。先是借道包抄南宋，待占领中原建立元朝后，又于二十七年后称借道攻击占婆。以借道的名义发起战争，实为强权逻辑，只不过假以幌子，为侵略找找由头而已。最后一次完全是复仇之战，为前两次的败退挽回蒙古铁骑的面子和战争受损的耗费，更是无理之报。儒学大师**王阳明**曾说："以求一战之功，仁者之所不忍也。"宋朝与安南国的关系是朝贡藩属关系，也可以说在抗蒙这个问题上是同盟者。越抗蒙元三次退敌，沉重打击了蒙元的强暴力量，客观上支援了中国人民当时先是抗击侵略，后是反对暴政的斗争。需要说明的是，当时侵略越南的蒙古及元朝其采取的强权行为，并不能代表中国社会的主流声音和民众意愿。元朝一直难以融入中国的正统纪元，当然这与现代蒙古族成为祖国大家庭的重要成员是两个不同的概念。但对越南抗元战争的胜利成果的估计要恰如其分。有的书说这是对蒙古作战**"唯一的胜利"**，实是夸大其词。如此说来，那么几十年后的元朝覆亡、建立朱明王朝的胜利又是怎么回事？**即便是在同时代，也有过成吉思汗西夏兴庆府攻城不克、重庆钓鱼城蒙哥汗败亡的先例，更**

遑论蒙古大军在阿拉伯半岛，在高加索山区，在东欧所遭遇的抵抗，以及由海攻击日本、爪哇而失利的战例，怎么能说"唯一"呢？

南汉国那场白藤江之战，本质上应该说是诸侯割据争夺之战。南汉国主刘隐曾被唐汉五代的梁代封为清海、静海军节度使和安南都护，名义上是领有当时交州的，即今越南北部。虽然当时的交州土豪曲氏也被封为静海军节度使，但曲氏是仕官入越的汉人，并且后封。之后交州沿袭下来的实际当权者杨、矫等人虽与南汉有过争斗，但未超出藩镇间矛盾这个界限，且也接受南汉的册封。刘龑征吴权引发白藤江战，是由于吴权夺了矫之权，而矫去南汉求援，南汉则想乘机收回静海军节度使藩镇之权所为，应视为中国范围内的藩镇之争。越南有学者认为，吴权"结束了延续一千多年的亡国时期。我们民族赢得了自主权，揭开了民族长期独立的序幕"。因而，吴权建立的割据政权是越南成为"独立王国"的起点。但是，越南古代的史书《**钦定越史通鉴纲目**》却称，吴氏与十二使君无异，"旧史皆书为正统，兹削不书，但并列于十二使君，以名统系"。其实，吴权虽称王，却"未即帝位改元"，也未统一整个越南地区。吴权死后，杨三哥篡权，吴氏后人甚至向南汉称臣请封。可见，**吴权称王"非越南独立国家的开始"**。

至于因宋太宗不满黎桓以不正当理由篡权讨伐后黎，完全是循于儒家正统观念所为。这种被当时整个东亚奉为正道的儒家忠孝伦叙的意识形态，即便在当时的越南也被奉为圭臬，因而使宋太宗震怒的是黎桓先与杨太后通奸，待掌实权后又将杨太后及即位的幼王丁璇软禁，实有违人伦，为儒家观念所不容。且丁朝为大宋所册封的外姓藩王，被视为安南正统。丁朝无故被篡逆，黎桓可视为不道。宗主国似乎有此种"行大义"之责任。同时由于发动战争的动机强度不大，因而小败即退。宋太宗并无对安南有开疆拓土的野心。**行王道，弃霸道**，向来是当时所谓泱泱大国的气度与传统。

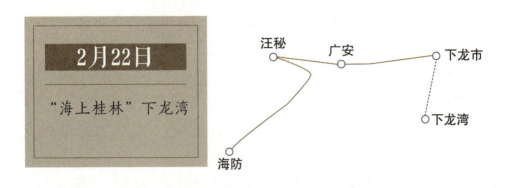

2月22日

"海上桂林"下龙湾

汪秘　　广安　　　下龙市

　　　　　　　　　　下龙湾

海防

　　昨日黄昏，我们乘当天最后一班渡轮由广安摆渡回海防。夕阳西下，数千米宽的白藤江波光粼粼，景色很美。对岸是白藤江造船厂，规模不小，据说是20世纪60年代中国援建的。出租车司机说这个造船厂现在不"造船"，只"修船"，成了修船厂。远远望去厂区外的江面上停了许多待修的海轮。我们回到市区那间家庭旅馆后拿了行李，便匆匆赶往下龙市。好在两市距离不远，仅五六十公里。待安顿好已夜间11点了。这种疲于奔命的玩法是舒明灵机一动提议去"下龙湾看看"而临时决定的。我也同意了，同时激动了好一会儿，因为准备参观的这个地方上了世界自然遗产名录，即便提议提

▲ 白藤江船厂

得有点唐突。

越南的地形特点是"一根扁担挑两个箩筐"。而"两个箩筐",一个指红河平原及北部山区,一个指湄公河三角洲,越南称九龙江平原,因为长达4000余公里的湄公河水量充沛,在越南南方竟分为九个河口注入南海,使得湄公河在越南亦俗称"九龙江"。而"一根扁担"则指狭长的长山山脉犹如扁担般将两大"箩筐"挑起。后来才知道,这种狭长的地理特征,并非久已固有,而是受地理和历史因素决定的。越南与老挝,由长山山脉分居之。越占分水岭东侧,择优于沿海平原地区,而老挝则居西长山,域内山脉与高原居多。**越南虽形状狭长,外形上有些不可思议,但实利很多**。其中漫长的海岸线便是其明显的地缘优长。南北直线距离近2000公里,从河内到胡志明市铁路长达1700余公里,而东西平均宽度150公里左右,最窄处仅40–50公里,**陆上长宽比例几达1∶13**。有地理学家认为,这是世界上难有的优佳比例,即便是北欧富国挪威、瑞典、芬兰的地形优势也不如越南明显。北达北回归线亚热带地区,南至北纬八九度的热带海洋气候,加之十万大山、黄连山脉、长山山脉与海平面形成的垂直高差悬殊,数百条短促而丰水的河流悠然而下,出海口挟带大量的泥沙冲积成台地扇形平原,地壳运动的挤压皱褶带来众多的海湾、沙滩,与之相配的是弯曲的海岸线竟有3000多公里长。也就是说,**虽然越南国土面积不大,但主要的经济带和城市都濒海,或通过毗临江河与海洋相连,同时兼具海洋与大陆的特点**。无论是舟楫交通,还是海洋资源,均得天独厚。同时地貌多变,景色优美,是旅游的好去处。

越南北部海岸,与广西钦、廉二州相连,与雷州半岛、海南岛隔海相望,从西部环抱**北部湾**。这个由岛屿、半岛、沿岸平原相连缀而形成的"内海"素来以风平浪静、物产丰富著称。中国的南渡江、钦江、北仑河及浩大的红河水系倾注于此,稳定的冲积平原不仅适于居住与农耕，更挟带丰富的微生物及腐殖质，成为海洋生物的聚集地，是天然的大渔场。更令人惊叹的是，这里还是新生代地质激烈变动之地。地质学家考证，海南北部、雷州半岛西部和越南北部沿海海域，是新生代以来火山运动最强烈、最频繁、持续时间最长的地区之一，从6500万年前第一股岩浆冲出地面，到距今1万年左右最后一批火山猛烈爆发后归于沉寂，历次规模宏大的火山运动，最终导致广达数千平方公里的熔岩覆盖面积。当岩浆从海底喷射而出，其形汹涌，其色赤红，整个世界为之改变。经历漫长岁月，那些赤红发生变化，凝固、坚硬、变黑，造物主再在其上覆上一层浓郁的绿色，而形成独特的火山熔岩地貌。在2006年，海南海口石山火山群和广东湛江湖光岩为代表的火山熔岩地貌，被联合国教科文组织授予世界地质公园称号。我曾两次登上广西北海市的涠洲岛，岛上用火山熔岩堆垒而成的雄伟的哥特式天主教堂，就是明证。这种熔岩地貌也延伸到北部湾海域中。而与火山岩地貌并列北部湾两侧的则是由云贵高原余脉十万大山、越北山区顺延到海上的喀斯特地貌，其代表作就是同样被联合国教科文组织授予世界地质遗产的下龙湾岛群。**北部湾东、西两侧并列着两大世界地质遗产，密度之高实为少见。**这是个出美景、出奇景的地方。

下龙市是广宁的省府，原名鸿基市。以前常听说越南鸿基煤，蕴量大质量好，中国人曾在这里投资开采，长达上百年。下龙市分为两部分，西为白雀，东为鸿基。近白雀时，见一大型电厂，三根高大的烟囱直插云天。导游说电厂装机容量过百万千瓦，由美、日等西方投资。2016年习近平访越时，已签应援助修建一条东兴至海防的高速公路。这将是越南第一条真正意义上的高速公路，正在施工。越南北部沿海，包括海防已成为对外开放的重地。

渡白雀大桥后，过下龙市区，到达下龙半岛东部顶端的米其林酒店。这附近似乎是一个以旅游业为主的开发地区，盖了众多宾馆酒店，游客以中国人居多。开发区不大，周遭土地开阔，多为民舍，以模仿法式的小洋楼为多。

第二天上午从码头乘船去**下龙湾**。出港湾向东行，但见大海之上，群山兀立，峻峭挺拔，着水墨色，又显黛绿。恰遇微风细雨，云雾朦胧，虚无缥缈，如入天上仙境一般。群峰簇拥，约行50公里，便分割成三四片景区。近观之，皆为喀斯特地貌小岛，有单峰，也有两峰、三峰，甚至四、五峰的。岛体遍布石缝裂隙，长满荆棘灌木和奇花异果，果然是奇观。这种以碳酸钙为主要成分的岩体，遍布中国南方和越南北方，除具备天然美资质的山体的奇特造型和满目青翠外，尤以溶洞、天坑为最。下龙湾的特殊性在于海。它把"桂林山水"般的美景搬入海中，将飘飘欲仙之美和神秘玄虚之感结合起来，极大地满足了人类

▲ 下龙湾

119

赏心悦目的心理需要。且下龙湾向北有无数岛屿，号称上千个，直抵北仑河口，更觉烟波浩渺，气势不小。

后登上位于景区中心的杏岛，直上约两百米高的制高点。但见岛岸埼埼，水深湾多，众多奇峰异石浮于汪洋之中，如撒落在大海中的块块翡翠。归返途中，绕斗鸡石而行。两块巨石如两只雄鸡相向而视，引颈欲斗，活灵活现，现已成为越南标志物之一，越南货币20万越南盾上面就印有斗鸡石的图案。

下龙湾，扼白藤江口，战略位置十分重要。下龙市和海防市分居湾之两翼，隔海相望，所挟之白藤江海门自古以来就是进出红河三角洲的主要水道。下龙湾畔的云屯古港转运江海，沟通交广，或枢纽南北，是古代海上丝绸之路的重要港口，雄踞安南北部地区第一大港的位置达千余年之久。围绕下龙湾交通权的争夺，湾口洋面和湾内的白藤江多次爆发战争。元初忽必烈第三次征安南时的运粮兵船在下龙湾一带被火烧毁。元史谈被烧兵粮

▲ 下龙湾内的斗鸡石（曹全义摄）

▲ 由洞口入海湾

▲ 下龙湾地形复杂

"十七万斗",而近年有越史料将之说成是"十七万斛",一下扩大了十倍,令人啼笑。

在海防、下龙期间,小秦找来导游带我们参观了三个对外国游客的专卖店。逛这些专卖店的游客欧美人很少,他们大多是自由行、背包客,喜欢在城市中的闹市里穿行,很少光顾这类地方。而中国游客则不同,大多是旅游团的团客,大巴车把他们往这里一甩,便只好就范,同时这些年国家富强了,民众口袋里也积存了点钞票,消费欲望顿时强了起来。你让我消费,我就消费给你看看。这种念头在日益增多的中国中产阶级心里越发强烈。尤其是中国的男人很多是"妻管严",说了算的往往是家中的"贱内",现早已升职为掌管家政大权的"纪委书记""财政部长"之类俗称官儿了。这些中国"大妈""大姐"们在广场上跳舞跳累了，要换个花样，纷纷加入旅游团去周游"列国"。好不威风。因此逛逛专卖店也是一种乐趣。越南人会做生意，择风景优美处，或马路边的宽阔处，筑起场面不小的专卖店。我观察，稍大一些的"专卖店"，均为越南的国营企业，常与外资企业合办。"专卖店"成了产品展示厅或推销店。20世纪八九十年代中国的旅游区里遍布这类店档，现多发展成为商业街模式。商业街模式开始在越南崭露头角，另行其道。

所择的专卖店，**一为红宝石店**。越南北方山区与斯里兰卡相似，皆为世界上红宝石的主要产地。原主要由华人华侨经营，20世纪70年代越排华后由越人经营，每况愈下，很不景气。十来年前越开始"革新"，招来台湾商人让他们先合资后独资经营。我去台湾台东、花莲，看到这一带石材加工业很发达，大多为参加过蒋经国时期修建纵横台湾高山公路的退伍军人及其后代所经营，蒋为了安置这些"荣军"，把采掘权交给了他们。之中，石材雕刻更为产业化些，产品挺精靓。也有一些玉石类的加工业，如红珊瑚、台湾山脉中的红宝石、玉石等。不过台产玉石的石质档次较低，但加工水平说得过去。这间越南店的台湾老板告诉我，他父亲原籍浙江大陈岛，现这间店的消费对象基本上是大陆人，每天有数万元人民币的成交额。我见许多"大妈"们专心挑拣，她们说红宝石质量还好，是真货，但加工水平不高，镶嵌工艺粗糙。还有的说，把货买回去请人再加工。

二是橡胶产品店。主要是销售乳白色的橡胶枕头和床垫。近年来随着欧风日盛，橡胶枕、垫行时起来，广州就有许多售卖这类产品的商店。这里人说，他们的卖点有两个，一是100%的纯橡胶，没有化学添加物，二是价格低。店面很大，有上百张体验床，顾客可躺在床上体验，挑选商品。买货的热情很高，因为可以在越南打包发货，在中国的居住地直接收货，且收货期不长，说一周内即可。越南这些年橡胶产业发展很快，已成为世界第三大天然橡胶生产国，仅次于泰国和印度尼西亚，橡胶产量占世界总产量的10%左右。2012年全年出口橡胶101.1万吨，价值达28亿多美元。近年加快发展橡胶产业，制、售枕、垫是刚刚兴起的热点。

三是丝绸店。主要是售卖丝质的床单与被套，也有些衣物和头巾类的东西。店内人说丝绸业是从中国引进的，主要是明末清初到越南避难的明朝遗臣遗民带来的，越称此类人为明乡人。另郑和下西洋时，越后黎朝请求中原王朝派遣丝绸工匠入越，传播养蚕、制丝技艺。现越丝绸业发展势头不错，前几年召开亚太领导人非正式会议时，各国元首、首脑及夫人们所着的丝制上衣，就是越南本地所产。我看不出门道，只觉得手感柔软，色彩斑斓。翻译小秦说，越南货大多为中、低档，与中国苏、浙所产的高档货质量、品种上仍有差距。但越南货的卖货噱头是，这里的蚕丝白里透黄，似乎什么胶原含量更多些。

还碰到不少红木家具、工艺品及茶叶、副食品专卖店，以设在路边的服务区（越南几乎没有真正意义上的服务区，比较简陋，店、路之间不隔离）内居多。但除了有些团客外，大多冷冷清清。**专卖店内秩序尚好，而店外则是另外一副模样**。一广州花都市的"大哥"无心去逛专卖店，在老婆进店购货后，便坐在店外路边抽烟，忽然一个十四五岁、背着擦鞋包的小男孩急忙蹲在他面前，说擦鞋只要1元人民币。那位"大哥"允之，过一会儿，一小伙子又蹲过来，往鞋上抹了点白色胶状物，然后突然变脸，恶狠狠地用生硬的中国话说，抹了白鞋油，要收50元人民币。这不是明摆着抢钱吗。"大哥"不肯，小伙子竟扬起拳头要打人。后为了息事宁人，"大哥"无奈给了钱。当告诉导游时，导游说管不了，经常会有这种事情发生。看来这里的人对中国人的弱点摸得很准。只能希望那些弟兄们更有些血性与对付之的机灵。

下龙湾景区

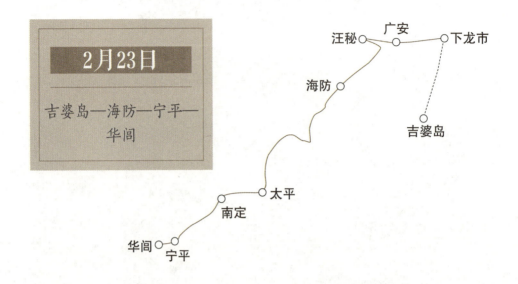

2月23日

吉婆岛—海防—宁平—
华闾

下龙市
广安
汪秘
海防
吉婆岛
太平
南定
华闾 宁平

昨夜住**吉婆岛**。

位于下龙湾南侧的吉婆岛，面积不小，有140多平方公里。由下龙港口乘船1小时便抵达吉婆岛北岸，行40公里路后在岛南岸兰下湾畔住下。旅馆距吉婆镇很近，行20分钟即到镇上。临近海湾是个大渔港，渔船很多，大多为硬木质的机帆船。滨海路是新修的柏油路，很宽，路旁民居多为五六层，比邻多为酒肆鱼档。小镇热闹，但凌乱，满街跑的是黄色出租车和拉散客的摩托。鱼市、菜市与卖衣帽杂物的集市联为一体，是市民与游客的好去处。我似乎又回到了20世纪80年代的广州黄花夜市，有恍若隔世之感。曾经可爱的海湾，现在被一圈丑陋的混凝土酒店所包围，所幸的是丑陋难掩海岛及港湾的迷人之美。

岛的精华在兰下湾的东南角，三四个海水浴场被岩石峭角所分割，形成相互封闭、自成一体的濒海戏水乐园，游客以中国人及俄罗斯人、北欧人居多。中国人胆小，大多在沙滩上行走、嬉水；西方人豪放，即使二月份的天气如此阴冷，也敢下海搏击风浪，然后半赤裸状地躺在沙滩上晒太阳，而实际上大多数时光难见天日。岸上的啤酒馆、酒

吧间人气不旺，却总有人光顾，生意过得去。常有成队的白人少年租了摩托车，在附近山间山路上疾行，确有点中世纪"骑士"的味道。更多的人是骑山地自行车，车辆基本上都是中国制造的，忽而海边，忽而山尖，十分刺激。岛的中部为高山峥峰，森林密布，风景奇美，已被辟为越南的国家森林公园，据说之中生活着世界濒危动物——金头叶猴。低

▲ 吉婆岛小镇

平处还有一座座孤立的石灰岩山体，湖泊、瀑布、洞穴散落其间。林中山径适合人观鸟、徒步行。峭壁为甲胄，丛林作衣裳，沙滩织花环，吉婆岛正成为越南运动生态旅游招徕生意的招牌之一。

吉婆岛扼白藤江入海口处，北望鸿基，南邻海防，为越南北方两大海上门户的一道屏障。且为下龙湾上最大之岛屿，渔农皆佳，十分适合人居住，战略地位重要。20世纪60年代"北部湾事件"时，美军多艘航空母舰曾密布北部湾附近，数百架战机对海防、鸿基（今下龙市）及河内附近进行狂轰滥炸，吉婆岛就是当年空陆鏖战的重要战场。在吉婆镇北10公里处的一个巨大山洞内，中国曾在此援建一巨大的防

▲ 吉婆岛上的渔港

空医院，被当地老百姓称之为"医院洞"。我们去参观时已成废墟一片，被荒草淹没。舒明说，真难想象，这偏僻小岛竟还留下这么多的中国痕迹。

吉婆岛南不远处则为红河干支流的多个入海口，岸线平直，多为

泥滩，无险可守。向北直至中越陆上边界处，南北纵横百多公里，有数百个岛屿相连，还有海上岛礁不计其数，如下龙湾上的喀斯特地貌的岛礁般，既可拱卫岸防，又适合近岸航运。我曾多次去过我防城港市附近的白龙尾半岛，著名的"京族三岛风情风景区"就位列其中。这里曾是抗美援越时期"海上胡志明小道"起点。源源不断的援越物资和武器多由此装船起航，沿着由连绵不绝的岛屿组成的航线，冒着枪林弹雨，一路南行，直至下龙湾入内港。在这里有一件不得不提的事情，就是在吉婆岛与我海南省东方县的连线上有一个叫**白龙尾岛**的小岛，在20世纪抗美援越期间，应胡志明之请求，我方将原属广东的该岛让与越南，并帮助其在岛上建了观通站，直接对当时的战局变化起了重要作用。使人揪心的是，获利一方在目的达到后能不能不要把历史遗忘。

天刚亮，我就把睡眼惺忪的舒明、小秦唤醒，准备尽早赶路。

早餐后赶往海防市中心去换越币。出租车司机把我们拉到一金店门口。原来越南银行并不承担私人货币兑换业务，在其内地大多交由金店进行，有时也可在所住宾馆兑换，但可兑数量很小，因其所存货币有限，如在河内时每次只能兑换几百元人民币的越南盾，不敷支出。但兑换比值对外币不利。如当天国家货币兑换比值，人民币与越南盾是1：3303，但这里仅可换3000越南盾，明显吃亏不少。这比在由同登入关时还少，在那里的小贩手里1元人民币可兑换3100至3200越南盾。

白天入市，海防的市容看得更清楚了。作为越南的第三大城市，海防有一缕优雅之风。道路两侧树木绿意浓浓，一些殖民地时期留下的法式建筑掩映其间，博物馆、歌剧院等虽不显得恢宏，却有些雅致的古典美。商业区的建筑物楼层不高，似乎近来普遍进行过外表装潢，街道明显比首都河内宽广些，车流、人流显得没有那么拥挤。火车站、码头和老工业区大多位于城市的北部和西北部，现正向南、向东开拓发展，建了一些开发区，与京北一带相比，仍显得有些冷清，似乎大建设的年代才刚刚招手。

我们选择南下**宁平**的出行方式是乘坐越南的长途公共汽车。

海防的长途公共汽车站秩序很乱，大多数的旅客都直接到停车场，寻找合适的车次后再登车买票。车场如一个大集市，招徕顾客声、问询声、小贩吆喝声响成一片。我们在出租车司机的帮助下登上南行车。车况还好，比较新，车型如20世纪90年代中国的公共汽车般，没有空调，人造皮革海绵软座。车厢内乘客大多是小贩、农夫，已坐满，人人都有座位。乘务员两人，一人为司机，一人卖票。我们被安排到司机后排入座。车开出停车场后，仍然沿途招徕客人，后上来的人都站着。也有乘客站在公路边等车，客车招手即停。票价比中国稍贵些，我们买了去宁平市的车票，160公里要35万越南盾，相当于120元人民币。买票不给票证，交钱即可，所有人都一样。可能是私人老板车辆的缘故吧，不知道他们如何完税。

由海防到宁平走10号公路，这条越南北部的沿海主干道，穿越太平、南定两省，首尾连接四省市，均为红河三角洲平原上的人口、经济大省，其地位作用不可低估。

▲ 吉婆岛的沙滩（孙磊摄）

留下深刻印象有三条。

一是水网密布，江河众多。在河内、京北、越池及白藤江地区已惊讶于水之丰沛，江河纵横，产生这种感受对于我这个长期生活于中国雨量最充沛的两广地区的人来说实属不易，因为那里水也不稀罕。未曾想到的是沿10号公路走这一遭，却发现别有洞天，还胜一筹。从海防向南，间隔十来公里，就见大江一条，不缕于绝。江面开阔，大多宽五六百米，上千米的也不少见。即使仍属冬季，非淫雨霏霏时节，依然水势浩大，源源不断。据说冬夏水位变化很大，七、八月下游水位高出两岸平原5-10米，沿岸筑有大堤，实使人难以想象。一路走来，过红河水系、太平河水系，两大水系有运河相连，联成一体，携云贵高原、黄连山脉、桂越山区之水，居高倾注，仅中国云南境内的红河上游主干流元江平均每年径流量就达上百亿立方米，后漫平川，分割河道，成条条大江，直奔大洋。虽10号公路离各条江河的入海口尚余四五十公里，可那江河奔腾入海之势也能想象得到。

二是典型的三角洲冲积平原，条件优越。土层很厚，土地肥沃，排灌自如，适宜农耕。经过千百年的发展，已成为成熟的农业产出区，农桑渔并举，物产丰富，与珠三角相似，盛产稻米，是越南传统的粮仓之一。手工业也挺发达。所经之地，人口众多，村镇稠密。太平、南定两省，面积均为1500平方公里左右，但人口却已超过200万，宁平面积稍小点，有1300平方公里，可山区面积大，人口仍过百万。在整个红河三角洲的1.5万平方公里的土地上，有11个省市，人口负载已达二三千万。这种人口比例，在城镇化率高的区域，正显适中，但对于仍未走出传统农业生产方式窠臼、就业门路不多的地区而言，则有人口膨胀之感。

三是交通设施薄弱，城乡建设规划性差。在越南北方旅行已近10日，穿越两三千公里，狭窄、低等级的公路，连10号公路这条重要的通道，也仅只两车道，与公路如影随形的是公路两边不断翻新、重建、新建的那种狭窄瘦长的多层民居，而尤以海阳至海防段、海防至宁平段为甚，连续排列，绵绵不绝，把整个路段围得密不透风，视线所及常常难过百米，似乎整个的人口都搬到公路旁居住。无论城乡，家家户户都在经商，小店小铺遍地开花，食肆、士多店、水果铺、加油站、修车场、小作坊等等，不一而足，都在吃小商小贩这碗饭。若是电商兴起，线上交易频密（越南已现这种趋势），这芸芸众生的生计如何是好，实在耐砾磨。在10号公路上，与夹街而市并行的是夹街而学、夹街而行政、夹街而厂。每过市镇必有中、小学建在路旁，在过太平省时，恰逢正午学生午休之时，家长、学生、车辆把学校门前堵得水泄不通；在下午三四点快到宁平时，又赶上学生放学回家，成群结队的孩子骑着自行车和电动车在路上无拘无束地穿行，更有不少中学生骑着摩托车搭载一两同学在公路上飞驰，真让人捏把汗。引人注目的是街市中心大多建有各级党委、政府机关，兵营、公安单位也不少，烈士陵园、集贸市场随处可见。各类工厂显得很陈旧，如我国20世纪70、80年代所建的"五小工厂"（如小化肥、小水泥、小拖拉机厂等）一样，参差不齐地填补着民居之间所余的空地。当然，在河内、北宁一带也能看到一些新型工厂，而在三角洲地域却难觅寻。在公路与大江大河的交界处，大多建有老式的水泥厂、砖瓦厂、石灰厂，污染严重。在南平过**罗河**、**淄河**时，成片的土水泥窑占据路旁河边，浓烟滚滚，气味难闻，即便坐在车上仍感到呛鼻，这人口繁多之地竟有如此陋行，令人难解。

对**夹街而市**的情况要多说几句。

毋庸置疑，在战后重建、革新兴起之时，分配或出售一些土地让城乡人民盖有私房，这对于保障民众住房、安定人心不失为一策，其作用已经显现。许多中国学者看到，一些越南人收入不高，整个国家人均GDP才刚过两千美元，且南北、城乡收入差距悬殊，但众人的满足感不低，这可能与民族性格、宗教、文化传统有关。但我想更重要的可能是与实现"居者有其屋"干系很大，即使这种状况是低水平的，或不平均的，或不稳定的。还有一个副产物，便是民屋底层门面可用于经商，这对于解决扩大就业、增加收入有益。**但过犹不及，走向极端则往往形成包袱、桎梏**。这种作法既缩小了土地的容积率，不利于发展实业，还因为缺乏规划，乱搭乱建，增加了城乡建设的混乱，更限制了铁路、公路的升级、扩展。从长远看，这种分地到户盖私房的做法是否是长远之计值得深究。在解决民众住房问题上，中国采取商业开发与国家补助，如棚户区改造、建经济适用房和出租房、新农村改造等两条腿走路的方法是否更明智、更科学一些？特别是对人多地少的东亚地区来说是否更现实、更经济一些？在解决"路通财通"这个问题上，我觉得越南兄弟们的紧迫感还需要再增强一些。越南的人口，在1995年超过8000万，2011年统计为8784万，2016年时人口已超过9300万，还有多个统计资料载明，人口已过亿，增长速度惊人。虽然近些年越南推动"家庭计划化"政策，人口自然增长率由21‰下降到13‰，但增长速度是中国的3倍多。这种土地与人口增长不成比例的状况，决定了分地建房的政策是难以持久的。

很明显，今天的目的地就是**华闾**。位于红河三角洲平原南侧的宁平省在越南有其特殊地位。这是由于该省的**华闾古城**（又称华闾洞，现为宁平省华闾县）是越南名义上独立后（同时也是中原王朝的藩篱国，保持朝贡关系）所建立的第一个真正意义的都城。之前在东汉时，士燮所建的羸陵、唐朝时高骈所建的大罗城（又称龙编）则只能称为中原正朝属下的交趾或安南地区的治所，即当时的政治、经济、军事、文化等方面的统治重心所在地。

968年，丁部领建"大瞿越国"定都华闾，后黎桓篡权建立前黎朝，两朝均立都华闾，但寿限短促，仅41年。与华闾并称为越南三大古都的还有河内与顺化，这两城分别被李、陈、后黎朝和阮朝设为首都。李朝迁都升龙（河内）后，将华闾改名为长安府。与中国汉、唐古都长安同名。越南地名与中国地名同名的例子不胜枚举。这与越语中越汉语词条占整个越语词条70%以上有关，深刻反映中华文化对越南文化的影响。现**长安风景区**被联合国教科文组织评为世界历史自然文化遗产，而河内、顺化只被认定为世界文化遗产。

抵达宁平省会时已近17时。短短的百余公里，足足走了4个多小时。车辆还要南行，售票员要我们下车。小秦说，我们去华闾，上车时约定好的。司机不耐烦道：车不去，快下车吧。车去河静（地名，指河静省）。上车时说好了去华闾，而现在又说不去，说变就变，信义何在？此时售票员已变脸爆粗。"好汉不吃眼前亏"，还是舒明灵活，说息事宁人，拽着我下了车。

呼啦啦一群出租车司机围了上来。又是招徕生意。看看天色还早，我们挑了辆喊价低的出租车赶往华闾。

宁平城不大，在市区绕行一圈后直向西南行，再折向西北，约十多公里见一大广场，广场上矗立一高大雄伟的城楼。走近一看标牌，原来我们已进入**华闾古城景区**。城门宽大，中间大门约宽20米，左右各有三座小一点的门，城的墙体宽约百米。城墙之上建有三座城楼，均为两层，中间那座阔些，七开间，左右对称的两间为三开间，如古城墙上的角楼状。城楼飞檐翘角，黑瓦红墙，恰似中国古代城楼建筑的样式。司机说，这是仿古建筑，5年前建的。

再往前行，两边都是水田，夕阳西下，牧童放牧水牛，炊烟袅袅，农舍掩映在竹林之中，很有点南国水乡的味道。越过两座山坡，沿河岸行五六公里，进入山区。我们在一兀立的石灰岩山峰前下车，住进旅馆。司机告诉我们，绕山向北行，过一小桥，就到古城，距离500米。

但何止500米！晚饭后我们向前走了2公里，也不见古城的影子。旅馆旁的杂货店主说，到景区正门整整有7公里。我顿时无话可说，完全摸不清头脑。

　　立春之后的雨水，对二十四节令的诞生地中原腹地黄淮地区而言，仅只是一种奢求或预言，"雨水"何其少，偶尔遇之也。但在岭南之南的安南则常见"雨水"连连的现象。越南也施行"二十四节令"之说，也过春节、元宵、清明等中华民俗节日，虽然在气候学上与所对应的气象有些矛盾，但文化的穿透力更强。

　　在年平均降水量在1500毫米的越南北方，"雨水"时节果然雨水多多。当我们冒雨乘坐摩托车东行7公里（绝非昨日出租车司机所说的500米）到达**华闾都城区**时，已全身湿透，些许寒意，但并未降低我们渴望参观的兴致。

　　穿过一条嘈杂的街，越过一类似护城河上的小桥，眼前是一座五开间的三层城门楼，皆以黑色的火山石堆砌。

　　进入了古都城区，映入眼帘的是一个宽大的广场，近1平方公里，由黑麻石铺就。广场空旷，仅留有一座二层红瓦十二柱的亭子，走近一看原为水泥柱，竟也是仿建。亭东200米处有座古牌坊。四周皆为青峰翠岗，古都好像建于盆地之中。护城河绕广场而行，由东北向西南流去。亭东方为一不小的村庄，密密麻麻盖满房屋。

小秦指着亭内的用越、汉文写就的新刻石碑碑文说道，广场上原建有丁、黎二朝的宫殿，现均已毁。你看广场北部那几座石础，是中式的古代宫殿建筑立柱搭梁用的基石，原盖有多座宫殿。这空旷之地为古代宫殿区已无疑义。

被称之为"先皇"的，就是在安南10世纪诸侯混战之际异军突起荡平众强梁的**丁部领**。

说起丁部领，就不得不提起在安南，也即后称"越南"的独立过程中起到很大作用的两个人。

一是**曲承裕**。

唐玄宗天宝十四年（755年）中原地区发生安史之乱。八年后叛乱虽被平定，但河北、山东形成藩镇割据的局面，逐步蔓延到川陕、河南、两淮和岭南等地区，节度使或部将的叛乱时有发生。中央集权的

▲ 华闾风景区大门。华闾为安南独立后第一个朝代丁朝的首都

▲ 华间古城大门

▲ 华间古城亭台

削弱和藩镇割据的加剧，使显赫一时的唐王朝在经过一段短暂的中兴后又步入没落，从此一蹶不振。各类矛盾的加剧催生了黄巢农民大起义。907年，唐朝覆亡，中原先后经历了梁、唐、晋、汉、周五个小朝代，平均每个朝廷仅十余年；而南方包括越南地区则建有吴、南唐、吴越、楚、闽、南汉、前蜀、后蜀、荆南等十个地方割据政权，在云南还先后有南诏和大理政权，整个国家陷入内乱与分裂之中，安南地区也未能幸免于难。从803-880年，安南多次发生兵变或事变，多个安南都护、经略、节度使或被杀，或被逐，如经略使**武浑**（越南武氏开基祖之一，武元甲为其宗族后裔）曾逃往广州。

经过千余年的中原王朝郡县统治，汉儒文化的强势推行，汉越血统的交融，这时的安南境内已形成一批由汉人与越人融为一体的封建统治阶层。这些人不但熟悉中原王朝的历史文化，而且熟知安南风土民情，和当地村社头人或土豪有着千丝万缕的联系，与西汉时期郡县官吏与雒将雒侯等部落首领格格不入、以至酿成二征夫人起义的状况有明显的不同。在风雨飘摇之际，安南的上层人物开始洞悉内外，野心膨胀，觊觎封建割据大权。

唐后期中原人**曲承裕**由朝廷入安南仕宦，子孙也随迁，留居当地，后演变成安南鸿州（今越南海阳省宁江县）的富豪世家。曲氏乘机崛起，控制了安南。唐天祐二年（905年），曲承裕得到唐王朝的承认，被授予静海节度使之衔。但由于唐中央王朝之无力远及郡县，何况安南，致曲坐大，曲承裕实际上成为一个独立的割据政权酋首，开创了越人上层建立几乎完全割据的政权之先河。

而与此同时，以军功著称的刘谦、刘隐父子先治封州（今广东封开）、贺水（今广西贺州），后因平定端州、广州之乱，唐天复元年（901年）刘隐被荐权清海节度使留后（即岭南节度使），后又被唐之后的后梁朝封为清海、静海两节度使、安南都护，并加封南平王。刘隐故去，其弟刘岩，后改名刘龑，即位之。其谓僚属："今中国纷纷，孰为天子！安能梯航万里，远事伪庭（指后梁）乎。"遂与中国南方其他九个割据政权一样，刘在广州称帝，号南汉国。这便是中国第二个封建分裂时期，即五代十国时期的"十国"之一的"南汉国"之由来。

因隋、唐、梁时，安南地区即今越南北部地区属岭南道，由岭南节度使管辖，循之行政习惯或正统观念，刘氏之南汉国将安南视为其所辖之，更何况刘氏领有清海、静海两节度使，而曲

▲ 华闾古城黎庙门

氏仅为唐亡前两年所封的静海节度使。曲承裕于907年去世，其子**曲颢**即位，颢亡后由其子**曲承美**继承。曲氏祖孙三代保有安南，计26年。930年，南汉刘龑发兵取安南，俘曲承美，命属将李进为交州刺史，南汉仅直接统治交州一年，曲氏旧将**杨廷艺**于爱州（今越南清化省）发兵围困交州，南汉援军未到，交州即陷杨廷艺之手。杨廷艺虽战败南汉军，但深恐南汉再次征南，为了本身的政权不受威胁，只好臣服，服从南汉诏谕，接受羁縻，任交州节度使。

另一位重要人物也恰逢此时登场，即**吴权**。

杨廷艺领有交州七年，又被其牙将**矫公羡**（峰州人，即今富寿越池一带）所杀。次年杨廷艺另一牙将**吴权**发兵于爱州，北攻矫公羡。矫向南汉求援，救兵未至，身已先亡。吴权即领有交州。

吴权，898年生于河内山西市唐临乡。据《大越史记全书·外记·卷五》记载，吴权身材魁梧，双目如电，龙行虎步，智勇双全，力可举缸，容貌异常，且腰上长有三颗痣，人皆奇之，以为可为一方之主。我们注意到，《大越史记全书》这一时期出现的人物如丁部领、黎桓、李公蕴等均被描写得有异相，且智勇双全，它从侧面反映了安南自力、自主意识的增强。如前所述南汉国主**刘龑**接求救后，派儿子**刘洪操**率军来攻之。由于轻敌贸进，误入白藤江，被吴权击败，吴于939年春称王，立廷艺之女为后，定都古螺城（今越南英东县）。944年吴权去世，享年47岁，在位仅七年。吴权死后，杨廷艺之子杨三哥（吴权内兄）自立，称平王。950年，吴权次子吴昌文驱逐杨三哥，自称晋王。954年，南汉国主刘鋹封吴昌文为静海节度使。**越南史称吴权、吴昌文为前后"吴王"**。

继曲、吴之后，安南地区，群雄并起，各据州县，战火连连，更胜以往。吴权之子吴昌文难以驾驭局面，在965年征战叛乱的太平、唐阮二村时，"才入境，止船上战，为伏弩所中，薨"。**吴昌文侄儿吴昌**

炽以"吴使命"名义割据一方。加上矫公罕、阮宽、吴日庆、杜景硕、李圭、阮守捷、吕唐、阮超、矫顺、范白虎、陈览等十一人，号称"十二使君"（汉书称"使君"者，一般为州府级官吏及诸侯）。安南"海内无主，十二使君争长，莫能相统"。**时势造英雄，丁部领应运而来。**

丁部领是华闾洞人，其父丁公著是杨廷艺牙将，后被杨委任为驩州（今越南中北部的河静省）刺史。丁部领在其父去世后承袭其位。越史书记载丁部领少年时便显现其非凡的勇略，被村中儿童拥戴为首领。后又率其少年部众攻打别村儿童，使人臣服。周围村民得知此事后大为惊诧，纷纷率子弟前往投奔。后丁部领又击败、收服其叔父丁预，成为一方强人。丁部领以桀骜不驯著称。因不向吴王纳贡，"后吴王"吴昌文和其弟吴昌岌征华闾，丁部领势小胆怯，将子丁琏派往吴军为人质，试图与吴和好让其退兵。但吴军继续攻打，丁部领被迫奋力反抗。一个月过去，华闾洞仍未被攻破，二吴竟将丁琏绑在旗杆上，声称若不投降就将丁琏立即诛杀。丁部领大怒，下令十余张大弓一齐射向丁琏。吴军大惊，被丁勇气所折服，立即退兵。

后丁部领看到割据太平的十二使君之一**陈览**有德无才，势力强大，家产富有，便去投奔，陈览也觉得丁奇异，非为常人，便收为养子。陈丁联合，实力大增。967年陈览病逝后，丁部领率兵3万攻打范白虎，将范收至麾下，成为丁的亲卫将军。吴氏后裔吴日庆、吴昌文见丁部领实力日益壮大，二人惧而投降。丁部领及儿子丁琏分别娶吴日庆之母和妹为妻，还将女儿嫁予吴日庆，不久，丁部领又娶杨三哥之女杨氏玉云为妻，以政治姻亲振声威。

丁部领又率重兵围困杜景硕，杜在战斗中被流矢击中，其部众归降。再亲率军，以阮匐为先锋，黎桓为殿后，统领战象与士卒，同阮超、阮守捷、阮宽的联军展开激战，用火攻打败了他们。随后率军攻打矫顺、吴唐、李奎等部。丁部领以各个击破的办法，历经年余，终于消灭了诸使君，统一了交趾。

968年，丁部领建立丁朝，国号大瞿越，建都于自己的出生地华闾洞。969年定年号太平，并以第二年为太平元年。这是越南历史上第一个年号。970年，北宋攻灭南汉，丁部领畏惧之，主动向北宋表示臣服。972年，丁部领遣其长子丁琏携带方物，向北宋皇朝请求册封。次年，宋太祖封丁部领为交趾郡王。**从此，安南不再是中华直辖领土，成为"列藩"**。这对越南而言，是一件有重大意义的事件。

纵观由秦始皇于公元前214年收服岭南，建立南海、桂林、象三郡，到968年，即中国五代十国的南汉国时期，越南北部地区（亦称交趾、安南），与中国的广东、广西、海南地区始终同属一个大的行政单位，**长达1182年之久**，这恐怕在世界历史上是难得寻觅的现象。两者之间历史渊源的交互作用是一个值得研究和思索的重大历史和现实课题。**我以为，一个明显而不容置疑的事实是，越南由原始社会末期，即蒙昧时期，跨越了奴隶社会阶段，直接向封建社会过渡，即进入了以郡县制为标志的有一定秩序的封建社会，缩短了越南的历史发展进程，使越南成了中南半岛或东南亚地区最先开始封建化的国家，其封建化的完成比东南亚其他国家早了数个世纪。同时也纳入了在当时世界处于先进文化地位的儒文化圈，对其社会发展和生产力的提高产生了明显的推动作用，使安南在其今后的发展中有相当长的一个阶段与其西、南邻国家相比，居于比较优势和强势的地位。**

荡平众寇，一统安南，则建立首都，使朝廷有一个安身立命、构设中枢、发号施令之处便成了丁朝面临的首要任务。虽前有赢陵、大罗等郡县时期的都府大邑，但绝非丁部领的起事之地、梦魂之处，且交趾初定，狼烟起伏，不为首选。还是在自己所处的驩州这块根据地上打主意吧。丁部领本欲在现仍属于宁平省的潭村华地一带建立新的

▲ 华闾古城牌坊

▲ 华闾古城侧门

都城，但他觉得那里地势狭隘且无设险之利，便将首都建在了华闾。

　　我站在华闾古都区中央的广场之上，思虑着所谓"**丁皇设都**"这个问题，觉得丁部领所作的抉选还是有些道理的，这与其草莽的身份相符合。首先，这是丁出生、成长、发福之地，群众基础好，可上下同心，政治上有利；其次，此地地势险峻，环山傍水，仅东边地势稍低，成豁口状，便于防卫，且此处已为久战之地，无近忧也，何况山地中旷平之地所占地幅亦不算小，我看面积可达三四平方公里之多，山地中还有谷地，也可遣用，能够安放得下当时的朝廷；三是宁平位于红河三角洲南端，也算富庶之地，且北上南下均自如也，也可掌控举国局面。当然要从更长远计，华闾终归远离越南的政治重心、经济重地和文化策源之地，难为久都之地。而要得出这一结论，则需要更远大的眼光和睿智的头脑，尤其是深厚的文化底蕴不能少。而这终不能强丁部领之所难，作出超历史的结论。

　　史载丁部领本人"目不识丁"，**他所施行的政策基本上属于那种文化宗教化，偏于谋略与勇力的军事统治**。实际上整个安南这个刚刚掌握政权的上层集团的文化素质和个人修养都不高，新的士大夫阶层还未形成，因而丁本人器重僧侣与道士等宗教人士，任命**吴真流为僧统**，赐匡越大师并执掌朝政，又任命僧人**张麻尼为僧录**、**道士邓玄光为崇真威仪**，此三人不仅分别掌握佛、道宗教权力，还直接参与政务，居朝廷中枢之位。而儒者等文化人士则处二等位置，如当时的儒学大师刘基只当个"都督府士师"，相当于管家和教师。丁执政风格粗野，无规度。因当时盗贼众多，治安混乱，便下令在大殿上放置油锅，在宫廷中豢养虎豹。若有犯罪者，丢进油锅烹杀，或扔进笼子里让虎豹吃掉。这种血腥酷刑的高压政策收到了恐吓效应。

与这种人事、朝政相配的就是越南自主草创时期其都城建筑规模之小、之简陋。有史料作证。宋淳化元年（990年），使臣**宋镐**奉诏赐封黎桓，归后奉旨陈述华间见闻，其曰："国城中无居民，有竹舍数十百区，以为军营。酋府门曰'明德'，所居楼四层，上为酋居；次御宙居之，中人也；又次个利就居之，老钤下之属也；最下层军士居之。又有水晶宫、天元殿等诸僭拟名号。屋皆朱漆柱，绘龙、鹤、仙女。门另有一楼，犹榜曰'安南都护府'，唐旧颜也。"宋镐所述之情况，叙述的是丁部领死后第二年的情况。即便如此，亦何陋也，更遑论之前。整个的一片竹室军营，一个简单的朝廷栖身之地，毫无繁华与威严可言。

丁朝祸起内乱，仅存立十一二年。**丁部领**后期昏聩，将追随自己久经沙场、立有战功的长子**丁琏**晾在一旁，偏听偏信地立年仅三四岁的少子**项郎**为太子，封六岁的次子**丁璇**为卫王，已被封为"安南王"的丁琏不服，派人暗杀项郎。没多久，宫内侍卫**杜释**杀害了醉卧宫廷的丁部领，丁琏也同时被害。丁璇即位。执掌兵权的十道将军**黎桓**乘主年幼，与丁璇生母杨云娥太后（杨廷艺之女，杨三哥之妹）私通，并逐渐夺取朝政，自称副皇帝，独裁大权。980年，黎桓借着北宋南下讨伐之机篡位，建立**前黎朝**。前黎朝仍以华间为都，前后达30年。待国力渐强后，黎桓开始都城的大规模建设。史书记载，黎朝后期修建了"百宝千岁殿"，造工华丽，"其柱裹以金银，东建风流殿，西建荣华殿，左建蓬莱殿，右建极乐殿。次构火云楼，连起长春殿，其侧龙禄殿，盖以银瓦"。虽建了几个宫殿，有些帝王之相，但因华闾一地实为"湫隘"，终难以成规模、成气候。

越南草创时期的丁、黎二朝治国理念紊乱，缺乏统治经验，重武力，行暴政，少文化，实在难以持久，仅41年两朝便告终结。但它终归搭建起一个自主封建的行政框架，破天荒地选择和创建了安南开国阶段的"京城"，实为不易，有其自身的逻辑和价值。

时光流逝，虽然旧时朝堂尽已湮没，但残留的遗迹尚隐约可寻昔日的情景。城门、牌坊、廊柱、庙宇仍残存着。我们站立的广场上铺石已旧，苔痕遍布。向北望去，山下树荫掩映着的院墙内的房屋似乎是庙堂。院墙外竖着新制作的中式旗幡，上书"天福"两个汉字，赫然醒目。

近观之，并列着两个中式院落。左边为**丁先皇的祠堂**，右边是**黎桓堂**。丁庙近山窝，黎庙邻平川。丁皇庙规模很小，显得有些败落，但膜拜者甚众，香火旺盛。过山门，院落方圆约十亩，草木翁郁，院中立有几棵大树，四周散布着一些塔楼和碑石，还有一些石刻瑞兽祥鸟像。后院大些，所写对联已被黢黑的苔迹覆盖，描金的供桌及龙椅搁置堂前，一眼望去就知是新置的。殿堂为五开间歇山式龙脊鳞瓦房屋，平淡无奇，较中国的普通堂屋稍高大些。龛台塑丁部领像，相貌显得清癯。庭柱上的古汉语对联写得还算工整、对仗：

瞿越造皇尊真得食奎始开正统号万胜王长安庙貌百千万
华闾传帝绩拨乱芦旗大志芳名平十二使君南帝统第一纪

完全是歌功颂德丁部领开安南自主自立事。所谓"长安庙貌"，讲

▲ 丁皇庙

的是李朝视"华闾"为故都，后改名"长安"，隐含着对汉唐故都"长安"的尊崇之意。

紧邻的黎皇庙形制明显雄大些，可能后修的缘故。正门为赤柱红瓦三开间二层门楼，两侧为白色双石柱马头墙连体，似乎有中国徽派建筑的味道；二道门为四青石柱三门三重赤檐式牌坊，殿堂与丁皇庙相似，线条简练，略有装饰，屋檐更面阔垂长。至此我才明白，难道我在河内、京北一带所见的面更阔、伸更长的重檐皇家殿堂，由此发端不成？

厅堂阴暗、低矮，却阔大，柱、梁、庑交错。中央龛台上正面为黎桓座像，杨太后与丁朝末代君王丁璇端坐两旁。这种配置与前、后朝殿堂主祭君王有别，可能是希望掩盖什么。其实即使在越南本地也有不少儒学家、史学家对黎桓与前朝太后私通、谋逆幼王政权的行为评价不高，甚至还有抨击。**宋太宗**正是从宗主国的角度出发，对这种从礼义上认为"大逆不道"的行为有所鄙夷而决定征南的，之中可能有些鲁莽，轻易用兵，但更重要的是其中原王朝儒家忠君正统观念对

▲ 黎皇庙

这种"谋逆"行为的不可容忍所为。**说实在的，封建时期的"家天下"改朝换代出现不测是常有的事情，中国也难以幸免，但越南似乎更成"常态"，前黎朝后的李、陈、胡朝均出现过这种情况，这可能与其封建社会发展的成熟程度有关。对这些"不测"事件之褒贬评价，最好留待其本国人士评论为佳。**

堂左侧单独塑有前黎朝第二代君王**黎龙铤**像。黎桓死，诸子勾心斗角，争夺王位。三子龙铤派人刺杀太子龙钺。黎龙铤与其父黎桓一样，生性好杀，推行暴政。越南史学家**吴士连**就将此人与中国古代的夏桀、商纣相比，认为"其促亡也，岂无所自哉"。黎龙铤贪于酒色，患有痔疾，卧而视朝，故又被称为"卧朝皇帝"。

与丁皇庙相较，黎皇庙门庭冷落，几无香火，我们在此地驻留许久，未见一越南人上来拜祭，与右庭那个庭院人声鼎沸成鲜明对比。可知何故？舒明道：恁明白了。

俟后，折返向西，见一石砌的古池塘，可能是古都城的园林区。走不多远，则进入山谷，谷口宽约1里，深长，谷底与西边山脚处辟为

▲ 黎氏皇家墓陵区

稻田。在稻田里还立有七八座古墓，均呈圆形，石砌，上覆土，已长满青草。大者宽一二十米，高四五米，小者宽七八米，高二三米。小秦问路人，方知此墓群就是黎氏皇家墓陵。不料年代久远竟也荒冢草没。我们又顺着小秦手指的方向望去，西边远处一巨大山体矗立，峰顶平圆，向两边斜滑，两翼有多个尖陡的小峰体相连。由山豁口而谷底，正对远处峰顶。由远及近，田衬着林，翠绿黛绿连成一片，景色添美。舒明说，这里山高水绕，风水很好。但我想，天算人算终不同，人间事终要人来算。

后又去访丁部领墓。路牌指示曰墓在山上，只有80米远。不见游人，只有我们登高。岂止80米，走了三四百米仍不见山顶。山径的平缓处和歇脚处，均有中老年的越南人，或乞讨，或卜卦算命，或兜售饮料、水果。可能是这些人挂的路牌？心存狐疑。山，原名华闾，现名长安，十分陡峭，几乎手脚并用，累得气喘吁吁，大汗淋漓，近1个小时才到山顶。屈指算来，此山山高路险，何止80米，行上千米也有。再向左前方下行百米，即为墓址。有一新修的石亭，将一两米高的古碑包裹起来，由碑文可见这里就是**丁陵**。墓修得很简单，与粤闽山区依山坡所建的白色坟茔相似，将山脚竖削平，坟偎山体，置一平台，祭祀用，再修石栏，将陵区围住，面积不到100平方米。帝陵如此，足可见初立时期国势之窘状。

归返时再登临高处，俯瞰华闾全貌，始解真谛。一河流过盆地，将其裁为两截，西为都城，东、北则为村庄、农田。北、西皆为高山，南为丘陵，山势连绵，不绝于眼。东边村后有低矮、间断的山丘，再远处有山体为屏障，将红河平原隔断。丁部领择此地为都，确为险要之地，明眼人一看便知全为军事用途所择，也不管逼不逼仄。难怪李公蕴一建李朝便要搬家，写了那篇"迁都诏"。李公蕴拿中国商周王廷三徙都说事，择都必须"图大宅中"，才能"国祚延长，风俗富阜"。而丁、黎二家，"徇己私，忽天命"，不按商周之迹办事，"致世代弗长，算数短促"，因而决定迁都择"高王故都大罗城"为都。览物思之，李太祖将"算数短促"完全归之于择都不当，未"图大宅中"，似乎有些过分，但其弃华闾而步高骈后尘，选中了"大罗城"即现在的河内，却眼光独到，不失妙定"天下策"。

华闾古都区仅只是具有世界自然文化遗产双名号的**长安名胜风景区**的一部分。毫无疑问，这片残留的古建筑的存在，是其得以成为世界级遗产的基本价值所在，而背后所依的大片山体及附着其上的奇貌异景也是撑起华闾遗产头衔的底因之一。被称为世界自然与历史文化遗产的地方在世界上并不算少，如中国的泰山、庐山、黄山、华山等皆是，但作为越南这个不大的国家来说，能有些双头衔，不啻为一个

华闾洞村

奇迹和巨大的精神物质财富，难能可贵。这片面积达上百平方公里的神秘群山突然凸起在红河平原与清化平原之间，实在显得突兀，它使大地由平滑变得皱折，由平面化为立体，而令人难以琢磨起来。大自然的创造力常给人灵窍以颠覆、突破之感。

未曾料，我们在进入华闾古都之前，已经在长安风景区山体边缘行走了很长一段路程，并未觉察神奇，当我们再顺原路向西南行六七公里，细细品味山水风光时，方觉别有风味。

这是典型的**喀斯特地貌**。石灰岩质的山体硬朗地展示各种形态，山顶、缓坡和峭壁缝隙都被茂密的林木、藤蔓所遮蔽，而山脚下竹林环绕的农舍与已经泛绿的芦苇和刚刚插上稻秧的水田交错在一起。

寻觅不到进入崇山峻岭中的路径，只觉得有一条小河流向景区深处。越过小桥，拐到僻静处，看到码头上泊着数十条小船。小秦招呼我们登船，划桨的是一位越南中年妇女，她麻利地把船划动。

水气氤氲，流水汩汩。绕山的小河向西北流去，渐渐宽泛起来。再向前行约500米，多条河流交汇，形成河口，次第松开，如临狭长的湖面。此时只见数十条上午划出的游艇归来，游客大多是欧美人，显得格外兴奋，有的大声呼唤，有的竟唱起歌来，还有的则赤膊划船，正在释放沉醉于自然美景中的快乐。

▲ 长安名胜风景区

　　女船工一脸忠厚，浅笑嫣然，看着她那副头戴尖笠、身穿圆领衫、大脚裤打扮，我想起20世纪60年代在广东水乡所见的农妇，何其相似，给人以可信与淳朴的感觉。女人到了中年，话就多了。到河汉处，船女说道，顺流直下可绕景区一周，直到原始森林，景色很美，但很远；如向左（实为西北方向）就进入碧洞一带，那里是景区的精华。我看天已过午时，选择向左。

河道狭长，弯曲幽深。山体一座连着一座，且越往前行，缓坡被水淹没，直挺挺地兀立水中，偏西的斜阳把光线洒向山腰，而遮天蔽日的山峰似乎向河流中间压来，使人惊悚。隐约可见猿猴在树丛中攀援，除了几条小船，山谷中不见人的踪迹。挡在正前方的山体，把河水逼向原本顺流方的侧翼，使河的形态连续成为多个"S"形的连接。当我们拐过溪涧，顿时天地开阔起来，流水又汇成湖泊，湖两旁的山坡平旷，皆被蒿草淹没，坡上盖有寺庙与亭台。我们没有停留，继续前行。"山穷水尽疑无路"时，发现没于水中的山体下方有一缺口，船进去后才发现这是一个低矮狭窄的溶洞。洞内光线阴暗，怪石嶙峋，我们只能低着头，爬着划行。洞不长，仅二三百米。出洞后觉得光线明亮，又入一更大的湖区。湖中央立有水榭亭台，四面环山，山势显得高拔料峭，面湖山体岩石壁立，缝隙处仍顽强地生长着各类植物。石壁上形成不规则的图案，给人以遐想，似人、似兽鸟等。又穿溶洞行，此洞高大，河沿洞的一边流动，另一边则宽敞如礼堂，上立着或垂着千姿百态的钟乳石。这种石灰岩的山洞，在我国西南山区比比皆是，不足为怪。女船工说，长安一带可容小船穿山而过的溶洞数量有48个，刚才过的叫暗洞，现在过的叫地灵洞，还有叫亮洞、三滴洞、酿酒洞的。连过了三个由河流和溶洞相连的葫芦状的湖湫水域，刹那间更激起游览的兴致。

看到船工划得冒出汗，我们三人接过桨板划了起来，还与这位中年妇女聊起家常。这位女工说，她姓陈，夫姓黄，有二女一男，一女出嫁，两个小的读书。丈夫在家看摊守店，卖杂货，她种有四亩水田，秧插完了，忙里偷闲出来划船补贴家里。言谈中知道她还会说几句中

▲ 潙仙古庙

文，我便用中文和她攀谈起来。

我问她：划一次船挣多少钱？

她说：十七八万越南盾（相当于人民币50多元）。

我们买一张船票要80元，三个人要240元，还要购门票。便说，可能少了点吧。

她说不少，有时一天可以划两趟。

又问：哪个国家的游客多，中国人多吗？

答道：白人来得多，中国人也多。

问：中国人好吗？

答：好。人和气，还给小费。

我烟瘾上来，便问，可以抽烟吗？她点了点头，笑着说，你很绅士。

一路走来我越发觉得，这个勤劳、忠厚、自立、知足、敢说真话而又有点幽默感的女子很有点广西人的味道。

击水划过山岬角，迎面汇入一条大河，顺流向一个盆地驶去。水草、芦苇、灌木丛、蒿草、山峰逐次向上展开。

重山叠嶂，峰峦怪异。那座山高顶平的**风水山**竟在远方。这不是黎氏王陵所对应的那座山峰吗？难道我们绕到了华闾古都区的背后？我们到了被称之为**"灅先僊泉"**的地方。半山腰建有一座大庙。庙分两院落，前排庙宇显得低矮些，仅一层两开间，后院那栋则修得大气，立于高台之上，铜铸仙鹤把关，重檐翘角，两层阁楼。两殿用汉字分书"仙姑灵祠"、"灅仙古廟"。庙前立有金字石碑，原来铭文描述

▲ 碑刻《灅先僊泉记》

的是雄王后裔贵明大王在华闾这块地方抵御蜀王子泮这个越南史前的神话故事。但碑是新刻的。

天色渐暗，凉风袭来。我们择近路，划船穿过两个洞廊，径直上岸乘车赶赴宁平市区。

长安之景，美在山水相连又相通。河水与暗河将湖泊、盆地、青山连为一体，座座山峰如浮水中。水清山碧，旷野处不乏古刹名寺，舟楫之利穿山而行，洞内与洞外奇景交替出现，极具奇崛清逸之感，如此美景实为现代人脱俗超凡之好去处。

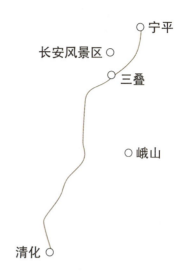

宁平

长安风景区 ○

○ 三叠

○ 峨山

清化 ○

昨天傍晚离长安，半小时到了1号公路上一个叫**三叠**的地方。出租车司机把我们放到路边，很"负责"地帮我们挥手示意拦截由北向南的长途公共汽车。足足等了20分钟才截停了一辆去清化的大巴车。我问为什么不去省城的汽车总站等呢？出租车司机笑了笑说，都是这样的。1号公路由河内至胡志明市，是沟通越南南北最重要的交通要道。看到路狭车多车速快这种情况，小秦有些担心，怕坐长途汽车有些不安全。司机不置可否，面无表情。

旅店老板娘介绍说，从河内到胡志明市全程高速。实地一走绝不敢恭维。全程四车道，水泥铺就，由于载重车多，车流量大，路面损毁严重，许多路段颠簸不已。路中间有水泥隔离墙，但交叉路口不见立交桥的踪影，仍沿用红绿灯，横向车辆可在路面穿行，路面未封闭，农用车、摩托车、自行车皆可随意上行。"高速公路"穿过城镇或村庄时，"夹街而市"、"夹街而居"的情况依然故我，店铺门前簇拥着一群群"面的"、"摩的"司机在招徕生意。我实在佩服越南的客车司机，他们在这样的条件下竟能够跑出每小时六七十公里的速度，不过这种速度的获得往往是在奋勇抢道、别车斗气的情况下获得的。在河中路段，我所乘坐的大巴几次超车于前面拉土方的中型卡车，而每每超行时卡车皆别着车就不让道，致两辆车在高速路上演起了"赛车"剧。后大巴车瞅空超越在前，又将卡车压住。两车斗狠竟达半小时之久。卡车司机曾数度与大巴车平行，开车窗指着大巴车司机大骂。待大巴车快进清化时，售票员换下司机开车，另在车窗前挂上新的车次招牌。小秦告诉我，这样做是为了防止卡车司机的报复，拉土方的车是"地头蛇"。几次乘坐长途客车，皆是上车买票而不给车票凭证。后小秦多方打探，才弄明白这些车辆大多是私人所有挂靠国有公司取得牌照后上路经营的，每月向公司上缴固定的管理费，或向国家缴纳固定税。这似乎又重复了中国二三十年前粗放的经营方式，难怪缺乏监管而致险景不断。

出宁平不远，便离开了红河三角洲进入**清化省**。清化省是越南大省之一，土地面积11135平方公里，人口370多万（2010年）。这在越南北方来讲是很罕见的，河内、海防一带的十余个平原省份大多仅有千余平方公里。西汉元鼎六年（公元前111年），汉武帝平定南越国后，将岭南、海南及交趾地区分为九郡，其中，交趾地区分交趾、九真、日南三郡。**清化从九真郡，郡守设在胥埔，即今清化省省会清化市附近。**隋唐时，清化称爱州，是唐时安南十二古州之一。

一路南行，路西可见成片丘陵，远处偶现高山身影，路东除峨山附近有少量低矮山丘外，皆为平原。沿途人口稠密，村镇相连，土地开发程度很高，村镇外为大片稻田。清化居越南北部这个"箩筐"与中部"扁担"相接处，地势由西向东逐渐倾斜，地形复杂多变，相继由长山山脉、丘陵台地、沿海平原、海边滩涂所组成。清化市扼马江、朱江这两条越南中部大江的汇合处，距离两江出海口仅二十余公里，居马江三角洲腹地，很早就成为成熟的农耕社会。清化人杰地灵，名人辈出，值得一提的是唐朝中后期德宗年代的姜公辅、姜公复兄弟。**姜公辅**曾高居**德宗**的左宰相，他的先祖是甘肃天水人，因仕交趾而南迁**爱州**（即清化）。唐朝时，交趾地区为中国郡县已800余年，深受儒家文化影响。交州与岭南地区一样，可派儒生入朝学习和科考，姜公辅以"布衣崛起秉洪钧"登进士第，为孝书郎。越南有的史书称姜公辅为状元，实为有误。后姜应制策科高就，授右拾遗，召入翰林院为学士，兼京兆尹户曹参军。《新唐书》说，"公辅有高才，每进见，敷奏详亮，德宗器之"。姜公辅不但精通儒典，有经纶之才，而且睿智有谋，多次为制止封建割据谏言献策。卢龙留守**朱滔**反叛。其兄**朱泚**为泾源节度使，因此被剥夺军权，废居京师，心情郁愤。公辅谏德宗："陛下若不能垣怀待泚，不如诛之，养虎无自治害。"德宗不从。翌年，泾源兵受命东征讨叛，过长安，军士以无赏食劣而哗变，德宗自苑门仓皇出逃。公辅又叩马谏德宗："泚尝帅泾源，得士心。向以滔叛夺之兵，居常怫郁不自聊。请驰骑捕取以从，无为群凶得之。"因仓卒德宗不及听，果然不出公辅所料，哗变的泾源兵推朱泚为大秦皇帝，朱滔为皇太弟。德宗欲驻凤翔倚靠节度使张镒，公辅又劝德宗说，张镒虽忠诚可靠，但毕竟是个文吏，他所率领的军队都是朱泚部曲，驻凤翔危险！德宗这才转移到奉天（今陕西干县）。不久，凤翔将领李楚琳杀死镒，发动叛乱，依附朱泚。**德宗赞公辅有"先见之明"，拜公辅为谏议大夫，以本官同中书门下平章事（相当于左宰相）。**在姜公辅任相期间，曾爆发"二帝四王"之乱，姜公辅均坚决站在中央王朝一边，反对分裂割据，多有作为。

后姜公辅受贬。这与其维护儒家正统、忠贞耿直有关。德宗由奉天奔梁州（今陕西汉中）逃难途中，唐安公主病亡。德宗下诏予以厚葬。公辅进谏："非久克复京城，公主必须归葬，今于行路，且宜俭薄，以济军士。"德宗大怒，斥公辅为"卖直取名"，罢为左庶事，以母丧解。

▲ 清化市的法式歌剧院

▲ 清化市广场

后授右庶子，久不得迁。后又贬公辅为泉州别驾。顺宗即位，拜公辅为吉州（在江西）刺史，未就官而卒。宪宗时追封礼部尚书。

姜公辅在泉州居住十四年，死后葬于泉州南安九日山东麓，后人称山为**姜相峰**，山上还有姜相台。我曾登山一游，墓碑题"唐相国忠肃姜公封茔"，墓周围有拱墙，墓前有祭台，列介士（石将军）、石梅、石狮、石马、石羊各一对。当公辅还在泉州别驾任上时，泉州民众即自动建筑二公亭于东郊，以纪念公辅及泉州刺史**席相**出游之地。后在泉州南安建有姜公祠和姜秦祠（与秦系合祀）。可见国人对忠介之士之敬意，绝无地域之分，即便是来自当时的南方遥远之地。

目前生活在中国的姜公辅后裔不少，大部分居住在福建省石狮市。每逢清明，姜氏后裔都聚集在九峰山给其先祖扫墓，而在**越南的姜公辅故乡清化省安定县定成乡也建有姜公祠**。今祠堂尚存，属于越南国家文化遗产保护单位。祠堂横匾题"状元祠"，门联云："风雨已摧公主塔；海云长照状元祠。"姜氏后裔每年都举行隆重的祭祀活动。中越两国"同文同种"、"脉出一系"，源远流长，绝非妄言。

在清化下车时天色已黑。但车站广场灯光闪烁，路人不少，尚显热闹。广场很大，约两个足球场般大小，可比肩河内巴亭广场。广场中央为检阅台，台下还有许多军人正在进行队列训练，从着装上看，陆海空三军及内卫部队都有，似乎在为什么重大节日检阅而进行操练。待我们在广场附近找到住宿地点后，几近晚间九时，这时队列操练才告结束。令我吃惊的是，队列解散后，官兵竟分别骑上个人的摩托车扬长而去。

天亮后，我们绕广场散步。广场南边为清化省政府区域，大多是法国殖民时期留下的法式建筑，绿树遮荫，显得清静。东边为一条四车道的宽敞马路，盖有不少新建的大厦，大多为七八层，以瓷砖和玻璃幕墙装饰墙面，显得新颖。路北有一歌剧院，右后侧还有天主教堂，这些均是法国殖民时期留下来的，保护得很好，已粉刷一新。在越南省会以上城市，大多都有这些"经典"作品。虽然规制各一，但建筑元素却是一致的，都为法国人所留下，皆位于城市中心，并成为城市的地标。它清楚地告诉我们，法国在越南这里留下了多么明显的文化痕迹。但我的兴趣并不在这些半土半洋的西方印记，我想要看的是建都于清化的**胡朝**遗址。

说起胡朝，首推**胡季犛**这个人。胡季犛的祖先名叫**胡兴逸**，系中国浙江人，早在东汉时期就来到安南，镇守演州（今义安省境内），此后一直家居演州泡突乡，成为当地寨主。胡兴逸的十二世孙**胡廉**迁居清化大吏乡，认宣尉**黎训**为义父，改姓黎。胡季犛是胡廉的第四代孙。胡季犛家族显贵，他有两位姑母都嫁给了**陈明宗**，后分别生下**陈艺宗**和**陈睿**

宗。胡季犛还有一个从妹也嫁给陈睿宗，生**陈废帝**。陈绍庆元年（1370年），陈艺宗即位，随即将胡季犛升为枢密院大使，封忠宣国上侯。胡季犛得以掌握陈朝大权。另胡还娶了艺宗妹妹**徽宁公主**。陈绍庆二年（1371年），陈艺宗禅位给弟弟陈睿宗，陈睿宗死后，其子**陈废帝**嗣位。胡季犛兼任小司空，并在朝中安插党羽，逐渐掌握了陈朝大权。

胡季犛本人也确有才干，在对占婆战争和治国上均展现其才。1380年（陈昌符四年），占城国王**制蓬峨**引诱新平、顺化的盗贼袭击义安和演州，后又攻打清化等地。胡季犛领水军、杜子平领步军前往防御，在虞江（今清化）相持，胡季犛率水军出战，诸军鼓噪而前，击败了制蓬峨。这是陈朝第一次击败制蓬峨军，胡的威望大大提高。战后杜子平托以疾病被免职，胡独掌军权，多次征讨占城。

陈昌符十一年（1387年），胡季犛受封同平章事，获上皇敕旗，上写"文武全才，君臣同德"八个字。这引起了废帝猜忌，欲除之。胡季犛密奏陈艺宗，称："臣闻里谚言：'未见卖子而养侄，惟见卖侄而养子。'"陈艺宗当即知道了其寓意，诱废帝，改立儿子**顺宗**继位，而顺宗正是胡季犛的女婿。废帝被缢杀。

后陈朝与占城互有胜算，终于在陈光泰三年（1390年），占城国王制蓬峨阵亡，占城对陈朝的威胁开始逐渐解除。

胡季犛为铲除异己，安插党羽，设计铲除太尉陈暠和宗室陈日章，把握枢密。当陈艺宗察觉到了胡权势太大，构成威胁时，为时已晚。为了防止胡季犛将来篡位，艺宗命画工画**四辅图**。该图描绘了中国历史上周公辅佐周成王、霍光辅佐汉昭帝、诸葛亮辅佐蜀后主，以及越南历史上苏宪诚辅佐李高宗的故事。艺宗将其赠予胡季犛，要求他忠诚。

陈顺宗年幼登位，胡季犛担任了辅政太师，受封宣忠卫国大王。胡效仿曹操迁都许都的先例，将都城自升龙迁至清化，称**西都**，还迁百姓以实其地。后胡又胁陈顺宗禅位给**陈少帝**，遣部众缢死顺宗。

陈少帝即位时年仅3岁，为胡季犛的女儿圣偶所生，此时胡篡位的企图已经非常明显。太保阮元沆、柱国陈日暾、上将军陈渴真、车骑将军范可永等人欲杀胡季犛，事泄，连同家属共370余口男丁全部被杀，女人没为官婢。为了彻底铲除忠于陈朝皇室之人，胡季犛派人四处搜捕陈朝皇室支持者，使得人心惶惶，引起了百姓不满。此后胡季犛自称国祖章皇，穿黄色龙袍，住在仁寿宫里，出入使用皇帝的车仗。

▲ 清化市内街区一瞥

胡圣元元年（1400年），在胡季犛安排下，群臣联名上表建议胡季犛称帝。胡季犛最初假装推辞，后接受建议，废陈少帝自立，**政名圣元。胡季犛恢复祖先的胡姓，自称是虞舜、胡公满**后裔，乃立国号为大虞。因遭到了陈朝遗臣的一致反对。同年底传位予子**胡汉苍**（由陈朝宗室徽宁公主所生），自己则以太上皇的身份掌握实权。为了得到陈朝遗臣的支持，胡绍成三年（1403年），胡汉苍在清化创立胡朝太庙时，特意分为东西两部分，东太庙祭祀胡氏祖宗，西太庙祭祀外祖父家的陈朝明宗和艺宗。

胡绍成三年，明永乐元年（1403年），明朝靖难之变后，胡汉苍向明成祖上表，自称陈朝皇室绝灭，自己以外甥的身份被群臣推戴为皇帝，请求册封。明成祖册封胡汉苍为安南国王。但是，一些幸免于难的遗臣逃到了明朝境内请求明廷出兵征讨胡季犛，恢复陈朝社稷。胡开大元年，明永乐二年（1404年），农历八月丁酉日，有一位自称陈氏子孙，名叫**陈天平**者，从老挝来到明朝，向明帝诉说胡氏篡位的经过，要求恢复陈氏统治。迫于明廷压力，胡朝不得已要求"迎归天平"。

1406年，明朝派广西都督佥事**黄中**率五千明军护送陈朝"前国王孙"陈天平回安南。当明军进入**支棱隘**时，被胡朝军队设伏截击，陈天平及部分明军被俘。陈天平被"处凌迟罪"。明成祖获悉后，认为胡氏大逆不道，便"决意兴师"。同年九月，明成祖下令派遣成国公**朱能**佩征夷将军之印，西平侯**沐晟**为左副将，新成侯**张辅**为右副将，领兵80万征讨安南。

1407年初，明军攻破升龙，继续进军胡朝首都清化。胡军溃败，胡氏父子逃亡，农历五月十一日在**奇罗海口**被明军俘获，胡朝灭亡。胡季犛父子被俘后，同众多胡朝的文武将领一起被押送明朝首都金陵。

胡季犛是一个复杂的历史人物。他一方面熟读四书五经，编有在安南传播儒学的教科书——《明道》，并且将《诗经》及《尚书·元逸》转译成喃文诗，是具有越南特色的经典诠释方式创始人。另一方面，他却口是心非，违背诺言，废少帝自立，有谋逆之嫌；一方面他采取了一些振兴朝纲、科举取人、抑制贵族特权及儒道宗教集团干涉朝政的措施，另一方面却借改革之名排斥异己，残害宗室，且改革操之过急，致激起民变，天怒人怨。**张辅**率军入越南境内后，曾发布檄文，揭露胡季犛父子篡夺王位，诛杀陈氏宗室，害民伤义，侵占中国土地等二十条罪状，声称"只征黎氏"（指胡季犛），非与越人为敌，获得

▲ 胡朝西都遗址

民众支持。即便胡季犛出动的水陆兵号称70万，由于丧失民心，在明军面前很快就土崩瓦解，明军沿富良江南下，直捣东都升龙，后乘胜追击，占领西都。越南史书没有将胡列入本记之列。

　　车行市内，赴**胡朝西都遗址**。西都设都时间很短，仅仅10年，尚没有像河内、顺化那样建起皇都大殿，但作为越南封建王朝的一个段落，且被联合国列为世界文化遗产，仍值得回味欣赏。

　　胡朝遗址在清化老城。我们随着人流、车辆穿行，很快就找到了现已辟为清广公园的遗迹故址。这里闹中取静，已成为人们游乐歇息的一个去处。公园大门是一座由钢筋水泥堆砌的造型简单的框架结构，入园立见一湖泊，在湖中央岩石垒起的平台上，立有一幢四根石柱支撑起的塔形建筑，沧桑岁月已将塔体染成黢黑色，湖池周围还残存着几块古碑石和人兽石刻造型，城池、宫殿已不见踪迹。后出公园南行见一城门，两层，砖石结构，高约10米，排列三门。原西都建有一座四方轮廓，仿唐、宋制，长宽800多米的城堡。现仅留有墙门遗址，城墙皆已消失，在法国殖民时期被拆除。小秦说，清化城内还保留一些胡朝时期兴建的庙宇和祠堂，但现在所能见到的，均是近些年刚刚翻修和重建的。

清化在越南地位的确定，与其作为胡朝西都是分不开的。但这仅是过往历史的匆匆一瞥，而常被越人赞赏有加的，则是也由此地发轫、在越南历史上长达400年之久的**后黎朝**。

离我们所住宾馆不远就是纪念后黎朝开国君王的**黎利广场**。黎利身披战袍，左手挎刀，右手两指指地，面庞清癯，神情自若，一副起义军首领的打扮。而海防的征侧之

▲ 黎利广场——黎利雕塑

像，虽为女性塑像，然着全副盔甲，左手执剑，右掌撑腰，一副顶天立地无所畏惧的模样，这与其闹腾到要光武帝派名将马援来征战的地步，是相符合的。再想起在河内剑湖旁所立之李太祖像，完全是一副帝王打扮，头带帝帽，未见挎刀，只是左手执一尺笏，俨然一夫子也，多么的自信，全然儒教之大师也。三个塑像，三个形态，代表了三个不同的时期。

黎利为清化当地豪绅，素有大志，先随宗室陈简定叛明，后又降明任清化府俄乐巡抚。经多年奋斗，黎利成为后黎朝的开国君主，越南史称黎太祖。黎利，枭雄也，其经历如中国的汉朝刘邦般，当然年月晚了千余年，不可同日而语。其走上执政之道有别于其前的越主，之前的大多是非正常取得。如黎桓、李公蕴、胡季犛等，这可能与越刚刚独立，尚未走上正统有关。而黎利则是靠自己的力量聚义、征战而成就王业的。

黎利**蓝山起事**缘于明成祖时中华曾恢复了对越南的短暂统治，达二十年。

对宗主国而言，黎利是草莽起事，对越南而言黎利则是"布衣"英雄。这个英雄碰撞的年代在15世纪于中国的南部泛起。

在黎利广场，黎利的形象是高大的。他立于高台之上，眼望前方，似乎要说些什么。

朱元璋掌朝之后，封安南国王为"平南王"，又宣布安南为"不征之国"，视为己出。胡季犛曾诗曰："欲问安南事，安南风俗淳。衣冠唐制度，礼乐汉君臣。玉瓮开新酒，金刀斫细鳞。年年二三月，桃李一般香。"好个桃李一般香。整个的是华夏文化之延续。

然这时却是正统道德中而贯之的时代。不然，则"虽远必诛"。顾不得什么艰难险阻，也不计路远糜铢。在听闻胡季犛虽博达有文，又是汉福建之后，但所用之手段，无异于王莽之篡权，人人得而诛之。

其汉之后裔之身份并不能带来饶恕，只能将之视为对祖宗之风的遗忘与背叛，反增其罪诛。以**明成祖**之雄风大气，岂可能咽下这口气？今人讲国际法，那是西人之创造，奥地利梅涅特面对的是欧洲几百个公侯国，《威斯伐利亚条约》只对19世纪初期欧洲起作用，虽可权为近代文明国家关系相处之道，然对15世纪初期的中国，则闻之未所闻。1406年明成祖命成国公**朱能**佩征夷将军之印，率大军征南。朱能行之龙州病亡，**张辅**代之。取胜是毫无疑问的。明之初，已不是原来残缺北宋之蹙状。宋先有辽、西夏强虏，后有无可匹敌的金兀术，再有冠名世界的成吉思汗，虽有名臣杨继业、范仲淹，虽有王安石之改革，终归无济于事。南宋小朝廷南国香风，目光短浅，竟将岳飞置之死地，岂不悲哉。安南割据势力在宋时乘隙而入，宣布独立。这本不是心腹大患，顶多为介癣之疾，无伤王朝多少之风雅。当然南宋之文化、经济，曾在中华历史上达到一个高峰，程朱理学、佛禅五宗至今仍为东亚文化之渊源，值得骄傲，但武力不足的教训要吸取。明**朱元璋**红巾军、白莲教的出身使其文武并重，能征惯战的成祖**朱棣**是人中之龙，对篡政之事岂可忍之。

　　明之不当，在于本应在征南事成之后即将政权交于南人，这实在是已有400多年之历史的沿袭。何必要那块不可能给天朝带来任何实际利益的"蛮夷"之地？但被欢呼之声和哀求之音所迷惑。明成祖"期伐罪以吊民，将兴灭而继绝"，虽本是为了安南陈氏恢复上位，然所寻遍地，陈氏子孙已被胡季犛斩杀绝尽，加上明护送去天朝告状的陈天平称其为陈朝唯一宗室（虽有史说他是陈氏家奴），和护送其回国的五千明军皆被胡季犛在支棱关埋伏杀害。明成祖得知大怒，说："蕞尔小国，乃敢欺我，此而不诛，兵则何用。"加之原陈朝的安南遗老如陪臣裴伯耆诣阙告难，恐安南事乱，难驾驭局面，要求回归中原，恢复汉唐制；又有1100多名北江、安越等地的老人，报告陈氏子孙已被杀尽，愿意恢复古代的郡县制。朱棣轻信，只好便从。在安南离开岭南、离开中原近500年后又回归汉制。未曾想李常杰"南国山河南帝居"的南人自主观念在安南上层畅行，此一时彼一时也。原支持明朝征胡的陈朝子弟陈简定、陈季扩曾举兵反对服明。

明统治了安南20年。若见好就收，将安南仍编为藩属，如朝鲜般，既无靡财费力之举，明之国力未减，又可恩威并重，对安南之抚育有加，保持原有的宗藩关系，睦敦相邻，可进退裕如，掌握主动权。当然这是后人设想。当时贤明也曾多有如此设定，但并未占主流。一代雄杰**明成祖**在世时，他更多考虑的是保持天朝脸面。而其所倚重的是能征善战的统帅新成侯**张辅**。张辅在朱棣发动"靖国之难"时就立有卓越功勋，出北平，战济南，直下南京，助朱棣掌权。永乐四年（1406年）张辅接掌帅印后，连下东都（河内）、西都（清化），擒胡氏父子。张回师仅半年，陈简定、陈季扩反，在西平侯沐晟失利的情况下，张又率军47000余人再次征南，分别于美良、老挝俘获两陈。张辅"三擒伪王，威震西南"。

黎利之机智在于他在安南混乱之时能乘势而起。

张辅在永乐十四年（1416年）因年老奉召还京。明竟派"中官"**马骐**为安南监军。这种以宦官外派兼采买置物，实为明朝弊端。明中后期曾多次引起大祸，败笔连连，成一痼疾。马骐以采办为名搜罗珍宝，引起民愤。虽掌布政、按察二司的**黄福**（尚书衔）屡加裁抑，马骐有恃无恐，反"诬黄福有异志"。**黎利曾说："中国遣官吏治交趾，使人人如黄尚书，我岂得反哉。"**黎利于1418年蓝山起义，终八年积蓄力量，在清化、义安、顺化建立根据地，后全面反攻。1426年，明交趾总兵官**陈智**讨伐失利；又派**王通**率援军到，欲破围决战，虽冲破三道封锁线，不料在山西（安南一省）一山区中伏，败退河内。

此时明王朝就安南事发生一场争论。**明宣宗**（宣德帝）感到安南连年用兵，劳民伤财，与群臣议，拟复封安南，"如洪武中使自为一国，岁奉常贡"。而重臣蹇义、夏原吉反对，"二十年功，不应弃于一旦"。辅政大臣杨士奇、杨荣赞成宣宗之议。听闻王通败后，宣宗派黄福、柳升赴安南。在黄、柳率兵赴南途中，宣宗不顾蹇、夏等人反对，决计让陈氏复国，"使中国之人皆安无事"。但柳升受黎利乞降之书"不启封"，仍继续前行。柳升率军过支棱关后，进军倒马坡，柳遇伏中镖亡，所部三万人败亡。黎利虽胜，但面对明帝国仍怯，耍起手腕来，第二年就遣使赴京，谎称"陈氏子孙绝，国人推（黎）利守其国，僅俟朝命"。之后每年"遣使谢罪"，"为利乞封"。直至1431年，宣德帝才派员持敕印往封"（黎）利权署安南事"。直至1436年（明正统元年），明朝才封黎利子黎太宗为安南国王。应当说明宣宗目睹"交趾无岁不用兵劳民费财"，毅然决定罢兵息民，撤回三司，使安南重新立国，这对明朝和安南而言，皆是安国惠民之举。

明成祖朱棣取安南事出有因，又变安南为交趾，重新由藩属地改为郡县似乎也是应众人所请之事。但以往交趾的郡县治理历史，已过去400余年，交州已成安南，过眼烟云，贸然行动，则操之过急，致使中越之间历史有被别人操把柄之嫌。当然，讨南，对正操郑和下西洋之举，且取得两征北元胜利的明成祖而言不是什么难事，在东洋、南洋遨游已无羁绊，五伐北虏如履平地，飘飘然有些欠考虑。还是明太祖宣布"不征之地"的政策明智些。国之交在于长远，能否长远在于文化。文化相通便能不盛自盛，民民相亲。

2月26日

清化—南坛（胡志明故乡）—洞海（广平省）—丰芽洞

清化

馆行

兴元

董筹村
（胡志明故乡）

南坛　荣市

丰芽—格邦国家公园　　　　洞海

往事如烟，作为胡朝故都和黎利老巢的清化，早已难觅当年的踪迹，与华闾、嬴陵、河内相较，古迹遗有度更低。清化的城市框架是在法治时期建立的，明显比一些省会城市规模大许多。老城逼仄，民居密集，道路大多为两车道，但商业兴旺，市场连连。城东、北似乎是近些年发展起来的，几条主干道为六车道，新盖许多高楼。**会安商场**很大，据说是越南中北部最大的小商品批发市场，场内熙熙攘攘，很是热闹。中低档的中国货很多。场外小贩成群结队，一些人把小商品挂在身上售卖，有个小青年身上挂了十几双鞋，两只手再分别抓两三双，沿街叫卖，如演杂技般。而旁边的会安公

▲ 清化会安商场

园则显得空空荡荡，仅有几个晨练的人。

很快整个城市就淹没在摩托车流之中。骑车的女子都有一套防晒的绝招。有戴头盔、遮阳镜的，有穿半截套头装的，还有许多是着全身衣裤的，罩得严严实实。倒是不少小伙子显得潇洒，什么装备都没有，把个摩托车骑得如游鱼似的，在人群车流中肆意穿行。

我们在10时左右登上火车南行。

清化车站不大，候车室里空荡荡的，只是离开车前二三十分钟才陆陆续续有人候车。有两个站台，但无天桥相连，人们跨越车道自由进出，可能是米轨的原因，站台之间距离很小，两三步就跨过去了。车辆密度低，一个大省的省会车站，我们等了三四十分钟，居然无一辆列车通过。车站管理松，进站不需检票，站台上仅有一两个服务员在招呼乘客。乘火车与乘长途汽车一样，既可在车站口上买票，也可乘车后补票，我看很多乘客都是上车补票。

这已经是第二次在越南乘坐火车。上一次由河内至海防，是软座，这次由清化至义安，乘的是河内至胡志明市的班列，中途补票上车，随机择座。这条长达1700多公里线路，又称南北铁路、中央铁路，是越南最重要的交通命脉，法治时期建的，但至今未见改观，仍沿用窄轨，单股道。车上有空调，空座很多。车厢建造工艺粗糙。人造革座椅，座前几桌面大多不平，在桌面挖个洞放茶杯。车厢连接处可以吸烟。车内烟民不少，烟气腾腾，余烟飘入车厢，在大门与车踏板处留一缝隙，可丢烟头。男人上厕所小便时，无法关门，只有踏上近40厘米高的平台蹲位时才能把门关上。车速慢，时速仅有五六十公里。越南人口近亿，绝大部分分布于沿海平原，连接越南两个特大城市的南北铁路，据说每天仅发四趟快车，显得有些不可思议。

列车驰行在**清化义安平原**上。这个狭长的沿海平原，面积仅次于红河、湄公河三角洲平原，达6800余平方公里。它是越南开发最早的农耕区之一，两汉时期为九真郡，隋唐时为爱州、福禄州。途中除可见几座兀立的石灰岩山峰和不成片的低缓山丘外，皆为平川。村庄布于稻田之中，秧苗又将林地、池塘、小径揽入怀抱，过不多远就有宽窄不一的河流由西向东流去。水田里可见穿着墨褐色圆领衣衫、戴着斗笠的大妈级妇女辛勤劳作。虽然才早春二月，但稻秧皆已返青，大多长势不错，难以看到三类苗。比朝鲜的耕作要精细。去年我由朝鲜新义州去平壤，已盛夏八月，但所见路旁田里稻秧仍高矮不一、青黄相间、瘦小羸弱。越南于1986年**黎笋**逝世后推行革新开放路线，农民的劳动积极性有了很大改观。

约半小时，车爬高入台地，铁轨两边起伏的丘陵多了起来。坡上、谷地建有三五成片的低矮的土砖混构的平房，大多显得简陋、陈旧，不像清化以北所见的那种框架结构的单体的两三层楼房的民居般，虽然这些夹街而建的建筑排列得有些凌乱、拥挤，但终归要比这些平房高一个档次，更光鲜、更适宜居住些。

远处**长山山脉**的轮廓逐渐清晰起来。由近及远山势逐渐拔高，黑压压的一片群峰，连绵不绝，彩云环绕，绿色覆盖，向南压去。车随山势南行，望不见尽头。长山山脉长约1100公里，绝大部分地段宽仅50–60公里，因形态狭长而得名。它起自清化、义安间的山地，一直延伸至越南中部的最南端，是越南地形的骨脊，既是中南半岛河流的分水岭，也是越南与老挝及柬埔寨的自然边界。山脉的西坡低缓，构成老挝、柬埔寨境内的高原与丘陵，而东坡较陡，有的山峰逼近海岸，形成许多峭壁和岬角，将平原分割成若干块。越南中部靠山临海，尽得地利和山海间之风流。山脉腹地地貌复杂，地藏丰富，地质状况多样，既群峰竞秀，森林茂密，水系众多，是形成风景胜地的绝佳位置，又间断布有大小不一的平原、盆地、台地、谷地和河滩地，适宜农耕

▲ 清化胡志明纪念馆

和居住。高山延长线的突出部侵蚀海中，形成半岛和弯曲的海岸线，是天然良港如岘港、芽庄和金兰湾的诞生地；众多顺山势而下的短促的湍流，借着热带、亚热带充沛的雨量，在入海口处带来泥沙，冲积成平原、滩涂和湿地，更增加了大地的变化和多样性。一位历史、地理学家曾多次对我说，越南自然条件之优越，不仅在东南亚，在整个世界都有得一说。当然，将自然条件转化为经济发展是两回事。

　　与南北铁路并行的是越南1号公路。两路若即若离，如影随形。过了**馆行**站后，看到公路上的各色车辆南来北往川流不息，明显增多，还看到多辆写着"中国冶金"名号的水泥车、平板车等施工车辆。由台塑集团投资的**河静钢厂**，厂址就在**荣市**东南方向的不远处，它是越南迄今最大的外商投资项目，建成后是东南亚地区最大的钢铁联合企业，年产能达700万吨。在此项目中，中国的中冶集团承担了总体规划、总体咨询以及数十个重要分项目的设计、设备供货和施工，是该项目的最大承包商和设备供应商。同时该项目也是近20年来海外新建的唯一最终产能为千万吨级的钢铁联合企业，由此中冶集团也实现了国际千万吨级绿地钢铁系统的设计和产业输出，带动了4000立方米级大型高炉技术、标准和设备成套出口，提升了中国冶金技术和装备"走出去"的实力。中国早已成为越南最大的贸易伙伴国，但中国对越的直接投资并不多，排在许多国家和地区之后，这种状况的形成直接受到两国关系冷暖程度的影响。小秦介绍说，河静钢厂的项目虽立项施工多年，但进展并不顺利，前两年因环境达标问题，被越方法院判定罚款五亿美元，近期又因劳动纠纷，工会时常发动游行等行为，越南电视台常有报道（注：据2017年6月27日《人民日报》报道称，目前河静钢铁项目已成功投产）。

中午时分抵达**荣市**的**兴元火车站**。上下车的乘客很少，站外出租车排队载客，秩序井然，未见他地那般人声嘈杂、争抢客人的现象，可能这里是越南已故领袖胡

▲ 义安省的兴元火车站

175

志明故乡的缘故吧。

说起**胡志明**，我们这一代人印象深刻，充满敬意。20世纪60年代初期，我作为少先队员在广州解放路的大街上为欢迎胡志明主席到访而欢呼雀跃，为能亲眼目睹中国人民的老朋友胡志明的尊容而激动了好几天；1967年10月初，广州正处于两派武斗之中，但为了欢迎参加中华人民共和国国庆十八周年纪念活动而准备返国的以黄文旦为团长的越南战斗英雄代表团，两派不计前嫌，放下武器，自发地到白云机场迎接来自胡主席国度的客人；1969年盛夏的一个夜晚，我还是一个"知青"，去探望在安徽工作的姑姑，合肥火车站广场上的大喇叭传播出胡志明主席逝世的噩耗，整个广场的人都肃立着，我和大家一样泪流满面，怎么也不敢相信这竟是事实，此情此景至今仍历历在目。

兴元位于**义安省府荣市**的西面约10公里处，民居与市集已将它与荣市相连。过兴元赴胡志明的故乡**南坛金莲乡**约25公里。西行的路面是四车道，但坑坑洼洼，有些破碎，难怪越南导游建议我们不要去，说路难行，太遭罪。车行半小时到南坛县城，县城有20世纪30年代义安农民起义烈士陵园，同时埋葬的还有赴老挝、泰国作战的本县烈士。再拐向西南，过一江桥后，便行走在大片稻田间的农耕路上。田野上村庄散布四周，不显稠密，显而易见水稻长势很好，是经过精耕细作的，但不见什么现代建筑与工业企业，仍处于水乡自然经济阶段。

公路直通金莲乡**董箎村**。村北是一个可停几十辆车的停车场。中午时光，车场空寂，出租车仅有我们乘坐的那辆。南边为纪念品售卖商店，店内没有顾客，售货员大多坐着或躺在柜台内铺设的凉席及躺椅上睡觉。纪念品大多是以胡志明为标志的镜像、雕塑、刺绣，也有不少商品是关于武元甲的，这位曾被外人诩为"越南的拿破仑"的人物，在越南仍是一个传奇人物。还有马克思、恩格斯、列宁的挂像，但毛泽东和周恩来的则无。

▲ 南坛金莲乡胡志明故居

　　沿着村道，进入小巷，行上百米便见到胡志明故居。整个区域长约200米，宽约100米，为恢复展示区。上有两座民居群落，其中一个是胡志明的家。**胡志明原名阮生宫，其父阮生色**（也有译作阮生辉的）。因为阮生色的父母早逝，从小帮哥哥割草喂牛，尽管生活艰难，仍用功读书，受到村人夸奖。邻居黄春堂可怜阮生色年幼父母双亡，喜欢他勤劳好学，便将阮生色招赘入婿，把长女黄氏鸾嫁给他，还在院子一角修建一座三开间房子给他们居住。现所看到的房子，便是在原址重建：有堂屋一座，三开间；在堂房东侧有两排厢房，一为灶房，一为织布作坊。皆稻草铺顶、苇席、木板作墙，屋以隼铆结构的木头为梁柱。胡志明1890年5月19日生于此堂屋中。阮生色1894年参加义安乡试考中举人，后去京城顺化边谋生边读书，准备会考，但两次皆不中。后曾当过阮朝的知县，仅数月又被撤职。胡志明读过私塾和越法小学，学过汉字和法文。1910年胡志明以小厨的身份乘海轮赴法国，开始了

▲ 胡志明故居为草檐泥墙

边打工边求学的历程。

　　隔一条小道，与胡志明家的"草庐"相对应的就是胡志明的外祖父家的住所，也是三开间的堂屋和三开间的厢房，仍为"草庐"结构。屋内摆满农具等物，一看就是个殷实人家。引起我们极大兴趣的是其屋内也摆置龛台、案几和八仙桌，摆设完全与中国两广一带同。**中国在戊戌变法后不久就废除了科考，而越南则坚持到**1919年，由法国殖民政府出面宣布废除。胡父阮生色在1909年还以副榜进士的身份参加平定府的科举监考，可见越南受中华文化影响之深。

　　胡志明是越南党、军队和国家的缔造者和耕耘者，这在越南以至世界都是有口皆碑，世所公认的。胡志明于1919年就加入了法国社会

▲ 胡志明外祖父故居

▲ 故居内摆设

▲ 故居内摆设

▲ 龛台

党，是法国左翼革命党殖民地代表中的著名人物，后又很快加入了法国共产党。在一战后巴黎和会上，以**阮爱国**为名，代表越南爱国人士亲自到凡尔赛宫向会议递交要求书，分别用越南国语和汉语写成《安南人民请愿书》这一著名文书。法国共产党把阮爱国视为该党的创始人之一。在法期间胡志明曾与中国共产党的著名人物周恩来、陈延年、王若飞、邓小平等结下深厚友谊，后去苏联，在由共产国际主办的东方大学读书，担任过共产国际东方部委员和农民国际主席团委员。中国大革命时期，他来到当时的中国革命中心广州，化名李瑞，名义上是苏联顾问处的秘书和翻译，并于1925年6月创办了越南革命青年同志会，在越南青年中宣扬民主革命和共产主义学说。当时同志会学习班就位于毛泽东创办的广州农民运动讲习所隔壁，学习班与讲习所常常同堂授课，每日搭伙同食。1930年2月3日，胡志明在中国香港将越南三个早期共产主义组织聚合为一个组织，成立了越南共产党（后改名为印度支那共产党），并通过了他起草的简要政纲、策略、章程和计划。

抗日战争时期，胡志明辗转于中国的乌鲁木齐、延安、湖南、广西、云南等地，关注和指导越南的国内革命运动。1941年初，经广西靖西的**南光村**回到越南高平省的**北坡村**。在北坡这个著名的地方，他主持召开了印支共中央第八次会议，创办了越南独立同盟阵线，简称"越盟"，提出"驱逐法日，争取印支独立"的口号。1942年8月，在赴中国重庆的途中，在广西德宝被捕，在直至1943年9月的13个月的监狱生活中，他写下了著名诗篇"狱中日记"，反映了作为革命家的胡志明的顽强意志和高尚情操。经周恩来、冯玉祥、李宗仁等人的营救，胡志明得以出狱，并于次年又回到高平北坡。在越盟的领导下，分别于1941年2月成立了北山游击队，于1944年12月22日成立了越南解放军宣传队，到1944年底越南的抗日武装已在越南北部的高平、谅山、宣光等7个省建立了根据地。解放军宣传队的成立日，后来成为越南人民军的建军纪念日。武元甲是越南解放军宣传队的负责人。

1945年5月以后，胡志明果断地将越共中央从中越边境的北坡地区迁往越南北部宣光省，在北圻6个省建立了有100万人口的解放区，击退日军对解放区的侵犯，使国内革命形势发展异常迅速。8月13日成立了"全国起义委员会"，并发布了起义的第一号令，短短十几天，总起义在越南全国铺开并取得胜利，胡志明被选为临时政府主席，保大皇帝宣布退位。八月革命成功了。胡志明抱病回到河内，并于9月2日在巴亭广场代表越南民主共和国临时政府宣读了著名的《独立宣言》。后越南全国进入了第二次抗法斗争时期。1949年10月1日中华人民共和国成立，于次年1月承认越南民主共和国，是世界上第一个与越新政权建交的国家。与此同时，正在苏联的毛泽东电召周恩来陪同胡志明到莫斯科，受到斯大林的承认和接见，使新生的越南在国际上站住了脚，有了一席之地。

胡志明长期颠沛流离，负荷操劳，终于在1969年7月病倒，越共中央急电北京，周恩来总理亲派医疗组把他接到中国广州，并始终关注对他的治疗。我的同学张旭英的父亲**张孝**是医疗组组长，参加了治疗的全过程。他说他父亲事后讲，周总理当时几乎每天都有电话打来，询问治疗过程中所有细节。周总理在留法期间就认识了胡志明，后在莫斯科、广州，两人又共同战斗，肝胆相照，结下了深厚的革命友谊。在广州治疗期间，周总理对胡志明关怀之深切，照料之细微是难以言表的。后苏联也派了医疗组。但因病势过重，终难以挽其天寿于广州，令人扼腕叹息。

胡志明之逝世，对于中越两党、两国的关系而言是一个重大损失。

胡志明汉学深厚，可熟练地讲普通话和广东方言白话，汉字作文通俗流畅，很有文采，许多重要文章皆以汉语写就，尤工于诗词，留下汉诗汉词数百首，书法也精。对中越两个民族的关系评价很高，多有文论，"**华越民族同文同种，和睦亲善，历两千余年**"的结论至今振聋发聩。近查史料方知，胡志明对中国了解甚深，对中国人民的感谢之情真挚深厚，从1924年至1944年二十年间，他就在中国或中越边境地区生活、战斗约十年之久，特别是在日本发动太平洋战争至越南八月革命的五年时间里，除被国民党拘禁的那些时间外，基本上都是腾挪奔波于中越两国交界处，广西靖西、龙州、那坡上百汉壮民众为掩护胡志明等革命者牺牲了性命，为越南党和军队在越北山区建立巩固的"解放区"根据地作出了贡献。胡志明曾在越南民主共和国成立后，三次邀请当时掩护他们的广西民众到主席府做客。胡志明还深受儒家文化影响，宽厚仁义，有长者风范，很少采取过激手段。如1953年后越南北方效仿中国实行土地改革，中国根据1950年中苏越三国领导人在莫斯科会晤时决定要中国对越南革命多负点责任的精神，派出罗贵波、乔晓光等人协助越共中央指导土改运动。土改取得了很大成绩。但在主要内容是总结土改工作的越党二届十次会议上，总书记**长征**的报告一个多月了也通不过，一些人抓住土改中出现的一些偏差问题不放，最后胡志明出面讲话，说自己作为党的主席对土改工作督促检查做得不够，进行了自我批评，并说要纠正土改中的偏差。会议免去了**长征**的总书记职务，仍保留了政治局委员职务（越共不设政治局常委），之后长征长期担任越南国会主席。这一举动给中越两党关系上留下了一些阴影，但未伤筋骨，为今后长征复出留下转寰的余地。1986年越南在黎笋逝世后，长征重新主持越共工作，后推举有改革精神的**范文灵**担任越共总书记，1990年实现了两党领导人的"成都会晤"，初步实现了中越两党两国关系的正常化。

我曾采访过前越共领导的后人、五十年代我驻越大使馆工作人员及研究越法战争的学者，他们皆异口同声地称赞胡志明在越南独立战争中的卓越才能和历史功勋。

先说**边境战役**。

1950年越南的抗法斗争处于极为困难的时期。胡志明从谏如流，两次致电毛泽东，专门请求要他的老朋友**陈赓**赴越指挥作战。陈赓7月7日由昆明启程，步行至越南太原省胡志明在密林深处的驻地。原越方决定边境战役主要在东北边境进行，即集中主力攻占高平。陈赓经过调查和深思后感到，当前的基本形势是敌强我弱，法军兵力充足，装备精良，善于固守，有飞机和空降部队支援，何况高平的地形三面环水，背靠大山，对进攻不利。而越军除308师和2个独立团在中国进行过整训外，大多是地方部队和游击队，缺乏攻坚战和大兵团协同作战的经验。陈赓提出"围困高平，运动中歼敌"的战役原则，决定在敌高平至谅山"一字长蛇阵"中间，首战靠中越边境近的东溪，诱敌打援，再相机歼敌。胡志明果断拍板同意了陈赓的作战计划。在部署战役的团以上干部会议上，陈赓作了4个多小时的精彩发言，"有的同志提出我们的主力部队数量有限，这一点很重要。因为我们手中的本钱不多，所以更不应该一开始就和敌人打硬仗，拼消耗。打高平，能不能打另当别论，如果把老本拼光了，敌人一旦反扑，我们拿什么应敌？整个

▲1950年，陈赓与胡志明在越北边界前线研究作战计划。胡志明在此照片背面题词："运筹帷幄之中，决胜万里之外。"摘自《陈赓传》

战役就会变得虎头蛇尾，这是兵家之大忌"。"只有真正消灭了敌人大批有生力量，才能迫使敌人知难而退。所以我们准备连打几仗，积小胜为大胜，不断地削弱敌人，直至最后战胜敌人"。"形势要求我们非连续作战不可"。"先打弱的，后打强的，强的也就变弱了"。胡志明时刻关注战场情况，在发起进攻时机、攻入东溪即使白天也不撤兵进行连续攻击、围歼谅山援敌、追歼高平撤军和七溪撤军等问题上，都拍板支持陈赓的意见。特别是围歼谅山援军**勒巴热兵团**、防止其与从高平撤下来的**沙格东兵团**会合的关键时刻，胡志明亲自干预战役指挥，立即命令集中越308师和209团（越军主力）对勒巴热实施总攻，并要求全体官兵"不惜任何牺牲，坚决歼灭敌人"。战役果然如陈赓所预料的那样，打下东溪后，谅山勒巴热兵团来援，在谷杜山区被困，又吸引高平守敌倾巢而出援之，越军在谷杜山区发起总攻，吃掉勒巴热兵团后，又连续攻击，仅一天就全歼谅山来援的沙格东兵团，后追歼由

▲ 胡志明故乡南坛田野

七溪北援的**那本兵团**的部分兵力。整个战役共歼灭法军8000多人，将法军势力范围推回到红河三角洲的平原地区。

　　一位研究越南史的专家告诉我，长期以来，越南一方对**边境战役**的意义评价低了，很少宣传这个战役的重大历史作用。确实，我们应当从更宽广、长远的眼光去重新审视这场战役。

　　边境战役，使法军在北越战场上的机动部队丧失过半，这是自印支战争开始后法军所遭受的最惨重的失败。此后法军惊恐不安，总司令**加尔庞吉埃**下台，太原、谅山等处敌人纷纷逃离，紧靠云南边境的**老街**、**黄树腓**等重要城镇也获得解放，整个越北解放区连成一片，越南与中国的国际交通线完全打开。至此，中国援越物资可源源不断地南下。更重要的是，越军积累了打运动战、攻坚战的经验，培养了连续打大仗、打硬仗的战斗作风，提高了越军领导机关协同作战的指挥能力，为今后夺取更大胜利奠定了坚实的基础。从某种意义上说，边境战役真正揭开了越南胜利决战的光辉序幕。

再说奠边府战役。

决定战役胜利的前提是对战场形势的判断和基于此的作战决心的正确与否。**胡志明**对战争指导的把握正确上就体现在他对正确判断和正确决心的决断，以及对正确作战建议的采纳上。能否取得战场的主动权，并取得最后胜利，要看能否对战役实施不间断的正确指挥和对作战意志的激发。以**韦国清**为总顾问的中国军事顾问团在协助定下决心和实现不间断协助指挥上作出了突出贡献。

一是正确地选择战场，定下战略方向。遭受重创的法国当局临阵易帅，改派法军著名的**纳瓦尔**将军出任印支远征军司令。纳瓦尔将重兵空运至北部红河平原，以加强机动兵力的优势，企图将越军主力引出来决战。原来在越战斗近四年的韦国清应胡志明之邀重返战场。1953年8月22日，越南政治局开会讨论作战问题，武元甲强调偏重于北部平原战场的正面作战，未提夺取莱州，未主张进一步开辟上寮战场。10月27日，韦国清将毛泽东、彭德怀的意见和中方情报部门获得的法军纳瓦尔军事计划的绝密文本交给胡志明。胡表示，这份文件对他触动很大，中共中央的意见是正确的，如照此行动可粉碎纳瓦尔计划。胡和武元甲改变了态度，同意上寮决战的计划。

二是即时定下决战奠边府的作战决心。1953年11月20日，法军调集空降部队突然占领奠边府这一地区，并立即抢修机场，构筑据点、炮兵阵地及环形地下掩蔽系统，同时增兵上寮，派6个机动营占领孟溪、孟夸（均靠近老挝上寮地区属地）等地，建立起连接上寮和奠边府的南乌江防线，欲固守奠边府，把越军主力从山林中引诱出来，并歼灭之。韦国清敏锐地发觉极为难得的战机出现了，提议先将占据孟溪、孟夸等地的6个营包围起来，将法军空中优势打破，截断其后勤支援，立即发动奠边府战役。当时越军仅有过一次歼敌一个团的战斗经验，有些高中级军官对攻打奠边府决心不大，信心不足。胡志明向越军总司令作出了实施奠边府战役的指示，并把"决战决胜"的旗帜授予军队，鼓励各单位开展杀敌立功竞赛。中共中央复电答应解决人民军作战所需的物资供应问题。越共原中央政治局委员**黄文欢**指出："1954年奠边府战役的重大胜利，固然是越南军民的勇敢战斗和流血牺牲取得的，但也是同中国在物资上的大力支援和中国军事顾问团的直接协助分不开的。应当指出，如果没有从中国运来的火炮，就不能摧毁法军的集团据点；如果没有韦国清同志在前线直接参与指挥，这个战役难以取得完全胜利。"

三是建议确定正确的作战方针。法军在奠边府的总兵力为16200余人，有17个步兵和伞兵营及大量的炮、坦、工等兵种配备，设置了49个据点，分成8个据点群，每个据点群有多层火力配系，挖有纵横的交通壕及暗壕。据点周围的铁丝网厚50至200米，并埋设了密密麻麻的地雷，贴地面安装了电网。法军在奠边府地区修建了两个机场，可得到印度支那地区80%的空军兵力的支援。战斗发起后，美军的两个航母编队挺进北部湾支援法军战斗。韦国清潜入到最前线，视察奠边府战场双方态势，考虑到越军采用速战速决打法无必胜把握，及时提出"稳打稳扎"新建议，由外围而纵深，一个据点一个据点地歼敌，待条件成熟再发动总攻，始终掌握战场主动权。越军领导机关接受了建议，决心"变速打速决方针为稳打稳扎方针"。

四是在实施攻坚作战中，应用解放军在淮海战场中的经验，建议越方采取近迫作业和壕堑近敌的方法，组织部队大挖交通壕，利用壕堑，分割、包围、迫近敌军据点，然后突然攻击，以减少伤亡，增强必胜把握。越军制定了工程作业的方案。在各师顾问组的帮助下，越军不顾伤亡和疲劳，击退多次反扑，修筑了上百公里的堑壕和上万个掩体，并开展"冷枪歼敌"运动，缩小敌人占领的地盘，消磨敌人衰弱的神经。

五是针对战役向纵深发展，战斗愈加艰巨激烈，胡志明信服韦国清的指挥才能和对战局的分析，及时发出要不惜任何牺牲，务必全歼敌人的指示。经过55天的激战，越军于5月7日攻占奠边府，全歼16000余人。

另外，奠边府战役取胜后，关于如何召开解决印度支那三国问题的**日内瓦会议**，以及达成主要协议等重大问题上，胡志明的作用绝非他人所能代替。如越南北方派代表参加会议、确定南北军事分界线为**北纬十七度线**、两年后南北越南举行全国大选、越南是寮国和高棉抗战力量的代言人等具体问题，都是胡志明亲自提议，或参加研究同意后拍板而定下越南立场的。在是否划定南北临时军事分界线、划在哪里这个问题，是在日内瓦会议休会期间，周恩来与黄文欢一起到柳州同正在养病的胡志明共同商定而定下越方态度的。胡志明同意南北划线的方案，并估计对方最多只会让到十七度线。最后**范文同**与法国总理**孟戴斯·弗朗斯**直接谈判，接受了以北纬十七度为临时军事分界线，争得了在协议中明白规定两年内通过普选统一越南的条款。

还有关于中国援助越南在工业、交通、农业、文化教育等方面项目确定及实施，关于越南南方进步力量受到吴廷艳政权迫害开展武装斗争，请求中国支持并给予援助问题，关于中国30万防空、工程、铁路、后勤部队到越南帮助抗战和工作问题，关于越南抗美战争期间中国给予大量的、源源不断支援问题，都有大量史料和当事人的回忆录，对胡志明的明确态度、具体指示和巨大贡献作了大量记载和细节描述，这是谁也抹杀不了的。

日已斜西，急忙赶路。过蓝河，回望屹立着天种山、千刃山的**金**

莲田野，哗哗流淌在纵横交错沟渠里的水头似乎正叙述着胡志明的历史故事。当我们回到**兴元火车站**的时候，与来时车站空无一人的状况截然不同，所有人皆可自由进出的车站内人头攒动，站台上站满了背着大包小包的欲登车的乘客，沿街售卖的小贩、寻觅生意的挑夫来回穿梭，有如集贸市场般。我们这次准备乘坐的是一趟短途客车，绝大多数乘客是四外八庄打工、做生意的普通民众，难怪上下车的人如此多。好不容易上车，半小时后同行三人等到两个座位挤巴着坐，直到快到**河静**时才勉强解决了坐的问题。车内拥挤，空气质量差，但这并没有影响我们旅游的心情，仍充满兴趣地观望着那片有些陌生但又似乎相识的大地。

车行不久就进入了丘陵区，沿河行，夹岸是竹林，也有果园。山坡开垦成坡田，种上了玉米、红薯及许多叫不出名的农作物，沟底见缝插针皆辟为稻田，显得此地的农业开发程度较高。

山势越来越高，可能是进入了长山山脉伸向大海的余脉区域。小秦说，到了**果湖**自然保护区，你看远处的高山，那是著名的**横山**，有上千米高，曾是安南与占婆国的自然分界线，千百年来在这里不知道发生了多少场争斗。此时方醒，原来由此南下就要离开交趾时期的日南郡属地，而进入了黎、李朝以降开疆辟土的新安南。

在列车上用的晚餐。快餐盒里有卤鸡腿、卤蛋和青菜，价值仅相当于人民币十一二元。饥不择食，三个人用了四份。

由荣市，经河静，抵**洞海**，200公里的行程耗用4个半小时。我们再转乘出租车西行40公里赶往安江小镇，待安顿下来已近深夜11时。**安江**，又称安江特区，是越南**丰芽——格邦国家公园**这个世界自然遗产的管理处所在地。小镇上除几盏路灯和旅店前堂的灯闪亮外，四周漆黑一片。恰好一辆货车从老挝**沙湾拿吉**开往洞海，喇叭声划破寂静的夜空，带来一些别样的感觉，它告诉我们在长山山脉的腹地还有一处豁口可通向异国。

　　微风轻拂，青山默默。我还沉浸在对金莲乡的追思中。普通草庐孕育如此贤良、伟大的人物——胡志明，他那"同文同种，和睦友邻"的呼唤，他那一生不平凡的业绩，在我们的心中早已树立一块高大的丰碑。虽然在他的故乡暂时还没有感受到这个国家对我们的异样感情和对共同走过的路途追思，但我觉得两国关系早晚都会翻开新的一页。

安江镇很小，仅有一条沿去老挝公路而建的百余米的小街，街两边大多是民营的小旅馆和食肆店铺，与我们共同下榻在此条街道的还有两个欧洲旅行团，一为北欧，一为法国，也有几名散客。之后陆续又来了几车客人，偌大的景区（据说有900多平方公里）显得空寂。与刚离开的长安华闾景区迥然不同，那里的人气旺多了。即便如此，我们仍然显得兴奋，站在镇外空旷的广场上向西望去，山势高远，山形雄阔，被墨绿色所覆盖，茫茫苍苍，横天际涯。清晨雾气缭绕，与山头飘荡的云若即若离，仅这热带山脉世界遗产的名头与外形便撩起我们的兴致，且不论山中的秘密。

早餐后，我们穿过一片别墅区，来到昆江边，与一位在法国巴黎打工的墨西哥小伙合租了一条船，约四五百元人民币，摇橹向丰芽洞景区驶去。驾船的是对母女，女儿摇橹掌舵出力些，但很爽朗，笑声不断，有时还会说几句中文、英文，与小秦常有对话；母亲50多岁，坐在船头，干些收放锚等杂事。

眼下的昆江宽约百米，水流缓慢，昨夜刚刚下过雨，河中挟带些许泥沙，仍显得明亮、清澄，水汽升腾。岸上竹林茂盛。此情此景，配之散着发的女儿摇橹而行，别有一番情趣。巴黎打工的小伙很会取悦女子，常用英语插科打诨，带来小女子开怀的笑声，话题多了起来。姑娘说，过往的街前公路，是胡志明小道（一部分），可去老挝，我们常去做生意，也可穿越丛林南下到南越西原。这条江直通山里，丰芽洞过后还有很多洞，三四十个，战争的时候用于存放战备物资，是天然的洞穴仓库，现在开放一些地方做旅游区，大部分仍然是军事禁区，老百姓吃旅游饭才吃了没几年。外国人发现了我们的丰芽洞和格邦地区，写了文章，在世界上出名了。

这种朴素的语言，确实说到些事实。

丰芽（又译作峰荣）**—格邦国家公园**位于广平省平洋县和顺化县内，西与老挝的生态多样性保护区相邻。该园区完整地保存了长山山脉北中部的生态系统。

1935年，一个当地居民偶然发现离丰芽洞入口200米处有一个美丽的洞穴，老乡

▲ 丰芽—格邦国家公园（广平省）

▲ 丰芽洞洞口

称该洞穴为仙山"神洞"。1937年法国在越南的旅游当局在介绍广平省的小册子里，有介绍丰芽洞的相关内容。后查史料才发现，1550年杨文安（前黎朝）是第一个描写丰芽洞的越南人，丰芽洞的形象还被描画在平顺古都上的九个古瓮上。但这些"发现"，均不为科学意义上的"发现"。这种仅是知道有这么个洞，洞有多美丽等，对其科学意义和价值均无阐述，因而知道的人仍很少。

真正的科学"发现"，应在1990年。当年，越南河内国家大学接受了英国洞穴协会的合作请求（中国现在是世界上洞穴、溶洞研究大国），两家

▲ 由地上河入丰芽洞

▲ 丰芽洞内

组成科学考察小组，又经1992、1994及1999年越南与俄罗斯热带中心组织的对格邦地区的科学考察，共四次联合科学考察，基本摸清了这一地区的洞穴体系及其科学价值，初步揭开了其神秘面纱。丰芽—格邦国家公园于2003年6月被联合国科教文组织评为世界自然遗产。

　　轻舟荡水，不知不觉间已转过三道湾，向重山深处驶去。这是一处典型的南方喀斯特地貌密集区。越南中部山区终年温暖、潮湿，尤以每年5-11月的雨季为甚，全年降雨量在2000毫米以上。高温下的雨水侵蚀着碳酸盐为主体的石灰岩体，中和作用明显，即便是数百米乃至上千米高的偌大山体，也随石灰岩的延伸而不断改变着自己的形状，岁月造就了奇峰怪岭耸立。一条大江从西南来，而右侧一支流则从一黑洞中涌出。好在水势平稳，逆流而上并不觉费劲，在女船工的努力下，我们轻松进入洞内，船女说这就是丰芽洞。洞口在历史炼就的天然染料熏陶下变得漆黑，似乎显得低矮、玄秘。入洞时洞径显得狭小，有六七米高，七八米宽，三面皆为坚硬的岩石，**右侧**岩壁呈阶梯状。石洞中行约百米，顿时觉得洞穴豁然开阔起来。先是洞顶变成穹顶，越向前走显得越发空泛，左右两壁几乎被破开，水面虽然也宽了许多，但在如此大的空间里显得微不足道，如山涧小溪似的。而回头一望，进来的通道成了小孔隙，只有斜照的一丝光线照亮洞壁。流水击穿了花冈岩石等硬体岩层中夹生的碳酸盐这种可溶性岩体，使其洞开一面，将已经塌陷的石灰岩洞穴与外界相通，让人们深入其中去感受大自然的奥妙。洞空升高的速度显得不可思议，仿佛我们不是在洞中，而是在大地上被浓雾厚云所遮盖，又犹如半掩的苍穹，充满神秘感。舒明猜测说，这该有七八十米高吧！小秦说，资料上说最高处有150多米。又行上百米，高阔的通道遂让位于有两三个足球场般大小的空间，四周壁墙如运动场里的看台簇拥着那块绿茵场上的悬空。**左侧**明显是形成巨大空间时坠落下来的沉积物，堆垒成高低不平的山坡状，坡上面的石灰岩柱台与空中悬浮的巨大钟乳石相对应，而壁上及缝隙处也吊挂各种各样的沉积物，形成形状不一的细丝体、柱体与块状物，又与人间某种特定形态所牵连。越南朋友起的名字总是与他们的生活环境与神话传说相联系，如水牛、墨鱼、大象、鳄鱼以及柳杏公主、圆伞山灵、褚童子之类，而不似中国常以文绉绉词句，如仙人指路、仙女散花、金猴奋起相称之。船行1小时，仅一二千米便戛然而止。黑咕隆咚的向前伸延看不到头。船女说，丰芽洞的地下河长约77公里，有人类进入过的仅二三十公里，许多秘密还未发现。这悠长的丰芽地下河主河道是由众多的地下水源汇集而成，水流经之处，又带来数不清的洞穴与缝隙，形成丰芽洞洞穴体系。

返归途中，我们登上那片洞顶层塌陷而形成的"坡地"。行如攀岩。坡又陡又大，宽100-300米，而长，少说也有六七百米，两头连着似乎仍在慢慢消融的新的塌陷点。这也仅仅是喀斯特洞穴中被称作"洞穴大厅"的一个部分。坡上堆满了尖锥状、蘑菇状、条柱状、圆石状等形形色色状体的钟乳岩，洞顶与四壁又被侵蚀为大大小小的空洞，如马蜂窝状，有黑、褐、米黄、乳白、淡清、红等色，斑斓花彩，饱人眼福，恍若走入一个魔幻世界。但丰芽洞仅用一个"奇"字则难以概括其特点。谁能说喀斯特洞穴风景不"奇"？我曾看过数十上百个洞穴，有中国的，有东南亚的，也有欧洲的，光线折射钟乳石造型各异，都很"奇"，且"奇"之各有千秋。但哪个可在"大"上与丰芽相比？那悬挂的钟乳石，兀立的石柱、石山，十几米、几十米高的比比皆是，而坡上的巨石常阻人眼线，大者，有几十米方圆。洞中地下河竟宽约四五十米，深可达五六十米，长达数十公里。而**主洞穴之大，由14个大小不一的洞穴组成，长约7729米，既宽且高，在2003年申报世界自然遗产时被称之为世界最大洞穴。**这则是其他喀斯特盛景所难以望其项背的。

　　我想，丰芽洞之大，在于世界最长洞穴的地下河以其澎湃的水量不断冲击、侵蚀、搬运山体，石灰岩缝隙流水浸融岩体，引起崩塌，淘空山体而形成的。而长山山脉的千米高山则有容量容下这个"洞"，致使世界最大的"洞穴"风景诞生。之中，充沛的水，石灰岩的质及高大山壳的体，三者缺一不可。

　　后顺**昆江**继续前行，在一庭院处下船登山。刚行半山腰，淅淅沥沥地下起雨来。我们买了件简易雨衣又冒雨前行，花了1个小时才爬到相对高度400米的山腰处，累得喘不过气。歇会儿之后，几乎等于攀爬，又行数百米到**天堂洞**。洞口平直，行百米，道路陡下，放眼向下望去，竟有一巨大洞穴直通山体底部，洞巷弯弯曲曲向侧下方延伸，能听到垂下的流水声，叮叮咚咚，悦耳受用。好在修了扶栏与便道，又行数百米，便被止住。沿途琳琅满目的钟乳石和石笋造型优美，色彩各异，

▲ 天堂洞

天堂洞

美不胜收。

回到山巅之上，更高的山峰成排列状横亘西方，莽莽苍苍的原始森林让漫山遍野披上绿装，而更远更高的山影则若隐若现地置于雨雾之中。这片有880多平方公里的洞穴森林景色给人一个惊叹的感觉。

待回到泊船处，备感疲劳。船女说，再向深山处行二十七八公里还有一个更大的洞叫**杭松洞**，是2009年联合科学考察队新发现的！说是比丰芽洞更大。"又创世界纪录"，小秦说。船女问，还去不去？我不置可否。舒明看看满天的雨雾果断地说，回去吧。确实时间已过10余天，但穿行路程仅占狭窄越南长度的三分之一，我有些着急。小秦说，长山山脉腹地洞穴多如牛毛，杭松洞与众不同之点在于它更大。主洞穴长5000余米，宽数百米，而高居然可达200米，整个可把一艘航空母舰装入。据有些宣传资料说，杭松洞已成为世界最大洞穴，而丰芽洞则可能成为世界最长洞穴体系。但进此洞的唯一方法是报名参加历时7日的探险游，每个探险团8人，配16名随从背负行李。我想，即便有心赴之也无力为之。此次作罢，留待今后。

越南中部沿海平原面积大小、长短及宽窄，全凭长山山脉向东部大海倾斜的山腿延长线所定。雄峙越老边界的长山山脉在越南中部距海100公里至200公里，由海拔高2000米左右的峰巅向东倾斜，逐渐下降，分成高山、丘陵、平原区域，丘陵区近海的距离决定平原区的宽窄，高山向大海的延长线决定平原区的长度。因此中部沿海平原被分割成若干个长短、宽窄不一及互不相连的狭长平原。每个平原区有一条、甚至数条较大的江河流过，冲击泥沙积淀成深厚土层而形成平原，入海口带来舟楫和渔鱼之利。长山山脉在广南省中部丛林处向西折去，突然放宽，形成5万多平方公里的西原高原，这是后话，待后赘述。

由山上下来在丘陵地区行20公里便进入广平省的**洞海平原**，又行

30多公里便进入洞海市区。洞海是广平省省会，其至顺化一带约200公里，是典型的狭长平原，面积达2000平方公里。**洞海市北部一带，有三四条南下干道与两条西去老挝的道路交会于此，是越南陆上交通的重要枢纽。**20世纪60年代南北越南对峙时期，这里成为北越军队南下的前进出发阵地，也是著名的"胡志明小道"的起点。连续跨过两条南下的主干道，均为四车道的水泥路面，在道路交叉处修有连接路和明确的交通标志，但无立体高架桥，这在中国顶多属于快速路的层次。

▲ 洞海原野

　　作为广平省会的**洞海市**位于日丽江入海口，是个景色优美的海滨城市。人口不多，13万人，但城区面积不小，小秦介绍说有上百平方公里。市内几乎无高楼，大多二至四层楼房。民居与越南北方同，皆为单体连排式建筑，千篇一律，有些乏味。市中心闹市区濒海而设。向北望去，江海连接处，云天一色，浑然一体，笼罩在大片的色彩灰暗的浓云之下。法式的海关楼房，连接着海滨广场，上矗立着抗美战争期间游击队女英雄的塑像，告示着人们，这里曾是抗击美军的最前

▲ 日丽江

▲ 洞海海湾

201

线。1965年4月4日，从航空母舰上起飞的美军飞机曾对洞海市区进行密集轰炸，炸死越南民众50余人，伤近万人，大半个城市变为废墟。

我们过江桥进入日丽半岛。这里正在建设旅游度假区，已建起二三十栋有些蹩脚的别墅，但并未看到大规模建设的先兆。面海的沙滩沙细岸长，海浪翻涌，游人不多，看来要成为一个好去处尚待时日。

老城区的标志性建筑便是立于市中心的**广平古城**的城门楼。城阙保存尚好，块石结构的城门及与之相连尚余十米的城墙。城楼造型简单，中越混合风格，体量窄小，犹如中国明清时期县一级的城墙建设规模。楼台仅高约五六米，面积百余平方米，上耸立两层高的门楼，可作瞭望台。两边城墙低矮，有三四米的样子。城墙虽不高挺，但十分坚固，石沙、泥土拌米浆、麻料夯筑而成。城门上书"廣平關"三个繁体汉字。

广平关为后黎朝南北对峙时期广南国主阮主所造。

自黎利起事结束短暂的明王朝恢复的郡县制统治后，越南于1431年接受明王朝的册封，建立了长达360年历史的后黎朝。后黎朝在黎圣宗时达到盛世，16世纪中期后黎朝政紊乱，废立频仍，走向衰落。在这期间曾出现过**两次南北对峙重大事件**。

第一次是莫登庸篡位引发的南北对峙，史称南北朝。祖籍广东东莞的莫登庸仕后黎三朝，官至太师仁国公。1527年封安兴王，逼黎恭帝禅位，数日后逼其自尽，篡位自立。安清侯**阮淦**等率子弟奔哀牢（老挝），养士卒，招叛亡，阴求黎氏子弟图恢复。1533年，阮淦在清化找到黎昭宗之子黎宁，迎至哀牢，立为皇帝，是为**黎庄宗**，时年18岁。1542年，阮淦率军进攻清化等地，黎氏诸旧部纷纷归附。庄宗及大臣迁往清化，控制越南中南部，与莫氏对抗。这次以清化为界的纷争长达65年之久，直到1592年莫氏被打败，莫朝灭亡，莫氏又再建高平政权止。这场纷争极大地消耗了后黎朝的国力。

▲ 广平关

　　第二次南北对峙为郑阮纷争，长达200余年。在与莫氏斗争过程中，后黎朝内部形成郑氏、阮氏两大军事集团。1557年，阮淦之子**阮潢**以战功封端郡公，**郑检**（阮淦的女婿）忌之。阮潢自知不敌，行韬晦之计，借口莫党仍出没于顺化，请赴其地镇守。郑检以其地隔远，许之。于是阮潢南下顺化。**郑松**（郑检之孙）亡莫朝后，居功自傲，挟天子以令诸侯。阮潢大为不满，居顺化自守，形成南部割据政权。北郑南阮，分称郑主、阮主，进行了半个世纪的战争。1673年，清朝**康熙帝**居间调停，郑阮两主停战，同意以灵江为界，名义上都奉后黎朝皇帝为安南国王，但两者并没有停止争斗。后黎朝中后期曾有黎皇、莫氏、郑主和阮主四个统治体。在这期间，南方阮主集团为了自保，屡屡有意发展与清朝的藩属关系。1702年，阮主阮福凋遣使携国书和贡品至清朝乞求为国主，康熙帝以安南已有黎氏朝廷"世修职贡"，予以拒绝。阮福凋求封不成，就私铸"大越国阮福永镇之宝"，自称"国王"。中国、日本、朝鲜有的史籍称阮主所割据区域为"广南国"。1771年安南爆发由**阮文岳**、**阮文惠**、**阮文侣**三兄弟所领导的农民大起义，并建立起历时30年的西山朝。阮主、郑主政权分别于1777、1787年被西山军所击灭。

广平一带为阮主与郑主争斗的前沿地带，军事政治地位重要，"广平关"及其城防系统便为"广南国"时期所建。

原准备乘公共汽车夜宿广治省广治市，经打听方知广治古城在抗美战争期间几乎被夷为平地，至今尚未复原，不具备接待能力。广治省省会早已搬到位于铁道线上的东河市。我们改乘火车，夜半时分抵达东河。

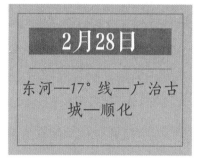

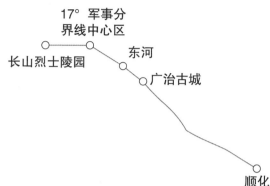

昨晚由洞海赴东河途中实际上已经跨越了那条著名的**17°线**，不过夜深人静不见四周景色未察觉罢了。待天明后驾车重返17°线北，寻觅贤良江南北的历史踪迹时，这条路又似曾相识，真想将南北军事分界线周遭景物览个够。

清晨，我们在雨雾中又一次向**长山东侧腹地**进发。先沿着1号公路北上，渡过江海河后向西南方向折去。大地被雨水冲洗得干干净净，空气格外清新。水稻已开始分蘖，青苗缀满田地。就时令而言，这个北纬十六七度的地方比岭南地区，包括越北地区，似乎整整早了一个节气。广治是越南中部的一个大省，面积有8700多平方公里，可人口却没有清化以北地区那般稠密。行10余公里便拐下1号公路，走上一条山区公路。路幅不宽，但路况良好，是新铺的柏油路面。不多会儿，进入丘陵地带，山坡已垦殖为成片的橡胶林，枝茂叶绿，可能天明落雨的缘故，不见有人割胶，一片寂静状。而谷地、凹地大多被开垦成农田，水、旱作物皆有。向前驶行约半小时，来到山地与丘陵的过渡地带，眼帘被茂密、高大的树木遮断，灌木丛与藤蔓植物根缠叶绕，这告诉我们热带季风雨林就在眼前。

在密林丛中下车。右侧为一缓坡，宽幅很大，已被辟为六七十米宽的由多层平台组成的阶梯，在第二层台阶两旁各立有两根块状形的柱石，四面刻有浮雕，皆以戎装的士兵、民兵及战斗的场面为题材。

看来，早已听闻的**长山国家烈士陵园**到了。在越南几乎每一座城市都有烈士陵园，甚至在一些县城和某个特定地域也有。这些陵园基本上是以抗法、抗美战争的烈士为纪念对象的，我在谅山、海防、海

▼ 位于 17° 线北的长山烈士陵园

阳、宣光、北宁都去参观过。但这种高规格的以"国家"的名义命名的，却极为罕见，以前所见的陵园皆以地名冠之。小秦说，长山这座陵园是其全国范围内规模最大的。我猜测，这可能与其地位与重要性有关。参观完后，我才知道这里瘗葬的烈士都与闻名于世的"胡志明小道"有关，葬者基本上都是牺牲在"胡志明小道"上的著名的越南559部队的官兵与民工。

台阶上第一个平台就很开阔。正面是一碑塔，不高，但很粗壮，

▼ 陵园碑石及坟茔

塔尖为三角形，塔楼里立有碑石，上刻有拉丁越文写的碑文。四周塑有群雕。再往前，为第二层平台，竖有亭台、碑楼或碑石，并修小道通往周围。陵区植物以翠竹和热带树木为主，鲜有青松之类的，这与越南的热带物种分布有关。

过缓坡，为一大片稍有起伏的谷地。我被眼前如此众多、如此密集的坟茔所震惊。目力所及，这片土地根据起伏度的不同，修有数片大小相似的区域，既相互区隔，又混连一片，满眼都是黑色的碑，红色的花，几乎望不到头。舒明说，我数了数，一片坟区大约有一千三四百个坟茔。三四小片连缀成一大片，可能掩埋了四五千人。这个墓地的设计也是工于心计的。每片墓周上铺有赤褐色的瓷砖，以黑色的岩石为墓基，每个坟茔由躺倒的一块厚厚的黑色的大理石块和一片较薄的青麻石片拼合组成，在麻石上方有碑石，上书姓名、籍贯等文字。并在碑石前置一瓷罐和瓷瓶，罐插香火，瓶插一枝红莲花和绿色莲叶，塑料所制。坟茔均一个模式，未分大小繁易。而在坟区四周，建有不同形制的亭廊和多重檐的楼宇，有的还镌刻有浮雕，稍感有些花哨。

我们依小径在陵区转了一转，发现附近的谷地和山坡上，还建有三四片坟茔形制和数目基本相似的墓区。在越南最高学府留学多年的小秦直呼了不得，说这里埋了上万人。同时他还说，亡者中最老者有1947年参军的，大多数是1968和1969年这两年入伍的，还有许多民兵和民工，他们死的时候可还年轻着哪。这些人都是越南559部队的，这个国家墓地也是专门为559部队所建。

这种"专建"我以为是应该的，与这支部队作出的重大牺牲和贡献相匹配，这个部队的历史值得书写一番。

1955年日内瓦会议后，南方抗法武装主力按协议规定撤回17°线北，但仍留下部分游击力量，而其群众基础和政党基础是撤不走的。

吴庭艳在撕毁两年后举行全国大选的承诺后，对抵抗力量及民众进行了镇压，包括对佛教徒、高台教徒和和好教的镇压。美国出于防止共产主义力量泛滥的立场，对吴政权的行为采取了纵容和支持的态度。南方抵抗力量（主要是越共领导的群众武装和政治组织）开始从政治斗争转入武装斗争，但所处形势十分危急。吴庭艳政权已建立了有20万正规军与10万警察、内卫部队的武装体系，而越南南部各省区包括与北方毗连的第五联区的兵力水平还停留在排、班及武装工作队的水平，兵力才万余人，虽然取得过一些小的胜利，但弱小被动的状况未有改变。越共中央决定"采取暴力，依靠群众的政治力量为主，根据情况或多或少地使用武装力量"，"完成南方的人民民主民族革命"。而要完成上述任务，关键是"开辟通道，把干部以及武器和其他急需物资输送到南方"。越共政治局指示，要成立一个特别的军事交通团。**1959年5月19日，559军事运输团成立**，三个月内开辟了由广平省的洞海市到长山山脉东侧的运输线，后沿着长山东麓，经过少数民族地区，将军事运输线路延伸到南方。第一批500公斤重的军事物资于同年8月20日采用背驮的方法送达。1960年代后，沿着越老、越柬边境修建公路、迂回路、丛林小道以及兵站、仓库，将战略运输线由长山山脉东侧转到山脉东西两侧，以西侧为主，到1960年代中后期已可以将整师整团的兵力和数万吨以至数十万吨的物资包括重装备运往越南南方的西部和中部，后又开通了长达1000余公里的油料运输线，每年将数千吨以至数万吨油料输送到南方，保证了大兵团的作战。与此同时，海上运输线也得以建立和发展，1960年代中期559部队曾利用货轮和机帆船，一年内就将4000吨军用物资运往**巴地**、**金瓯**等南方东部港口，甚至还深入到**芹苴**等湄公河三角洲地区。**1965年后，559部队开始作为战略单位的标准去建设。1970年后**，该部队升格为军区一级单位，由越共中央军委和总司令部直接领导，司令、政委领中将衔，下面建立了

5个享有师一级权限的地区司令部，新增加了40多个汽车运输、管道运送、高炮、工兵团、营等兵种建制，还配属数万青年、民工使用人力和简陋工具（如自行车）完成运输、开路等任务。559部队当时的口号是"横劈长山去救国"，很有点气魄。他们共修建了沿长山山脉两侧的6000余公里的干线、上千公里的横贯线以及上千公里避开各种"危险地带"的迂回公路，以对抗以B52轰炸机为主机种的"绞杀战"，仅1970到1971年旱季被敌机击坏的运输车多达4000辆。整个战争期间，有难以计数的559部队人员因疲劳、饥饿、疾病、暑热而死亡。

俄顷，我被这个部队的不屈不挠精神和业绩所感动，但也同时陷入沉思。这条"生命线"所运输的物资是从哪里来的？ **1950年底，当时作为"世界领袖"的斯大林曾当着胡志明的面对毛泽东说，你们（指中国）要多帮助越南。**这句话的意思既有嘱托，也有分工的意思。苏联在朝鲜战争期间及以后相当长的时期内把远东的援助重点放在朝鲜，当然这也是无可指摘的。而作为与越南革命有深厚历史渊源、而今又有共同命运的中国，**在毛泽东、周恩来等老一辈革命家的领导下责无旁贷地担当起了援助越南的重大使命。**这种承诺由始至终，一诺千金。从抗法战争，直至越南北方恢复建设、南方坚持斗争，中国事无巨细都给予了极大的援助。当时中国在承担繁重的国际主义义务的情况下，把更多的精力物力用于越南。在1960年代越南抗美战争的关键时刻，除在道义上政治上支持外，那时在中国的大中城市常有几万、几十万，甚至上百万人参加的抗美援越集会和游行示威，在武器装备、军用或战略物资以致生活用品等方面均竭尽全力提供援助，而当时中国正处于三年自然灾害及文化大革命动乱时期，每年的国民生产总值仅一两千亿美元，而援越物资总计超过200亿美元，尚未包括在1960年代中后期前后总计30万工程、铁道、高炮等应邀入越参建参战部队所产生的费用。中国人可谓勒紧裤腰带去援越。而苏联的援助大多是在中苏关系破裂之后发生的，两者援助的性质与在国民经济总量中的比例是不可比拟的。近看越南人民军总政治局编写的《越南人民军历史》一书，上面写道，"胡志明小道"上运输的物资是"苏联及其他社会主义国家"提供的。真是不可思议。"其他社会主义国家"指的是谁？包不包括中国？如果包括，难道中国的作用地位以及援助的数量质量仅仅用"及其他社会主义国家"所能涵盖？难道"其他社会主义国家"援助的规模和重要性能与中国相提并论？越宣传559部队的业绩，越宣传"生命线"的重要，我越发感到这些流动在"生命线"上物质载体的重要与珍贵，越发感到制造和无偿捐出这些实体产品的人的精神的高尚。愿同属儒文化圈的邻邦今人重温一下儒学伟人们关于仁义道德及诚信感恩方面的论述。

▲ 北纬17°线上的原北越旗杆台

▲ 贤良河

▲ 战争纪念馆

当我们循原路回到17°线南北隔离区的联络站旧址时，刚刚停下的春雨又漫天匝地地洒将下来。

1955年在日内瓦召开的五国二方谈判会议上达成协议，其主要条款之一，就是**在越南中部的北纬17°线附近划定南北临时军事分界线**，并双方后撤若干公里，建立军事分界区。实际上分界线的东段是沿着贤良河两岸而划定的。

远远就能望见高悬的越南金色五星国旗，风很大，旗面已完全展开。旗杆立在一硕大的等腰四边形的锥形高台上。高台既阔又大，底边长约七八十米。登数十层台阶可上高台的台面。我们登上高台，四周一览无余。原规定沿分界线内各推移两公里为临时军事禁区，即无人区，现虽越南一统江山，但"隔离区"内仍鲜见村庄及其他建筑物，皆为稻田和树林。不远处为贤良河两条支流的汇合点，奔腾的河水沿台的下方向东流去，在**永福乡**附近又分为两条干流直奔大海。高台附近区域已辟为纪念公园。所处名称"边关"，由后黎南北对峙时期命名之而沿用至今。西侧公路是我们去长山烈士陵园时的10号公路，与东侧不远处的1号公路和中央铁路一样，均纵贯南北。而距贤良河南20余公里处，又有一条叫灵河的大江横卧东西，也是一条发源于长山山脉流向大海的短促而水量充沛的河流。此状况常常会演变成南北分割的地利条件。我想到在社会进化及经济、文化上处于弱势地位的占婆国（又称林邑国）居然在越南中部沿海平原上存在千余年，与安南对抗，漫长的距离和连续出现的充沛河水的阻隔，可能是一个重要的地理原因。沿着灵河连贯东西的**9号公路**可直通老挝沙湾拿吉省，是中部地区勾连越老的最重要通道。当年南、北越曾围绕着这条公路的控制权爆发多次大的战斗，致9号公路因那场战争成为热点地名而声名大作。我们向东行参观了17°线战争纪念馆，大多是以图片的形式展现当年战争的情况，其中很大部分展示的是美国在这一带使用化学毒剂等给当地民众带来巨大伤害的情况。再渡过已废弃的铁路桥，到河南边的雕塑群像区，这里有巨大的妇女携子雕像和仿似椰子树叶的6个巨大锥柱体雕塑作品。

风雨大作，待我们顶风冒雨步行1公里抵达雕塑区时，已浑身湿透。一位国内的长者跟我说过，他1968年初曾跟随一个领导同志考察我援越部队在越南的情况。他们就住在贤良河北岸的一个山村里。附近驻扎一个整装师的北越主力部队，待第二天起床之后，该师在当天夜晚完全消失，悄悄渡过贤良河进入南越，竟然神不知鬼不觉。他们完全没有听到任何动静。这位曾参加过长征的领导同志说，这种战斗作风，与我军当年作战时的风格十分相似。

战争锻造传统和作风，而传统和作风则常常决定一场战争的结局。当年与朝鲜半岛38线齐名的越南17°线已经消失，但这条狭长区域的实体及附着其上的历史故事仍然存活，不会消失，成为我们了解越南这个国家的民族心理、性格和精神的探微通幽之路。

1960年代中期**北广治——9号公路地区**成为越南北方消灭敌人有生力量、吸引和拖住美军兵力的重要战场。这里成立了相当于军级单位的治天军区。临近17°线的**广治省永灵县永牧村**理所当然地成为对敌作战的前哨阵地。1965年5月美军一次轰炸，永牧村死亡村民50多人。为求生，他们挖了地下掩体、沟壕、猫耳洞等工事，接着修了散兵坑和高机阵地以抗击敌机来犯。后借鉴中国地道战的经验，工事向地下发展，开挖了一层，甚至三层的地道，既可生活，又可战斗，地道长达几公里。越南军事领导机关推广了永牧村的做法，在滨海临江的**永灵**、**胡舍**等地掀起了开挖地道的高潮，人民军曾投入几个工程营的兵力，将整个工事扩建为由地下仓库、地下工厂、地下运兵道、地下生活区及地面作战工事组成的多层次的、完备的地下坑道体系，**仅永牧**及**胡舍**地区开挖的地道就长达100多公里。且地道工程临江达海，修有比较坚固的火炮和高炮地下射击或隐藏工事，可直接投入作战。

在一片麻黄树林里，我们来到永牧村。我与舒明进入了地下坑道，侧身猫腰前进了数百米，体验地道生活的滋味。永牧村的地道与我曾在我国华北平原所见到的地道有所不同，这里的地道洞体窄小，高130—140厘米，宽60—70厘米，适宜越南人体型瘦小的身体特征，对于体型较胖、身高超过175厘米以上的人来说，则难以行走。未下地道前，我曾顾虑热带高湿地区的渗水问题，深入洞穴后才发现，这里地下大多是红黏土，土质黏性大，防渗水性能好。即使眼前地道已弃用多年，仍未见积水。出洞后遇一英国旅游团，一位80多岁的英国老人参观永牧村的地道后备感震惊。这位参加过越南战争的老兵，指着洞口，提高声调，说道："这就是我们无法战胜他们（指越南人）的原因。"他确实很难理解人民战争理论的威力。

▲ 广治古城

　　在异国他乡旅行，就餐是个大问题，我们的经验是早晚餐吃饱吃好，午餐对付，主要是为了节省时间，多走多看。在南行的公路上，我们在车内每人吃了两根当地产的法式棍形面包，就算急就了午餐。在村庄稀少、沟壑纵横的沿海平原南行40公里，再向东行10公里，到了**广治古城**。

　　古城位于一片地势稍高于周围平原的台地上。在由北而南的进城路上，稀落地筑有民居，排列着墙楼和钟楼两幢仿古建筑，下车细看觉得色彩涂得过于斑斓，工艺颇有点粗糙，但街内整洁、幽静，给人带来一些快意，绝无以前所见街市嘈杂凌乱的感觉。

　　市区中心就是广治古城的遗址所在地。城墙已不见踪迹，被改造为草地与公园，矗立在这片平地中央的是修复过的城门楼，护城河及其跨桥尚存。广治古城为16世纪广南国阮主所建，至今已有400余年的

▲ 广治古城内景

历史。广治邻近阮主广南都城**富春**（即顺化），是越南第二个南北对峙时期抵御北郑、拱卫都城的军事重镇，因而格外受到青睐。西山朝和阮朝时期顺化仍为国都，广治的地位依然重要，从那时所筑的有1里路长的护城河就可以看出当时古城的规模，这在越南省、府一级的古城中难得一见。据说西山朝时，这里曾爆发过多次战争。1884年后，越南被法国殖民者分为北圻、中圻、南圻三部，北、南圻由殖民者直接统治，唯独中圻在名义上由阮朝国王直接管理。这种不同寻常的城市身份，曾给广治带来尊严和繁荣。而今日所见，昔日的情景荡然无存。

入城门后唯见空旷的广场，广场中心有一缓坡形的锥柱体高台，上立有类似华表又类似旗杆的纪念碑，说是纪念抗美战争时期广治保卫战的英雄们。广场背后又有一花园，在亭台楼阁中四处摆放着雕刻类的艺术作品，似乎与这个古城的历史氛围和英雄气息不搭。再往前走，便是广治城的内城。墩实的城门，厚重的城墙，有的残破，有的颓塌，一幅败落军事堡垒的景象。城内遍生青蒿杂草、碉堡、掩体、炮兵发射阵地、野战指挥部等，不一而足，虽皆成废墟，然犹可辨认。这一切告诉我们，这里曾爆发过激烈的战斗。20世纪六七十年代，美军及南越军队和北方军队在这里鏖战，多次易手，反复争夺，直至美军撤出后，越南人民军才占据了主动权。因为广治这时候的作用不仅仅是拱卫顺化的问题，而是直接关系到岘港、金兰湾的安全，关系能否打开大通道直逼整个南方的大问题。在多次战斗中，最为惨烈的是发生在1972年6月到9月时间长达81天的广治保卫战。在越南人民军取得溪山战役胜利（歼灭美军1.3万人），控制9号公路西端，掩护了战略运输线——"胡志明小道"之后，兵锋直指广治—顺化一带。1972年4月，越南人民军发动战役进攻，仅一个月功夫就瓦解南方集团在广治、顺天一带的防御体系，歼敌8000多人，解放了广治。后美与南越军队纠集四个整师的兵力发动反扑，美B52战略轰炸机由五月份每日出动11架次增加到6月份每日出动51架次，以使美伪方在正在进行的巴黎和谈会谈上取得主动权。在古城广治地盘内，北方参战兵力2个团、2个营，依托城墙和工事抗击敌人的反攻，每堵城墙、每个土堆都成为反复争夺的对象。在敌密集火力的封锁下，人民军每天仅能得到一个连的兵力补充，但很快就打光了。经过七、八两个月的苦战，许多分队战斗到仅剩一个人，每个战斗营只存活50–60人，其中80%的伤亡是由美国空中火力和舰炮的轰击造成的。9月份后暴雨成灾，古城内一片泽国。9月16日北方军队撤出古城。美伪军虽夺回已成废墟一片的广治古城，但却付出惨重代价。北方保住了东河一线，为争取巴黎和谈的主动权创造了条件。

今观之，好大的古城一片，虽毁于战火，但而今却将战争遗留下的废墟和古迹铲除，建了些不伦不类的建筑，实令人费解。难道那座纪念碑不能建于城外？在这个土地价值比不高、人口密度不大的地方。好在内城里的部分遗迹尚在，为古城复建、保存人文古迹留存了根。

越过**美政河**，下午五点半抵达**顺化**。香河穿城而过，将古都顺化分为两部分。居民区、商业区在南岸。古城称京城，居北岸。京城面积较大，周长9900多米。有城门十座。城墙高五六米，墙门宽约四米，现已与公路相连，资通行汽车、人员用，仍是进城的主要道口。古城墙仅南城墙保存较好，其他三面或毁于战火，或被拆除。面南三座城门一字排开，盖有门楼，无瓮城，筑护城河，宽约20米。丝毫没有异国他乡的感觉，中式的古城墙呈现在眼前，如中国古时稍大一些州府级别的规模。

我们由正门进入。一条宽阔的柏油路将城区分为两片。左侧一片为内城，又称皇城。小秦说，皇城南北两面城墙各长606米，东西两面城墙各长622米。这个越南最后一个王朝阮朝的皇宫，为越南现存最大和最完整的古建筑群。皇城被护城河环绕，即便时处冬季，仍河水满满，与远处的湖汊勾连。伫立桥头，夕阳余晖洒向高墙、楼宇、殿堂。虽然这座仿故宫（不及北京故宫面积的三分之一）的南国皇家建筑还到不了用巍峨、挺拔这样的字眼去形容的程度，但仍然超出了一般人的想象，体会到这座披满霞光的古代建筑群所隐含的工于设计、显露威严、不失雄浑的味道，感受到南国故都的昔日辉煌。

由于参观时间已过，怅怅然若有所失，参观皇城的行程只能推迟到明天。我们驱车又行，在一大片别致、低矮的法式建筑群中，找到了预订的旅馆。

天黑之后，南岸灯火辉煌，游人如织。我们过桥到南边临江路的食街吃饭。困乏之极，早已压过饥饿的感觉。舒明去点了两三样简单的菜式，三人便无声地吃将起来。突然，旁边餐桌的十几个人喧哗起来。桌上菜肴丰盛，摆满了罐装的啤酒，一装扮鲜靓的半老徐娘端起一大杯啤酒，邀一男子对饮，女子豪气冲天，男人退缩避让，又有几名女人加入，让男子汉们应战。可怜的男人竟要起赖来，遭到女人奚落，有的还动起手来嬉戏一番。未料到安南女子如此开朗豪放，男女性格和地位在亲朋好友面前似乎整个的掉了个个儿，岂不乐哉。此时方恍然大悟，越南的"阴"文化特性和民间对女神的崇拜传统是否在民间日常生活中也有体现？回顾途中见闻，摆地摊做生意的大多是女性，下田躬身插秧、收割的几乎都是女性，甚至驱使水牛犁田耙田的也有女性。而这些习俗与岭南20世纪六七十年代的遗风何其相似乃尔。那时我上中学，曾多次到广东花县、东莞下乡劳动，那些中、青年妇女个个都是"赤脚大仙"，各式农活一样不落，挑起担子百十斤健步如飞，早晚还要收拾家务、哺育儿女。我对她们充满了敬意。没想到在越南还能看到酒场"巾帼不让须眉"这一幕。这可能与**母道教**有关。母道教的形成过程深受中国道教影响，与道教一样有着比较完备的神灵体系，所供奉的有60多位神灵，除观音、玉皇等外，其他的供奉对象则有其特殊的地方色彩和历史传统。越南人认为，宇宙，包括天界、地界、水界和山岳，是由各位女神掌管的，各界女神之首即为圣母。柳杏公主是母道教供奉的最重要的神灵，位列圣母之首。她常常扮演上天母的角色，有时也化为山岳母或地母。说多了去，仅看到点滴，难免牵强附会，不过是有感而发罢了。

3月1日

顺化—岘港—广南

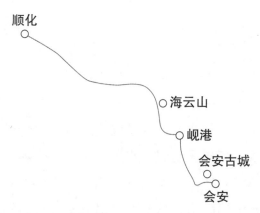

顺化

海云山

岘港

会安古城

会安

　　从**顺化平原**越海云山口可直下岘港、会安，到达**广南平原**。两个狭长的沿海平原面积都不大，皆千余平方公里。但临山望海，山水相连，景色优美；沃野烁金，物产丰富，渔农商俱佳。自15世纪初期安南人逐步取得对占人的优势地位和战略主动权后，随着广南国的阮主、西山朝的阮氏兄弟在这里建国立都，**顺化、广南一带逐步成为越族南下的第一个战略转移区和疏散区**，是继河内（升龙）地区之后安南兴起的第二个连续建都的地方。有鉴于此，最后一个封建王朝阮朝终将首都定于顺化，历时140余年。当然随着西贡—堤岸的开发（水真腊被征服）和法国殖民者将印度支那联邦的统治重心置于河内，顺化地区的政治、经济地位有所下降，但在1945年前名义上仍是越南的首都，是安南和占婆历史文化交替、并立地区。在这块文化的丰腴之地，诞生了顺化皇城、兴安古城、美山圣地三个被联合国命名的世界历史文化保护单位，而格外夺人眼球，成为世人赴越旅游的热点地区。

　　第一代阮主——**阮潢**由清化潜逃之后将对抗北郑政权的根据地放在顺化一带是极有眼光的。顺化北有广平、广治两座军事重镇，可阻

▲ 皇城正门及五凤楼

敌，南连广南和西原高原，有广阔的发展空间，在香河下游，不远处的顺安入海口为天然港湾，舟楫之利明显，北上北部湾，南下金瓯半岛以至泰国湾或马六甲海峡，而东去当时的东方大港广州、泉州皆可乘安南仿制的广船、福船江海直达。更使人羡慕的是与其同时代崛起的会安港口城，为其提供税收之源。阮主后裔**阮福映**建都顺化，非重温祖上旧梦，实包含鸿鹄之志，野心勃勃也。他要同时控制南、北圻，一统越南江山，占据中部膏腴之地的顺化，这是不二选择。

　　晨曦抹林时，我们已将古城内的旧民居和商业区逛遍，这个有两三平方公里的区域街巷上满是摩托车，大部分人出城，驶向南岸的新城区。后我们沿护城河，沿皇城根来到午门前，成为当日参观皇城的首批游客。

　　午门为皇城正门，仿明故宫午门样式，虽小了一号，仍觉高阔。城门墩台高约七八米，面阔约百米，正面城门内凹，开有三座大门，两侧城墙外挺，分建有侧门，形成半拱瓮城状，又称"门形"。正门上建有重檐两层城楼，两侧骑墙上也立有楼阁，但楼底透空，显示木柱裸立。城楼被称为**"五凤楼"**，造型优美。罕见的是三座相连的楼阁分别铺上红色和绿色的琉璃瓦。据说越南在16、17世纪时才掌握烧制琉璃瓦技术，致在顺化皇城的构建中得以施用。正中门洞上书有"午门"两个汉字。

在午门前，还有一座封建王朝举行庆典时挂旗用的旗台。旗台建于阮朝初年，正面与**御屏**山远远相对，分三层，下层高5.6米，中层高5.8米，上层高6米，旗杆最初是木制，分成两段，高29.5米，曾经几次折断，后又换成钢管和钢筋混凝土制，高57米。有庆典活动可用于升挂旗帜，平时可作为瞭望台。旗杆高耸入云，有些壮观，在数十里之外都能看见。现挂有越南国旗。午门也是阮氏王朝被埋葬的见证。1945年8月30日，阮朝最后一个皇帝**保大帝**在午门

▲ 旗台

▲ 顺化皇城西门

正式宣布退位，把象征皇权的宝剑和玉玺交给了以**陈辉燎**为团长的临时政府代表团，标志着越南封建君主制度的最后废除。

入城门过甬道和四石柱装裱的朝仪区后，是石砌的宽大广场，殿前旷地为清化石砌成的石台，高约两米，分成两级，文武百官中三品以上者，站在上一级，四品至九品者，站在下一级。后为**太和殿**。此殿与故宫太和殿大相迥异。首先是制式不同，为两重檐的挂鱼鳞红瓦的屋顶造型，如岭南地区所见的大家族祠堂样式，不似故宫的太和殿金碧辉煌、硕大宫脊重檐披顶样；其次形体较小，没有多层次台阶相连、丹陛贯中的高台，仅在平台上立柱建殿，殿墙也只有四五米高，远处看略显低矮，这是由于殿堂处建有雨檐，由一排柱子支撑所致。当走到殿前时觉得仍不失壮观。

太和殿七开门。由中侧门入内，顿觉宽敞，宽为44米，而纵深则达30米以上，高11.8米，是皇城内最大的建筑。大殿花石地面，数十根柱子

▲ 太和殿

▲ 太和殿殿内

林立，均由越南土生土长的铁木制成，刷朱红金。这与两广一带古建筑相似，如广西容县真武阁也是由铁木为柱，搭建而成。据说现在越南这种木料也极为罕见了。大殿后墙中央为皇帝宝座，上覆两层华盖，奢华异常，在三台木制平台上放置龙椅，但无案几。太和殿是皇家逢年过节，或重大事件举行盛大朝拜仪式的地方，与殿前广场一起组成朝仪的主要场所。太和殿两侧还有祭祀历代皇帝的宫殿和殿宇，如太庙、北庙、世庙、兴庙、泰庙等，但这些建筑大多已不存在。

太和殿后面不远，即**宫内城**，是皇帝与后妃居住的地方，这相当于北京故宫中的内廷部分，除宫女、太监外，外人一般不得进入。内城城墙长324米，宽290米，高约4米，厚约1米，开有七门。过前门——大宫门，曾盖有皇帝平时处理政务的勤政殿和居住的乾成殿，均已墙倒屋倾，被清理为平地，但还可见础石和殿基。似乎太子居住和学习的光明殿尚保留，五开间，黑色瓦顶。殿后为一大片草场，周边围有廊道和廊房。

▲ 内宫城长门

▲ 光明殿

224

在顺化紫禁城九万多平方米的面积内，还建有坤泰宫和其他嫔妃居住的端顺院、端和院、瑞辉院、瑞庄院、瑞祥院等5座院落及御膳房、御医院、侍卫房等附属设施，同时还有一些庙、坛等宗教设施。这些大多已损破，或成废墟，或为荒地，或辟为公共用地。但深入其中，仔细观摩、玩味那些残存的遗迹，仍能感到阮朝的皇家气派，使人流连忘返。令人惊讶的是，法国的风格与影响已深入到皇家建筑的腠理之中。皇后居住的坤泰宫，大殿保存良好，可在小院内的一个角落竟建有一座别墅；末代皇帝保大住不惯越南式的宫殿，在法国留学多年

▲ 紫禁城内的厢房

的他，在延寿宫旁另行盖了座三层的洋楼，在此办公、生活。**舒明**挪揄道，不知这种搞法，合不合风水？

古代顺化曾为中国汉朝日南郡辖下的占亭县。2世纪，林邑（后称占婆）兴起，并不断与中国争夺土地，日南一带成为两国交战的拉锯地带。东晋之后不再为中国所有。14世纪顺化被当时的占婆国王**制旻**于1306年将此地（乌州、哩）作为聘礼献给陈朝，陈朝**玄珍公主**嫁给占王。明朝时越南曾短暂归明，将顺州、化州合并为顺化府，此系"顺化"正式得名之始。1558年至1945年近400年间，先后为广南阮主、西山朝和阮朝的都城。

顺化皇城于1687年"广南国"时期奠定雏形，阮朝成立的1802年在前王城的基础上开始模仿故宫大规模改建和重建，成现在这等模样。

顺化古建筑群曾在1885年法国入侵、1947年第一次印度支那战争时受到破坏，但均不及20世纪六七十年代严重。根据1954年《日内瓦协议》，顺化属于南越范围，然而离南北军事分界线近，与广治等9号公路地区一样，成为南北的反复交战区域而饱受战争蹂躏。1968年1月底北越展开新春攻势。2月3日凌晨，北越武装力量集中了十几个主力营及配属部队奇袭顺化，经过一天的战斗，控制了皇城区及香江西岸的数条街道，后北越两个团入城与坚守部队共同作战。美海军陆战队第1师的部分建制营、伞兵团和伪军的一个装甲营从郊外向市内发起进攻，配合在市内的伪1师残余部队进行反击，双方

▲ 顺化皇城内的古殿堂

在安和门、正西门、东巴门、水官涵洞、西禄机场等地发生激战。美军的凝固汽油弹、催泪弹、炮弹轰击居民稠密区，紫禁城大部被毁。双方交战达25天之久，直至北越军队撤出。

说起顺化皇城不得不提起一个人物，就是皇城的奠基人、越南最后一个王朝阮朝的开国君主**阮福映**。

自16世纪末期越南陷入第二次南北割据后，广南第一代阮主**阮潢**定都顺化，他及其后裔不断南侵，在占婆国地区分别设置泰宁府和平顺府，1697年占婆国灭亡。后又侵水真腊（原属柬埔寨王朝），据湄公河三角洲（越称九龙江平原）。广南国开发较晚，周围皆"猴叫鹳鸣"的荒草野地。17世纪中后期，方有组织地开发建设今越南南方。**阮福映出身阮主世家**，是**广南国武王阮福阔之子**。1771年广南地区爆发了越南历史上最大规模的一次农民起义，即阮文岳三兄弟领导的**西山起义**，广南陷入战火。北郑乘机于1775年攻陷富春（即顺化），阮福映随其叔父广南王阮福淳南逃至嘉定（今胡志明市一带）。不久阮福淳及新政王阮福旸被西山军追杀。福大命大的阮福映又躲过一劫，年仅15岁的他被部下推举为大元帅。阮福映之父武王曾被内定即位，但其弟**阮福淳**抢先一步即位为阮主。阮福映及其兄**福旸**被软禁。阮福映两次大难不死，以阮主嫡亲的名义招兵买马，重振军备，在嘉定一举站稳脚跟。1780年18岁的阮福映顺理成章称王。1782年阮福映再次被西山军击败，流亡富国岛，旋即逃入暹罗（今泰国）求援，巧舌如簧说动泰王，泰王派兵两万。1784年阮福映部与暹罗联军第三次被西山军所败。阮福映心有不甘，欲再次借助外力。他在第二次逃亡暹罗期间，凭借与法国天主教教士**百多禄**的关系，派其子**阮福景**于1887年出使法国，并代表阮福映同法国政府签订《**法越凡尔赛条约**》，规定法国派兵援助阮福映，越南割让沱灢（今岘港）和昆仑岛给法国。由于法国大革命爆发，

▲ 皇城护城河

法国最终并没有出兵。虽然阮福映以没有得到实质性帮助为由并没有出卖多少越南的国家利益，但这一举动终究成为把柄，由此埋下祸根，为尔后法国炮击岘港、侵占北圻（越南北方）提供了由头，以至中法战争爆发，越南沦为法国的殖民地。

1789年，阮福映乘西山军内部分裂之机回国，夺取**嘉定**。其凭借嘉定之地屯田练兵休养生息，任用西洋士官训练军队，建造舰艇，铸造枪炮，经过整顿，战斗力大增，之后逐渐平定全国。1802年5月，**阮福映在富春（顺化）筑坛祭天自称皇帝，改元嘉隆，定都富春，建立阮朝**。随即，阮福映对西山军施以残酷的报复，将西山朝**景盛帝**及其子弟、宗室凌迟处死、五象分尸，阮文岳、阮文惠为首的西山一族男

▲ 皇城显仁门

女的头颅被永久囚于牢狱，骸骨统统被捣碎扬灰，以解其心头之恨。

阮福映于1802年向清朝请求册封，主张将国名改为"南越"。不过，清廷对此予以否认，认为历史上的"南越"涵盖整个岭南，其字面含义与阮氏政权统治的安南故地名实不符，**嘉庆帝将"南越"改为"越南"，这个国号沿用至今，为越南人认可接受。**

阮福映历经磨难，苦斗多年，终于结束了越南长达300年的分裂、混乱状态，开创了与其宗主国中国关系的新局面，对越南民族而言，其正面的历史贡献还是值得肯定的。但面对法国等西方势力在19世纪的咄咄逼人的殖民攻势下，越南最后一个封建王朝阮朝始终没有摆脱风雨飘摇、命运多舛的局面。不过，这是后话。

飞架香江两岸的**钱扬大铁桥**是法治时期所造，上架弧形钢架拱梁，远望如白龙卧波，是顺化一景。我们过桥后，向西即刻便进入了丘陵地区。沿途山势起伏，树木蓊郁，清风凉雨，很是爽朗。

约半个小时到了**嘉隆陵**。这位开国君主的陵墓正面远处有36座起伏的山峦，被认为是形胜之地。陵园中，华表耸峙，殿宇巍峨，祭殿前排着文臣武将的石雕像与各类石兽，完全仿中国皇家陵园所建。殿后是宝城，这是墓穴所在地。陵园还有碑亭，石阶两旁有大量精致的石龙浮雕和几处清澈照人的湖池。整个布局严谨，显示了很高的工艺水平。

顺化西山为阮朝君主陵寝集中之地，可参观的就有六七座。由于处丘陵山谷之中，极为分散，大多是各居一个山头，而且互相隔绝达数公里甚至数十公里之远难以相望。这与中国明十三陵、清东西两陵截然不同。明、清皇陵皆建于山地与平原交接的平旷区域，陵的选定风水皆由地势决定。越南狭窄的沿海平原安置不下奢华的陵园，而长山山脉的奇峰峻岭却可为阮氏陵园提供幽静峻秀之地。

内容杂多，时间紧迫。我们只能在观看阮福映陵后择其便利，马不停蹄地又参观了另两座陵园。

一为**启定陵**。陵区很大，仍被高墙围住。入口处被村民自发地辟为市场，有卖旅游产品的，更多的是卖水果和土特产的。甬道右侧为一不小的湖泊，号称荷花池，池中的小岛树木葱茏，藏有亭台楼阁，如仙岛般，池水与护墙河相连。池西靠岸处修有叫"冲谦榭"的水榭与殿堂相连，供君王祭祀时休息、沐浴和钓鱼所用。左侧为山丘，陵园筑于上。登台阶，过山门，立见大殿，殿名"和谦殿"。陵区制式为中国式，二进院。主殿殿堂很大，有七八百平方米，两厢还有二配殿，正在装修。三殿皆为木结构。

▲ 嗣德陵

▲ 启定陵冲谦榭

▲ 启定陵和谦殿

▲ 嗣德陵

　　二是**嗣德陵**。陵区不大，却设计新颖、紧凑，内部装饰东西合璧，显得繁复、华丽、雅致。陵区大门就在路旁，甬道依山势而建，拾级而上，有数百个台阶，分成三层台地，直通山顶，陡峻而不失宽阔。台地上有的立着石柱、石幢、石塔，有的放置石雕人、兽像，有的建有牌楼，内置龟驮石碑，刻有古汉字铭文，以歌功颂德。大殿名"启成殿"，三进，以门廊相连，成不规则方形。所有的建筑物外表都被历史的沧桑感染成漆黑，而殿堂内却光彩夺目。装饰风格似乎西洋为主，

荷花池

▲ 顺化灵姥寺

石柱撑顶，陶瓷、玻璃贴墙，五颜六色，富丽花哨。橱柜里放置墓主人生前使用的用品，大多是西洋货。这说明作为殖民地的越南君王生活情趣已越来越西方化了，连入地下葬也要带走。嗣德帝生前正处于法国步步紧逼之时，曾两次订立不平等的越法《顺化条约》，他多次修书说越南是中国的"属国"，要求清朝出兵援越。其死后第二年爆发中法战争。虽然清朝取得了镇南关大捷，大败法军，但颓势已现，在主和派大臣李鸿章的主持下，清廷与法国签订了《中法会订越南条约》，放弃了宗主国地位，从此结束了900多年的两国宗藩朝贡关系，越南全面沦为西方资本主义国家的殖民地。

▲ 天姥寺福缘塔

由阮陵返回，绕城而过，再沿香江向西北行6公里抵**天姥寺**。初看水至清，而景不奇。在一山坡前停车。登高一望，眼亮一瞬。所立处为伸出江岸的岬角礁岩，香江与南来支流汇合的三江口就在脚下。雨后水势汹涌，旋涡连连，奔腾东去。而身后一条陡斜台阶直通山门，额书"**灵姥寺**"三字。居庙门，远处山峰遥相对望，近处方整的皇城和蜿蜒的江河尽收眼底，好一块览景之地。广南立国的第一代阮主阮潢选地于此，建禅宗古刹。寺前有**福缘塔**，为平面八角形楼阁式，造型凝重，共七层，每层内有祀佛一尊。塔临与香江通连的天姥荷花池，绿荫丛中的塔身倒映潭中，波光塔影，景色绮丽。

寺院位坡顶之上，横窄纵深，依次排开天王殿、玉皇殿、大雄宝殿、说法堂、藏经楼、钟鼓楼、十王殿、大悲殿、药师殿等十余座金碧辉煌的建筑，是典型的汉传佛教样式。17世纪之后多次毁于兵燹、台风，又多次重建、修复。进大雄宝殿等殿堂时，均要脱鞋屏气少喧哗，香客们态度虔诚，表情严肃，秩序良好，鱼贯而入，足以说明佛教禅宗在民众宗教信仰中的崇高地位。

下午4时赶到**岘港**。

百多公里行程，近半路程是平原区，后地势渐渐升高，进入山地。50公里后，沿海湾南下，可见湾汊前沙洲横亘，狭窄细长，如以前在台湾岛台南所见，沙洲护岸，利于海洋养殖。不过此地人口稀少，仅

▲灵姥寺下的三江汇合处

有几盏樯船橹帆，在湾内飘浮。岸线弯曲，山海相连，公路在山间盘旋，选择走最佳路线。登高时，又见山前一葫芦状湾汊，仅余一小口与大海相连，可资进出，而两侧半岛护之。湾内海水平静，有几个孩子嬉水欢乐，好不自在。过**朗姑镇**，爬几个往复式的绕山路，再上行两三公里抵**海云山口**。**有人称此地为越南南北气候分界线**。虽越南全部国土居北回归线以南，属于热带季风气候，但细度之，南北多有分别。北方气候气温变化较大，有春、夏、秋、冬四季之分，与中国的岭南地区相似，而南方则只分为旱季与雨季，全年温度差异极小。

　　海云山顺长山山势辗转入海，俯瞰整个岘港湾。山口处有法国人修的碉楼和地堡，至今仍见。我们登上碉楼，海风阵阵，略有寒意。见海湾呈马蹄形，南部有一半岛伸入海中，与海云山脚形成环抱。海湾纵深约15公里，口宽约10公里，直通南中国海。而山脚下为越中部一条大江丐江（又称**翰江**）的入海口，江海相连处形成咸淡水交集的

▲ 岘港湾

湖汉，其南部就是著名的港口城市岘
港市所在地。

　　岘港旧称沱灢，法国殖民者占领
后曾将其改名**土伦**，与法国本土最大
军港"土伦"同名。

　　1802年阮福映建立阮朝后，法使
节多次登门要求越南履行1787年签订
的不平等条约，阮氏予以拒绝。法军
曾于1847年、1856年两次炮击岘港，
后于1858年以14艘战舰和2000余名士
兵组成联合舰队攻击并占领岘港，还
建立了租界。1889年法印度支那总督
府将岘港从原属阮朝直管的中圻（越

▲ 海云关

237

▲ 岘港占族石雕艺术博物馆艺术品

南中部地区）地区挖出，将其划为总督的直辖地。

    岘港地处越南中部蜂腰地带，濒临南海，战略位置重要，且地势险要，南有荣山半岛，北有汉岛为屏障，沿岸有五行山、福祥山作掩护；湾内水面开阔，水深多在10米以上，避风条件好，是天然良港的理想选择地。岘港17、18世纪时已是繁荣之地。法攫取后加紧经营，建立港口、机场，贯通铁路、公路，并大力发展制碱、造纸、纺织、橡胶、水泥等工业，使岘港集濒海城市、军事要地、工业基地于一身，成为越南的三大门户之一、越南南方第二大中心城市。第二次世界大战期间，日本军队首先占领岘港，然后鲸吞越南。法国撤出越南后，美军海军陆战队于1965年3月在岘港湾登陆，并将其扩建为大型的海、空军事基地，岘港有4个港口区，其中3个是军港，还有3座机场，之中岘港机场可同时停泊数百架军用飞机。第二次印度支那战争结束后，苏联曾驻军于此。

    过海云山口后地势低平，临海而行，穿过数公里长的傍街而建的简易居民区，进入滨海大道。两旁椰树临风，沙滩铺地，一扫刚才杂乱的感觉。城区不大，略显松散、清静，不似内地城市人满为患那般。

居民区街巷密布，如棋盘状，多为两三层楼房，底层经商，上面住人。商业区留有许多法式建筑，显得洋气，又新盖不少六七层的楼厦，广告、招牌、门匾随处可见，商业气氛浓郁。

城市中心区位于**翰江**西岸，有相距不远的两座桥与东岸贯通，一为有两座拱梁的老桥，一为单柱斜拉钢索桥，桥身分别涂成金黄、粉红色，格外惹眼。两桥中间修有滨海广场，麻石铺地，雕塑装点，周围点缀多座二三十层外罩玻璃幕墙的高楼大厦，有些新潮的范儿。

广场西南坐落着**占族石雕艺术博物馆**。古典趣味的博物馆内展览了约300多件7世纪至16世纪的原作石雕或陶瓦器艺术品，其中以反映婆罗门教宗教内容的作品为主。

过江后北去翰江入海口。海口西岸为商港区，三四艘海轮正在装卸货物。**汉岛**扼于港湾中央，航标楼立于其上。雾色朦胧，远处的海云山和荣山半岛虚无缥缈，若隐若现，沿半岛一路北上，三个军用港区难见其形，偶尔可见一些小型舰船在湾内游弋。

我们顺江海间的柏油路南下。五座山峰沿海边拔地而起，分别以金、木、水、火、土冠名，故统称之为**五行山**，十足的阴阳八卦味儿。路两旁正进入房地产开发的高潮，新修的小区绵延不绝，公寓楼、别墅区皆有。据说离市区近的大多为日、韩所建，美资也有，但不多。而三公里开外，华资占上风，以上海、福建一带的投资为多，大有超越前者后来居上之势。还有两处富丽堂皇的赌博区，一为日资，一为港资，但人气不旺，少有游客。再向下行，仿佛进入了一个石头世界。路旁宝石店、石材店，一间接着一间，达数公里之长。店前平地摆满了各式石制家具和人物、马、象、鹰等形象的石雕作品，大小不一，形态各异。迎客小姐说，这些商品均可以打包邮递到家，当听说我们来自广州时，便迫不及待地说："广州收货一个星期。"

匆忙离去，赶往**会安**。当到达目的地时，天色已黑。

3月2日

会安—美山—三岐
（广南省）—芽庄

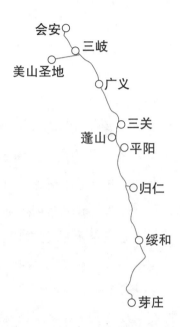

会安
三岐
美山圣地
广义
三关
蓬山
平阳
归仁
绥和
芽庄

　　整个**会安**小城挤满了人，目之所见全都是人，根本就分不清新城与旧城。小秦说我们住在新城。所谓新城，就是越南这十几年间沿着老会安城周边建起的一圈民居，面积远远大过会安古城，皆为越南城镇里熟识的那些简单民房和档铺，大多为二三层的钢筋混凝土结构的单面体的楼房。随着古城被联合国教科文组织列入《世界遗产名录》，这座名声大作的东南亚华埠古城成为旅游热点城市。新城如爆米花般膨胀，各色建筑鳞次栉比，为了满足旅游的需要，三四层楼的小饭店、小旅馆遍地开花，很快填满新城区里的所有空地，城区显得逼仄、拥挤，如河内三十六坊地区一样。即便是三四米宽窄的小巷，出租车、皮卡小货车及数量众多的摩托车仍能从容地穿行其间，鱼贯而入，很少有堵车的现象，真佩服越南人这种适者生存的本领。

　　我们就住在离古城区500米距离的一个小旅馆，价不菲，每晚120元人民币，但住房率甚高，几近满员，华人很多，也有不少来自欧美的白人。中国这么大，风景区如此多，游人多为国人，难觅这种以外国旅客为主要生意对象的小城。

随着拥挤的人群，穿过两条街巷便到了古城区。这是来此观瞻的目的地。

其实称为"会安"的古城面积不大，秀气玲珑，基本上分布在沿**秋盆河**一公里距离内的南北两岸。主体在南区，有三四条街巷的宽度；而北区，只是在河边有一条残缺不全的街，似乎是原古城晾晒货物的货栈，现已辟为酒吧区，在其背后又修了三四条街，皆为商贸区。但名声不大，人们很少前去。

尚未食晚饭。我们在南区寻了个小食店，叫上米粉与菜肴吃将起来。旁座西洋人多，对面坐有一个祖籍广东梅县松口镇的新加坡家庭，祖孙三代九人，三个孙子皆不说汉语，家人间用英文交谈。老人说，他爷爷辈从会安迁往狮城，这次回来是寻找祖先的踪迹，不啻使人惊讶。之后，孙子听闻我会讲几句客家话，非要与我照相合影不可。父亲说其祖上由此赴新加坡，是李光耀的爷爷到此做的动员。有上百名会安人抛家却口去马来地区开发橡胶、锡矿，距今已有百多年历史。一般说来，明清时华人在会安居于投资者和业主的地位；法国殖民统治时期会安开始萧条，南北越统一后，更多的华人离开会安，致这个华埠今已名存实亡，并无多少华资和华人留于此地，但中华的建筑物却遗留下来，成了19世纪中华建筑的活的博物馆，也有一些日本式的房舍，不过特点不很明显。

我们随着人群向中心区走去。

灯光灿烂，街巷通明，而把阴影留给两旁的楼舍，完全看不清货栈、商号上的汉字招牌。人群密集，中国游客居多，大陆的各色口音都有。我遇到了一个河南小伙，现在深圳打工，他竟然凭借"中译通"一个人独闯天下，他说，他与四个甘肃人在会安租住一个套间，平均下来每人每夜仅花费50元人民币即可。我看他四处自拍照的样子，显得很兴奋。小伙说，这里很自由，如十多年前的东莞、深圳。这条街能满

▲ 会安明乡佛寺

足他的一切需要，吃、住、玩。还有一个白人青年竟把上衣、裤子脱去，剩下一条裤衩，在那里跳起迪斯科来。

对于我们这些不谙于江南、岭南风情，走南闯北的"老三届"来说，会安更似20世纪五六十年代粤东、闽南一带的府县小城。西边的八桂，北边的三湘，略显土气。广州中山路一带多是这里少有的骑楼、洋楼建筑；新会、台山等五邑地区的碉楼饱含北美气味。这里则老气多了，满眼都是黄色的墙，满眼都是阴阳覆黑瓦的顶，满眼都是敞开大门的商贾的铺子，满眼都是写有汉字的对联。

汉人，明清以来的汉人，居然在这里留下如此繁华的街市，如此斑斓的色彩，以致这里的后人还要靠先人去吃现成的这碗饭。

秋盆河正在涨潮，水已漾出河岸，只能脱鞋前行。到中心广场时，乡人正在唱**呮剧**，如**南番顺**的社火般，人声鼎沸，人头攒动，吸引了无数的游乐人群。我们被女主角所吸引，她中音低沉，婉转悠扬。这个在越南三圻十分流行的戏种，掺杂了众多中国元素，遑论所传唱的戏目不少取材于中国。据统计，越南古典呮剧中，有80%的内容与中国有关。如《西游记》《三国演义》《水浒传》以及《说唐》《东周列国志》等中国古典名著中的故事。

而待天亮，第二天清晨时，我才看清会安的"真面目"。

　　会安这个繁华之地原属占婆故地。李、陈二朝，即11世纪到15世纪，对占婆的打击最大。占婆自11世纪后，相当一部分民众逐渐由信仰婆罗门教其中之一支湿婆教而改信伊斯兰教。其目的之一，除作图富国强兵，改变对安南的劣势地位外，更重要的是领导层对宗教的信仰兴趣发生根本性的改变。阿拉伯所导致的伊斯兰革命，亦穆斯林运动，由中东、西亚到印度、东南亚，几乎是颠覆性的冲击，阿拉伯的信仰所带来的冲击力所向披靡，东南亚的印尼、马来西亚等原始宗教统治的地方很快就"缴械投降"，而属于印度教、佛教统治的越南中部地区，即占婆，也无阻碍地听从了真主的号召。占婆的伊斯兰化，完成于马来、印尼之后。但稚嫩的伊斯兰教，面对有千余年成熟儒教文化历史的安南还是很快败下阵来。当时的安南，无论是生产力，还是上层建筑，如儒释道并立、科举举贤、农耕为本等，皆为高一层次的社会文化形态，李、陈二朝扭转了丁、黎朝国度初创时期的"蛮野"状态，践行"士大夫治国"，形成了比较稳定的意识形态及官吏士绅阶层。在安南，还有东北亚的朝鲜、日本，皆没有被伊斯兰化，至今还属于中华"儒教文化圈"。越南的儒文化程度并不低于韩、日，会安便是明证。

　　会安兴旺起步于广南国时期，即后黎朝北南对抗、割据时期。

　　阮主所据广南国，会安所在的今广南省是其核心区域之一。李、陈朝曾兵锋所指越南的中部，最远到现越南中南部的归仁，但皆为

▲ 会安山东酒楼客栈（范福东摄）

▲ 会安小城

潮去滩露，仍为占婆人的天下。而广南国则不同，其居之占婆故地，又要以此居住地为其诸侯国之国本，其占领为实实在在的生存，阮主时期广南的占领对其而言是生命攸关的。至广南的历代君王，虽没有明、清皇帝的封号，仍以其强势的农本经济和儒教文明为基础组织起强大的军队，不断向南侵犯。在没有现代国家概念的羁绊下，道统为王，实力为天，占婆很快败下阵来。

会安北面的顺化成为广南的都城，而距之不远的会安（仅80公里）则为广南国敛财聚富的聚宝盆。而恰恰这时则为明末时期。

当时纵横天下的是**福建船家**。戚继光所败的"倭寇"，可能是一个代名词，除包括南日本的海盗外，还有舟山的**王直**等。这既是日本浪人的武士道冲动，以及部分沿海民众铤而走险讨生计，也是明、清两朝禁海消极政策所带来的直接后果。中国沿海所产生的这个早于欧洲，又大于欧洲的海上生产力，在戚继光时代之后找到了异域的"泄气孔"，这就是会安。

　　会安居顺化之南，又与秋盆河海口相通，是"广南国"向南开拓的"前进出发阵地"。应运而生，**会安可以说是当时中国、日本海上商人最大的投资地之一**，不仅仅是贸易货栈，更重要的是其已成为开发越南中、南部的基地。这既是货源，更是财源，还是人才的聚集地。勤劳的广东人，剽悍的福建人，源源不断地补充广南国阮主向南征服的人力和财力借凭。

　　这就为一个港口，一个城市准备了最充分的条件，如中国20世纪80年代的深圳般。这是要凭眼光吃饭的。那时的广南国阮主，即后黎朝阮潢之后，就是这样的主。他们直接创造会安生存的基础，完全可以为其点赞。当然这种强势开发，带来了横征暴敛，以致引起后来的西山农民起义。过快的开发速度，很可能带来不理解，带来民众生活的紧张与困顿。但无论如何，会安的兴起是不可阻遏的，其发展最快的时期，就是阮主与西山朝的争斗期。因为明人与日人，不去考究谁为当地的主人，只要能做生意即可。而华人的创造力，与日本人的刚刚萌芽的商人气味，则可以保证会安商业交易的正常进行，直至达到峰顶。

　　天已鱼肚白。我漫步在会安街头。所遇到的路人绝非那种个子瘦小、面容黝黑、两目深陷的马来人种，整个就如在广州、福州所遇到的同胞般。当然，告知我这个原因的是一个会说汉语（粤语）的"明乡人"，我霎时明白了，会安的居民虽历经百年，但这里的人很多仍然有相当高比例的华人血统，虽然民族登记时可能是登记为京族，或其他民族。但他的眼神告诉我，我们是如此的亲近。

　　小秦先带我们去了那座"日本桥"。只能说，这可能是日本人所建，因为它要连通日本人的商区与华人社区。但就格式而言，仿佛是江浙一带的"风雨桥"，有棚顶，雕花和饰物都是汉式的，赋名**"来运桥"**。桥两边雕有石狗、石猴等中原吉祥物。之所以塑十二生肖中的猴、狗

会安小城

▲ 来运桥，俗称日本桥

像，是由于石桥始建于猴年（1593年），完工于狗年（1595年）。而桥本身的基座则是由石基连缀。清晨路人不多，让我仔细端详了这座桥。

桥东为日本区，面积不大，长约二三百米，有两条街巷。现很冷清，所建房屋与中式相似无疑，几无特殊，也是黑瓦黄墙，多为两层楼。而每个房舍门前似乎都写有汉字招牌，完全不见那些"片假名"。日本人聪明得很，到儒教区做生意，用汉语即可畅通天下，还用那些让人不明就里的异文干吗。

桥西和河南是会安古城的主体部分，均为华人区，俗称华埠，即华人所建立的港口和商业区。

主城区分五个部分，既有所区隔，又混作一体，分别为广东帮、潮州帮、福建帮、海南帮及客家帮的居住区。由西而东依次排列各地域帮伙的会馆。各会馆之上还有一个中华会馆，作为汉人的共同会馆。

桥西不远处即**广肇会馆**，此为广州、肇庆一带说白话（即粤语）的广东人的会馆。所谓会馆，既是本商帮行会开会议事、举行节庆聚会的地方，又是拜祭祖先故土、地方神灵或举行本土宗教仪式的场所，具有浓郁的地方色彩，因而显得神圣和庄严。看管会馆的老人告诉我，信众以南海、三水、高要一带的人为多，两阳（阳江、阳春）人也不少，听爷爷辈的人说，鼎盛时有两百多家商行，生意遍布东南亚和粤、闽、台一带，以及琉球、日本。山门为四柱、三檐，正门为珠三角一带的古宅样式，筑筒瓦青砖，**双龙戏珠上檐，石狮把门，石凤迎宾，院落有三进。主祭关圣大帝和观音娘娘，上书"慈云镜海"、"好義可嘉"匾额，一如粤海故土之模样。还有珠江流域特有的地方信仰神祇龙母塑像。**龙母与妈祖有些相似，容易混作一团，实际上龙母信仰更为久远，是广府文化的标志性元素之一。国内两座最

▲ 会安广肇会馆（范福东摄）

▲ 双龙戏珠上檐，石狮把门

▲ 广肇会馆殿内

大的龙母庙分别在广西梧州和广东德庆。作为粤语发源地梧州，与辖制德庆的肇庆，在明清时分别为广西、广东巡抚衙所在地，两个珠江流域重镇所主祭的神灵被搬到了越南的会安，明白无误地告诉了大家一个事实：两地的紧密联系不仅体现在商贸活动中，也体现在魂灵上。

规模最大且显得艳丽的是**福建会馆**。其建在同一条街的另一端，一反广府一带黛瓦青墙之墨守成规之传统，把具有张扬风格的红砖红顶闽南大厝搬将过来。**这个中国最具海洋气息、冒险天性，曾驰骋东、西洋**（中国古代以加里曼丹为中心，东、西两侧的海洋和陆地分为东、西洋）**海陆之上数百年的商帮，向以反传统著称**。其所括人群除闽南漳、厦、泉州之外，还有莆田、仙游以及广东潮汕和台湾一带，其府舍称大厝，建筑特点是白石壁脚，红砖红瓦，细部装饰精雕细刻，硬山式屋顶，弧形屋脊，檐角高翘，金燕尾形。这种民居屋脊装饰怪异，具有官廨缙绅之居的特点。在16世纪中叶江苏人**王世懋**的《闽部疏》已有叙述。闽人称这种有些"僭越"礼制味道的造成，是**闽王王审知**批准王后黄惠姑（泉州人）改建娘家房屋引起的，"赐你一座皇宫起"，就是红屋大厝的由头。但现代不少学者则认为这种风格是16世纪70年代前后，厦门湾内的**月港**商人从占领菲律宾的西班牙人那里学来的。作为海港，月港的自然条件不好，但因港汊纵横，明中叶以后成了民间走私贸易的著名港口。明王朝于1557年在月港设海澄县，次年准许月港船只通贩东西洋。这个走私港口摇身一变，跃居全中国最重要的合法外贸港之一。月港因此而与其他港口不一样。中国的港口，不论是广州港、宁波港，还是起源于南宋的泉州港，都是被动型的海港，主要生意来自外国商船前来贸易，即坐商。而月港是主动型的商港，允许中国船只远赴外洋贸易，即行商。当时，月港商人主要是和占领菲律宾和台湾北部的西班牙人做生意，后又与稍晚的荷兰、英国人商贸，这些欧洲人留下的建筑皆以红墙红瓦为特征。闽南海商多巨商、

▲ 会安福建会馆

▲ 天后宫

▲ 中华会馆

▲ 13位越南中圻华侨抗战烈士遗像

海盗，发财后渐渐模仿了此种样式。郑成功率闽南、潮汕子弟兵收复台湾后，全盘接收，又扩大了红砖建筑的影响。

而眼前立于会安古城的福建会馆将这种明艳、绚烂风格继承下来，似乎又更张扬。山门或正门皆为红石立柱，或红砖所砌，上披绿色琉璃瓦，门脸涂金描红，内、外饰皆造形生动、飘逸。理所当然主祭的是来自莆田湄洲的林默娘，这个被称为"妈祖"的女神似的人物早已成为中国和东南亚沿海一带华人共同的海神。南宋后崛起的神祇妈祖，其影响之大绝非年代更为久远的海神庙——南海神庙、龙母庙所能比拟。

这种主祭天后妈祖的特征在其他几个会馆均为普遍现象。不过仍各有特点。**中华会馆**除主殿为三间二进的天后宫外，西厢房十分宽大，如学堂般，塑有孔圣人等儒学人物的塑像，墙上贴了13幅曾参加过越南民主主义革命和抗美战争的会安华人先烈的相片；而**潮汕会馆**的显著特点就是潮州的木雕、砖雕、石雕布满殿面堂内，显得工艺精细，光彩夺目。**海南会馆**体量小些，可能跟其人少众小有关，但也修得朴实、大方，很有意味。**海南的航海传统与郑和下西洋很有干系。**28000多人的庞大水师，直下西洋、红海及非洲东海岸，且在15世纪初期，早于哥伦布、麦哲伦等西方探险人士，为当时亘古未有之壮举。水师将海上最大基地置于海南崖县（今海南三亚市一带），除具有修缮船只、补充淡水食物、休整之功能，更重要的是船员、兵士的训练、轮换，据说每次出洋均有近一半人员要调整。而远航活动结束后，大量人员散落海南崖州、陵水、万州一带，且多色目、占婆穆斯林人等。这为海南在15世纪后期以后所兴起的航海通商及人员迁徙的浪潮准备了充足条件。

会安古城的民居、商行中国意味浓厚，几乎是闽、粤、桂沿海一带市镇民居的移植。我看主要有三种类型：一为二开间二层小楼，这种类型最多；二为三开间平房，这种类型的房屋常常分布于第二道或第三道的街巷，适宜开小档铺，或居住；三为门脸为罗马柱，或大开间拱形门窗的三层小楼，为中西合璧式，可能建于较晚的时期。所有房舍均为歇山顶，黑瓦覆顶，青砖砌墙，但都涂为黄色，线条简明，装潢朴素。许多楼、舍的支撑结构或门面墙则为木结构，这与越南盛产柚木、铁木、格木有关。我们入一写有"**均腾号**"的商行内，楼间露有天井，并以廊道相通，屋内和廊内完全是由雕工精湛的黑木结构支撑并间隔，具有很强的实用性和观赏性，如入广州西关一带19世纪

▲ 骑行古城（范福东摄）

▲ ▶ 会安古城区建筑群

时的商行或货栈内。**但并未见广州、海口、厦门、高雄等市所流行的骑楼式建筑，**这可能时间缘故所致。穗、厦等地兴起骑楼大多在19世纪后期至20世纪初期，而此时会安的商业功能由于种种原因而走向衰退。如福建厦泉漳三地的骑楼均为20世纪20年代由广东人**周醒南**主持建造的。骑楼通常建二层或三层楼房，连成一体，底层共同退缩而空出一条公共人行道，正好遮阳避雨；临街正立面全部成了门面，里房

及楼上则用作仓储和住人。这种糅合了南洋风格，又商住一体的建筑，使用率极高，且大气、新颖，富于观瞻。**从会安古城区到骑楼式建筑，正好保存了中国闽粤桂台琼到南洋华埠区商业建筑的连续性，充分显示了华人世界的智慧和阶段性的创造才能。**会安，为这种中国风格和中国气派又提供了活的实例。20世纪六七十年代越南处于抗美战争期间，当时南北方在越南中部的主战场位于广治、顺化及9号公路沿线一带，岘港在会安北三四十公里处，是美国及南越重要的海空军军事基地，可直接庇护会安，使会安幸免于战火，得以较好地保存下来。还有20世纪80年代，联合国教科文组织对会安古建筑采取了保护措施，出资整修了会安港，避免了在其他城市出现的破坏性开发，使古城内基本没有夹杂那些所谓现代化的新建筑，原汁原味地存续下来。这真是会安的万幸。

原本离开会安后即南下，想去归仁、芽庄一览。而小秦则建议道，可去美山圣地看看。**美山圣地**是占婆国（东西晋时期，称为扶邑、环王，后改称占婆，又称占国）历代君王墓寝和祭祀该国国教婆罗门教的地方，1996年上了《世界文化遗产名录》，被称为越南的小"吴哥"。这次出行柬埔寨的吴哥窟遗址也是我们的目的地之一。既然要去大"吴哥"，如从建筑艺术观瞻上考虑，"小吴哥"不去也罢。然转而一想，会安为占婆古港，它与南面的归仁新港一起久为与中国通商、联络的重要港口，每次郑和下西洋均在此处落脚过。且林邑占婆与中央王朝维持了千余年的朝贡关系，自越南在10世纪后期立国之后，在对待越南历朝历代的关系处理上，占婆常常与中国这个"宗主国"不谋而合。占婆经过数百年的战争，逐渐演变为今越中圻地区。这是历史的逻辑。所以，在会安、美山这些古占婆的腹心地带多作些停留，实在必要。

午间飞雨，乘车向**美山**方向驶去。沿1号公路南下十余公里拐向西行的县道。美山圣地与会安均属广南省。广南在越南是个大省，有万余平方公里。一听便知，所谓"广南省"就是从割据时期的"广南国"引申而来，不过由"国"改称"省"罢了。虽然明、清朝始终未承认与"广南国"之间的宗藩关系，但广南国在越南中、南部却是一个实实在在的政治实体，它及其所衍生的阮朝影响了越南近四五百年的政治格局和政治进程变化。"广南"的重要性在于它在越南发展进程中所起到地域枢纽作用。广南地区，也被占婆人称为**因陀罗**，是占婆（包括林邑、环王时期）国的核心地区，历千余年，其历史文化价值不是其他地域所能替代的；后又成为阮氏政权北拒郑主、南向扩展的根据地。阮朝开国君主**阮福映**凭借中南部统一越南，为现代越南提供了基本轮廓。

占婆立国肇始于2世纪。汉武帝于元鼎六年（公元前111年）派伏波将军**路博德**平定南越后，在交趾地区（现越南北、中部）设交趾、九真、日南三郡。公元192年，占人**区连**（日南郡象林县功曹之子）起兵叛汉，杀县令，自立为王，始建占婆国（当时汉称其为扶林）。汉无意南进，默许了扶林的存在。但双方在边境地区的争夺始未平息。三国时期，东吴交州刺史派员赴林邑"南宣国化"，林邑受之，遣使者奉贡于中国。后占婆随国势强盛，又常常北侵。**孙权名臣陆胤**采用恩威并用方法，林邑才息兵。三国时期东吴与林邑国以汉时的寿冷县（相当于现在顺化一带）为界。东晋时，林邑王**范胡达**曾攻陷九真（河静省以北地区），交州刺史**杜慧度**率兵讨伐，林邑投降。五代时期的宋武帝封**阳迈**为林邑王，此后，林邑成为中国的藩属国。隋时，虽隋文帝一度收回林邑，置为州县，但隋军撤退后，林邑王**范梵志**收拾余部，另建国邑。由此直至唐代前期，林邑一直与中国保持比较密切的朝贡关系。**林邑立国的时间远远早于安南**。在此期间，**林邑虽曾在8世纪将首都迁往宾童龙（现芽庄一带）地区，但时间很短，后又北迁。在5世纪至15世纪，因陀罗地区始终是占婆人的腹心地带**，并未因先后受到安南、蒙古、真腊的攻击而放弃，经历多次的失而复得。

占人在此地带有两大作为。一是建都**僧伽补罗**，即今会安一带。当时占国王为著名的**拔陀罗拔摩**，中文史料称**范胡达**。这为会安在16世纪之后，成为与马六甲齐名的东南亚两大巨港之一埋下伏笔。有记载表明，范胡达时的首都是"僧伽补罗"，号"狮子之城"，又被中国人称作"大占海口",或者"林邑浦",即今日会安城附近。该城作为一个港口城市,位于两条河流(秋盆河的支流)的交汇处,由八英尺的城墙围成。宋武帝曾派兵攻陷过"**林邑浦**"。自汉唐至宋、元、明,"大占海口"始终是中国对外交通、商贸的主要对象港口。元朝时**忽必烈**曾派**唆都**部从海上占领过占婆。后占婆不服,忽必烈三子**脱欢**欲借道安南,从陆路征占国,被安南陈朝拒绝,而导致两次蒙古攻打安南事件,这便是越南人至今仍喋喋不休的"白藤江大捷"的缘由。即便安南也承认会安大港的地位。14世纪越南黎崱著《安南志略》,书中记载:"占城国,立国之海滨,中国商舟泛海往来处藩者,皆聚于此,以积新水,为南方第一码头。"明朝郑和承袭前人的海上航行路线,把拥有优良海港的占城选为海外第一停泊点。此后每次均成为郑和船队下西洋的必经之地。

马欢的《**瀛涯胜览**》记载,郑和宣读**明成祖朱棣**的诏书,占城国王"下象,膝行,匍匐,感沐天恩,奏思万物"。究其原因,是由于**郑和第一次下西洋在占城驻留的两个多月时间一直在安南、占城沿海巡弋,大造声势以迫使安南从占城撤兵并归还侵占的土地**。后应占城求救,朱棣还曾派兵与占国一起讨伐安南,夺回了不久前被安南侵占的土地。此时正是越南胡朝不断南侵的日子。

还有一件事挺有意思,是因占婆**萨蒂风俗**而引发的战争。安南君主**陈英宗**1306年将自己的妹妹**玄珍公主**嫁给占婆国王**阇耶僧伽跋摩三世**,试图以婚姻关系联合占城牵制元朝。作为聘礼,占国将乌、里二州(今广平、广治及顺化)划归越南,越将此二州更名为顺州和化州,后演化为今日的顺化。后三世病逝。占婆人信奉婆罗门教,根据该教的习俗,丈夫死后,妻子必须遵照当地萨蒂风俗投火殉死。陈英宗舍不得玄珍公主殉死,派宗室陈克终将公主迎回。占城人将此事视为国耻,因此,新主多次发兵北伐,试图夺回乌、里二州,均被打败,占

▲ 美山圣地遗址（广南省）

国成为陈朝的傀儡国。但此恨难消，1360年**制蓬峨登上占婆王位，这是占国历史上最后一位英雄的国君**。他积极备战，训练士卒，又设计出一套象阵战斗方法：作战得利，则驱象冲前；失利则象殿后，阻挡敌军。1368年，制蓬峨以伏兵战术大败安南陈朝兵马，曾三次攻陷安南首都升龙（今河内），还击毙了陈朝皇帝陈睿宗。1390年制蓬峨在安南降将的带路下，再次攻打安南，在**海潮江**（在今越南太平省与兴安省境内）附近水域探查军情时遇伏身亡。在制蓬峨及其后任统治之时是占城最后一次强盛时期。将顺化作为聘礼相赠，可见顺化与会安之地位相较，在占国人眼里，两者是不在一个等量级的。显而易见，当时顺化是微不足道的。当然，那个因萨蒂习俗而引发战争的说道，难免有掩盖战争真实目的之嫌，其背后仍然是越南独立成国后对占国难以遏制的征服欲望。1471年后黎朝**黎圣宗**颁发《**平占策**》，发兵南侵，

259

俘获占婆王，在所占领的约为占婆五分之三的国土上置广南道，下辖三州九县，后黎官员直接治理。1611年后南方阮主多次起兵，次第南侵，于1697年终将原占婆国残余地区全部收入囊中，占婆至此灭亡。阮福映曾认为他在统一越南时得到一些占人的支持，因此保留了占婆人首领"占王"的头衔，但到1833年时阮朝明命帝却以占王支持一阮朝大将造反而将"占王"凌迟处决。占婆国从名到实全部终结。

第二件事就是建立美山圣地。很多外国学者根据人种学、语言学来考察，认为占婆人是公元前1000多年印尼土著人种从西亚群岛迁到越南的，也有人认为从其他群岛迁来。占族的语音属马来亚——玻利尼西亚语，又称南岛语系。9世纪的碑文是用梵文拼写占语，后来才出现占文。从遗留的碑文看，在2世纪至3世纪已有巴利文系统的占文，深受印度文化影响。他们信仰从印度传入的婆罗门教，崇拜湿婆和毗湿奴等神，采用种族制度。后来又受安南影响，一度信仰汉传佛教——大乘佛教。中国的筑城、武器制造和农业生产等多项技术也传入占婆。1909年，法国学者曾在广南省南的广义省沙基村发现古人类文化遗址，遗址的主人即公元前1000年至公元前200年今日占族的祖先。考古学家在遗址中发现了铁器用具，这说明占婆受到中国及越南北部的影响；还发现了不少玻璃、宝石、玛瑙、汉代铜镜等非当地物品，表明占城地区两千多年前海上贸易已十分活沃。占人是强悍的航海者，也是农耕民族，现在藩朗还保存着他们祖先于12世纪和17世纪建筑的水利工程。占城稻著称于世，我国在北宋期间就引种过，后江浙、湖湘一带许多优良稻种是在占城稻的基础上改良而成，又经中国传之朝鲜、日本。"占城稻"，又称"占城早"。《宋史》记载："稻比中国香，穗长而无芒，粒差小，不扶地而生。"并称，宋真宗"遣使就福建取占稻三万斛，分给三路种"，"内出种法，命转运使揭榜示民"。在较为发达的海商、农业经济的基础上，占婆人在其核心地带于4世纪开始，实行了规模巨大的修造神庙运动，以满足他们作为**阿奴文陀**（印度史诗《摩诃婆罗多》记载的，十王战争中战败的俱卢族的著名武将）子孙的婆罗门祭祀心理的需要。占婆国还有一些著名的宗教建筑。如8世纪建于占婆**宾童龙**（芽庄南）一带的婆那加占婆塔，它供奉的是庇佑占婆国南部的一位神，后被爪哇海盗破坏；又如9世纪占婆国王**因陀罗跋摩二世**曾在会安附近建了一座**观世音庙，当时占国以大乘佛教为国教，反映了汉传佛教对占国的影响**。这座寺庙在与安南的战争期间被毁，其幸存的石刻雕像残石被移往越南一些博物馆保存，并留有旧照片供后人得见其旧模样。

由**荣市、洞海、东河、顺化、岘港**至**会安**，由北而南俱为狭窄的沿海平原，绵绵上千里，宽幅数十上百里，被长山山脉逶迤而下的名山**横山、海云岭**所分割，形成地理学意义上一脉相通且又割断阻绝的瘦长平原群段。莽莽苍苍的长山山脉森林将其拥抱，带来膏腴的土壤和丰沛的水量，而所面向的大海赋予这个孤寂的人类居住区以舟楫之利，古老而灿烂的中华文明和印度文明可长驱直入，并不觉得与世隔绝。虽然在时间段上来看来得稍晚些，但依然耀眼璀璨。

会安城外的平原区满是稻田，"占城稻"青绿茁壮，名不虚传。沿途可见多座寺庙，高耸的占婆塔尖直刺苍穹，四角飞翘的殿堂带有浓浓的泰柬气息。半小时后进入丘陵区，越走越觉得山势在抬升，远处长山山脉高峰坦露。又行约20公里，觉得群山峻岭中有一段宽宽的起伏不大的台地。公路顺着山脚和台地边缘向长山深处延伸，直至高耸而绵延的群峰下。待我们下车时，方发觉这里是群山环伺的低矮丘陵和谷地，宽大平展，水绕林密，很有灵气。占婆国的历代君王把神圣的陵庙选修在这里，眼光独到。

美山到了。秀林茂峰中，沙石小径旁，映入眼帘的是**一座座被历**

▲ 美山圣地遗址

史岁月染得黢黑的砖石废墟，那是倒塌的占人陵塔所留下的痕迹，又遇长满青草的土坡，顶部立着已成残垣断壁的殿堂，而更多的是树荫深处散落一地的巨型雕石和残破陵基塔底。又行数百米，谷地左方有大片平地，集密的印度风格的旧建筑拥簇一团，似乎自成一体，圈内空地上不规则地布着写有**巴利文**、**梵文**的石碑、莲花座以及刻有梵文和林伽、神女等塑形的石像，石雕破损到已无从辨认的程度，大量的旧石料和砖头堆在角落旁。数个砖石结构的陵塔立于周遭。石材为基，红砖砌墙，塔四周建有石柱。塔每层为方形或长方形，再逐层收缩。多为两三层，高约七八米，顶为火炬状，一派婆罗门风格。赤橙的底色上被风雨涂上斑驳的色彩，并不显得苍老。而那座最高最大的陵塔却被拦腰截断，形如现代发电厂的冷却塔，从豁口中可见塔心是竖直的空间。现已被刚搭架起的棚席遮盖，准备修复。残败的身躯诉说着悠悠年代的无情。占人的塔有两种意义：一是历代已故君王的陵墓，后人把他们神化，为人供奉；一是历代帝王为祭祀婆罗门神祇而建造。

再向上行500米，**一片更大更雄伟的建筑群旧址呈现眼前**。山坡被削平，辟成高地，似乎建有一座偌大的城堡。沟壕几被填平，城墙残基仍在。城内的殿堂废墟有数百平方米之阔大，堂前有石块铺就的道路通向高处，台阶将一座座粗矮的陵殿相连，陵顶已被掀起，犹如黑咕隆咚的石碾子。印象深刻的是用巨大石材垒起的殿堂础基，至今仍整齐坚固如初，毫无摧塌之态。

呼喇喇在城堡东北方向，**一片形状各异的构造体簇拥站立着，黢黑的色彩犹如厚厚的衣包裹着婆罗门教的陵塔殿堂**。风霜、战火和劫难把那些漂浮、易折的物件通通删去，仅留下坚固的嶙峋的骨架，支撑难以磨灭的记忆。

置身其中，仿佛来到宗教的世界。占国的王把死亡的身躯和婆罗门的神结合在一起，动员他们生前所能动员的一切财力和人力，将想象的

▲ 美山圣地遗址

空间让给了艺术。如火炬造形的陵塔，长方形的殿堂，虽长满苔藓，难掩昔日伟岸的身影；石雕的人体、林伽、廊柱、础台，都已残缺不全，不过从娴熟的刀工处能感觉到作品的栩栩如生和独有功夫，美让君王赋予了神。尤使人震惊的是在人迹罕至的热带雨林中，这些宗教建筑除做工精湛，还体量巨大。在建筑群的正面，排列着两个巨大的殿宇，长20–30米，宽15–16米，完全的砖、石结构，以石雕廊柱支撑墙体和屋顶。在其左侧立着两座占婆塔，四方塔基宽约10米，共四层，不断收窄，每层四角皆立有古柱，高约15米，比后面10余座陵塔高大多了。据说这座雄伟壮丽的陵塔是8世纪的占王**毗建跋摩一世**（中国史籍称为诸葛地）所建，两座陵塔分别祭祀湿婆和毗湿奴这两位印度教中的大神祇。

又向高山脚下行去，多处陵塔、庙宇已化为砾石、碎砖。小秦说，

▲ 美山圣地遗址

从4世纪到13世纪，占国人在这里修了70多座庙宇陵塔。随着李、陈朝的南侵，美山圣地遭遗弃、毁坏，当20世纪初叶法国考古学家发现这一文化现象时，残存的遗迹所剩不多。虽然经过短暂的修复也无济于事。20世纪六七十年代，北越的"胡志明小道"经过这里，而美军对此地进行了三次大规模轰炸，圣地又遭到一次大的损毁，再加之近三四十年来社会人员对文物的盗取，目前仍保存能辨认陵墓、庙宇轮廓的遗址仅剩20多处。

古代林邑（即占婆）是中国与天竺（印度）交通的门户，所居南部又为信仰印度教和南传佛教的真腊，且与东南亚的主要人种马来人、孟高棉人人种相通，语言相通，受印度文化影响很深。在立国首领**区连**之后，经林邑**王范熊、范文、范佛**，至**范胡达**时期，林邑国国力曾达到一个高峰，开始美山婆罗门教宗教建筑的兴建。**范胡达**是第一个在占婆石碑上有记载的国王，他曾为湿婆神修建了一个神庙，这个神庙的名字是国王名字与湿婆名字以巴利文合二而一的简称，并将此名字作为神庙或林伽的名字，这项制度一直持续到以后数个世纪。

4世纪后，所有逝世的林邑王或占婆王都被埋葬于此。每一代富强的占婆王朝都修建新的陵庙。第一座木结构的寺庙建于4世纪末，200年后此寺庙被一场大火焚毁。重建时，人们使用了大量的更为持久耐

▼ 美山圣地遗址

用的建筑材料。从4世纪到13世纪修建的寺庙陵塔，成为占婆国内规模最大的建筑群落，**美山**名副其实地成为占婆王国的圣地。

圣地已被占婆国的溃败及灭亡化为废墟一片，沉睡在长山山脉中段的山脚下。但历史却不会随着某些人的意志而消失。史学界一句名言，"历史没有垃圾堆"，说得多么好。即使是残破不堪的陵塔、雕像，也蕴含着一种美，而这凄美更能勾起无穷的历史故事，触碰到一些人不愿意触碰的伤疤和痛处。

补　记

三亚羊栏的"占婆"人

应一位祖居海南三亚的老同学的邀请，我在今年（2017年）8月初去了趟这座被称为"天涯海角"的海港城市。

这座城市并不陌生，因工作关系在我未退休时几乎每年都去，曾被那柔软漫长的海滩、兀立海中、形态各异的岛礁以及密不透风的热带雨林所吸引。但这些年这个地方已被商业气氛所笼罩，成了熙熙攘攘的旅游闹市，也就难以激起我的兴致。访越归来后，看了许多关于越南人文史地方面的书，其中**范宏贵**先生《**中越跨境民族研究**》一书中提到，原**海南崖县羊栏乡**（现三亚市凤凰镇）有两个回族村庄，**这些回民内里不讲汉语，也不讲地方方言海南语，而是流行占语**，即位于今越南中部的数百年前已灭亡的占婆古国所通行的语言。占人早已成为越南的少数民族，仅剩下几万人。这种与国内回族同族而不同语言的现象激起我的好奇。一探究竟的欲望推动了我此去"天涯海角"的行程。

与好友**唐舒明**、**胡维民**驾车一路西行，先到了广东雷州市白沙镇，探访了三百多年前声震东南亚、拓殖越南南方的先驱人物**莫玖**的家乡（其事迹留待后文说），再车驳海轮渡琼州海峡，一路赶往三亚。

8月3日上午在三亚市回族**刘道生**先生的陪同下，我们到了羊栏。羊栏这个地方自1950年曾前后设置乡、公社、镇行政区划，近些年与以黎、苗族聚居的高峰乡合并，因临近三亚凤凰国际机场而得名凤凰镇。原羊栏镇回辉村、回新村这两个回民村也改名为**凤凰镇回辉**、**回新居民委员会**。所谓羊栏，缘起历史上回民多养羊，且此地台风频繁，

268

羊以栏圈养，故用 "羊栏" 这个带有伊斯兰风味的名称称之。惯称的羊栏回民，实际上就是回辉、回新两居委会的民众。

羊栏两村东与三亚中心区接壤，濒临南海，西拥 "天涯海角" 景区，北靠云雾萦绕的山峦，且邻近古崖州港，是块 "风水宝地"。但在第二次世界大战期间，日本军队侵占海南全岛，看中了三亚的军事战略地位，分别在三亚市东的榆林建军港，在市西的羊栏一带建军用机场，以作为侵占、攻击大陆或东南亚的重要军事基地。为修机场，日军一把大火烧光羊栏故村，终成瓦砾一片，强逼村民搬迁到海边沙地，不从者暴力待之，杀害多人。机场建好后，仍有十余户不舍旧地，沿机场围墙搭棚建寮居之。抗战胜利后又有多人搬回 "老村"，即回辉村，回新村民当年被逼搬迁的地方称 "新村"。

刘先生就是羊栏本地人，中专毕业后被分配到政府工作，虽然50多岁了，但身材颀长，体格健硕。他说，我们回族人，不抽烟，不喝酒，交际少，多素食，吃少许牛羊肉，瘦人多。他又问，你看我像哪里人？我原未在意，仔细端详，才发觉他隆鼻、深眼，毛发发达，虽已剃胡须仍根底黛青。他说，我的祖上来自波斯（即伊朗），宋元时做生意到

▲ 海南三亚羊栏回新村南开清真寺

了占婆，之后定居海南的。穆斯林只拜真主，不拜祖宗，大多没有留下年代久远的族谱，发枝散叶的细节不太清楚了，但我们有世代相传的传说。现保留的一些谱牒大多仅记录八九代的情况。远祖记录的不多。他的话令我感到新奇。

　　在他的指引下，我们先来到**回新居委会**，在一个叫**南开寺**的清真寺门前广场停了脚。寺堂如一中等礼堂般大小，四周有高耸的塔顶，还有宣礼塔及拱形的屋顶，左侧有一三层的矩形楼房，为清真学校、女人礼拜场所及阿訇们的宿舍、办公地点。门前广场树有宣传栏。一望便知这是一个设施配套齐全的穆斯林宗教场所。刘先生说，南开寺是个老寺庙，最近刚翻建。羊栏共有六座清真寺，这座是最小的。

　　我们在回新村四周转了转。这个村已完全成为市区的一部分，宽

▲ 羊栏回辉村清真西寺

270

阔的主干道将社区与外相连，社区内的道路纵横交错，全部是柏油、水泥铺就，家家户户盖起楼房，有平顶的、拱顶的及欧洲风格的，外敷瓷块或涂以颜料，以金黄、白、蓝、绿为主，已不仅仅是"小洋楼"体量了，五六层的很多，七八层的也不少见，面积多在500平方米至1000平方米，几乎都用于出租或办家庭旅馆等商业项目。村里楼舍多建有围墙。参观时还碰到一些到社区内来联系租房的人群。多亏托了三亚旅游业发展迅猛之福，才有这种景况。

后绕过凤凰机场到了**回辉村**，看了回辉清真**西寺**、**古寺**两座寺庙。实际上这两座寺庙皆年代久远，均建于**明朝成化年间**，分别于成化九年（1475年）、成化六年（1472年）落成。清真西寺为中国宫殿式风格的砖瓦结构、正门立有牌坊，院中间为一座三层八角亭，正殿为六门结构；而清真古寺的礼拜大殿原为八角形，属唐宋时期的汉式建筑风格，后于20世纪50年代改为拱顶式，80年代后改扩建，大厅可容千人礼拜。古寺还存有清乾隆十八年（1753年）"正堂禁碑"一块，石刻记述当时的崖州知州关于羊栏地区与相邻地区渔场族界和课税税额的情况。这块汉文石碑被立于清真寺中实为罕见。

羊栏街早已成为繁华的街市，店铺众多，人气很旺。许多做生意的回族中年妇女头裹五颜六色的纱巾，身着裤口绣着美丽图案的长衫，两只大眼睛炯炯有神，成为羊栏一道风景线。我想起20世纪八九十年代，在鹿回头大东海景区时常碰到被羊栏回族女子拦路缠卖的情形。这早已成为过眼烟云。今非昔比的羊栏女子，多数人投入到珠宝、水晶等高价值的生意当中，不少人已摆脱走卖的程式，在城里或景区有了自己的店铺和档点，有的还办起大型的专卖店。羊栏男子除个别人外大多经营物流等行业，基本上家家有卡车、面包车和小车，生意水平也有提高，但就产值创造而言，似乎女性更强一些。羊栏一带现有"女儿城"的别称，除穿着多姿多彩原因外，更是她们在市场经济的大潮中闯劲更大些，门路更多些，而格外引人注目。据说百万富婆不乏其人，过亿的已有好几个，因而女子们在这里备受尊重。这似乎契合了东南亚一带重阴性、母性崇拜、男女平等的民族特性，与中原汉族男主外、女主内的习俗有所不同。我还想到西方主流社会对东南亚穆斯林的评价。《亚洲史》作者**罗伊·墨菲**说："完全不同的东南亚文化放宽了伊斯兰教禁令严厉条规，这一点特别表现在对待妇女的态度，因为东南亚历来比其他主要文化更讲究男女平等。"东南亚人"信奉的伊斯兰教公认有别于沙特阿拉伯、伊拉克和伊朗的伊斯兰教"。关于羊栏回族的伊斯兰信仰与东南亚的这类信仰有些类似方面的论述，在20世纪二三十年代中、日学者的研究中也多有表述。任何宗教只要不走极端，其改善人性的作用是显现的。

当然作为中国现代回族的一部分，三亚羊栏回族其在穆斯林信仰及教育上也不可避免地受到中国伊斯兰教派的影响，并留有很深的烙印。据说，三亚地区穆斯林解放前遵从了逊尼派的伊哈瓦尼派别。该派创建于**河州**（今甘肃临夏，当时称该地为中国的麦加城），明末清初风行于西北，后流行全国各地。创始人**马万福**曾在光绪年间到沙特朝觐、修习多年，回国后联合河洲十大阿訇创立中国伊哈瓦尼教派，并提出十大纲领，史称"果园十条"，在中国回族近代史上有重要影响，全国各地寺院都曾派人前往学习。羊栏地区也曾依例而言，推行此教派，引起朝廷猜疑，并因此而酿成轰动一时的"**海富阔案**"。海富阔为清朝中期羊栏地区清真寺阿訇，曾赴河州修习，并带回多本阿拉伯文和汉文的伊斯兰经书返琼，被逮捕查办。广西巡抚朱清上奏朝廷，"恐（其为）原甘肃漏网逆党"，并向江南各省督抚发文，希望协办此案。因而牵涉多人。当时，清廷对伊斯兰教实行封禁，但该奏却意外被**嘉庆**皇帝驳回，海富阔得以幸免，三亚伊哈瓦尼教派至此发轫。这在清朝实属不易。当然，在这之前的乾隆也曾娶新疆回部首领阿帕克的后

▲ 已翻新的羊栏清真古寺（胡维民摄）

人伊帕尔罕为贵妃，即闻名于世的**香妃**，这样做也就不足为怪了。中华人民共和国成立后三亚回族的伊斯兰信仰与全国各地的寺院教法一样，已基本上无派别之争。随着国家宗教政策的落实，以及改革开放带来社会经济的迅猛发展，三亚羊栏一带的穆斯林活动得到了迅速恢复和扩展，在不大的范围内，改、扩建了六座清真寺院，且富丽堂皇，规模不小，为传教事业提供了良好的设施条件，每座寺院都附设经文学堂，有的还办起了女子读经班及阿文学习班。羊栏回族重视教育，青少年基本都能完成九年义务教育。刘先生说，羊栏回族人口发展很快。1950年海南刚解放时，羊栏回族两村人口才1611人，到1983年时超过4000人，2006年时已达8500人，现今人口应当过万。教育质量较高，恢复高考后，已有200多人大学本科毕业。回新村人口不足4000人，去年有26人考上大学，还有近百人到沙特、伊朗、埃及、马来西亚等国留学或毕业，大多就读于伊斯兰学院，其中不乏就读于德黑兰大学、麦地那大学等名校。留学归来的学生多数到各寺任阿訇。这些人的归来不仅使羊栏两村的建筑、服饰更具伊斯兰风格，而且在传经布道上更接近中东本源，突出的变化是经文研习上逐渐不用释本，采用阿拉伯原文。还开办两所中等规模的伊斯兰学校，吸引着全国，如甘肃、宁夏等地的年轻学生入学。首批30多名学生已毕业回到各地清真寺担任阿訇。这说明羊栏一带在研习教义、阿语掌握上已达到相当水平，也反映该地的宗教热情和宗教传统始终被蕴含和继承着。

说起羊栏回辉回新两村回民源出古国占婆，即占人一支，最鲜活有力的证据就是他们内部通行占语。20世纪初法国学者曾说羊栏回回内部讲"土耳其语"，后我国学者验证应为占语。绝大多数中外学者认为**占语**属南岛语系，又称马来语、波利尼西亚语，是东南亚当地土著人种尼格利陀人与中国南部的南方蒙古人种在公元前5000至公元前3000年融合而成的马来人种所操持的语种之一。2010年，羊栏人**李光琦、李光**

▲ 海南潭门镇河海连接处

伟考察位居越南中部的"古占婆国"地区，走访过多个占人家庭，虽两者分隔海之东西，从未谋面，但语言是相通的。"我们用占语向他们说明自己也是占人，他们很热情地接待我们"。他俩发现越南占人个子与越南土著人及我国南方人的个子相差无几，但肤色较当地越南人黑，人种与三亚大多数回民极相似，有时看到某个越南占人有似曾相识的感觉。已发现越南占人从信仰上分为三种：婆罗门教、伊斯兰教及属占婆早期伊斯兰教的本尼教。山区婆罗门教占人较多，而沿海和城市如胡志明市伊斯兰教占人较多。这与三亚回民流传其先祖泛海而来海南的说法可相互印证。越南的占人平时穿长裤，去做礼拜时穿长筒裤，这与三亚回族三四十年前仍保留此种习俗是一样的。还有一些留学马来西亚的学生说，他们与马来语是相通的，甚至一些地方方言也可通行。

羊栏回族瓜棉椒衍，支派益繁，其与生俱来的占语通行能力，使其后裔在从海南再移居南洋、发枝散叶之际具有天然优势。在明末清初的琼人下南洋高潮中，仅从三亚地区迁出的回族即达千余户，现已繁衍海外数万人，多居于马六甲海峡沿岸地区，尤以马来西亚居多。到此地后，羊栏回族如鱼得水，很快就与当地原居民打成一片，且无汉人下南洋常抱"叶落归根"之念，几乎皆落地生根。其风云人物为马来西亚前总理**巴达维**。巴达维的祖父**哈书章**于民国初年移民马来西亚槟州。哈氏家族是由三亚主体家族蒲姓所改，三亚哈氏开基祖为蒲成松，哈书章为第六代，巴达维为第八代。据说，**近些年掌权于马来西亚的哈氏族人多次到三亚寻根问祖**，其中包括巴达维本人。这种状况也反衬出三亚羊栏回族的处女族占人与马来人同族同语，实为一段历史渊源。

羊栏回族源出占婆，许多史料方志对此有所记载，屡见不鲜，不绝于书。如**《古今图书·集成》**载："（崖州）番俗，本占城人，宋元间因乱事举家驾舟而来，散泊海岸……今编入所三亚里（今三亚）。其人多蒲姓"，"其言语相貌，与回回相似"，还对其民俗作了详尽记载。又如清道光年间的《**万州志**》："番来古占城人，元初遭乱，泛舟泊于州境海滨寻迁居城西。多蒲姓，番语"，"不食猪肉，宰牲必见血方食，不供祖先"；再如，《**崖州志**》载："番民本占城曰教人，宋之间泛舟而来，散居大旦港，西参梅埔海岸，后聚所三亚里番村。初来蒲姓，今多改易。""不食猪肉，不供祖先，不祀诸神，惟见清真寺。"还如《**正德琼台志**》卷七，记载了海口（琼山）与府城之外州县的"番民"迁徙及有关情况。"在琼山者，元初驸马唆都右丞征占城纳番人降，并其属发海口浦，安置之营，籍为南番兵……以番酋麻林为总管，世袭降给四品印信，元末兵乱，今在无几……"；"其外州者，乃守之间，因乱举家笃舟而来，散泊海岸，谓之番坊，番浦"，"其人多蒲、方二姓"，"一

▲ 潭门镇古港

村共设佛堂（实为清真寺）一所，早晚念经礼拜，每岁轮斋一月，当斋不吞吐诞，见星月方食，以初三日为起止，日集佛堂（经堂）念经诵拜，散后各家往来，即是拜年"，"殁不用棺，布裹以身，向西而葬"。如此等等。

　　上述记载表明，海南岛属地确有回族人群，分布在岛上四周，如琼山、万州（今万宁）、崖州等。而尤以崖州所三亚里，即今三亚羊栏一带最为集中。这些被称作具有"番俗"的人，具有明显的伊斯兰信仰和风俗，如不食猪肉，不祀诸神，不拜祖宗（实际上是礼拜真主和先知），设清真寺，亡者以布裹骸侧身而葬以及缠头裹巾等。并明确指出海南回族皆出自古占城（即占婆），但何时迁琼则说法不一，**有宋说，有宋元说，有元初说**。前两种说只是泛泛而谈"避乱泛舟"，并未指出具体出处。**仅有元初说，载明为元世祖忽必烈驸马唆都征占城曾纳占人降并安置在海口浦**（即今海口市，元时属琼山县），**此说应当可信**。1280年，忽必烈因占城王子固拘絷元朝派往暹罗等地的使臣，而命唆都率兵驾海船，据说有两千艘之多，由广州出发，入侵占城。曾攻克占人堡垒木城，占领沿海地带。但也受到猛烈抵抗，至1284年撤军至安南，与入侵安南的脱欢会合。唆都撤军后，元将**忽都虎**万户率援军抵达占城行省所在的舒眉莲港，占城国主令其孙奉表归款，成为元藩属国。元入占后近四年，应有能力安置纳降占人在"海口浦"。但《琼台志》又说，"元末始乱，今在无几"。现今海口、琼山一带回民几无也是实情。难道搬迁到崖州不成？但无记载音讯可佐证。也可能融入汉族。如明朝名臣**海瑞**、琼崖纵队著名将领**马白山**，其祖上皆为回族，这有证可查，且祖居地离海口不远，后因种种原因皆融入汉族。

　　海南工商学院教授**宣正明**曾入羊栏采访过多名回族老人，他们异口同声族出占城，还说了许多祖先渡海泛舟的艰辛与奇遇，大多还说是战乱所致。但在何朝代、何地方登临三亚，其祖上在占城的居住地、族源等细节则语焉不详。

近查史书，又发现谈及占婆人迁徙海南等地的信息几段。如《宋史·交趾传》谈到，986年，占城人**蒲逻遏**等百余人由于不堪越南封建主的压迫，来到海南定居；987年，占城人**斯当李娘**及其族人150人投奔宋朝，宋将这些人安置到广东的南海和清远；988年，又有**忽宣**及其族人301人投奔宋朝，在宋定居。这三个史实，均发生在北宋与安南前黎朝时期，前黎国主**黎桓**及其子**黎龙挺**均生性凶狠，多次派兵侵入占国，并于982年攻陷占婆首都因阇罗补罗，占婆于990年被迫向前黎朝称臣纳贡，并以王孙制荄为人质。因而占人受安南所欺，占人逃迁。有其述实背景而三次迁宋者，只有蒲逻遏等人明确言明迁往海南，其他两次，一次说广东，另一次不明。

《明史》中也提到占人来海南事。李、陈朝期间安南多次派兵攻入占国，以至安南国都由会安、岘港一带南迁致宾童龙（今芽庄南）一带。明太祖、成祖曾多次派人调解均未成。明成化二十二年（1486年），占城国王**古来**被安南所逼，率王妃及部属千余人来到海南崖州。第二年，明朝遣官兵2000人，海船一千艘，护送古来回国，此次言明占人来到的是崖州，即三亚，但未提及是否有人留下。

还有一条重要信息，即明朝时期处置**蒲寿庚**、**蒲寿晟**兄弟及其后裔的情况，也与三亚回民有关。

《广州明志》载："番愚海獠杂居，其最豪蒲姓。""本占城人，""谓之回回教门。"

据史料考证，大陆蒲氏始祖由西域迁至占城，并由占城到大陆广州经商，由于经商得法，资产雄厚，被朝廷封为"番长"。蒲寿庚、蒲寿晟之曾祖父曾重建广州**光塔寺**。广州光塔寺即怀圣寺，该寺为纪念来中国传播伊斯兰教第一人**宛葛斯**所建。宛葛斯为伊斯兰教创始人穆罕默德之外孙，奉穆旨于唐武德五年（622年）由海路南洋达广州传教。

宛葛斯曾于次年派其子率七人渡海赴崖传教。可见，广州怀圣寺在中国伊斯兰教传播过程中地位之高。而蒲寿庚之先人主持重建之，更证明蒲氏先人声望甚隆。蒲氏得意于北宋所谓"**侨华五世可永住**"之政令，便为广州回族大族。后蒲氏一支迁居泉州经商。这可能是南宋开放海禁致中国第一大港由广州转移至泉州的吸引。泉州由此而兴旺近两百年，至明朝中叶后广州恢复其"唯留一口"的地位。

史载，蒲寿晟与其弟寿庚随其父互市至泉州，后因平定海寇有功，被宋朝重用。**寿庚**历官至广东福建招讨使，并曾提举泉州市舶司30年，官利双丰，名声很大；**寿晟**先知梅州，后吉州，不从，见元朝势大，劝寿庚投元朝。这是商人习气使然。1277年，即位于福州的南宋小朝廷**端宗**欲入泉避，蒲氏兄弟闭城拒命，寿庚由水门潜出降元，后尽屠宋朝宗室千余人及士大夫和淮兵，备极惨毒。南宋大将**张世忠**曾攻泉九十日不下，只得携端宗入粤，后宋廷在广东台山被元军所灭，名臣陆秀夫背宋帝投海自尽，留得丹青名节。而寿庚兄弟则被正史所责。当然蒲寿庚在任元朝江淮等处行中书省左丞时，也曾在提举市舶经商、泉州建设等方面做过一些实事，其家族对东南沿海以至南洋地区的政治、经济、船运等产生过重大影响。但**明太祖朱元璋**憎恨蒲氏兄弟反宋降元，在灭元后即下诏蒲姓者不得读书入仕。因当时蒲寿庚兄弟早已作古，其后人由此招实祸，纷纷迁途他乡或隐姓埋名，作为在粤闽地区久负盛名的名门望族开始分崩离析。据光绪年间的《**南海甘蔗蒲氏宗谱**》"宗支图"所说，**蒲氏八房的三世伯峨蔓房迁往海南，其中一部分迁居儋县，其后人大部分已汉化、黎化，并改姓，另一部分则迁往三亚羊栏。**

由此可见，**两次史料有明确记载的蒲姓占人迁徙，即蒲罗遏与蒲寿庚后人，均有人定居三亚羊栏地区。而羊栏两村蒲姓最大，其余十七姓中，有确切记载的有九姓为蒲姓所改姓而形成的；即便是人数**

▲ 羊栏回民的海边墓区（位于三亚湾）

第二的**海姓**，始氏源于其祖先泛海而来，便以海为姓。自古以来占人便为海上强悍之民族，唐宋时期崖州至占国的航程已达到二三日即抵达之水平，三亚海姓回民多源出占人是有充分理由的。个别小姓，如汪、米等，虽非蒲姓所改，人数较少，已融入占语系统，其出处难以

详考。

　　现在的问题是，由于回民具有"只拜真主"、"不设祖宗牌位"之传统习俗，在历史上对姓氏的观念比较淡薄，没有修撰谱牒的习惯。后受中华文化影响，有的家族也开始修谱，但大多比较简单，其记录时间很短，如蒲氏一些支房的记录仅有八九代传续序次，难以标明与蒲罗遏、蒲寿庚直接传承关系，更遑论与亚当李娘、忽宣、古来等投汉的占人贵族、国王之间的关系。还有一个问题也要引起人们重视，即海南回民向东南亚的迁移。清朝中后期海南出现两次外迁高潮。一是19世纪五六十年代，由于英殖民者开发马来半岛的锡业和橡胶业需要大量劳工，仅琼人赴之就超10万人，而回族受**海富阔案**影响，下南洋的积极性更高，且家住海边，懂航海技术，行动方便，随时可走，还有语言相通之便利，迁居者甚多。如1870年成立马来槟城琼州会馆就由回民主持，会员人数也以回民居多。二是光绪十九年（1893年）清政府宣布"除华侨海禁"，据琼海关统计，1902年至1911年10年间海南赴新、马、印尼等地未归者达10万之众，之中不乏回民。琼岛的两次移居南洋大潮，直接导致了回民数量锐减，加剧了剩余回民汉化的趋势，这也势必增加了考证占人在琼的传承关系的难度。羊栏回民这个群体的赓续及改革开放后的再次复兴，无疑是安南侵占、灭亡占婆国后占人在汉地的硕果仅存。

暮云下的芽庄湾

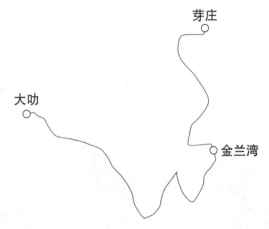

即便是作为旅游城市的**芽庄**，到夜半时分街上也空无一人。由1号公路路口至市区仍有七八公里远。我们被三辆摩托车手连拉带拽上了车，当在海边一旅舍住下时，已凌晨3时。

昨天下午离开**美山**时，我问出租车司机去芽庄怎么走。这个会安司机给出的答案让我愕然：先回岘港，再坐火车或乘飞机。我说，**三岐**（广南省会）也通火车。他说，车次很少，可能车票已卖完，不保险。我想，好马不走回头路。再返回岘港多走120多公里且不论划不划算，与我们这次出行的理念完全背道而驰。多触摸真实，只有随最普通的交通工具行才能获取。我一口回绝了司机的"好意"，对他来讲回岘港既顺路又是一笔好买卖。在往后的一段时间越发证明了经济是人最强大动力的论断。我说，把我们拉到三岐火车站，看看有没有火车票。当到了火车站，发觉仅有需行走一整天的慢车票，快车要等到半夜12点，且不能肯定有票。我果断地说，回到1号公路，在那里拦车南下。前两次乘长途车经验告诉我，招手拦车，是越南当前出行最便捷、

284

最有效的办法。

半小时内过了三四辆去西贡的长途汽车，但出租车司机皆说这些车不停芽庄。他坚持要拦招牌写明去芽庄的车。恍惚中夕阳西下，天色趋暗。乌云也飞过来，将天空遮住。司机乘机说，我送你们去芽庄吧，只要人民币960元。我不置可否，见一辆由三岐城开出的长途汽车拐弯走上南行的1号公路上，我即跨出路旁，站在靠近路中央的位置示意拦车。小秦与大车司机一阵通话后，便上了这辆带有卧铺的车。而出租车司机则显得对此难以理解，似乎在问，这些中国人到底想干什么。其实我并不想干什么，只是想多看些沿途风光罢了。

实际上，我也没有坐过这种配有卧铺的长途汽车（中国简称为卧铺大巴），即便是在中国我也没有坐过。这种卧铺大巴在20世纪90年代春运紧张时曾被广泛运用，一般用于换乘不便的县城以下的镇乡区域。但随着航空、高速公路，特别是高铁普及，及普铁的提速和便利，这类大巴逐渐减少。不过，我还是去年在云南、广西见到过此类车辆，但铺位之间比较宽松，舒适度很高。而此次乘坐的越南大巴，却让我陷入尴尬境地，主要是铺位安排得太紧太密，且每个铺位既窄又短。车内铺位分上下层，每排安排三列，每个铺位的头部拱起，刚好供后一个铺位的乘客脚部伸展，而这个伸展区恰被前一个铺位拱起区下方的框框夹住，缩短了床铺的距离，致这个普通的大巴竟能前后排列10余张床位。可能越南人瘦小些，能够适应这种设计，但对于我们这种体型稍大些的人来说则显得逼仄、憋屈。乘务员把我安排到上铺，我只好佝偻着躺在床上。车内还算整洁，上车脱鞋，后我发现车后部还有通铺，上下层，每层可睡多人。我提出要睡通铺，乘务员不允许，以不安全为由搪塞过去。即便我提出不用退款，也不置可否。

近600公里路程，整整用了10多个小时。名义上1号公路已改造成了高速公路，实际上不是那回事。尽管中间建有隔离带，但公路仍是开放式的，人、车可自由进出，城乡交叉路口多为平面式，几无立体交通枢纽。仍延续北方省市夹街而市的习惯，仅人烟稀少处可见旷野、高山。即便如此条件，大巴司机行车速度依然很快，有时达八九十公里。会安的出租车司机告诉我们，大巴车常常出事，前两天还发生了两起车毁人亡的事故。当然他说此话的目的是兜售租车生意，难免有些夸张，但置身其中，看到人、车往来频密，车速不减，不免心有余悸。我见舒明常起身站立在走廊上，观察四周情况，可能他也有同感。中部几个省份约80%以上的人口集中在沿海狭长的平原区，若修建封闭的高速公路势必要选择在偏离此地的丘陵区，而这将大大提高工程造价，这对于国力不足的越南来说有些苛求。南北2000多公里的跨度，既赋予了广阔的发展空间，又极大地拉长了交往的距离，增加了开发的难度。猬集的小镇，被分割成长条状的平原，以及空泛的山区和迎面而来的海风，是这个蜂腰部显著的地理元素。

天已黑还未走出**广义省**。路旁不远处的**榕橘港**是一个正在建设中的深水大港，据说日本人参与了投资，他们想把这里建成第二个头顿，以后将是越南最大的油气港，直接为南海石油开发服务。

到**平定省会归仁市**时已是晚间11点。我们在这里的服务区吃的晚饭。

归仁是越南中部的名城大港。自**占婆王制蓬峨**亡后，1390年陈朝大将**陈渴真**在海潮大败占城军，占婆国势一蹶不振，占国统治重心由广南省的会安、美山一带迁至**梂磐城**，即归仁。后归仁建成**新洲港**，郑和下西洋多次在新洲港驻泊。在17世纪，占领广南的阮主政权采取蚕食政策，逐次用兵，梯度南下，先后占领归仁、绥和、芽庄、藩朗等地，终至1697年，即后黎朝正和十八年，广南国阮氏政权吞并占婆，在其残余地区设立平顺府（即今平顺省），千年古国占婆至此灭亡，后越南又继续南侵水真腊。在14世纪以前，**哀牢**（今老挝）的国土上已存在不少小国和部落，它们都成为越南侵凌的对象。据《**大越史记全书**》记载，自李朝到陈朝三百多年间，越南对老挝境内诸王国发动了十三次战争。至1802年阮朝建立后，确定了现今越南的版图。有西方学者说，968年越南建立丁朝时，其版图仅为现有面积的四分之一，即是说，约四分之三的土地是用其他手段获取的。美国越南问题专家**道格拉斯·派克**谈及越南的历史和传统，曾以"亚洲的普鲁士"来比喻。当然这种说法值得商榷。

使**归仁**名声大振的缘由则是它与越南"**西山朝**"的兴起与衰亡息息相关。

自17世纪起，安南后黎朝的王室统治已被架空，北方郑主和南方阮主两大枭雄割据，对峙南北。但美梦很快被击灭。1771年归仁府西山爆发的**阮氏三兄弟**领导的农民起义，击败后黎朝及北郑、南阮割据势力所建政权，所建立的农民政权史称"西山朝"。西山朝虽然存续时间很短，仅30年，但却涤荡了旧有的统治基础，充满了传奇。

连续百年的郑阮割据战争陷安南人民于水深火热之中，激起从南到北此起彼伏的农民起义。阮氏三兄弟乘势而为，归仁揭橥，号称为百姓而战，从而获得广南国境内大部分农民的拥护及许多山区原住民的支持。1773年起义军一举攻下归仁，接着在1776年推翻了南方阮氏集团，1785年于嘉定一带击退暹罗的干涉，1786年荡平北方郑氏集团。1789年老大**阮文岳**在归仁称帝，由此埋下兄弟阋于墙的种子。西山三兄弟的四世高祖本姓胡，与胡季犛（前胡朝君主）是同宗，后随母改姓阮。三兄弟中，老二**阮文惠**较有才干，甚孚军中众望，以他为帅曾先后两次击败暹罗，两度攻取河内，还曾偷袭清朝**孙士毅**所带领的清军。1890年阮文惠在顺化称帝，年号光中。西山朝建立后，前半段时期由阮文岳在归仁号令统治，中后期阮文惠及其子**阮光瓒**坐大于顺化号令。由于争权夺势，骨肉相残，"亦不言败"的**阮福映**乘隙而入，在法国殖民者的帮助下击败西山军，于1802年建立阮朝。

在此要说明两个问题。

一是**清军孙士毅入越进击西山军问题**。阮文惠两度攻占河内后，后黎朝皇帝**黎维祁**逃亡，其母皇太后及皇室人员200多人由高平乘船过龙州，欲求救于清朝。在过**博淰溪河**（龙州附近）时大部人员被阮文惠部斩杀。得此消息后**乾隆帝**传谕两广总督孙士毅，对黎王眷属"妥为安顿，优加抚恤"，并应黎维祁求，进击阮文惠。孙士毅1788年12月率三路大军平乱，仅半个月就击败西山军，占领河内。孙士毅宣诏袭封黎维祁为安南国王。此时乾隆帝下令孙士毅班师，但孙士毅一心想俘获阮文惠以绝后患而未按期退兵，也未采取防备措施。阮文惠写"辞意甚卑"的降书以麻痹清军，于1789年农历正月初七的晚上偷袭清军，驱大象一百多头冲营，致清军仓皇应战，损失很大，被迫北撤。

当清军刚入越之时，乾隆帝就说："**该国当残破之余，得天朝为之兴复，俾黎氏国祚重延，并不利其土，于宇小存亡之道，仁之义尽，实史册所仅见。**"助黎复国祚完全是为仁义所兴，绝无他图。乾隆得知孙败后又说："**得其地不足守，得其民不足臣，何必以中国兵与钱粮，靡费于炎荒无用之地。**"此语一出，便命撤兵。

清军败后，乾隆命名将**福康安**理安南事务，福康安上书主张与安南和好。而此时阮文惠也遣使入关请封。乾隆感到黎朝已失去人心，木已成舟，便答应阮文惠的请求，此时阮文惠已改名阮光中，便**封阮光中为安南王**。

二是**关于西山朝的评价问题**。

西山朝只有短暂的三十年，越南古今对其评价不一。西山朝虽然是阮朝的死敌，但阮朝遗老兼历史学家**陈重金**在处理越南政治史里的真伪问题时，认为阮氏兄弟能结束郑阮长期纷争的乱局，抵抗过暹罗和清朝的军事干涉，阮文惠还获得清朝皇帝依例册封"安南国王"，是堪与丁部领、黎利媲美的人物，因此西山朝也像丁、前黎朝一样是越南的正统王朝。而阮朝国史馆所修《钦定越史通鉴纲目》对西山军起义则恨之入骨，称之为"叛乱"、"反逆"和"伪朝"。但窃以为，这可能是受到阮福映的影响所致。想想阮福映对"三阮"的毁尸行为就能理解《钦定越史通鉴纲目》所使用的这些字眼的原因了。有没有泄广南国被灭"私愤"的缘故呢？

车内已归于平静，连越南人常有的窃窃私语也转为轻轻的鼾声，只有司机处仍在放着低回的轻音乐，偶尔还能传来似乎是港台调的绵软流行曲。这并没有带来反感，反而起到催眠的作用。

而我却辗转反侧难以入睡，即便下半夜了也是如此。我感到身体难以伸展。

车速很快。夹街而居的民居区灯光灰暗，爬山越岭时外面漆黑一片，然能感受到黑黢黢的山的阴影在向我们袭来。过**绥和**巴江大桥时灯光突然亮堂起来，并向而行的铁路线上火车头拉响了汽笛声。

在过**富安省**大山口——诺岛保护区时，公路几乎切岸而行，可见山石嶙嶙，岛滩相连，景色奇峻。据小秦说，这里还保留不少占人特色建筑遗迹，只可惜匆匆行程难以光顾了。我们在黑暗中穿过富安省。

半夜两点，乘务员找到小秦，说要补票，追加150万越南盾，约计人民币500元。舒明听到后有些激动，争论道："上车说好去芽庄，三人共计450万，已付了，怎么还要补票？"乘务员说："我以为你们是去归仁呢！"简直是天大的笑话，居然连我们去哪里都没有搞清楚，就卖票？双方争执不下。小秦偷偷跟我说，在越南常碰到这种有些欺诈的行为，尤其是对华人。我急忙摆手，告诉舒明："给他算了！"息事宁人。**钱虽不多，但心里憋气**，真难以理解这种近似明火执仗的行为。

越南长途大巴，大多是沿途招手揽客，既无明码实价，也不出车票，仅凭车上人员漫天要价，宰客现象层出不穷。就乘客而言，无凭证，到哪里去说理。当然这种态度可能对外国人多些，尤其是像我们这类来自中国的"自由行"者。这里是否隐藏着某种情绪和心理障碍？

八点多钟我就敲开了舒明和小秦的门。两人睡眼惺忪地跟我下楼吃了早餐，便跨过公路向海湾走去。

所住的旅馆不大，房间很小，却也整洁。老板娘正在底层大厅里逗孩子玩，见到我们下楼急忙过来招呼："多休息一会儿呀，这么早起来？太累了。"舒明接过话把儿，与她调侃起来。越南的私家旅店基本上都是老板娘亲自打理，她们大多面容姣好、细白，体态匀称，为人随和，且很精细，账算得纯熟清楚。与她们交往，我更觉得她们像潮汕、玉林一带的人，既有南国女人味，又有些怡然柔顺之感，语言从声调上说，似乎与粤语相仿，与东南亚的印尼、马来、柬、缅大相径庭，仿佛并未置身异国他乡。这种感觉随着时间推移行程增加而日渐浓重。

芽庄的**黄金海滩**划出一道10余公里长的壮阔弧线，是这座城市的中心地带和点睛之笔。滩区外的公路宽阔，成为市区主干道。内侧被市民广场、绿荫带所隔离，成为游人歇息的好去处，而外侧则新建了许多高楼大厦，它适应了芽庄作为越南中部旅游中心的需要。越南绵延的海岸线婀娜多姿，而中南部，从归仁始，藩切止，即占婆王国在12世纪后最后占据的区域，景致最为出色。这里的海岸有漫长的沙滩、巍峨的峭壁和众多隐秘的海湾，还有深入海中的火山岩体群，它由数百根纵横交错的岩柱组成，加之多组沿海边在7世纪后陆续建成的占婆塔群，以及蔚蓝色海洋中星罗棋布的热带荒岛，皆可满足形形色色的旅游需要。芽庄，及周围的城市、海湾和古朴纯粹的海滩，如**美奈、金兰湾、甘笤迪亚景区、昆山岛、美溪海滩、笃勒海滩、永罗湾、宁万湾等，正崛起为最激起人肾上腺素的旅游地组团。**现已开辟了数十

▲ 芽庄大海滩

条赴芽庄的国际空中航线,广州、深圳、香港每天有多个航班。

　　站在宾馆顶层向芽庄湾望去,海水蓝得不可思议,南、北两侧群山环绕。南侧半岛直插海中,又连缀着**环珠岛**这个面积达数平方公里的大岛,近处海湾数十座岛礁在海浪中若隐若现。北侧山峦层次分明,近处低矮,远处高渺,伸出来的**达宗角**与**芽庄近山**之间形成深深的海湾,皆为理想的船泊之处。

　　从海滨广场下到沙滩中央,海浪翻滚,涛声隆隆作响,小山似的潮水向游人袭来,异常震撼。这里是冲浪客的天堂,十几个小伙子踏着冲浪板正在卷浪的旋涡中穿行。远处高速行驶的摩托艇,劈浪前进,在浪尖上争雄。一群稚气未脱的少年从我们身边走过,个个戴着潜水镜,手拿脚蹼等器具,正准备潜行海底。小秦说,芽庄湾是潜水胜地,有二十多处潜水站、点,礁盘间珊瑚丛生,光怪陆离,热带生物种类

291

繁多，数不胜数。而大量的人群或逐浪弄潮，戏水作乐，或徘徊沙滩，聊天休闲。漫长的沙滩上不规则地形成了三个群落，每个群落偎集地搭起茅草、帆布为原料的防晒棚，但很少人置于其中，反而在散散落落的躺椅上慵懒地躺着不少赤膊上阵的老年人，他们在尽情享受早春时分的热带阳光，如到天堂一般。观望沉思，一是惊讶这海湾的广与阔，沙滩的长与深，极难阅尽眼前的景色，也无法把美丽尽收眼底。我估计湾阔大约10公里。二是惊讶这里怎么聚集这么多的西方人，恍惚自己如入欧洲般，满眼尽是欧美客。小秦说，热带的气象和优美的环境是吸引来自寒冷地带欧洲人的两大原因。我说，也不尽然。我想起了河内三十六坊街上大排档背包客的派对豪饮，海防吉婆岛自由行遇到的攀岩人和租借自行车、摩托车的追逐者，想到刚看到的那些无拘无束的搏击风浪者和显得有些慵懒无聊的面孔，难道他们不是在享受自然、空旷和野趣吗？更何况这里还有许多未开发或修饰过的地方。**无拘无束、天然去雕饰可能是一大卖点**。近些日子举国正在热议中国旅游人口"逆差"的问题，是不是可以从中得到一些有益的启示？中国地理生态种类丰富，历史人文遗产众多，自然美景屡见不鲜，广土巨族著称于世，绝不能仅仅满足于停留在较低的旅游数量级上。

午后离城。与生机勃勃的旅游区形成鲜明对比的是芽庄老城区的了无生气，许多店铺关门歇业。当时我就感到纳闷。恰好老板娘给我们牵线找来的出租车司机懂点汉语，说道："芽庄是有名的派对之城，不像河内、西贡，半夜一点就宵禁，这里的夜市彻夜不眠，气氛热烈得不可思议，如狂欢节般。"司机的话引起了我的兴趣，与其攀谈起来，才知道他姓张，50多岁，是明乡人，祖先从广东龙门（钦州）过来，有十几代了，已入越南籍。由于祖母是京族，他们近两代人皆填族别为京人。我说，类似你们家这种情况很多吗？他笑笑答道，我小时候多，现在少了些。他小时候，可能指的是十来岁吧，也就是三四十年前。我无语。

出城南行，过江口，未上1号公路，而是沿刚修好的沿海公路疾驰。山海之间，地形起伏，似乎进入了开发区，到处是施工的工地，有修路的，有盖房屋的，一派繁忙景象。这说明芽庄这个以旅游、渔业为主业的城市正在进入新的开发阶段。

我们租车出行的目的地是**金兰湾**，这早就跟老板娘说好了。但仅南下半小时，张姓司机说他家里有事，便唤来了另一辆车将我们转交他人。新来的司机直接把我们载向一片栽满了麻黄树的沙地，手指向大海说，这就是金兰湾。舒明精明，拿出手机，手指着GPS地图上我们的站立点，揶揄道："这是金兰湾吗？"我们早已在地图上对金兰湾这个世界级的军港"试看"了多遍，它面阔水深，双半岛伸臂拱卫，入口处**祝岛**横卧据险，是不可多得的天然良港。20世纪60年代美国人将其开发为东南亚最大的军港，后苏联人租借了它，在其解体后无奈地离开，现为越南主要的海军基地，并宣布向美、俄开放。近年美、日军舰频频现于南海，并出没于金兰湾。百闻不如一见。此去越南看看金兰湾也成了我们这次自由行的小小愿望之一。却不料，竟被这个司机戏弄。我真有点怒了。司机见状忙解释道："金兰湾对中国人不开放，我不敢拉你们去。"离芽庄时，老板娘说金兰市（即金兰湾所属的行政区划）对所有人都开放，没想到对中国人还留了一手。正在僵持间，原已返市里的张姓司机又开车返回，一下车就说你们把包丢在车上了。我望着这个熟悉的黑背包，心里一怔，这不是我们的吗？这个诚实的越南人化解了我心中的结。包里可是装了笔记本、银行卡等物的，丢失的后果不堪设想。眼前的司机将此地说成彼地，非其人品所致，有其他原因，实属无可奈何。我拉着小张的手连声道谢，还奖励了些钱财，说付他两倍车辆往返费，但这个"明乡人"后裔没有接受。后另一司机把我们拉到**美嘎村**，在距离金兰湾市区约一公里的山坡上远远地望上金兰湾一眼，虽只窥一斑，然也算到此一游了。

临时决定今晚宿**大叻**。当我把这个决定告诉司机时，他很高兴地应承下来，因为他觉得这是对他工作态度的肯定，同时又为揽了活增加了收入而不致于放空车回去感到庆幸。但我们仅只有减少转换时间、用起来顺手这一个原因。我只想加快在越南中部的行程，把更多的时间留给南部的西贡和湄公河平原。

越南中部峰腰处由广南省以下逐渐变宽，形成越南中部最宽阔处，约有二百公里距离，其西部背靠作为越南与老挝、柬埔寨界山的**长山山脉**南部，即海拔1500至2000米左右的山地，东部则是沿海数省，以平原和丘陵地貌为主，中间这部分称作"**西原**"的高原地带，面积近五万平方公里，海拔1000至1500米，包括**昆嵩、嘉莱、多乐、多农、林同五省**，地势平缓，山峰较圆润，多盆地、台地、谷地，森林密布，草原辽阔。**大叻**是林同省省会，有公路与**芽庄、藩朗**相通，还有与中央铁路相连的窄轨火车，但据说现在已停止运营。

越南有两大避暑胜地。一是**沙巴**，临近中国的云南河口市和越南的老街市，位于越南北部黄连山脉的最高峰番西峰（海拔3142米）下；二是**大叻**，海拔1500米以上。两者皆为法国殖民时期所建。这或许是在北温带气候下生活惯了的法国权贵们不耐安南溽热，冀图清凉、爽朗所致而采取的建筑措施。沙巴之对河内，大叻之对西贡、顺化，何其相配。我想起20世纪初，英、法、美等西方殖民者在中国长江中、下游地区所兴起的避暑修建热，**鸡公山之对汉口，庐山之对沪宁，莫干山之对杭州**，其所图与手法如出一辙。过往的历史一页已经翻过，但作为避暑圣地的文明遗产却仍被更广大的人群所享用。

司机说**藩朗**去大叻那条公路陡峻险滑，且路又破旧狭窄，不宜行。车便由金兰湾返回芽庄，未走藩朗，再向西南行直插大叻。虽绕些远路，但安全为重。

前四五十公里行走在平原上。稻田成

▲ 赴大叻途中的西原小木屋

片，阡陌纵横，村庄稠密，不时可见庙宇的塔尖，一望便知这些建筑物带有**上座部**（又称南传）**佛教**文化的特点，占婆文化仍在其旧领地顽强地表现着。丘陵区的坡田上种了不少甘蔗，长势良好。谷地以旱地为主，也有些水田。公路刚刚整修过路面，沥青铺之，两车道，在蜿蜒的山路上延伸。高程表指到了500米，四周一片片的热带森林，但觉得参天大树不多，似乎以次生林为主。只是在公路拐弯处连续出现多座山神庙，与中国内地的乡村小庙相似，可四周难寻村舍。小秦说已进入越南少数民族区，有许多几百年前从中国云贵高原沿长山山脉迁入的苗、瑶族众，也有不少原居民族群，但都是小族群，人数很少。这些人大多住在深山密林处，近两年开始有人搬到公路附近和居民点居住。约行10公里，地势升高至1500米，雾气腾腾，遮天蔽日，光线顿无，显得阴暗，视线仅数米远，车缓缓挪动，车速保持10公里以下。过一山口，地势又降到1200米，出现川谷、缓坡地，天空现一线裂缝，阳光从厚厚的云层中折射下来，五彩缤纷的霞光洒落在前方的山梁上。

我们在一河边歇息。一下车就感到凉意，山风迎面刮来。河对岸是数千亩的山地草原，与起伏地相连的边缘地带生长着高大的红松与云杉，树木密集，景色优美。然煞风景的是近处河道两艘吸沙船正在繁忙作业，把个河道挖得龇牙咧嘴。

公路两旁逐渐出现民居，可异于过去所见到的那种单体楼，多为木板搭建的平房，体量不小，多为三、五开间，形成独家院落，兼营餐饮副业，偶尔出现一些由原木搭建的木格楞房，坡地上几无农业，零星地种着些花生、玉米、红薯类的旱地作物。

愈往前走，房屋愈密。路两旁木板房、铁皮房、玻璃瓦房，以至钢筋水泥房几乎连缀一线。更惹眼的是白色的塑料大棚散布在周围，先是单体的，再是三五席，再后几乎是几十亩的密集操作。被阳光涂成五颜六色的房屋，配之熠熠发光的大棚，令人眼花缭乱，别有一番气象。原以为这些大棚与中国一样，可能也种植蔬菜之类的东西，下车一看，长的多是鲜花，如郁金香、兰花等，种类繁多得叫不上名字，也种植樱桃、草莓等水果。种植者说，这些花房基本上都是越南本地人投资，大叻种花有多年的历史，法国殖民时期就开始了。车轮行驶在旷平的高原上，新建的带有欧式风格的小楼连成一体，开始形成集市，而环绕这些建筑物的坡地及谷地上布满种花的大棚，显然这里已经形成成规模的鲜花种植园地。

穿过五六公里街市，抵达**大叻市区**。司机主动提出带我们绕城一周。大叻市的精华之处在于**春香湖**。这座香蕉形状的湖是1919年随着一座水坝的建成才出现的，名字是为了纪念17世纪

▲ 大叻高原上的花房

▲ 大叻春香湖

反抗专制的越南女诗人春香。湖位于整个城市的海拔最低处，有多条小溪流入。湖水清碧，岸边林径通幽，花草遍地。湖东侧卧低矮的山丘，山坡上建有螺壳状、粉红色的博物馆，环湖有7公里长的柏油路，已成为城区主干道的一部分，沿途经过广场、酒店及高尔夫球场。主城区与湖之间有宽大的隔离带，自东北向西南展开。城区不大，略有起伏，点缀着许多法国殖民地时期的优雅别墅。主要的建筑物为近些年新建的，大都注意在风格上与以往保持一致，当然在精致与美感上仍有明显差距。天主教堂小巧玲珑，与绿色的老邮局和成片的小洋楼搭配得当，错落有致。越南**末代皇帝保大**的"行宫"就隐蔽在这群建筑之后。显然楼宇陈旧，有待修复，但其当年操持国事的房间内摆放着皇家印章和军印、皇旗、军旗，不失最后一个越南王朝的威严，令人印象深刻。城西北处有一片洋溢着典雅气息的别墅区，灌木和草地经过修整，是一个休闲的好去处。花了1个小时的时间转了转两个汉传佛教禅宗的庙宇，一座叫**竹林寺**，一座叫**灵福寺**，皆临湖靠山，傍晚时分几无香客，孤寂清静，禅意充沛。

　　一百多年前，法国学者**耶尔松**在印度支那三国腹地的长山山脉南段探险，"众里寻他千百度"，最后选中高原福地——小镇大叻，先作为他研究地理生物的基地，后招来同类进行商业开发，竟演成避暑观光胜地，不仅仅因为这里旷野平川，不远处又多秀峰、沟壑、流水、瀑布，还有位置适中，临近法国在越南的经济重心西贡及湄公河三角洲一带，对顺化、岘港、会安一带的官僚、富商也具有吸引力，颇具商业开发前景。但更重要的是气候，热带气候是西方人殖民热带地区一个难过的坎，因而也是开发这些避暑城市的直接诱因。**如英国对应加尔各答开发大吉岭，对应新德里开发西姆拉**。美国历史学家**罗兹·墨菲**说："管理全印度的政府直到1912年始终设在加尔各答，但是夏季最炎热的几个月则迁到凉爽的喜马拉雅山麓。""热带环境对他们是一种考验并严重有碍健康，特别是由于上流社会要求他们像在国内穿上全套毛料衣装、饮食过度及消费大量葡萄酒和威士忌。""西方人对当地疾病没有免疫力，他们惊人的死亡一直延续到20世纪"，"大约不到半数能活到回国。"耶尔松在地理学的意义上发现了大叻，但西方人求生需求则带来大叻商业开发的先始动机。**大叻赋予了低纬度、低地的越南另一种面孔和另一个天地：热带的溽热不再，取而代之的是春天般的温润及秋夜的凉爽。**

3月4日

大叻—胡志明市

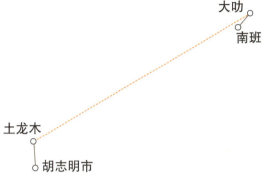

大叻

南班

土龙木

胡志明市

一城如花抱湖翠，半面青山展坡秀。难得在如此低纬度的地方，还能寻觅到如此清凉的世界，一段短行的山峦重叠之后竟还藏着热带气象下的高原。虽然它如此"袖珍"，这个被称为**"西原"**的地方，但它是高高的长山山脉与狭窄的沿海平原之间的灵光一闪，造物主给了越南一块可以望山拥海的还算阔大的台地，使扁担形状一般的越南中部，在它即将走到尽头就要俯瞰湄公河下游平原的时候，使人们眼睛一亮，数万平方公里面积的"尤物"横空出世，无疑增加了观貌览势和生灵腾跃的多样性。

取得自主独立地位的**安南**历代王朝在一路向南，蚕食、收服占婆国的同时，也以"亚文化圈"首领自居，打起了**"以华变夷"**的旗号向西发展，抵达长山山脉南端，这个生息着数十上百个弱小民族的"蛮荒"之地，而将西原收为囊中之物。这种古代文明演化而难以避免的过程，大大加大了越南的纵深与腹地，并在西原这个地方上面轻松地擘划了五个省的区划。

被称为"高原明珠"的**大叻**，是**林奈省**的省会，位于西原地区的东南部。这个因法国人开发起来的避暑胜地，并没有随着西方人退出统治而失色，反而因越南，尤其是其南方地区经济最近十余年走出危机，并不断得到发展而名声鹊起，成为越南游客的至爱。

清晨，我们徜徉在波光粼粼的春香湖畔。空气清新，景色宜人。连续碰到四五组穿着妖艳婚服的青年男女，摄影师们正为他们留下倩影和笑容，这难忘时刻将成为年轻人迈入婚姻殿堂的起点。难怪店主人告诉我们，大叻的别称叫"蜜月之都"。3月的大叻远未进入旅游旺季，盛暑之时将迎来客流高潮。外国游客可能更喜欢在越南柔细的沙滩上和名胜的景区中消磨时光，但大叻周围众多的湖泊、瀑布、常绿森林和原野，仍然吸引一些喜爱狂野活动的人群的眼光。小秦说，每当节假日，大叻常成为西贡一带外资企业白领人员的休闲首选地。

大叻周围也是一个越南少数民族密集的地区。土著居民多操孟高棉语系或属马来语系占语族的变异语言，很多还与长山山脉西侧的老挝、柬埔寨的原居民族群人种、语言相通。如**斯丁族、麻族、格贺族**等，均操孟高棉语系中的部落方言，有自己独特的习俗和语言，有的还保留着母系社会的特点与痕迹。后来，原居住在中国南方或中越边境地区的少数民族，如**苗、瑶、傣、壮**（在越南分称岱、侬）族等，沿着长山山脉东侧南迁至西原地区，与原住民民族与民系保持着相互依存、融洽的关系。在绕湖进入街市后，我们来到一家米粉店用早餐。许多老头、老太曲腿蹲在条凳上饮茶、聊天，完全如20世纪五六十年代珠三角地区的老人清晨去小店喝早茶般的姿势与神态。我太熟悉这种状况了。翻译来自广西，懂壮语，他悄悄地告诉我说这群老人中许多讲的是壮语。我让他用壮语与他们攀谈起来。原来这些老人均为越南的**侬族**子民，他们的祖先曾随**刘永福的黑旗军**到越南参加抗法战争，后刘永福奉清廷之命率黑旗军主力驻守台湾，许多士卒及其家属便留了下来，与原来祖居中越边境的侬人抱成一团，成为越南居民。他们大

▲ 大叻城内

多原居住在宣光、安沛等省，20世纪因修水库等原因而迁往西原一带。**越南侬族、岱族与中国的壮族为同一民族**，只不过在中、越两地分称而已。侬、岱族的区别则按其在越南居住的时间长短而定，历史上就居住在越南的称岱族，近200年来迁入越南的称侬族。岱、侬两族现已发展成为越南最大的两个少数民族，据2009年统计，分别有16263926人、968800人。现越南的**拉基、山斋族**也为中国壮族的分支。唐代，六七世纪时，壮族先民被史书称为**"西原蛮"**，当时他们就在左右江一带居住、活动，这时越仍为中国郡县。至越独立后，有数百年间仍未划界，或划界不清，"西原蛮"的活动范围就是后来划界之后的中越边境地区。我问老人道，你们现在还拜**侬智高**（北宋年间的壮族首领）吗？他们说，肯定拜呀，他是我们的祖先。对于这位在北宋年间，既反交趾又抗宋的壮族先民首领，侬智高在壮族的心目中仍存有难以撼

301

动的地位。

中越两国之间第一次划定边界是1078-1084年的事。《**宋会要辑稿**》载："元丰元年（1078年）正月九日，交趾王李乾德上表言：伏蒙赐诏从臣所请，自今复贡职，已令安抚司各差人画定边疆界，毋得辄侵犯……闰正月十二日，广南两路转运司言：……昨退交人……使人发遣赴阙其画定疆界。"对此，安南用汉文编修的《**大越史记全书**》载："甲子九年（宋元丰七年）夏六月，遣兵部侍郎黎文盛，如水平寨，与宋议疆事，定边界。"甲子九年即1028年。边界虽然划了，边民往来还是自如的，这主要是由于当时划界是概略的，没有划分清楚，许多边界线很模糊。中越边界的边民往返自如，是由于当时双方均未设关卡检查的缘故，且安南新朝甫定，对边境未形成有效管辖。越南现共有54个民族，京族，亦称越族，是越南的主体民族，占越南人口数的86.2%，其余53个民族为少数民族，这之中**有26个少数民族与中国的13个少数民族为跨境民族，如中国的彝族，越南称为倮倮、普拉、布标三族；中国傣族，越南称泰、泐二族；中国的瑶族，越南称为徭、巴天、山由三族**等。形成两国间跨境民族的原因是多方面，既有原是原住民，划分国界后，分为两个国家，也有从中国迁入，或由中国迁入第三国如老挝，后迁入越南的，也有从越南迁入中国的，如防城的京族、海南三亚的回族等。

11时离开大叻市区前往机场。

近午时分，阳光和煦，暖风拂面，清晨时的凉意顿消。人们脱掉了厚厚的防风衣，又像迎来初夏一样，用靓衫装扮着自己。高原的气候早晚温差大，在使人觉得因变化而激起兴奋的同时，也在改变西原之上植物的品种。法国人引进了西欧的鲜花品种，以兰花居多，培养了品种繁多的凤尾兰，格外赏心悦目，现正在成为当地输出花卉的当家花旦，仅仅一二百年之后，就改变了越南百姓的种植习惯。瞬间，离城适宜种植的厚土层上，被露天的花园和白色塑料棚温室里的花房所占据。

汽车一路下行，除却山岗，又入盆洼，疏朗的松林，高原上的蒿草，成片的茶园，众多的溪流，不断变幻的景色，很难想象这里竟是北纬12度的地区，与树木茂密、烟霞练绒的热带风光迥异，犹如到了四季如春的温带地区。

约30公里的路程，我们来到一大块平原之上。除中部隆起几个山头，所触目处皆为旷野平原，乃修筑机场的好去处。

大叻**机场**占地很大，却只有一条跑道，这可能是其客流量所决定的。候机楼不大，仅有两层高。底层为候机厅，分成两处，各有三四百平方米之阔，候机的人蛮多，显得有些拥挤，难得找到一个休息的座位。我们先到了A厅，后被告知我们买的是另一个公司的机票，便被指引到B厅。检票和安检设施较简陋，据说机场是三四年前刚刚改造过的，这也从侧面说明越南民航事业发展迅猛，仅几年间便赶不上需求的步伐了。

这使我想起昨晚购票的情景。我不知道整个越南的情况如何，但大叻这个旅游热点城市还没有建立网上购票系统却是确定无疑的。昨晚8点，通过旅店查询得知，整个大叻市仅有两处民航售票处，一处已下班，另一处营业到22点，电话问询后得知还有第二天下午去胡志明市的机票，票价81万越南盾。我们租用了旅店的小车急忙赶去，女售票员告诉我们现时购买机票的价格是120万越南盾，还要加收5万越南盾的手续票。我顿时懵了，说：怎么半个小时前打电话是81万？那女子说：现在票不多了，你爱买不买，这是领导定的。不曾想置于如此无奈尴尬的境地。舒明对我苦笑，我说，算了吧，割一刀就割一刀。当买完票后，女子又说登机只能携带7公斤行李，超重要加倍收取托运

303

费。还好我们所带行李不多，没有登记托运的要求，但为了明天不超重，只好连夜收拾行李，箱子里除放几件衣物外，其他一律精简，相机、书籍、洗刷工具皆自带。我多次出国，真不明白每人可托运20公斤行李的国际通行规则怎么到了这里竟行不通？难怪今日候机时见乘客皆提大包、小包的。"原则通行不一致"，难道是我们水土不服不成？只不过这里的原则是区域性的。看来转轨时期，这种"价格不透明"、"规则区域化"的问题还是普遍存在的。由此看来，过去几天所遇到的"出租车讨价还价"、"长途大巴随意喊价"也就不足为怪了。

大叻到胡志明市空中距离约400公里，不到1个小时就到了。**新山一机场**原位于市区的北部边缘，现已变成闹市区。过一钢瓦搭就的大棚出场站，直接面对汹涌的人潮，进出机场很是方便。舒明的外甥女**小黄**一眼就认出了舅舅，脸上堆满了笑容，顺利地接我们出了站。

时间的连续性和一矢性决定它不会顾及人的感受，更不会开恩给你延长喘息的机会。当我们在候机大厅里的人群拥挤处站了二三个小时，当我们为了躲避7公斤行李的托运规定而不得不把书籍等重物负在肩上时，真想在飞机上好好养养神，但仅只几百公里的航程，几十分钟的时光，莞尔就到达了目的地，疲惫之态始终未得到缓解。

更使我目瞪口呆的是刚从木棚搭建的出道口走出机场便直接面对闹市，炽热的城市气息扑面而来，几近将你掀翻。兜售商品的小贩，车水马龙般的摩托车大军，立即抓住了你的注意力，其喧闹的程度远远超过了在北方所游历过的城市，包括首都河内。

我上中学时就在广播与报纸上听闻过西贡新山一机场的"大名"，那时常有南越游击队袭击这个机场的美军飞机的新闻，致使我以为机场可能在荒郊野岭，毗邻游击队的根据地，但当你降临它之后却发觉根本不是那种情况。它就是城市中心区的一部分，已被稠密的人口和喧嚣的都市所包围。这个越南最大最繁忙的国际机场，开始遇到一二十年前广州旧白云机场、上海老虹桥机场所遇到的类似问题：城市建设逼近机场，在缩短交通时间、方便民众登机的同时，又增加了混乱，限制了城市与机场的进一步发展，进入难解的矛盾状态。对于广州与上海来讲，分别以重建新机场或再建第二机场的途径已解旧套，而西贡的机场之难题如何解，却未见有何新策。对越南来讲，加强基础设施的建设及改造是迫在眉睫的重要命题。**直觉告诉我**，越南在这方面的困难，不仅仅是资金和技术上的问题，其他掣肘因素也不少。遥想起一路上所看到的大面积的、无规划的、几乎将城市周边包围、将所有道路缠住的各色民居，林林总总，竞相拔起，几无节制，难说不为其发展套上一个新的桎梏，很为这个人口膨胀速度快、且严重依赖农业立国的国度着急。这种情况在越南北方和中部沿海平原表现突出。

小黄的名字叫**容容**，当听到她招呼舅舅时悦耳而清脆的声音，异国他乡逢亲人，备感亲切。这个精明的年轻女子，三年前和她的丈夫一起来到胡志明市投资创业。从她充满喜悦的脸上，可以看出成功女性的自信与风采。我们上了容容的商务车，穿过两条横道，行走在可称为胡志明市主干道的八月革命大道上。

胡志明市原称西贡市，至今许多年纪大的中国人仍以西贡称之该市，犹如称韩国的首尔觉得有些拗口而仍旧以汉城称之一样，特别是讲起一些历史事件时，觉得旧称更能表达其意。据说，西贡改称呼，是由于越南人民军于1975年5月攻克该市，继而实现南北统一时，越南国会为纪念胡志明于1919年从西贡赴法国，寻求救国道路，由此开始其真正意义上的革命征程，取其意蕴而改名的。

西贡是个历史称呼，得此名与该市的母亲河**西贡河**有关。西贡河发源于长山山脉南段的西原山区，与另一支流汇入油汗湖后穿越丘壑谷地，由北至南进入南方平原地区。后与同奈河在**堤岸**东南处汇合，

▲ 胡志明市

东威古河与西威古河也一同汇入，统称**西贡——同奈河水系**。该水系在**水獭岩湾**入海。入海口呈戽斗状，适于航运。与此同时注入海湾的，还有湄公河前江的两个支流和南方另一大河巴地河。多条大河同入一湾，致河流相通，土地相连，湄公河三角洲平原与同奈—西贡河平原融为一体，浑然天成，共同组成**九龙江平原**，为西贡这个特大城市的诞生准备了良好的地理条件。

西贡市区位于距离入海口约80公里处的右岸。西贡河由北向东再顺流南行，因势迴转，在市区形成两个大葫芦状的旋转河段，为西贡的地形带来弯曲的河道和变化的微妙。西贡港就建在后一个葫芦状拐弯处的河流附近。西贡河虽然河流短促，仅二三百公里，但源于长山山脉东麓，流域面积40000多平方公里，降雨量大，因而水量充沛，堪为大江大河，绝非一般意义上只有几百公里长的小河，近城市段的西贡河阔300-500米，深6-14米，万吨巨轮可直达市内，现为越南的第一大港，年吞吐量过千万吨。

胡志明市曾经有过多个称谓，反映了这个城市在不同历史时期所经历的历史遭遇和命运，每个称谓都打下深刻的时代烙印。明朝使者**周达观**著**《真腊风土记》**，提到吴哥时代有一属地名为"**雉棍**"，中国学者**许肇林**认为这可能是后来的西贡，原因是"**雉棍**"与越南人称"柴棍"，华侨称"宅棍"语音相近，至今柬埔寨与居住在湄公河三角洲一带的高棉人仍使用此传统名称。旧称"西贡"一名大约明初就已有之。郑和七次下西洋曾多次来过这里进行朝贡或贸易活动。之后，不少东南亚、中东及东非等沿海国家向大明朝进行朝贡或贸易，这里是西来朝贡船只停泊的一个港口，久而久之，就被称为"西贡"。

现胡志明地区及湄公河三角洲一带在17世纪上中叶之前俱为高棉人所属地域，其中1世纪至7世纪为**扶南国**地域，7世纪至15世纪为**真腊国**地域。西贡一带世为柬埔寨副王所统辖之处，称为**普利安哥**，此后此地逐渐发展成真腊的港口贸易重镇。因水网密布，这一带也称之为"**水真腊**"。15至16世纪，越南**广南阮氏**地方政权征服占婆国后，势力直逼水真腊。1623年柬埔寨国王迎娶了广南阮主的**六公主**，这位公主向柬埔寨的夫王"讨得"了西贡这片土地，准许越族流民进入，以躲避越南南北朝内战之祸。此为越南人在此大批定居之始。由于衰落的柬埔寨王国无力抵挡逐渐增多的难民潮，普利安哥逐渐变成越南人居住的土地，此地开始被称为"西贡"。17至18世纪柬埔寨内乱不已，给长期觊觎此地的越南人以可乘之机。1689年阮主**阮福�**以大臣**阮友镜**为经略使开始经略**东浦**（今越南南部东区）一带，并在此地设置了**嘉定府**，先设置两镇，后增至五镇，派兵镇守。这次扩张直至整个越南南部，斥地千里，得户逾四万。与此同时，随着中国发生清军入关事件，大批不愿剃发易服、不愿臣服于满清的中国人来到此地，开始对越南南方进行大规模、有组织的开发、建设及治理，而尤以**南明**两总兵**杨彦迪**、**陈上川**最为有名，还有广东雷州**莫玖**经柬王批准开发河仙一带，后挟土率士归顺阮主，出力殊巨。华人、华侨聚集"**堤岸**"，将堤岸建设成为与嘉定府治连成一片的商贾重地。1862年越法签订第一个《西贡条约》，割让嘉定等三省，法国殖民者完全控制了九龙江平原。西贡成为法国在印度支那进行殖民统治的中心，称为西贡或**西贡——堤岸联区**，也称为**大西贡地区**，此称呼直至1976年改称胡志明市为止。至此，**尽将南阮之嘉定府治、法国人设计之新西贡以及华人垦殖兴市之堤岸尽收囊中，成就当今之大胡志明市**。

　　未到南圻之时，曾狐疑既不临海，又不临湄公河的西贡如何能成为越南南方的中心城市？近观之方知这是一个历史的产物。越人南下是逐步南侵、蚕食而就。先以一个"**六公主**"要之为借口，以移民避难为名而动之。且"普利安哥"原就为贾商之地，有港口经济之便利，越南南部与刚被收服的占婆地相邻，可顺势而为。更重要的是手中有生力军，南投的明军**杨**、**陈**部，有部众，成建制，又来于经济发达的粤闽地区，善文善耕善商又善战，其开发的**边和**、**美荻**、**堤岸**等地，为西贡准备了广阔的经济腹地，起到立竿见影的作用。从地理上看，一个共同的海湾将西贡与湄公河三角洲沟通，还可挖沟修渠，挖掘运河，形成纵横交错的河网地带，全面开发南圻地区。正如郡县时期的交州及自主后的安南，以运河连接红河与太平河水系，使河内与北方之重镇海阳、兴安相连般。更现实的原因是入海口一带地势低凹，泽国一片；而临湄公河主干流处，水势浩荡，起落无常，在生产力不甚发达的15、16世纪，越南还不具备前、后江附近设大都市的能力。而西贡之地利，处于西原之下的冲积平原上，地势高敞，风清气明。该地区平均海拔高度10-25米，最低处也有5-8米，而西南临江处和东南入海处区域则多在2米左右的范围内。越人择此地而都之、市之、兴之，不失为有见识之举也。

南方水网地带建都市府城，非皇城也，并不须按儒文化圈的对称建筑原则，讲究南北纵横，经纬大统，可将依地形水势置于要则。因而西贡的南北主干道大多由西北而倾东南，如其最主要的市内大道八月革命大道便是如此，地平路阔，与由北至南的西贡河弯曲河道保持相对平行的方向。行至路上，便能体会20世纪就流传西贡的别号"东方小巴黎"的缘由。

从逻辑上说，西贡的地标中心就是长征大道与八月革命大道的交汇处，即俗称长征广场的地方。如巴黎的凯旋门似的，从这里放射出七八条主要城市干道，其中以连通的长征、八月革命大道似乎更像整个城市的建筑轴心线，而八月革命大道段更为显眼，如广州的中山路、上海的淮海路般。黄容容小姐的车一路走来，行得很慢。整个道路排列着西贡几所著名的大学、体育场馆、天主教堂、中央铁路的终点站西贡站、两个中心郡的政府机关，大道的末端是西贡传统商业中心**滨城街**和号称"背包客世界"的**范五老街**。其东北方向不远处就是**统一宫**，这里曾是南越伪政权时期吴庭艳、阮高其的总统府，现为胡志明市的一个游览地；黎文捌公园与同开地区邻近此处不远，那里站立着圣母大教堂、中央邮局、供奉道教最高神祇的玉皇殿、供奉印度教女神的马里安曼印度寺庙以及多个在整个越南都排名在前的形形色色的博物馆。在其北部相距不远的是与其平行的南圻起义、二征夫人大道，组成中部主城区的基本框架，两旁布满了法兰西式的庭院和建筑，以别墅式的小洋楼居多。我们在这里寻找住宿之地，皆徜徉在这些西洋式的小楼之间。著名的堤岸华商区就在范五老街西南，八月革命大道有多条闹市道路与其相近。

1个多小时的城市穿行，初步的印象有三条。**一是人气旺盛**。街头巷尾挤满了各式车辆，尤以摩托车为多，可谓如潮水般。城市交通能够正常运转，这多半要归功于摩托车手们见缝插针的了得功夫。当然，车辆的尾气也常使人的呼吸有异样的感觉。**二是绿化不错**。在主干道和别墅区附近的树木十分粗壮，高大挺拔，且数量众多，一二人围粗的大树比比皆是，绝非三五十年所能长就，可用"古木参天"去形容之。**三是老城区面积阔大**，临街多为西洋式建筑，当然以体量不大的欧式建筑为主。20世纪三四十年代，号称"十里洋场"的大上海是远东第一大都市，那时城市人口400余万，据说西贡当时已逾200万，是东南亚地区首屈一指的大城市，而那时的香港、广州、新加坡等城市也不过百万上下人口的规模，可见，法国人还是违心地给这里留下了不薄的"家底"。不过遗憾的是，在现主城区内及周边处新的现代化的建筑物才刚刚冒头，用"方兴未艾"这么个词去形容，似乎稍有过誉，但已开始出现这种势头。

▲ 胡志明市闹区夜景

古芝

胡志明市

原定住在东区的花园别墅宾馆，但我以为那里太过幽静，四周皆大树与花地，明显是法治时期的"富人区"，不便了解世俗民情而却之。

当夜幕降临时，我们住进了**范五老街**附近的一个旅店，这里临近熙熙攘攘的街区。

朝阳的熹光掠过楼顶，街区的沉寂早已遁去。不到7点钟上班的人群就抛却睡乡赶往操持营生的场所，多骑驾摩托，少数步行，这标志着新的一日开始。问旅馆门卫后才知道，我们住的这个地方叫**陈兴道大街**，就在阮朝大臣**郑怀德**所写《**嘉定城通志**》所提到的"大街"附近。现胡志明市将原西贡—堤岸市所有的街道全改了名，直接以越南的名人名字命之。整个城市以胡志明命之，越共所有元老级人物如陈富、范文同、武元甲等，所有朝代，从丁朝到阮朝，历代君王及名臣，如丁部领、黎大行、李太祖、李常杰、陈兴道、阮光中等，许多传说的人物，即便是郡县时期的人物，如二征夫人等，还有名人名士、英雄烈士，俱一一标之。几成历史教科书的展示。那些与北方邻邦有争议性的人物也欣然命之。

所住旅店位于一郡，这里原属嘉定老城。向南、向西即为堤岸。**堤岸**是世界著名的华侨华人聚集区，现为胡志明市的五郡、六郡、十一郡，已成为城市中心区的重要组成部分，面积约为市区的四分之一。据说也是该市经济活动最活跃的地区。其面积、规模之大，历时之久，皆出乎想象。就当时而言，即便是东南亚的几个著名华人聚集城市，如新加坡、槟城等，皆难望其项背，更何况旧金山、巴黎的唐人街。

说起堤岸的开发，绕不过17世纪中期晚明总兵陈上川这个名字。

陈上川是**明朝高州府吴川县南三郡田头村**（今广东湛江市坡头区南三镇田头村）**人**，生于明天启六年（1626年），卒于清康熙五十四年（1715年）夏，享年90岁。这段时间恰逢明王朝覆亡、大清国创立。在辽阔的中国大地，清与明两大政权之间的战争和兴替所带来的波及即便是远离中原的东南沿海和岭南之地也不能幸免，只不过这种由北而南的倾覆使得闽台粤桂及其所环抱的南中国海成为新旧两个朝代的最后角斗场罢了。其间，王道与霸道、正统与变异、主流与蛮夷、统一与割据，各种矛盾错综复杂、缠根绕枝，演绎了无数慷慨悲歌、衷肠尽诉的故事。生长在这个历史大变时期的陈上川的个人命运被打上了深刻的社会印记。

从阅历上看，陈上川一生，其人生脉络是明朗清晰的，前半生的主线是反清复明，后半生的心血几乎都用在了率众远走南越、开发嘉定上了。

陈上川家境殷实，少时读书，善诗好文。15岁时考上府学，后父母病亡，便随舅舅赴广东肇庆入读省学。仅读两年，即1644年，清兵入关，陈上川即息学上阵，志于反清复明。1646年随在肇庆宣布建立永历政权的明桂王**朱由榔**参与抗清斗争；朱由榔败之后，又呼应曾攻占过高州、继尔抗清的**李定国**军，以及由云南起事、鼓动反清欲恢复汉族政权的平西王**吴三桂**的军事行动，待其听闻被南明小朝廷封为王位的**郑成功**曾率水师攻陷过南京、后击败红毛荷兰入侵者并在台湾建立反清基地后，奉明永历朝为正朔的陈上川义无反顾地加入到郑氏的抗清队伍中。**陈氏于1664年被郑成功任命为高、廉、雷三州总兵。**由此开始的十五年的总兵任上，他率兵船攻陷钦州，控制北部湾沿海陆地和水域，一方面作为掩护郑氏政权，牵制清军兵力，另一方面则出兵力保护闽粤琼一带商民赴东京（越南河内）、广南（越南中南部）、暹罗等地的经商活动，为复明积聚财力。且多次派兵攻袭粤西、桂东一带，配合吴三桂的抗清行动。当然今人看来，陈上川没能看清明末清初中国的统一大势，未免有些迂腐，但其忠于正统、诚于仁义的举动仍有可嘉之质里，不失为讲究节义之士。恭读经书多年的陈上川不会忘记孟子老先生那句名言：富贵不能淫，贫贱不能移，威武不能屈。他选择了闽粤人出洋谋生，再创造一番事业的传统之路。待"三藩之乱"被平定后，陈上川失去陆上的立锥之地，誓言绝不当"剃头之民"，毅然决然地踏海南下。1679年4月，陈上川与副总兵**陈安平**率三千兵民，乘五十艘战船前往广南的沱㶇港（今岘港），请求庇护。而与陈同时段抵达广南的还有**广西龙门（钦州）总兵杨彦迪**。对此过程，《**嘉定城通志**》有详细记载："奏报称大明国逋播臣（指陈、杨等人），为国矢忠，力尽势穷，明祚告终，不肯臣事大清……"广南阮主认为："彼兵远来，情伪未明，况又异服殊音，猝难任使。然他穷逼奔投，忠节款陈，义不可绝。且高蛮国（今柬埔寨）东浦（嘉定之古称）地方，沃野千里，朝廷未暇经理，不如因彼之力，委以辟地以居，斯一举而得三矣。爰命犒劳嘉奖，仍准依原带职衔，尽往农耐（嘉定附近）以后，拓土效力。"具体分置是**杨彦迪兵船由湄公河的前江大、小海门驶入驻美湫**（今越南前江省省会美荻市），**陈上川船艘驶进芹滁海门**（即同奈—西贡河入海口），**驻扎于盘辚**（今同奈省会边和）。史载，陈、杨二部很快就取得开发成效，不几年就"辟地开荒，构定铺市，商卖交通，唐人、西洋、日本、阇阐（印尼）商船凑，中国华风已渐渍，蔚然畅于东浦矣。"**广南阮主真可谓天降馅饼，一举而三得。一收文明惯战之师。**在北郑南阮争斗、无暇经理"水真腊"之际，借明朝二总兵之力辟地以居，达到逐渐占领整个南圻（今越南南方）之目的；**二收经济开发之实效。**水真腊虽处荒蛮状态，但"沃壤肥田，泽江卤海，鱼盐谷菽，地利之最"，过去只是零星的流民迁徙，分散开发，难竟全功，收留来自当时东亚地区生产力最为发达的中国陈、杨之师，可带来高度成熟发达的农耕经济和繁荣的海商贸易，继尔带来赋税财力。这对于一支有组织、有文化、有经验、有战力的晚明之师是一件不难做到的事情。其在粤、桂沿海坚持二十余年有组织抗清和有效的区域治理便为明证；**三收讲究节义之名。**安南历来为中华的藩属国，当时奉明朝为正统，与晚明臣民的心理相通，视侵入中原的清国女真为不义，而陈、杨"不肯臣事大清"，乃"义不可绝"。收有义之士则为"怀义之君"。这无疑是树一道义旗杆，更是开发南圻、收服人心的"未遑远略"。**与今想来，广南阮主收留二师，不论其细末动机如何，从客观上看仍不失为一明智仁义之举，在17世纪中叶中国处于动乱之际，为保留中华文脉、人脉增加了一条生路。**

前文曾提到，**广南政权**是后黎朝于16世纪中期在郑阮南北割据对立的基础上形成的。

清朝建立后，先后册封了由郑氏掌实权的后黎朝和割据高平一方的莫氏政权，但对占据顺化——广南的阮氏集团要求册封的意愿却未予准许。康熙帝以当时越南国王黎氏尚在，不能另行册封为由拒绝了阮主**福澜**的请求。但由**阮璜**开创的阮主割据集团仍以广南国自称，人称阮主为"广南王"。**无力北进的阮主，另辟蹊径，开始了加快南征的步伐。**阮主在黎圣宗发兵侵占占婆国大约五分之三的基础上，又三次出兵征伐占婆。此时占婆残余之地已被后黎在15世纪分为**占婆**、**华英**、**南蟠**三个小国，国小势微，不堪攻战，阮主分别将之置为富安、泰宁以及平顺三府，占婆国至此灭亡。在广南国仍保留个别占人集中居住地，有封号。阮朝建立后，阮**明命帝**改土归流，剥夺占王名号和封地，占婆国于1833年从实体与名义上均已不复存在。

自阮璜割据顺化，逐渐取得越南中南部的实际统治权，在与郑主长达百年的争斗过程中，招徕了大量越南北方的难民、流民及中国移民进行开发，在继承占人沿海渔商及农业经济的基础上，使越南中部经济有了很大发展，尤其是顺化、会安、岘港一带显得更为突出，顺、会地区成为越南继东京（河内）地区之后另一个经济文化较为发达的地区，同时也为大规模的经营、开发越南南方准备了条件。

攻占了占人最后据有的**藩朗**、**藩切**（越南中南部沿海地区）地区后，广南国便直接面对水真腊并与之接壤。**九龙江平原**这个荒蛮的千里沃野，成了阮氏统治集团现实的战略目标。"六公主"讨得的被称为**普利安哥**的这片地方，被用于安置由于北方战事而沦为难民的北方民众，开了安南人合法进入**水真腊**（即今越南南方）的先河。**法国人称嘉定一带为CosaDXine，意即"六公主讨来的地方"**。此地亦开始了被称为**"西贡"**的历史。敞开了的国门绝难再关上，难民与流民蜂拥而至。但这仅仅是零星的个人奋斗似的开发。而真正的有组织的大规模开发则始自陈上川、杨彦迪两总兵的到来。

《**嘉定城通志**》多处提到，"嘉定（后辟为五镇，泛指今越南南方）为古真腊之地"。但在17世纪中叶之后，随着"六公主"事件的肇起，嘉定地成为广南觊觎的目标，**暹罗**（泰国）人在强大之后也常来搅事，势单力薄的**高蛮**（柬埔寨）独木难支，挡不住广南的染指及四邻蜂拥而至的移民潮。18世纪之后，又有西山朝农民起义军和法国殖民势力占领或涉足这块地方，嘉定五府的演进及发展呈现出错综复杂、多次易手的状况。广南阮氏政权之所以在此处立足，逐渐取得统治权，收为囊中，并以此为基地夺取北伐胜利，建立越南最后一个统治王朝阮朝，原因固然是多方面的，如高蛮内乱、西山朝分裂、暹罗失利等，但陈、杨两总兵率部对边和、美荻的有组织开发及参加征战，另一雷州人士莫玖对河仙镇的开发，并将其归顺广南，使阮主力量倍增，不能不说是其重要原因之一。

陈上川驻扎于盘辚（边和）后，"招致唐商，营建铺街"，使该地发展成为"农耐大铺"，铺"瓦屋迷墙，炫江耀目，联络五里"，"富商大贸，独此为多"。同时辟地开荒，将大片的未开发的处女地，所谓的"薮泽林莽"开发为万顷良田，迅速变为农商经济发达的"膏腴之地"。至今九龙江平原仍为越南第一大粮仓。杨彦迪在被其副手龙门副总兵**黄进**反叛攻杀后，黄被阮主"伏兵掩捕"，陈上川兼管龙门将卒，1688年、1689年，陈在两次攻讨高蛮的作战中，皆被命为先锋，战场效命，因功而爵**"胜才侯"**。1712年至1714年，**陈上川知嘉定府**，他运用开发美漱大浦、农耐大浦的经验，招收大量唐人入堤岸，尤以龙门兵卒及后人为多，并修筑运河，使美荻与堤岸相连，沟通了西贡河与湄公河，两大流域结成一体，**堤岸大浦**迅速繁荣起来，为堤岸与嘉定的商市毗连、合二而一奠定了基础。堤岸成为华人、华商在越南最大的集中居住地和工商业最为发达的地区之一，是今日胡志明市的重要组成部分。

与中国的上海一样，西贡也是越南最大的工商业城市。上海建市的时间较短，在1840年签订《中英条约》后，上海辟为通商口岸，迅速在上海县城，即今南市、城隍庙一带的北部、东部发展成为"冒险家的乐园"，西方凭借先进的生产力和较为科学的规划能力，将上海开发成为具有西方建筑特点和规划要素的城市，并划出多个规模较大的租界，使其与华商开发的地区联成一片，成为远东最大的工商业城市和金融中心，远超当时日本的东京等城市。但其地域完全在江苏的松江府范围内。而西贡则不同。1623年西贡的前身"柴棍"仅是水真腊的小渔村和简易商贸集散地，后由于广南流民与中国移民的迁入，带来了比高棉国（柬埔寨）更为成熟的儒教文明和发达的农商经济，逐渐在湄公河三角洲北部和同耐—西贡河流域平原构市立铺、开拓泽林，短时间内发展成为成熟的商贸集散地，形成了**嘉定府**。陈上川、杨彦迪的介入，更快地推动了这一进程。待法国殖民者进入该地，在柴棍、嘉定的基础上建成现代意义上西贡市，当然也包括堤岸，它早已突破了某一封建行政区划的范畴，又形成了新的行政市属。

有一点需要强调的是明朝中后期同意开放"海禁"后，以**福建泉州月港**为基地的**郑芝龙**（郑成功之父）曾多次击败西班牙、荷兰早期海盗冒险势力，垄断了亚洲东部的东洋、南洋航线，成为东亚最大的海商集团，其所制造的尖底龙脊的福船与粤船，在西方兵船未在东方形成气候之前，是当时最先进，最适用的海船船型。**作为郑成功集团重要组成部分的陈、杨两总兵及其部属的归顺，自然给越南带来了先进的航海技术和海商商路及其管理经验。**

有组织的晚明势力南下，与广南国政治统治势力的结合，迸发出洪荒之力，数十年的功夫就将九龙江北部平原开发成封建社会体制内部所能达到的生产力水平。

1862年后法国通过炮火与越南签订下两个不平等的《西贡条约》，西贡被割让给法兰西。殖民者着眼将西贡建成其统治印度支那的重心，对西贡进行重新规划和投资，西贡城被改造成法国殖民者所中意的样子，而同样具有强大财力的华商集团则环西贡发展成为另一相比邻的城镇即**堤岸**。这两部分构成了19世纪之后西贡的雏形。20世纪50年代中期以后，吴庭艳政权为了对付越共的游击队，将解放区的村庄合并为"战略村"，大量人口迁入西贡等大城市，使城市面积扩大不少，但

317

产业发展仅围绕军工、防御及维持生计展开，靠美援过日子。这时堤岸拓展也很快，突出表现在以堤岸为基点的华人资本的增长，占整个南越经济总量的二分之一以上。堤岸仍是大西贡的主要组成部分之一。

所住旅店临横贯东西的陈兴道大街，与雄王大道相平行，与纵贯南北的李常杰大道相交，是堤岸一条陈旧而重要的道路。

沿街行，不远处即来到一片原叫**紫根铺**的地方。街道规整，毗邻相连的三四层高的楼房分列于之南北，有三四条横街平行伸延，长三四里，还有直街相贯，呈田字样。楼栋相连，越唐杂处，但以华风为盛。楼房显得有些陈旧，多为20世纪50年代以前所建。临街有一小广场，后有一院落，门庭为三开间飞檐脊龙的堂屋，屋檐下书"**穗城会馆**"，即俗称广东会馆的处所。庭院共三进，一望便知。大堂拜的是龙母娘娘，即珠江流域广府人共同祭祀的神灵。联楹道：

尊圣籍神权原当午义重穗城特开社会

合民联族界况我辈情殷梓里尤爱人群

看门的老头年龄比我还小，为1953年出生的广东花县的简姓人，他祖父辈就到堤岸，但仍在原籍娶妻生子。简兄两岁时随母赴越寻父。他说，他的族人大多在1975年后去了海外，以去美国和香港的居多。舒明和他讲了几句乡音，一下子拉近了距离。老简说，等攒够了钱，想要回家乡看看。

东去200米便是**潮州会馆**，亦称义安会馆。馆虽不大，但馆龄很长，据说已有近300年的历史，是堤岸一带建得最好的堂馆之一。

匾额上书：**万古英风**

落款：**明乡会馆**

17世纪中叶越南北南分治后，富春（顺化）阮氏收留明末清初的中国人以壮势抗郑，允许他们在治区内建立自己的聚集区和村社，致

"明乡人"普及开来。源出三种情况：一是允许在会安经商的明朝遗臣遗民建立村社，这直接导致15~17世纪时会安成为驰名远东地区的著名商埠，后由于泥沙壅堵而落伍，但却给越南留下一个世界历史文化遗产受到景仰；二是一些明朝移民在京城富春北3公里处的香江之畔建立"大明客属清河铺（庸）"，越人也称清河社，后也归为明乡社；三是陈、杨二总兵驻嘉定后，清河社、明香社的名称亦出现越

▲ 穗城会馆

▲ 潮州会馆

南南方，**"唐人子孙居镇边和者，立为清河社；居藩镇者，立为明香社"**。西贡、堤岸一带为原藩安镇，称明乡社。明乡社是华侨华人的自治组织，其内部设乡老、政长、甲首等职。三者之一，以第三种情况为最盛。1698年阮氏政权"初置嘉定府"，加之陈上川曾主政过嘉定，西贡一带越南华侨社会组织已趋于稳定，由自发走向成熟，越南华侨社会初步形成并得越南官方的认可。1802年情况有所变化，明乡社的内涵有变化。由于明香社及大多华侨华人支持**阮福映**（称嘉隆帝）的中兴事业，阮

朝允许明乡人（1827年后明香改为明乡）在越南北、中、南部建立明乡社，作为对明人后裔的一种优待。而清河社的称号也逐渐被明乡社所代替。陈、杨所率兵民绝大部分为男姓，这种男多女少的人口分布造成华侨男性多与越南本地妇女通婚并组成新的家庭，从而形成了大量的混血人口。但其族内人口的家长、族长等，仍为混血的华裔男性。这种在越南土生的混血人口，即在越南出生的第二代、第三代华裔人口，继续称之为明乡人。据史料记载，19世纪初，越南南方明乡人达到6.5万人，占整个越南明乡人总数的85%。但此时"明乡人"的内涵已发生变化，不过其作为中华的血脉及文化传播者的功能仍被保留下来。如学者古小松所言：此时，"明乡社发展成为中越混血的侨生社会（即华裔）"。可见，**明乡社虽然逐渐融入越南的主体民族，但与其仍然是有区别的，当然也区别于在19世纪中期因法国大规模开发越南三圻而兴起的近代史上第二次移民越南潮的侨民，但两者在信仰、民俗等文化类型上有传承关系却不容置疑。**

　　潮州会馆所主祭的依然是武圣关羽。作为忠义诚信的文化符号，

▲ 潮州会馆主祭武圣关羽

对于善于商贾的潮汕人而言，是首要的顶礼膜拜的对象。天下潮州，概莫能外。"万古英风""中外褆福"是他们的内心追求和写照。

▲ 天后圣母

又去拜访了两座**天后庙**，一座在大街的东部，一座在后直大街的街西沿，均占地不小，形成独立院落。两会馆门庭，分别书有"**温陵会馆**""**霞漳会馆**"字样，方知两者俱为福建会馆。妈祖**林媚娘**是我国沿海上万里共同祭祠的对象，而尤以这

▲ "太岁爷爷"牌位（范福东摄）

位女神的发源地福建为甚。"海国慈航""全闽颂德"，福建人在海外依然需要家乡的航海保护神庇佑。后厅写有"觊昭澜恬"的妈祖龛位以雅为美，据说天后圣母像和龙柱凤座均是从福建专门订制万里海航而来。

后去横街附近的**老子街**和**会安里**，参观观音庙和关帝庙。狭窄的庙舍被拥挤的民居所包围，可汉字所写"堤岸观音庙"和"太岁爷爷"牌位依然清晰可见。见有一些善男信女上香、跪拜于前，极为虔诚。我与

一位中年妇女招呼，对方竟能操粤语应答，虽不够娴熟，但从断断续续的语调中可听明白她就是明乡人的后代，姓陈，是陈上川家族的后人。我问她，胜才侯有陵墓否？她噜噜嚷嚷地说了个地名，我和舒明却难以辨听。后多方打寻，才知道陈墓陵在同奈省会**土龙木**市附近。虽有心探究，然旅程难返，只能留待今后了。据说胡志明市的第一郡、第二郡等街区尚保存多座华人庙宇、会所，大多有100多年的历史。

沿陈兴道大道西行，进入**堤岸**。《嘉定城通志》曾对18世纪中期的堤岸有过描述："货卖锦缎、瓷器、纸料、珠装。书坊、药肆、茶铺、面店，南北江津，无物不有。""凡佳辰良夜，三元朔望，悬灯设案，斗巧争奇，如火树星桥，锦城瑶会，鼓吹喧阗，男女簇拥，是都市热闹一大铺市。"而今虽也为闹市，但却显得陈旧、糟乱，如中国南方两三年前三四线城市的旧街区。街上混行着摩托车和人群，低矮的楼房挂满了商幡，底屋皆辟为商铺，装卸货的车辆、伸出楼外的遮阳伞和售卖百货的小店把人行道占满，倒是汉字写就的**"方济格天主堂"**的基督教堂的门前显得清静些。这种在国民经济开始起步，而尚未起飞阶段出现的现象，是有些乱，却不足为怪。而要光复西贡—堤岸昔日繁荣的景象与在东南亚一带相般配的地位，则尚需时日。愿堤岸人能寻找到正确的经济发展方向。

约11时，我们乘车出城向西北方向的**古芝**驶去。

沿李常杰路—长

▲ 胡志明市堤岸老城区

征路出城。路面宽阔，大部分路段是四车道，上百年前能设计这么宽的路，真不容易，很是佩服巴黎人经营城市的眼光。路面平整，好像不久前才铺过沥青。虽然高大的树荫之下，主流的建筑是法式别墅和楼房，但明显感到城市建设的步伐在加快，许多路段和插花地被新建的小楼所取代，还不时能看到高楼大厦。唯使人缺憾的仍是架在空中的密如织网的各类管线，看来要在人均2000美元的发展中国家解决这个问题犹嫌为时过早。路旁除不时出现教堂、公园、广场外，也有一些雕塑。主题大多反映的是越南人刚勇的一面，尤以一个越南少年手持长矛骑马飞驰的青铜塑像醒目。摩托车是越南民众的主要出行工具。据说七八百万人口的胡志明市有500多万辆摩托车。虽然已近当午，仍是这种小型车的海洋。我们所乘的出租车开不快，只能挪动，淹没在摩托车流之中。

近1小时出城。绕**新富郡**，上了赴**西宁省**会的省道，行走在城乡接合部。又故态复萌，免不了伴夹道而市的民居。路常有颠簸。又行约20公里，方见两边田野本色。虽无山岗山梁，更无山峰，但显然觉得地有起伏，地势在升高。抚卷查书方知，西贡—堤岸一带海拔仅为5-10米左右，但靠近古芒，则地势已有10-20米高了。这里逐渐靠近由西宁山地顺势而下的坡地，为典型的热带平原，城郊处则为热带水网地带。但见树木高大，藤草茂盛，虬枝吐秀，云叶交荫。只有少许的农舍草房隐约出没于林中，说明除市镇、道旁商业人口较多外，真正的农业人口并不稠密。旷原大多已经开发，低平处多咖啡园，高敞处则是成片的橡胶林和旱烟地，四周稻田、果园也有少许，不成规模。橡胶、咖啡、坚果是越南传统的出口货物品种和重要的换汇工具，虽较石油、大米、楠木少许，但每年也有数十亿美元之多。史载叙道，这些经济园林的开拓之始，华人常领创建之先。当然中国现在是这些物品主要进口国。近五年来，中国已取代日、韩成为越南最大的外贸来源国。

去年广西、云南中越边境行，发现所有中越口岸皆人气旺盛，商业火爆。尤以广西靖西以东的十几个口岸为甚，见首不见尾的地排车上装满了这些农、林、渔货的初级制成品。许多物品直接进了中国内地，如**槟榔**。世界最大的槟榔制品集散地和消费市场并不在沿海地区，而是湖南湘潭，被曾国藩、左宗棠誉为性格"蛮霸"的湘人就喜欢这种有强烈刺激味道的调情物。越人也"好这一口"。街头巷尾常见中年妇女满嘴通红地咀嚼这个物件。

在一座两层楼的建筑物前，司机说到了目的地。在茂密的丛林中，我们穿过一条隧道，渡过几条小溪，到了**古芝战争博物馆**。完全看不出这里周围竟建有上百公里长的地道与密室，唯有散见四周的废旧美制坦克和布满铁锈的炮体在提醒我们，这里曾经是爆发过激烈战斗的对美作战的战场。

古芝已经成为胡志明市的一个热点旅游地区，不仅有大批的越南青年、学生来此地凭吊他们的先人，还有众多的欧美游客到此一游。导游说，常有美国人来，一些越战老兵重游故地，一究当年越共为何剿而不灭的原因。

古芝地道与不久前刚参观过的广治永牧地道不同。广治地道居于北越治内，畔于贤良河北，南北军事分界线外，其主要功能是越人民军出击南方的隐蔽前进出发阵地，战术作用是抗击敌机轰炸和敌舰登陆。而古芝地道则位于南越首都西贡附近，在犬牙交错的游击区坚持武装斗争，表面阵地常常处于敌我双方反复争夺之中。因此广治地道的建设重点在地下，以防空、屯兵、交通为主，而古芒地道则要兼顾地面与地下，防止在表面阵地丢失后仍能保存有生力量，并可坚持战斗。在地道群上面，见有许多逼真的蚁巢、蜂窝、树桩，其实这都是地道的通风口，或入口处，更有地下通道被伪装成草地、树林，以及枯井。当美伪军来扫荡时，在入口处喷洒胡椒粉，或浸泡过美军衣物的浑水，即便是军犬也

▲ 隐蔽的地道口　　　　　　　　▲ 古芝地道与密室隐藏丛林中

▲ 废旧的美制坦克和布满铁锈的炮体

难以发现这些奥妙。隐蔽的坑口，及覆盖其上的热带雨林，为古芝地道群及其附近的战争根据地提供了良好遮蔽，致使其在敌后坚持了10余年的残酷斗争也未被完全破坏。1968年新春期间，越南南方主力部队曾由西宁根据地潜入古芝地区，再以此地的地道为出发阵地，与西贡城内游击队配合，闪击西贡，偷袭美驻越大使馆、军官俱乐部、伪总统府及机场等地标性要点，震撼远东地区。美以直升机"蛙跳"战术，多次进剿古芝，后又喷洒"桔剂"等化学毒品，致古芝一带绿色毁灭，草木不生，大量人群中毒。导游说，现存树木是在20世纪80年代后期经过治理后才重新生长起来。热带地区植物的旺盛生命力，致遭美化学战毒害地区在三四十年后的今天再度郁郁葱葱。

后我们随导游在一陵墓背后的入口处下到坑道，方知道此处区域的土质均为黄橙色的胶土，成型性和防水性俱佳，适合挖掘道巷。地道宽约1米，高1.4米左右，大多分为两展层，分别距地面3米或6米。地

▲ 黄橙色胶土的坑道

道弯曲复杂，有耳室、主室、储藏间。巷道低矮、狭窄，适合越南人行走，许多欧美游客感到新奇，下到地道，走了几十米便耐不住上去了。我们坚持走了400多米。据介绍，古芝地道群长约250公里，最远处已挖到西贡城郊。到1975年抗美战争后期，地道竟挖到美军机场及军事基地附近。这种起源于中国华北平原的"民兵作战形式"，在越南竟派上了大用场。

　　嘉定，即**西贡—堤岸**（今胡志明市）虽然建城时间不长，但作为越南南方的"心脏"地带，从诞生之初，到国家统一，战争常伴随其左右。

　　建城之初，广南与高棉的争夺，虽时有纷争，但那是"不对称"的争斗，宗教氛围浓重的高棉国力不济，内乱不已，成东西两侧暹罗、广南国弱肉强食之目标。含西贡的九龙江平原，其管辖权未经多少战火便由水真腊转入阮主手里。16、17世纪的广南浴火北郑，促兵锋甚健，野心膨胀，志向远大，而底蕴则全赖近两千年儒文化熏陶所带来的高于西邻的社会文明程度和生产力水平。所以说，西贡这个地方那时还谈不上"战场"两个字，"战斗"也是小规模的，军事学意义上可以忽略不计。

　　之后，嘉定地区在多个历史时期均爆发过重大军事行动，但就激烈程度而言，主要发生在三个时期。

　　一是西山朝，亦**阮福映**（后取嘉定、升龙各一字，称嘉隆帝）初创基业时期。1771年西山农民大起义，攻陷广南阮主都城富春（今顺化），阮主福淳携其侄福映等宗族逃至嘉定，1776年嘉定城被西山军攻克，阮福淳被杀，15岁的阮福映开始领衔广南残余政权，由此拉开阮主势力与阮文岳三兄弟的西山朝反复争夺嘉定地区的战争序幕。被认为"颇具创大业美德"的阮福映，招集旧部、义军，不惜"引狼入室"，借用暹罗、法国的力量，在河仙莫氏"港口国"的支持下，屡战屡败，屡败屡战，据说曾四出四进嘉定城，两次亡命暹罗，多次败逃富国、昆仑等岛屿卧薪尝胆，后因西山朝主力北调抗清，及西山兄弟三人争功内讧，至1790年阮福映攻占嘉定及整个南圻地区，在嘉定城建军事堡垒，人称**八卦城**，由此奠定反攻西山朝、夺取越南中北部、统一越南的基础，为形成今日越南之疆界版图准备了前提条件。阮福映少年时便领兵作战，和西山朝斗了25年，其中前13年的主要战场围绕嘉定而展开，足见西贡——堤岸在阮朝创立时地位之独特。

二是1858年，法国以传教士被害为名，派兵侵略越南。在驻菲律宾的西班牙军支援下，经过两昼夜激烈战斗攻占西贡，后又先后占领定祥、嘉定、边和这三个府镇，迫使腐败的阮氏朝廷屈膝投降，签订了丧权辱国的第一次《西贡条约》。后各地纷纷爆发反法起义，其中以西贡地区的鹅贡、嘉定、堤岸、新安等地起义反抗尤甚，战斗激烈。

三是第二次世界大战后长达30年的抗法、抗美斗争，直接把西贡——堤岸这个越南南方的中心城市和越南最大的工商业城市推向政治、军事斗争的旋涡地带，是重大战斗和战略决战的发生地。

匆匆结束古芝之行，下午3时赶回城内。虽不是上下班车行的高峰期，但马路上依然车水马龙，热闹非凡。

这座忙碌的城市正随着时代的步伐向前发展。它有着巨大的包容度。从城郊的街巷一路走来，连过几个界限划分不甚明了的专业市场——建材市场、家具卖场、五金交电行……城区内既有饱经沧桑的宝刹、庙宇、教堂、唐人院落，以及廊柱纷呈、样式各异的西洋建筑，还随时可见一些孤立的摩天大厦，仿佛瞬间把你从历史的遗址中拉向迷幻的未来。

我们先到了**统一宫**。这座地标性的建筑原是南越的总统府，在20世纪60年代就曾遭到南越游击队的攻

▲ 统一宫（范福东摄）

击。1975年4月30日上午，北越的坦克冲破外墙，占领了这座设计上开阔流畅的大楼，南越正式向北越投降。从那一天起，整座建筑就原封不动地被保存下来，时间似乎也在这里停止。原总统府被冠名为统一宫，再清楚不过地标明这个国家当时所追求的目标。

不远处就是**美术博物馆**。这座优雅的殖民地时期的楼房建于1929年，黄白相间，门廊开阔，充满了法兰西浪漫的装饰元素。馆内墙壁大量使用贴块，也有几面精美的彩色玻璃配搭，墙上挂着许多艺术品，其中以现代西洋作品为主。

我们把大量的时

▲ 战争遗迹博物馆院内摆满了各式飞机、坦克、大炮等战利品实物（范福东摄）

间留给了**战争遗迹博物馆**。这个展馆以大量的图片数字和实物展示了越南抗美战争的全过程。博物馆院内摆满了各式飞机、直升机、船艇、坦克、大炮、枪支及弹药等战利品实物。主馆是一座颇大的五层建筑物，中厅透空，每层楼有五六个展厅，按历史发展时期，将1945年至1975年间的主要战争事件逐一展出。即便是接近停馆的时间，仍然挤满了人，且大多是外国游客。展览反映了战争的残酷，如桔剂的使用，造成了多少残肢败容；也反映了属地人民的英勇，战胜了那个不可一世的敌人。

四五十年前的往事已经过去，但在我们这一代人的记忆里仍如此清晰。与朝鲜战争一样，我们知道我们这个国家和人民也曾经为这场独立战争作出过巨大的牺牲和贡献。**而这里仅仅只有几张反映中国人游行、示威的照片，未免使人茫然，不知道说什么好**。据说，即便是这几张示好的照片，也是近几年才加上去的。

但无论如何，这个数千万人口的近邻，能够向两个西方大国开战，历时数十年，牺牲百万人，并取得胜利，终归是一件值得称道的事情。

我认为这场历时30年的越南独立战争可分为三个阶段。

第一阶段为抗法战争时期。从1945年日本投降后至1954年签订日内瓦协定，在十七度线划分军事分界线，越南北、南方分别设立了政府。北越的主要作战对象开始是法国军队。美国在中华人民共和国成立后，出于遏制共产主义势力的原因，给予法国人以大量的军援。1949年前法军掌握了战争主动权，越共的人民军退至越南西北部和北部山区。**1950年代后的抗法战争期间，中国是越南的唯一或主要的直接援助国**。当时在云南、广西一带中国军队曾直接训练、装备了越军的五个正规步兵师。越南也接受中国军队的建军思想、方针和人民战争的战略战术原则。整个战争期间主要战役有两个，北越均取得全胜。一是边境战役。应胡志明主席之邀请，**陈赓大将**直接参加了战役指挥的全过程，成为前线作战的灵魂人物。战役胜利后，中越边境地区完全连成一片，中国的援越物资可源源不断地运抵越南。二是奠边府战役。**韦国清上将**率领的军事顾问团参与了作战指挥和作战决心的谋划。此时中国已取得抗美援朝战争的胜利，有能力腾出手来帮助越南。这些重大战役中北越**所需要的几乎全部作战工具和军需物资均为中国提供**。许多中国军官及作战支援部队直接参与了战役、战斗实践。奠边府战役全歼了16000多法军主力部队，为日内瓦谈判中越南的优势地位奠定了基础。

第二阶段为抗美战争时期。从1955年美国直接出兵越南至1973年巴黎协定后美军主要作战力量撤出越南止。这也是南北越分治的特殊时期。胡志明那句"没什么比自由和独立更可宝贵"的名言，成为越南将抗美斗争进行下去的精神支柱。南方大规模的武装斗争是从1961年打破美吴集团"特种战争"战略开始的，之后战场扩大，美军轰炸北方，形成所谓的"局部战争"。1965年后南北军事分界线被打破，北方部队源源不断开赴南方战场，1968年越军发动新春攻势，斗争锋芒直指西贡，虽取得了重创美军、鼓舞民众的战绩，但过早地暴露了战略企图，美军之后大举进攻，至1969年在越美军已达到54.6万之多。之后北方的战略重点转向越南中南部广治——承天地区和西原地区，并在原有的基础上，在老挝、柬埔寨两国反美力量的支援下，沿长山山脉东西两侧构建了著名的**"胡志明小道"**公路运输网和防卫力量。仅1969年北方就通过"胡志明小道"运输了17万吨作战物资和近10万兵力南下。越南北方则进入了应对美机轰炸的惊心动魄的防空作战。与此同时，**中国则进入了援越高潮，除帮助越南北方恢复生产，建立了初步的工业基础和运输体系外，还提供为使战争进行下去的基本的武器装备和军需用品，粗略统计达200亿美元之多，即使是在中国处于十分艰难的阶段也从未停止**。1978年，我国的人均GDP仅150美元。难以想象如此大的援助在当时这个艰苦的环境下是如何筹备出来的。我国还在广东湛江、广西防城白龙尾半岛开辟"海上胡志明小道"运输线。在1965年6月至1972年7月，先后派出高炮、铁道、工程等部队32万余人，直接支援或参与作战。**现越南中北部22个省仍留有57座中国抗美援越烈士陵园，安葬了烈士1446名**。中国人民勒紧裤腰带，慷慨解囊，赴汤蹈火，无私大方，确实履行了毛主席"坚强后盾""可靠后方"的庄严承诺。苏联对越援助，是在勃列日涅夫取代赫鲁晓夫，抛弃了与美国直接对抗的顾忌之后，才逐渐展开的。战争的胶着状态致美军损耗增大，引发美国国内反战浪潮。1972年冬，美军轰炸河内受挫后，于1973年1月27日签订《巴黎协定》，承认越南南方有两个政府、两个管辖区，美军和附属国军队撤出越南南方。

第三阶段，即对南越政权的全面进攻和决战阶段。从1973年至1975年5月解放西贡为止。美军的撤离为北越军队创造了最大的战机。虽然南越阮文绍集团仍有近百万军队和大量美式装备，但士气低落，军心不稳，已成强弩之末。越南人民军组建了四个战役机动军团，协同作战能力有所增强。**1975年初在西原攻取邦美蜀省取得试探性胜利后，接着发动西原和顺化、岘港战役，形成战略进攻态势，威逼越南南方。在判断美军已无力也不可能重返越南后，随即发动了以攻取南越首都西贡——嘉定为目标的"胡志明战役"**。4月23日，美国总统福特发表演说："对美国来讲，越南战争已经结束了。"4月30日凌晨，越人民军向西贡发动总攻，下午4点攻克所有重要目标。西贡政权总统杨文明宣布投降。最后阶段的决战仅仅经过二三个月的短暂时光而获得胜利，可用摧枯拉朽四个字来形容。

但胜利也可能让人冲昏头脑。当时掌权的领导集团并没有看到这一点，做出了错误的战略判断，以致越南在很长一段时间陷入另外两场战争，以及迷茫和穷困之中。

3月6日

堤岸—边和—头顿—
西贡

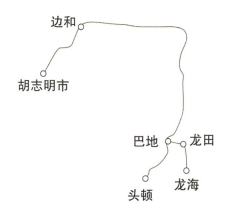

边和

胡志明市

巴地　　龙田

头顿　　龙海

　　薄云在天，如吹疾风，落洒雨丝。处于从旱季到雨季过渡的时节，低纬度的越南南方，湿气浓重，阴晴不定。似天难断春意般，风雨难拂我等行越意。何况昨日**范福东**从广州赶来西贡与我们会合，再来越南走一遭。这位旅行家似的人物曾与我、孙东海、张旭英等四人驾单车赴新藏，穿行塔里木、柴达木，他还横贯过美、澳大陆。无奈他老父病重住院，少了前一段的越南中北部一行，好不懊丧。听闻我们将绕行南越湄公河和金瓯角，便迫不及待地赶来与我们会合，备添我和舒明的探究意欲。

　　在崇正会馆旁的小店吃了碗鸡丝米粉便匆匆赶往同开地区。过白藤码头，登**金融塔**。这幢造型如一支含苞待发的莲花的建筑物，高48层260多米，由著名建筑师卡洛斯·扎帕塔操刀设计，是老城里的制高点，所谓塔顶更像一支CD架上面插进了一把手鼓，登临之如上了摩天岭上的观景台，弯曲的西贡河，喧腾的街道，淹没于茂林绿枝的楼舍尽收眼底。向北行，似进了法式建筑的陈列群，绝无东南亚一些商业都市土洋结合、中西合璧的味道，但茂密的藤蔓缠绕，又把人们拉入了热带的遐思之中，尤其是那座被称为**嘉隆宫**的建筑，是19世纪中期新古典主义作品的直接移植，现已改成胡志明市的博物馆，历时百年仍使人觉得有些惊艳。

步行半小时到了**街心广场**。这里是法国殖民西贡100多年所留下的最为炫目的地区。四周的庭院、楼宇，多为市里的政府机构。唯有横列马路旁的**中央邮局**大楼门前人来人往，熙熙攘攘。这座建于19世纪80年代的法式三层建筑，面阔层高，配有雕饰、黄体绿窗，无疑是那个时代的奢华物品。当我们登阶入堂，才发现内里底层还有一相当于三四层楼高的拱顶大堂，完全由钢结构支撑。司机说，邮局和巴黎的埃菲尔铁塔为同一个设计者。我心想，难怪能把钢架结构运用到如此纯熟的地步。使人想不到的是邮局仍在营业。邮寄信件、物品的人群挤满柜台，但电话电报业务似乎已停办。大厅服务台以售办手机、邮票、纪念品业务为主，交易频繁。专家说保护文物的最好办法就是使用文物，活体保护。此话不假。

▲ 中央邮局（范福东摄）

▲ 圣母大教堂（范福东摄）

使用了140多年的邮局大厦不仅保护良好，似乎至今还在为社会尽责。

狭长的广场北端矗立着建于19世纪70年代的**圣母大教堂**。在圣母玛利亚的白色石雕塑像背后，红砖褐石的楼体上，两座40多米高的方形尖塔直插天穹。教堂横窄竖长，体量很大，是按照法国诺曼底地区新罗马风格的主教堂模式原封不动照搬过来仿建的，显示了那个时期的异族统治者对天主教的尊崇，及对其地位的维护。

天主教由基督教西部教会发展而来，是基督教三大主要派别之一，梵蒂冈罗马教皇是其宗教首领。16世纪后期，葡萄牙、西班牙等国的传教士将天主教传入越南。1615年，法国在越南成立"法国耶稣会"。1624年，法国传教士向罗马教廷争取到法国向越南传教的权利，待1665年后法国便逐渐垄断了天主教在越南的传教权。传教士活动从宗教、贸易领域逐渐向政治军事领域扩展。传教士以扩大传教区域为名对越南进行殖民侵略。之中最著名的人物是**百多禄**。百多禄在担任**驻河仙镇**的法国约瑟夫神学院院长时认识了**阮福映**。1777年**阮福映**躲过西山军的追杀到神学院避难，以许诺夺回政权后将给予基督教自由传教的权力，换取法国的支持。百多禄曾协助阮军制造了手榴弹、大炮等新式武器，并从葡萄牙处买回新式军舰，聘请法国人担任船长，致阮主势力大增，一度曾收回嘉定附近的大片地域。后被西山军主帅之一阮文惠击败。阮福映又到曼谷搬兵。1784年泰王派两万泰兵、三百战船助阮复国。阮暹联军于美荻河再次被击败。阮福映催促百多禄携**阮福景**（阮福映之子）返法，并带着阮主玉玺和致法国国王路易十六的书信。两年后百多禄回到巴黎，想方设法与路易十六等人见面，于1787年11月签订《法越凡尔赛条约》，法国承诺派四艘军舰、1900名士兵前去支持阮福映，越南则割让岘港、昆仑岛，及许多特许的贸易特权。后由于法国财政困难而未履约，但百多禄通过自己的关系，招募军官，购买武器弹药和军舰。1789年7月，百多禄回到嘉定，并很快投入到紧张的整军备战中。至1790年，阮已训练成装备西式先进武器并掌握了一些西方军事技术的五万陆军，还拥有十余艘西式军舰，实力大增，取得兵备战术优势，奠定了12年后统一越南的基础。百多禄曾多次参加阮主征伐西山起义军的战斗，在获取了一定的信任度后，法国天主教取得了在越南传教的许可，但仍受到种种限制。法国于1815年后加紧了对越南的侵略，直至1862年，阮王朝被迫与法签订《西贡条约》，明文规定法国传教士可以在越南传教，天主教势力在越南迅速扩大。1883年，天主教徒已达70多万人。据20世纪70年代的统计，越南全域有天主教徒300余万人，加上基督新教徒100万人，共计400余万基督教信众。从绝对数字上看人数不少，但从相对数字上看所占比例并不高，所占比例未超过10%。这说明基督教的发展仍难以撼动越南民族宗教信仰的主导面和儒释道文化的基础地位。就世界文明的源出和分类而言，越南儒文化圈的身份似乎至今也未出现可能改变的迹象。

由**平赵桥**渡过西贡河，再拐上1号公路折向东北，行三四十公里到了**边和**。同北宁慈山与河内连成一片相似，西贡与相距不远的边和似乎也分不清界限，出现了同城化的趋势。沿1号公路两侧布满了连绵不绝的街市和民居，多个初具规模的开发区正在加紧建设。种植农作物的田地不断被汹涌而来的工业化所吞噬，明显感到胡志明市的经济冲动在拓展。不相协调的是，在杂乱无章的民居群落旁，不时有高层建筑出现，多个现代化的住宅小区正在加紧施工，房地产的蓬勃发展始见端倪，其活跃程度远远高于河内及中部沿海地带，岘港、芽庄也不能与之相比，无论是规模还是质量。

边和市是同奈省的省会，与胡志明市均为同奈河水系流域的重要城市。胡志明市畔西贡河西岸，边和市居同奈河之东，两市水系沟通，内河航运便利。**水濑岩湾**吞吐西贡—同奈水系和湄公河九大入海口之二个，沿海湾及运河（越南共有人工运河长度约3100公里）与湄公河前、后江各省市相勾联，形成越南最大、最密集的水运交通网。更为突出的是越南两条交通命脉，1号公路和中央铁路（又称统一铁路）均经过边和并在此与来自大叻的20号公路和来自头顿的51号公路交汇，再直达西贡。边和踞山临江近海，其对西贡的屏卫和交通枢纽的地位不可小觑。

嘉定古城居九龙江平原北端，阮主割据南方、浸淫高棉时，就以此地为屯营，是统率、参谋、征伐、开发南越的驻扎之所。后设立嘉定府，辖南方五镇。**边和**即为五镇之一，西贡之东、平顺之南俱为其所属地域，最早进入阮主开发南方的视线。虽然当代越南之疆界为阮朝所奠定，所指意蕴主要是指对占城、水真腊及长山山脉部分地域的处置，但其行政区划的划定则是法国殖民时期大致形成的。不似中国自清朝以来行政区划，特别是省级行政区划基本上未有大的变动。之中原因，是由于中国未经历过完全殖民化时期，而越南的殖民时期几近百年之久。这使得越南的行政区划带有明显的宗主国法兰西的色彩，如**省级**区划多，所管辖面积和人口小而少。法国殖民印度支那三国时期，为统治便利而将其分为五个行政单元，分别是越南的北圻、中圻、南圻及老挝、柬埔寨，总督府驻河内，在越南的三圻之下又分为六七十个省级单位，如法国现分为五六十省类似。其南圻所属地域与原嘉定府大致同。过去嘉定府仅分五镇，而现南圻之地分为十九个省级单位，其中南部中区为一个直辖市胡志明市及五个省，湄公河三角洲（又称九龙江平原）地区分一个直辖市芹苴市和十二个省。

抵边和西再向北，路面坎坷，约行2公里，穿过一片岗地树林，沿途多为军队营区，后到达一工业开发区。舒明外甥女**黄小姐**的公司位于其中。广州大学毕业的黄小姐，娇小妩媚，精明强干，虽才30出头，但已在商场拼搏近10年，大学一毕业就到了东莞创业，先经营五金材料，后改做瓷砖建材，当发现家居装修利润高企时，又改做装饰面板的加工与经销，仅仅两三年，她与丈夫胼手砥足开辟一片天地，把生意做得风生水起，后与一家设在广州的美国板材公司合作。这家美国公司已有上百年的历史，既有招牌名号，又掌握北美高档原材料的货源。黄小姐夫妇诚实厚重，手法灵活，销售业绩斐然，受到老板信任。一次偶然来越南，见西贡开发热潮渐起，而国内市场竞争激烈，便向厂方提出转移战场的建议。短短两三年的时间，小黄夫妻经营的板材已在越南南方的业界有了好名声。

初春的暖阳半挂空中，笼罩着这片刚刚开发的土地。小黄说，这一带原是美军在越南南方最大的军事基地之一。北边不远处就是机场，现还在运转。统一后基地附近盖了些手工作坊或专业集贸市场，随着开放的进展，正辟为招商引资的集中地。新盖的开发区与旧有的设施交错在一起，沉闷的大地开始有了生气。抵小黄公司，七八排偌大的库房并列而立。每排为一个高约10米的钢架结构房舍，直通通的，面积上千平方米；排之间行距很大，约20-30米，地基深厚，高出地面1米多，顿觉场面不小，颇有气势。小黄说这里原是美军仓库，开发后盖了新库房。小黄夫妻原在西贡租了一两百平方米的地方作为仓储、办公用地，租金高且不论，受地幅限制难以扩展进行改建，去年底物色了这块场地。边和地阔势高，水陆空交通便利，租金、人工成本低，有利于企业发展。我不禁为这对年轻人眼光长远、善于应变的举动所折服。

小夫妻俩整整租下一栋库房，内里摆满了大小不一、形色各异的板面材料。原来所谓板面，就是取各类优异木材截为薄面，取其纹路、造型、颜色，施以加工固定着色，用于门窗、墙壁、家具之表皮装饰，达美化如真之效果。徜徉库房，榉木、桦木、核桃木、樱桃木、橡木、非洲波士木、水曲柳制作的板面一一展现，而尤以桃花青树木为上，树疙瘩、树枝截后所留下的纹路、造型，精巧奇异，令人惊艳。小黄说，就工艺而言，欧美为上；就原材料而言，美、加、北欧为上，东南亚一带次之。近些年中国的加工能力和加工质量提高很快。我问企业下步如何发展。小黄说，越南经济发展快，先把销量搞上去，至于开不开办工厂，视今后情形再定。这种老成之言，出自妙龄女子之口，出人意料。可谓后生可畏。粤人之善商基因在下一代身上展露无遗。

越南已成为近几年广东产业结构调整的重要转移之地，而西贡—边和一线则又是粤商赴越投资的桥头堡。黄小姐说，就她所熟悉的东莞地区厂商，近两年来就有二三十家企业迁来或在此地投资设立新厂，大多是劳动密集型产业，如服装、鞋袜、建材、塑料、精细化工、家具等。其中不乏上千以至数千人的民营企业。而转移投资的目的地多为西贡、边和地区。这种状况的出现既与珠三角一带推行"腾笼换鸟"政策，调整产业结构的客观需求相契合，又和国家实施"一带一路"战略的大背景相适应。粤商出现向西贡一带投资的趋势，除这里物流交通、产业基础、营商环境等条件较好外，还有一个不得不考虑的因素便是血缘关系和历史交往。黄小姐的仓库僱了四名越南青年，二男二女，都是边和人，但皆可说中文，两人流利，两人有点磕巴。个子高挑的小徐，皮肤白皙，善言乖巧。他说他祖籍广东广宁，曾祖父为躲避战乱，20世纪30年代末举家来到同奈省定官县，这个县的原有人口80%以上是华人后裔，或有华人血统。小徐的祖父20世纪60年代被南越拉去当兵，死在战火之中。他的中文是跟父亲学的，还会说几句广州白话。另外三名员工，其中一人近两年读过中文培训班，他的体会是中文很容易掌握，越语中有大量的词根源于中文字、词，语句结构与粤语相像，多倒置结构，状语连缀动词。如"你饭食着没？"他还说："你们广东有粤汉语，我们越南有越汉语。越语也如此构句，同白话。"听后不觉大笑起来。另外两个员工则俱为明乡人，阮朝时明乡人便被视为越南本土人。他们说，他们的祖上都是跟着胜才公（即陈上川，字胜才，被阮主封为胜才侯）开发边和镇时过来的。胖胖的小吴姑娘是公司的会计，她说，**陈微王**（即陈上川，被明乡人尊为微王）墓地就在土龙木（平阳省会）和边和交界的地方，离这里不远。难料他乡遇故乡人，很是亲切。正是看中了这里的乡缘，才使黄小姐下定了在此扩展业务的决心。她说，她在邀集广东乡亲们到西贡创业时，常将"易服水土"作为一个由头向外推荐。

开发区周围是大片的未垦闲地，树木蓊郁，被河涌分割的沙洲平坝蒿草萋萋，仍然是过去几十年那场战争的遗留物。当乘车绕行在机场及营区周围时，才发觉四五十年前美军在越南南方建立的边和军事基地规模是如此巨大。上中学就时常冒出"边和"这个地名，美军的鬼怪式战斗机和B52轰炸机常常从这里出发去轰炸北方，而南方游击队则多次对机场进行袭击，"边和大捷"的喜讯曾令我们这一代青少年感到兴奋。

在1975年4月发动对南越政府的最后决战"西贡战役"中，处于西贡东北部的边和为南越军队主力第二军的驻扎地，是拱卫西贡北、东两面防御的战略重地。西贡战役中最激烈的一场战斗就发生在边和东部的**春禄**地区。北越集中了第四军、第二军两个主力兵团，与南越军队在春禄展开激战。南越军队从西贡、西宁增兵一个步兵团、一个伞兵旅、两个坦克、装甲团和八个炮兵营，并倾边和、西贡新山一、芹苴机场飞机进行疯狂轰炸，仅4月9日、10日，北越军队主力师341师就有1100名官兵伤亡，一半以上坦克被打坏，进攻受阻。后北越改变战法，主力用于切断边和与春禄的联系上，迫敌东逃巴地、头顿，至4月20日解放春禄、边和。西贡东部的战斗整整打了12天。待4月26日向西贡发动最后一击，南越军队已无还手之力，仅仅用了四五天，就占领西贡，取得战役胜利。

沿51号公路下东南。边和市中心雕塑公园格外引人注目，两个手执武器、作厮杀状的游击队员石像高大威武，体现了这个地方的民众对峥嵘岁月的怀念。

沿途村镇密集，传统手工业发达，尤以陶瓷器烧制著称。

▲ 边和市中心雕塑公园

过隆城，穿富美小城，90公里的路走了2个小时，抵达**巴地**这个省会城市。顿觉天地有些开阔之感，那种简易民房连缀一线、夹街而市的景况几乎没有，似乎还原了村镇偎抱一团的自发状态。这跟边和、头顿一线成为招商引资的重点区域有关。众多的外资工厂吸引了大量的剩余劳动力，缓解了就业压力，使人人倒腾买卖、夹街而市的恶性竞争局面有所改善。

巴地新城沿公路主干道而设。新盖的政府机关大楼、写字楼、住宅小区的高层建筑比邻而起。还可以看到远处高大的烟囱和正在施工的厂区。一股清新而浓烈的建设氛围扑面而来，明显感到这里的建设水平比北方地区要高一个档次。胡志明市及边和—头顿一带是越南经济发展的重地，也是新一轮经济腾飞的发动机。据近些年统计，胡志明市的GDP占到整个越南的四分之一以上，年约七八百亿美金，低于东莞，与惠州相似。可能绝对值不算很高，但发展势头很猛。近些年

341

越南在东盟10国中发展速度居领先地位，而胡志明市则是越南经济的龙头老大。改变交通基础设施的落后状况，应成为越南经济发展的燃眉之急。就我20多天的访越所历，**总觉得有两个项目刻不容缓。一是南北铁道**。仍然是殖民地时期的米轨，且连接的是河内到西贡两个特大型城市，长达1700多公里，平均时速仅五六十公里。货运更加落后，早已不适应当今社会的发展。**二是1号公路**，即由中越边境直达南方的线路，串联起越南几乎所有重要的城市，而仅仅是未封闭的公路系统，许多路段穿街过巷，几无行之效率，离直接、高效差之甚远。将两大系统脱胎换骨进行改造，构造新的国之命脉，实在是迫在眉睫。唯一有能力使越南基础设施建设在布局和质量上发生颠覆性变化的国度就在其北边，如何处理好与这个曾创造过儒文化圈的强邻的关系，并激发其投资兴趣是摆在越南面前的一道永远也绕不开的现实课题。

巴地到**头顿**一路南下，仅三四十公里。沿途均为典型热带平原之景观。路旁林木茂盛，花草秀丽，流水淙淙，香泉注之。很快转入滨海大道，众多岛屿挺立其外。海水呈黄色，汹涌澎湃，遏怒洋而扬其威。我们与罗列岛屿相向而行，到城市南端，一山脉伸挺水中，近视之才发现这是伸出海外之山岬，也是头顿半岛之末尾。不觉如到天涯海角之尽头。

宽阔的公路，一山头兀立。拾级而上，立于山前是石雕基督神像。据说，山也被百姓俗称之为**基督山**。后来者往往激进。自20世纪80年**代梵蒂冈**在越南命名主教之后，政府几近放手，基督教在越南得到迅猛发展。基督教徒的人数增加很快，但数字统计不一致，差别很大。有的数据称，越南基督教徒的人数较30年前增加一倍。越南南方新教，即俗称之福音教的信众也很多，其中90%以上的当然跟美国占领南越后大力发展之有关。

树有基督石像的**头顿山**位于半岛末端的岬角上。登前山之顶望远，三面汪洋。西瞻**水獭岩湾**，被同奈——西贡河的充沛水量染色泛黄暗，骄阳之下，**芹滁河口**隐约可见，进出西贡的舳舻接续，多有海轮待泊；接天的浪涛从南面滚滚而来，亚洲径流量第二（仅次于中国长江）的湄公河分九大海门在不远的泥岸处——入海，目力所及黄海连天，莽莽沧沧，横无际涯；东濒**南中国海**、水色灰白，恰遇潮汐涨潮时分，浊浪排空，翻滚击岸，很有气势。山脚下临头顿市区，街道沿港口依次排列；东岸多沙滩，据说长百余公里的岸线，沙滩占有70多公里，被数个山角分割。半岛东南侧有**桑树**、**望月**和**浪游**等数个海滩浴场，虽都不大，但环境优美，气候宜人，冬令避寒，夏季避暑，吸引大批国外人士前往，尤以俄罗斯和北欧、日韩等国为多，是越南十大旅游中心之一。港口附近，规模巨大的为开采石油服务的工程基地占地很大，头顿已成为越南最大的石油工业开发区。南昆山（属头顿—巴地

▲ 隐约可见头顿山上的基督像

▲ 海滩浴场，远远打鱼船

▲ 海上钻井平台立于远方波涛之中

省）天然气上岸项目已经竣工，其输气管道长398公里，从海上油气田至头顿营固油气站，年输送70亿立方米天然气。

仍依稀可见茫茫大海中正在采油的**海上钻井平台**，屈指数来似乎是三座。南边两座，近者可见平台上有直升机降落，而远者则朦胧中显现塔影。东边的油井架则若隐若现在天际线上。舒明说，在山顶用肉眼看，可视距离应当有四五十公里。在如此小的范围内有如此高密度和强度的石油开发，有点出乎意料。

这种迫不及待的开发举动与石油工业在越南经济的支柱作用是分不开的。2009年后越南石油开采就超过1500万吨，天然气开采80亿立方米左右；近年来又有所提高。2012年，越南国家油气集团总营业额达360亿美元，上缴国家财政近90亿美元，创下新的纳税纪录，利税值占全国财政总收入的25%，是越南名副其实的"钱袋子"。即使近些年国际油价出现下跌现象，石油工业在越南经济中的地位并未变化。越南油气集团在越南19个国家级集团、总公司中仍然是"龙头老大"。

越南原来是一个"贫油"的国家。1975年9月3日越南的石油天然气行业才正式投入运营。抗美战争时期，越南的石油供应主要靠中国。在20世纪60年代，中国大庆油田投产，举国产能仅年产1000万吨，刚刚能够自给。当时就尽力供应越南200多万吨汽油，还援建越南3000多公里的石油管道，使中国的汽油能够越过长山山脉送达越南南方。

越南石油工业起飞始于20世纪80年代中后期，主要开采基地位于头顿附近的沿海大陆架，即**九龙江油盆区**。这里地质构造简单，地心热度与压强均正常，沉积层深仅6000米，是极好的油气带，面积6万平方公里，估计储量折合石油8亿吨。最早开采的是白虎油田，位于头顿东南方120公里处；之后又在附近陆续开采了青龙油田、黎明油田、红玉油田等，均为越南与俄罗斯（苏联）、日本等国外企业联营，是越南的主要油气产地。

越南新一轮油气开采的重点地区是**南昆山油气区**，该油气区面积近10万平方公里，位于巴地—头顿省的昆仑岛东南，估计储量6.5亿–8.5亿立方米，现是钻井最多的地区。另外，还有位于金瓯半岛西部大陆架的马来—土珠油气区，估计储量折合油2.5亿–3.5亿立方米，也已开始产出油气。

位于头顿岸东南400余公里的**万安滩地区**，坐落在南沙群岛的核心部位，我国称之为"万安北21"沟域，越南称之为"136–03"区块，越南将这一区域租给西班牙的一家石油公司开发。过去三年间这一油气区一直搁置开采，但2017年6月却突启勘察，并于7月中旬宣布该海域存在一片大型天然气田。后经中越沟通，越南叫停了这一争议区的商业开发行为。显然这一举动是朝着有利于争议事端合理解决的方向发展的。

目前，在南海海域，除东沙群岛、中沙群岛和西沙群岛在我国管辖之下，南沙群岛189个已有命名的岛、礁和暗滩、暗沙中，有43个岛、礁分别被越南、菲律宾、马来西亚等国占据，其中越南占据29个岛礁，菲律宾占据9个岛礁，马来西亚占据5个岛礁，而我国仅占有10个岛礁。

必须指出，关于南海海域岛礁的主权归属问题，我国政府多次以白皮书的形式阐述我方的主权立场和原则态度，并极力反对将南海问题国际化、政治化，尤其反对某个大国以"航行自由化"的名义对南海主权归属问题的干预。对此问题本书不赘述。

归返时绕道半岛东岸。先到**随云海滩**。这个又称后滩的海滩，长8公里，岸深数百米。寥廓海天，唯远处有两艘油轮，几无人影，显得空旷阔大，催人心醉。过数条江河海汊，经龙口镇，右拐直扑海边。

▲ 头顿随云海滩（范福东摄）

沿途寺庙众多，屡见不鲜。在一写有汉字**"观音寺"**的庙门下停留，入法门后见一有南传佛教式的殿堂。庙人说原建馆格式是汉式，战火摧之，现堂为新建。庙门是老的，在汉字下面又用拉丁越文缀名，显得不中不洋，不伦不类。殿后广场立有大理石塑观音像，隔围墙正在大兴土木，似有更大的占婆式庙宇建筑群在动工兴建。取名叫什么"涅槃净合"、"释迦佛台"之类的。

续行约1小时到**龙海**岸头。龙海与头顿隔海相望，分居弧形的头顿湾两端。东面规整绵长的海滩在巴地河入海口处断开，截为两截。这里自古以来就是中国商船过芹滁海口抵达西贡航线的必经之地。有汉传庙宇道观作证。岬角处有一山峦傲立海岸。山脚正面建有被称为**"姑营"**的女神庙，山背处则盖了**"玉皇殿"**与神庙相连。女神庙为双层重檐楼舍，宽敞的大厅三面通风，摆有桌椅供香客落脚歇息。庙主

▲ 观音寺

▲ "姑营"女神庙（范福东摄）

▲ 玉皇殿

▲ 来烧香的堤岸华人妇女

祭**隆海神女**，一身林默娘式的后妃打扮。廊柱对联题曰：

> 洪涛万里恩波
> 远抢崇镛浮霜瑞
> 天女千年圣水
> 潜滋环净护生灵

说也巧，忽闻有人用粤语对话，一望是三名中年女子。福东忙用乡音与其搭讪，原来妇女们家住胡志明市五郡，即堤岸华人区，曾祖父时由广东东莞大朗镇迁来越南。她们说，被尊崇为隆海神女的是元朝时漂洋过海到此定居的渔家女，名叫灵姑。她心地善良，爱民护渔，显名一方。一天出海打鱼，被狂风巨浪吞没，后十二女子踏浪将灵姑遗体抢回，灵姑竟起死回生，化为灵光升天，福佑众

▲ 隆海神女（范福东摄）

生，灵姑被华越民众视为神女。堤岸女还说，隆海神女十分灵验，西贡一带华人妇女每年都有人结伴而来焚香祭拜。不辞辛劳，远赴数百里，意志如此决绝，虔诚之心可见一斑，在异国他乡汉魂犹存矣。

待回到西贡城内天色已晚。行走在八月革命大道上，华灯初上，绚丽多彩，显得繁华一片。置身于川流不息的摩托车洪流之中，恍惚进入了动感世界。胡志明市这个执越南经济之牛耳的城市，充满生机和活力，正在进入经济腾飞的前进出发阵地。

3月7日

胡志明市内

连续奔波20余日，已感疲惫。白日里马不停蹄，观览寻访，黑夜里灯下录行，筹谋前途，一天只能睡四五个小时。好不辛苦，又好不快活；既觉心累，亦备添舒畅。

怎多事待理，且当流水。我答应了黄小姐要我们休整一下的请求。这个小姑娘心细性善，不忍三个六七十岁的老汉过劳。

一觉睡到自然醒，待吃完早餐天已近晌午。旅途中难得的一歇。后到堤岸、滨城一带街区走走。人气很旺，难得的喧闹。**堤岸**显得陈旧，革新开放二三十年了，一如过往的模样，楼房道路大多未整修，只是有些门面稍加整饰，如广州七八十年代般。终归是华人聚集区，前店后铺、上居下商的格局不易改变，但多条街道已变成了商业街和专业市场，尤以几条兜售服装、鞋袜、箱包、玩具的街道显得热闹，惹人徜徉。不过大多是低档的大路货，其中批发生意做得火热，到处是拉货的三轮车和地板车，以及在骄阳下出力挥汗的搬运工人。个子不大的越南汉子们能吃苦。儒文化熏陶下的人群，都将勤劳俭朴奉为做人要旨。两边的铺档把生意都做到了人行道和马路上，遮阳伞与挡雨棚占领了大量的空间，远处望去觉得五颜六色，迷人眼帘。

而**滨城**、**范五老**路一带则是另一番模样。品牌店或专业店多了起来，门面也显得有些现代气息。颇大的超级商场时有出现，但似乎生意不太兴隆。反而一些商贸市场却几成规模，十分热闹。**滨城市场**范围不小，市场的主体结构是一个如大礼堂模样的商场，大厅内被形形色色的铺档塞满，中心市场四周被商业长廊围绕，叫卖声、吆喝声此起彼伏。大门外有多家售卖越币、外汇的金店或零售点，人民币可直接变卖越南盾。而在多数国家，这种公开买卖本币、漫天要价的行为是不允许的。尚未看到那种售卖与体验交集、线上与线下相融的被称为商业城模式的大型现代商业设施出现。我以为在胡志明市这样有近千万人口的大都市里必然会出现，只不过是个时间问题。

商业活动的活跃，反映了越南社会日益强烈的经济冲动。几乎每个家庭都成为一个经济细胞、一个经营单位。无论城乡，个体经商的状况似乎比20世纪80年代的中国有过之而无不及。修盖民居，择公路要道而建；商住两用，择百业之某一行当而入商市。家庭的重心围着商铺转。地不分南北，夹街而市是普遍现象。越南政府售卖土地以盖民居，为大众经商创造了经济条件，这一政策发挥到极致，则反为城市的规划发展带来羁绊，是造成城镇拥挤混乱的根源之一。而家庭档铺这种简单的商业形式不足以吸收整个家庭的所有成员，强烈的盼富念头又将家庭其他成员，主要是青壮年推向劳动力市场。越南正在进入人口红利收获期。河内、西贡的车海人流是农村劳动力进城务工潮所造成的必然现象。这在经济快速发展的欠发达国家是普遍现象。这两天给我们开车的**司机老范**来自中部藩切，他说家中的小杂货店由老婆与刚初中毕业的女儿打理，她和大专毕业的儿子皆到胡志明市打工，每人均打两三份工，他白天给公司开车，晚上及节假日开摩的，或帮朋友开出租车，而儿子则帮两家公司跑生意，一年难得有几天能喘息

▲ 胡志明市街景

的工夫。这种不知疲倦的工作状态被强烈改变生存现状的欲望所推动，也从侧面说明越南劳动、经商环境的宽松和充满活力。越南发展经济的招数几乎是中国经济开放战略及其具体政策的平移和照搬，不过就是晚了一二十年的光景罢了。越南在南北统一后，被绑到了苏联的战车上，施行了一系列与历史相违背，与实际相脱离的战略、政策，招致严重后果，而经济发展上的最大失误则在于对僵硬的计划经济体制未做任何调整改革，并将此种模式由北方几乎原封不动地移植到南方，还对占南方经济半壁河山的华侨经济施行摧残打击，招致整个国家的经济到了国穷民困、难以为继的地步。1986年越南新的领导班子施行革新开放政策，1990年中越两国领导人"成都会晤"后，双方关系有了很大改善，经济建设开始走上快车道，21世纪初基本上解决了温饱问题。20多年来，GDP年均增速在5%以上，人均GDP已于2015年达到

2000美元。目前看来，越南是东盟11国中经济发展较快的国家之一。

漫步街头，满街跑的各类车辆，包括摩托车，大多是日、韩产的，几乎看不到中国的。但商店里摆放的各类家用电器，中国的品牌，如格力、美的、海尔、TCL等好像已与日韩系并驾齐驱。而在手机、电脑等方面，中国货则不是等闲之辈。我走过几个手机专卖店，摆放在最显著位置的是华为，其次才是三星、苹果，然后是vivo、小米，还有一些低价手机品牌也颇受欢迎，一些在中国已淘汰的数字模拟机仍在出售。中国早已成为越南最大的对外贸易国，至今仍保持良好的发展趋势。但中国对越投资总量时有起伏，并不领先，似乎与中国这个世界最大制造业国家的地位不相符合。近两三年大致排在八、九名的位置，居前列的是韩、日，中国台湾、香港，及东盟的新马泰，美、法的投资活动也很活跃。越南北方的工业体系是20世纪中国援助建立的，援建了上百个工业项目，现大多老旧，如太原钢厂等，急需投资、改建。中国对越投资原握有得天独厚的优越条件和良好基础，只是碍于种种原因而未得以实现，个中款曲难以叙说。

越南经济对外依存度高，如2013年其国内生产总值1700余亿美元，而进出口总值2640亿美元，两者相较几乎差额达940亿美元。且出口以外资企业出口为主，占到65%以上。越南企业的自身出口仍以原材料及农副产品为主，如原油、煤炭、红木、大米、橡胶、咖啡、腰果、水产品等。这种经济结构与其产业结构低端、工业制造能力弱的现状相一致。对越南而言，迅速引进外来投资，扩大对外合作交流，无疑是一种捷径，但更重要的是强身健体，固本培元，在与狼共舞的同时增强自身的竞争能力。越南南方的经济基础较好，据说20世纪六七十年代，西贡就能制造出电视机等，轻纺工业水平也高于东南亚的大部分国家，特别是华侨企业资金技术实力雄厚。而在胡志明市大大小小的商场里，很难看到有一定技术含量的越南本地商品。越南经济正处于快速发展的起始阶段，具有很大的发展空间，但关键是要找到一条适合越南国情的发展道路，将自己的比较优势形成竞争优势。这需要他们对自己国家的历史文化及现实有清醒的认识。后发有后发的优势，我想刚进越南时，陪同者小陆说过一句话，"越南人头脑灵光，善于模仿"。他指的是，中国红木家具市场上一旦出现新样式新工艺，三五个月后越南人就能仿造出。"山寨"是个必然阶段。在温饱问题基本解决后，再靠模仿则不可持续，难以为继。越南要考虑如何发挥后发优势，以收事半功倍之效。一位研究越南经济问题的专家告诉我，越南经济发展的最大瓶颈是缺乏创新，民族产业弱小，背后反映的问题是教育科学基础薄弱。

上午短，下午长。下午4点多钟，日头还挂在半空中，清光荏苒在树。房不隔音，临街的喧嚣声之外，又听到敲门声。打开门扉，一个英俊新潮的小伙站在面前。他自报家门，才知他是黄小姐给我们请来的翻译，也姓黄。小男儿言语中夹带淡寡的潮汕腔，给我眼前一抹惊奇。我问道，你是广东人吗？**小黄**忙说，他祖籍是广东揭阳县，而他本人却从未去过潮汕一带，广州去过很多次。长年的南国熏风热雨陶冶，小伙子从长相到打扮与当地人毫无二致。而他却是地地道道的中国人的后裔。他说，他父亲是西贡一个郡的华人会的会长，叔叔是西贡潮人堂的帮办，即分管日常事务的。20世纪初，即民国初期，他高祖从广东南下，到越南南方。先种甘蔗、咖啡，后植橡胶，发家后到堤岸开商店。祖父时期，即20世纪50年代，在南越政府要求华人尽快入籍的政策逼迫下，他们家选择了入籍，因为不入籍会带来很大的不便，还要缴纳重税。父亲当过南越军人，和北越打了三年仗，败后选择留下。然在战后，华侨资产被剥夺，华人被驱赶，他父亲曾一度流亡去东南亚其他几个国家，待90年代才返回，母亲始终留在越南。他说，家里仍然讲潮汕话，但到他这一辈已淡薄了。他讲越南的婚姻制度松懈。他母亲是正房，他父亲还有次房，从柬埔寨带回，未生育。他称她为小妈。小妈最喜欢他。父亲前年亡，刚60岁。哥哥继承了父亲的中药生意，小妈服装生意很红火，从潮汕一带批发，多为中高档货，赚头很多。我问他，像他这样懂潮州话的人多不多？他笑答道，西贡往南，可畅行无阻。还说了一句令人惊讶的话，南方，是潮州人的"天下"。当然他解释说，所谓"天下"，指生意上占上风。

孩子虽小，但有心计。他的家庭已在50年前，即南越时期加入越南籍，称为华族。然经商的血脉代代相传，他已成为西贡一个不小的广告公司的小股东。小黄告诉我，前个月还去中国请了某明星到南越来做产品代理推广。当然与他交谈的话题更多的是中国的电视剧、明星及服装设计。他认为，中国的电视剧，尤其是历史剧很好看，有历史纵深感，电子产品后来居上，中国的产品种类多、性价比高，正在与日、韩争锋。当然小黄所说之商品也将港、台产品包含在中国的范畴之内。他说，他正在争取国内大公司的代理商身份。福东听后悦之，答应帮他联系有名堂的广东公司。中国的制造业几乎涵盖所有工业门类，且在绝大多数类别中占据重要位置。发展如小黄这样的代理商，应是中国产业的不二选择。

如约赴所。当抵达**黄小姐**住所所在地、胡志明市二郡**草田**地区时，才发现这里竟另有一片天地。虽然也有零散的街区，但大多地域则为招商引资的开发区及其附带开发的商品房小区。

黄小姐所住区域为十几栋高层建筑。小区之内有体育设施、学校、幼儿园和超市。与中国不同的是，小区内的楼梯及走廊皆为通透的，可能是适应当地热带气候吧。住房为公寓式的单元房，与中国相似，大多是100平方米左右的三居室。这在越南被称为高档住宅。其中业主以华人和南韩人为多，也有些欧洲人。日本人则另有其社区。黄小姐还告诉我说，这里也住有一些越南人，多为北方南下的高官和商人，目前越南流行北方上层人物到南方买房。这些人往往显得阔绰又神秘。真可谓同药方帮你调理老毛病，开发区暗暗招徕本地客。

小黄在**草田**买了一套三居室的住房。大家为下一辈在国外有了立足点而高兴。

在北方的河内市，看到大学校区附近盖有几栋高层住宅楼，几被视为稀奇，而西贡四周体量较大、数量较多的**现代住宅小区**拔地而起，开始形成气候。看来房地产业正在成为越南经济发展一个新热点。时不晚之，待机寻之。房地产业有望成为越南经济的另一支柱产业。

西贡东岸，择一沿江食街，近水而席。黄小姐携家人，邀几个生意上的伙伴，在一个装饰比较讲究、有硕大棚厅的食府里宴请我们。馔肴是越式的，以鱼、虾、蚌、蛤等河海鲜为主，皆为清蒸或水煮，五花肉、羊肉、整鸡也是煮熟后切成片、块，沾卤料或调味品食之，虽然烹制手法简单，但食材新鲜干净，食之清淡爽口。还有多种馃品和春卷，将糯米或新米蒸熟磨碎后灌浆制皮，包以各种肉类、果蔬，或红豆、花生、腰果等碎料，再蒸、炸。这与两广一带的做法相似，皆为中原一带的饺子、包子、春卷在南方的地方化做法，此为食材的局限性所决定。广州人的煎堆、潮汕人的粿子、客家人的酿豆腐就是其先人由中原南迁后，对北方年夜饭的主食饺子的一种怀念而制作出的一种有馅儿的食品。未曾料在越南也行其道。

晚宴好不热闹，由夕阳西下，至灯火通明。酒兴浓，谈兴更浓。当然主要是围绕着经济方面的话题。有的说，越南利用临近珠三角这个世界级的制造业基地的地缘优势，许多工厂已纳入了这个"产业链"的范畴，尤以服装、电子产业居多。从中国进口布匹、辅料、元器件，进行加工组合，再出口。已吸引了大批中国劳动密集型产业赴越投资，2015年后形成高潮，2017年势头更猛（注：2017年前8个月，中国对越投资注册项目达176个，投资总额12.7亿美元，是去年同期3倍以上）。有的说，越南的经商环境不错。2017年已宣布取消户籍政策，劳动力可以自由流动，胡志明市的劳工平均价格相当于广东的三分之一至二分之一，每月仅1000元人民币。各地招商引资的劲头很足，中国式的"开发区"遍地开花，初见成效。当然社会风气方面的问题很多，过手自肥的"要钱"现象很普遍，现上层有所收敛，据说正学习中国的反腐败经验，抓了不少高官，其中有多个政治局委员、省长、部长的；还有民间的负面情绪或不友好行为仍比比皆是，但随着高层交流的密切，平顺永新120万千瓦的燃煤发电、防城至海防高速公路、河内环城铁路等10余个援越项目的展开，中国电视、文艺节目的引入，对华的负面心态似有所缓解，但仍远不及日、韩。有的说，越南的劳动

▲ 胡志明市内

▲ 胡志明市街头雕塑

力质量不错，人很勤奋，进城务工人员大多兼一两份工，河内、西贡等大城市，从早到晚车水马龙，没有高低潮之分。人的素质正在提高，各类补习班、训练班，如英语、汉语、IT、财会等，名目繁多，大量出现，青年人积极性很高；有的说越南人的智商不弱，儒学传统深厚，教育比较普及，近些年出国留学之风甚盛，赴美、法、日、新加坡留学的人不少，以去中国的为最多。据一个国际教学组织评价，越南中学生的数学及自然科学的学习成绩高过一些西方国家，当然这里说的是西贡、河内一些大城市。越南悦商、经商的氛围浓厚，骨子里有广东、福建一带的遗传基因，南方一带受潮商影响大。

在普遍谈到不能小觑当今越南经济的同时，有的人不免隐隐作忧，顾虑中国的实业大量地向越南转移，掏空自己。而更多的人却达观地看待这个问题。东莞虎门服装商人李先生说，在珠三角"腾笼换鸟"政策的影响下，一些莞商将部分劳动力密集型产业向东南亚转移，可利用当地劳动力成本低、易于打破贸易壁垒等有利条件，是一种希望搭上越南等邻国即将到来的贸易"红利"的行为，符合经济规律，适应商人趋水趋利心理，实际上莞商经济的根仍在东莞。东莞经济的产业结构正在优化，增速虽有下降，未来高质量的"低速"比过去低质量的"高速"既优且稳。东莞经济总量这七八年又翻了一番。更多的人谈到了越南经济的不足。经济总量小，尚不及中国的一些中部省份；不具备完整的产业链，如龙头产业服装、鞋业的原材料和加工设备就需要从中国大量进口；基础设施建设落后，发展水平与印度相似，每年物流费用占到GDP的21%–25%；政府"这只手"较弱，提供公共产品的能力不足，近些年受制于财政赤字和公债高攀，致许多发展的瓶颈问题难以得到有效解决。还谈到了一些越南在政治、外交、军事、社会心理等方面的局限和羁绊。越中关系的发展当自经济始。

　　夜幕笼罩着水深面阔的**西贡河**，闪烁的灯光下依然朦胧中可见数艘巨大海轮的身影，它们正排队准备进入西贡港繁忙的装卸工地。而食府长廊下的江岸，划着渔舟的船女正吟唱类似珠江边疍民们世代相传的咸水歌的曲调，随潮汐以往来，相棹歌讴，兜售鱼货或香蕉、槟榔之类的农产品。这一派追求现代和抚首传统而融洽交错的和平景象，不正是当今越南的生动写照吗？愿这种动人心扉的美丽画面长远保持下去。

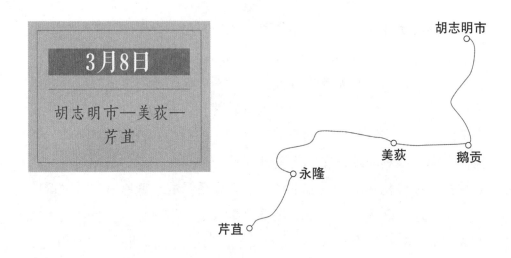

胡志明市

美荻　鹅贡

永隆

芹苴

　　晨光初耀，街市未开，司机**老阮**已将现代越野车停驻舍前。昨天就谈妥价，阮驾车载我们绕行西贡以下南方数省，沿金瓯半岛抵河仙海关赴柬，每日收费人民币500元。价格公道，双方乐见。小黄催促我们乘天早出城，以避车流高峰。

　　过堤岸出城，上1号公路一路向南。路皆硬化，以往几乎全靠渡船维持运行的渡口都被钢筋混凝土桥所代替。也不过就是近三五年的功夫，通行能力较之过去发生了很大的变化。胡志明市属同奈——西贡河水系，**美荻市**则为湄公河（中国段称澜沧江）水系城市，也是**前江省**省会。前些年越南调整了行政区划，美荻省与鹅贡省合并称前江省。

　　西贡到**美荻**相距70–80公里，两大水系中间又纵贯鹅贡、芽皱、东西万古等数条河流，俱为薮倚莽泽东西流向，与前后大江互不相连。1680年**杨彦迪**受广南阮主封，所率兵将并舰船驻扎于美湫（即美荻）处。辟地开荒，构立辅市，商卖交通，不几年就使驻扎地一带华风渐渍，"**蔚然畅于东浦**（嘉定府）**矣**"。华人着力最甚的当属开凿运河。越南现存运河总长计3000余公里，以南方区域分布最广。其中**大小蜂江**、

安通河和**米市运河**最为有名。**安通河又称中国河**，为1819年开发堤岸征发华侨疏浚而成。这些运河沟通了同奈河、湄公河水系及众多河流，已成为相连西贡、堤岸、美荻、芹苴等都市及南方诸省内河航运网的重要组成部分。

南下美荻，河网密度不断增加，上百米宽的河流一条接着一条，还有难以计数的小河小川，远远超出我们的想象。公路择冈幢土埠处行走，已无越南中北部那种夹街而市的现象。从高架桥望去，平畴旷野上少村落，多两三户聚住一块，散布在棕榈树和椰林、修竹丛中。蒿草茂密，一派热带风光。北纬10度左右的沿海地理位置，致热量、雨量倍增，万木繁茂，即便是成熟的农业开发带也难以阻止天然植物的生长。民居多为平房或二层小楼，与自家农田相傍。既有水田，更多旱地，种有玉米、烟草、甘蔗、果树等。

行1小时后，进入**隆安省**。东、西万古河由长山山脉南端倾泻而下，过**西原**和**同塔梅**这个被誉为越南粮仓的地区后，水势平稳，流量充沛，周围尽是泥沙冲积而成的肥田沃土。**新安镇**附近平展的大片良田，一片嫩绿，水稻长势喜人。据说，隆安省还有一种水稻叫**"浮稻"**，每年四月自己长出来浮在水面，十月收割，不用灌溉、施肥和管理，亩产能达到100–200公斤，真是上天赐予的神奇。20世纪80年代末期后，农民分到了据称是永久使用的责任田，劳动积极性倍增，大米产量逐年增多，出口量已与泰国并驾齐驱，每年达上千万吨。

美荻邻近**美湫河**，美湫河为湄公河前江在西边**丐艕**附近分汊出的两条主干流之一，因与美荻相邻而得名。过新安赴美荻，渡万古河（鹅贡大江）后临前江，短短二三十公里，竟被数条大江所分割。这些江水俱汇入**水濑岩湾**，因而与西贡同属一个大湾区。美荻与西贡经济联系密切。17世纪末，陈上川曾主政嘉定府，大规模开发堤岸，而杨彦迪部的明乡兵将旧部纷至沓来，加速了两地血缘交融和开发联系，极大地促进了堤岸以至西贡的开发，形成今胡志明市的雏形，当然美荻也屈格以降，纳入了南方经济中心嘉定的辐射范围。美荻所固有的得水得土的有利地理位置使其在农业和交通方面继续发挥独特的作用。

据《嘉定城通志》记载，嘉定所属之南圻（越南南方）一带的开发应是广南阮主征服占国之后与高蛮国（柬埔寨旧称）接壤之时。"嘉定者为水真腊（即高蛮国属，其类有水真腊、陆真腊之别）故地"。那时厥土泽江卤海，为蛮荒之地。清顺治十四年（1658年）秋九月，高蛮与广南发生边界纷争。高蛮国王匿螉禛（即柬埔寨国王安赞一世）派兵"犯边"。所谓"边地"也就是"嘉定之地头每楸、仝狃"，即今边和附近。后广南阮主福濒派燕武侯提兵3000，与高蛮战于每楸城，"大战破之"。当时仅只有越南流民在边和一带与高蛮杂居，开垦田地。"而高蛮畏服朝廷威德，竟让以避之，不敢争阻"。后因阮六公主嫁柬王，求赐予嘉定地，广南流民才开始"名正言顺"地入湄公河三角洲平原（今称九龙江平原）进行开发，这种开发仅只是零星的个体式的。与高蛮之战后的1679年，杨彦迪率部进驻美荻，应视为有组织地进入九龙江平原腹地进行大规模开发的开始。这种大规模的立邑垦殖导致人口的大量迁徙流入，使荒蛮之地化为肥田沃土，进而成为成熟的农耕社区和鱼米之乡，尔后形成广南的实际占有。杨彦迪等人可谓功甚大焉。

见路牌距美荻近5公里处，民居增多，地势渐升，土阜高起，四望平衍，大多为旱地，种经济作物。在平均海平面5-10米的三角洲平原，更不谈邻近入海口，**美荻前阻大江，后倚泽渊，能居于多个冈陵连接起伏的高敞之地实为难得，确乃当陆地之冲，集运河辐辏之处，因而在越南南方初期的开发史上占有重要地位。**除经济开发先行一步外，还多次成为广南阮主、高蛮国、西山农民起义军及早期泰国拉玛王朝多种力量的争夺之地，史籍称"**累为战地**"。撇开开国君主阮福映在此处招"东山军"，据险对抗西山军，多次发生战斗不说，另爆发出名的战役有两次。

一是**广南主阮福溱征黄进及高蛮**。龙门总兵杨彦迪与高廉雷总兵陈上川有所不同。**陈上川**出身富绅，累有功名，清兵入关后出于"爱国忠君"的礼学思想而揭义旗，在晚明永历朝为官，所率卒部重礼重诺，军纪较好；而**杨彦迪**则出身草莽，为海民之首，虽出于正统聚众反清，然仍有起事谋私之嫌，所率部将兵弁之中蛮民海盗不少，但有约束，仍有人犯禁，重聚金生财。因此在开发美荻略有成效后，杨部出现内讧。龙门副将**黄进**于清康熙二十七年（1688年）发兵攻杀杨彦迪，移防美荻建和。后据险缮战船，铸大炮，遏绝商旅，并向西发展，扰掠高蛮。而柬埔寨王则筑三处城垒，并在大江之上结浮槎，贯铁锁，横截江口，相与攻守。阮福溱闻讯后派兵征伐。先诈令黄进为征高蛮先锋，诱会江中，伏兵掩捕，破其屯栅，黄进逃走，途中被杀。此时陈上川已授爵胜才侯，令其兼统龙门将卒，率部为先锋，攻打高蛮。陈上川效仿中国晋朝龙骧将军**王濬**由巴蜀顺江取建康破东吴的故事，遇到铁链，用火炬烧断，致高蛮请降。后高蛮反悔，阮主又派**阮有镜**领重兵征西，仍以陈上川为先锋，历两年而克之。因陈上川立有战功，随之将迁徙越南南方的明、清之民，分别立为清河社、明乡社，并为编户。

二是**西山农民军二主阮文惠破暹罗（今泰国）军**。1784年，应阮福映之邀，暹罗王**却克里**（即拉玛一世，我国史书称郑华）派遣昭曾、昭霜领水军两万、战船三百，顺前江直下美荻，准备攻打嘉定。**阮文惠**利用美荻附近河网密布，地形地物复杂之地利条件，设重兵伏于美漖河之支流沥涔、吹蔑两溪及附近沙洲间，敌至，由河溪出，先拦头截尾，再倾重兵断腰，分割成若干块面加以消灭。阮文惠军"酙死战"，"凡作战不力即斩之以示众，是以人人竭力捐命，将弁将不顾身，进船乘顺涨破之"。至暹罗兵大部被歼，两主将逃命。阮福映部遁逃。《莫氏家谱》记载莫玖孙**莫子泩**也参加了此战，并接应阮福映，使阮军得以保存。后莫子泩袭莫玖、莫天赐河仙镇总兵职和侯爵位。

美荻城内面积不大，如两广内陆地区的一个中等规模的县城般。这也与该省的面积、人口及经济实力相匹配。美荻省为越南南方东部的一个中等规模省，面积2800余平方公里，人口160多万。越南省级建制多，皇权时期的优长是便于分权，防止地方坐大向中央叫板，而弱点是大大增加了省级行政区划，冗繁耗财，难以形成多极式的经济文化中心。越南人口近亿，国土南北纵贯2000余公里，仅有河内、胡志明市两个超大型城市，而城市人口百万级的市镇屈指可数，所谓省城基本上属于中国三四线城市的规模，即便是其直辖市，如海防、岘港、芹苴等，也是市区人口五六十万的规模，更遑论其他省会城市。当然近几年海防、岘港发展较快，但是仍未形成与其中心城市地位相符合的人口规模和经济辐射力。这可能与其历史上形成的建制传统有关。

老城区显得有些陈旧，但不显凋落。路两边大多是近些年建的两三层楼的民居小舍，七八层高的楼在当地算高楼大厦，也已时有出现，不过并未形成城区主流格式。商铺连缀，上饰广告招牌，可能不是节假日或圩日，街上人不多，有些冷清。路面平整，中心区为四车道，仅有为数不多的汽车、摩托车在行驶。但总的看，这里自然条件好，绿树成荫，丽日清风，环境清静，气候宜人，是适宜生活劳动的中小城市。而这一点，冬春之交尤为明显。

一条看似运河的横江从市区穿过。河宽约六七十米，然水满河道，流淌不息。两岸筑有堤坝。右边盖有成片的民居，多平房，还有不少铁皮顶的棚屋；左岸则辟为货场、码头，公路横贯之。河面上舟楫点点，听闻马达声突突，行走的铁壳船络绎不绝，大多装载着各种当地农产品与建筑材料，充当便利民众的主要货运工具。我们到了水果码头，农工们正在卸货，货场堆满了水果，有成串的香蕉、黄中泛青的菠萝、成筐的芒果及满是肉刺的菠萝蜜。尤以菠萝居多，个头不如广东徐闻产的菠萝粗大，但却细长些，上千斤的货整齐地码

▲ 美荻运河旁堆满菠萝

在一起，一垛垛地有规模地挨在一起，很是显眼。路旁则停了不少农用货车和三轮车，正等待着将水果运往批发市场。小黄说，美荻是南方水果的集散批发中心，货源充足，生意兴旺。这两年出口量增长很快，很多货去了中国香港和内地。

美荻古镇，自杨彦迪奉谕屯龙门兵船于此，很快就进入了建设高潮，"瓦屋雕甍，高亭广寺，洋江船艘，帆樯往来如织，繁华喧闹，为一大都会"。但遭西山军乱后，四方混战于此，终为战场，焚毁殆尽。待阮福映中兴之后，即1788年后才"人渐复归，虽云稠密，视古犹为其半"。四年后在市南筑**美湫方屯**，筑城墙，挖护城壕沟，起吊桥。原主要是军事要塞，后随流民、华人增多，又逐渐成为市商都会。其中尤以镇东的**米市**出名，有大江、运河相通，店舍稠密，"买米船必于是乎集，亦称大市"。此地还出产一种俗名"饼壮"的饼，厚大香松，远近闻名，众人采买。

瞻寺庙之崇隆，而知神灵之赫耀。市内行走，仅两三里方圆内，便现有年头的寺院道观、闽粤会所数座。可想而知儒道之魂魄在此之久矣。

▲ 美获关圣帝君庙

▲ 美获宝林寺

河边不远处，立于马路边有一座**关圣帝君庙**。庙门是新建的，有水泥柱和铁栅栏连接的栅墙，似乎在隔离保护什么。红石米铺就的门面，门檐上塑有两条青龙。入内见武圣关羽像，左右分列刀枪剑戟十八般武器，厅堂左侧挂满牌匾，观之方知这里是**美拖**（美获旧称）崇正福利会于1996年在原址上重修的庙观，墙上挂有多家外省的关帝庙送来的贺匾，题有"台端隆情高义，显我华人之光"之类汉文。据看庙人说，旧庙建于阮福映时期，与老城同时兴建（1788年），毁于20世纪70年代。庙舍虽小又新，但管理很好，设有理事会，但凡节日必有活动。此地已成为当地客家人（崇正会）的聚会议事之地。

向东行进入市区，又见写有**"宝林寺"**汉、越文的寺庙牌坊。门前立有两棵高大的仿原木柱，牌坊也是新建的，涂金黄色，原以为是南传佛教寺院，入内一看内里竟不为然。精雕细刻的佛龛之上书有汉字"宝林古寺"，左右联曰：

佛号弥陀法界全身

国名极乐寂光真境

这是典型的汉传佛教寺院。金光覆被的佛陀端坐其中。除正厅和正厅外几件已折断的石头雕件除外，整个庭院皆是新的。

使人意外的是佛院不远处，盖有一栋两层小楼民居，然其大门却是另一"关帝庙"庙门所在。仅有四五米宽的门面，上书"圣庙关帝"，下书**"广肇公开"**，原来还是会所。门柱两边对联曰：

广运福典公然无伪矣党

肇基新启所期将乐将安

完全是广府人士公平行商、以求平安的宣言书。

入门后发现，虽房屋为新盖，但内中之物则为旧存，只不过重新

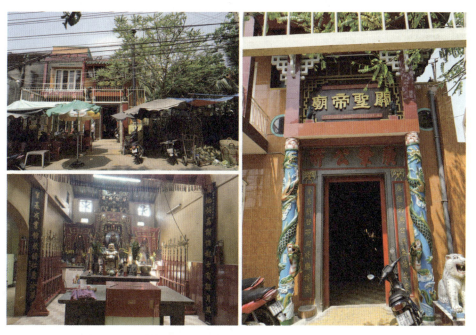

▲ 美荻关圣帝庙、广肇公会（范福东摄）

装裱归置罢了。枛案上立有弥勒佛像，后之主位则供着大刀关羽。厅堂内皆是旧物。一个2米高、3米宽的木雕描金关圣君座像及众多演义人物所构图的神龛置于中央。这可能就是小小庙舍的"镇馆之宝"吧。儒佛道三教之中心人物安然同居一处，体现了中华人等儒释道三教合一的传统。令我动心之处则在于虽居于逼仄之处，仍将庙堂置于民居之中，只求存在，而不计较规模。查碑文后晓之，此社立于清光绪六年（1880年），"奠基刱造";85年后，于1965年"四方勸赞，聿观厥成";庙主说最近一次修缮是"近三年的事情"。这种神民共集、两心通融的景况，体现了对先民之礼、对祖传文化的顽强信仰。千山万水亦不能隔断，历尽艰辛也要永久保存。

过运河后不远处，又见**海南会馆**，亦称琼府会馆。越南也是琼人赴外谋生之处。据相关资料统计，20世纪20年代中期仅只有200万–300万人口的海南岛，就有30万–40万的东南亚华侨。仍是关公庙，挂有"泽遍群黎"的匾额，但一副对联写得通俗对仗，雅训有趣：

先武穆而忠大宋千古大汉千古
后文宣而圣山东一人山西一人

把个关圣人与文宣王孔子、武穆王岳飞并列起来，似乎想把中华英典都揽来一起拜。**苏东坡**公亲自开蒙的海南后人说话办事就是直白、爽快。

仅隔两条街，便是**福潮会馆**，主祭仍然是关老爷，这似乎与闽南、潮汕一带天后为大的拜祭传统有些差离。但阅碑文后方知其中个由。**"越南比邻中国，人同种，书同文，风俗民情亦略相恍惚。我帮人士相率来游者代不乏人。……美荻尤即通南圻各属航路之总汇也，高旅往还于斯，……是地既当繁要之冲，生意亦渐推渐广，……馆所崇奉者为忠义之神也，神欲谋无有过于忠义二字者。"**原本立庙之宗旨为谋忠义二字，这是在他乡商贾重地立身之本，且中越两国"人同种，书同

▲ 美荻福潮会馆，会馆主祭仍然是关老爷（范福东摄）

文"。美荻多关公庙，看来有其历史渊源，可能与福广人重商重义、势广财盛相关。此庙修得大气、富丽，大门为雕石柱础，叠梁撑顶，画有数十幅古色古香的壁画，大堂为五进堂，摆放之像虽已陈旧，但依然熠熠生辉，可遥想当年辉煌之盛景。

午晌两点才寻到个"麦当劳"店。食客不多，可笑的是此地并无"汉堡包"、"巨无霸"之类的美式食品售卖，只卖些法国长条面包及越南盖浇米饭，这可能是"适者生存"规律使然罢。

我们匆匆吃了盒饭便赶路。

向南约行50公里过**前江**。桥长1500多米，为斜拉式，飞架湄公河的一条主河道上，很有气势。过桥有腾空之感，完全是为了抬高桥身，方便大船进出自如。据说此桥是利用日资所建。很快进入**永隆省会永隆市**。

▲ 永隆市华人会

▲ 永隆市永联华越小学

▲ 天后宫

▲ 天后林默娘

　　吸引我们眼球的是路边一个大院悬挂的"**永隆市华人会**"招牌。进去一看，院子由两部分组成。主体部分为**广肇会馆**，主祭天后娘娘，又称天后庙。会馆头进厅堂为地道的三开间的广府祠堂建筑。青房琉璃瓦，顶立马头墙，均设有压脊。稍高大的那座堂屋上还设有陶塑瓦脊作为脊饰。**陶塑瓦脊**是清之后岭南地区，主要是广府人居住地区的庙宇祠堂建筑用以防水防风和装饰的流行构件，一般用在主厅堂的正脊上，颜色鲜艳，层次丰富，装饰繁缛，造型生动，是**佛山石湾陶瓷艺术达到高峰的代表作品之一**。经仔细辨认此塑脊为清末"戊戌年立"，"宝源窑制"，定制于石湾，海运过来装嵌上的。未料在永隆一行竟能有如此发现。**据统计，至今越南、新加坡、马来西亚等东南亚国**

▲ 永隆广肇会馆，主祭天后娘娘，又称天后庙，有陶塑脊饰

家华人所建的庙宇、祠堂上，完整保留的石湾陶塑脊饰就有近百条之多。这种**不惜重金、远涉重洋地建造祠堂行为**，生动体现了**粤籍华侨对家乡的怀念之情**。永隆这座天后宫的陶脊塑有龙、凤、鱼、麒麟等吉兽，还塑有近百个粤剧流行人物，多取材于《封神演义》《三国演义》《说唐》《说岳全传》等古典小说，清晰可辨的就有"穆桂英下山"、"刘备招亲"等场景。大堂后中透天井，再盖有两进大厅，首厅祭**天后林默娘**，这个已被人神话了的莆田渔女，随着闽粤侨民足迹遍布东、西洋，天后元君的信仰远播四方。而在越南这个东南亚儒教圈国家此信仰甚盛。后厅则塑有手持圣瓶、播撒幸福的观音菩萨，笑容可掬，案前香火缭绕。

▲ 永隆明乡会馆

另一部分为**永隆市永联华越小学**。学校门面不大，是立于天后庙旁的一栋二层小楼，有三四间教室，另还有一栋四层大楼与之相连，但已改为市民宿舍。

翻译小黄说，他祖辈初来越南就是先到了永隆。那时**但凡是个集镇，均有华文学校**。法国殖民时期对华人办学校也未加禁止。20世纪70年代中期后，当局禁止开办华文学校，强力推行拉丁化的越南语，加之华人大批撤离南越，华文学校基本停办。近十几年当局又允许开办华文学校了，但必须华文、越文同时教授，为此华文学校均冠以"华越文"学校，方可批准办学。

在小黄的带领下，我们又参观了永隆市郊的两个小镇。

先看了一个**明乡会馆**。院前立有天后元君的陶瓷塑像，后面主体建筑为一礼堂式高大庙宇。正面无门，由侧门入。原来七八百平方米的大殿，竟由巨大的黑色格木柱、梁、檩交错而支撑起来的，上覆的屋顶小瓦未加任何装饰裸底面下，空旷之中散发着古朴韵味。厅内南侧搭有一小戏台，台前摆十几张条凳桌，小黄说这是逢年过节演戏用的，平时则可用于明乡人喝茶聊天或开会议事；北侧又盖有五间堂屋通过廊间与之相连，内为天后宫的祭堂所在。廊间到天后塑像，连续挂着四块匾牌，分书"明乡会馆"、"慈航普济"、"坤德配天"、"天后元君"字样。大厅内有三位长者模样的男子。我忙递烟给他们，并与之攀谈。一眉须皆白的长者说，会馆是1886年盖的，国家级保护文物，他们都是明乡人，祖辈跟杨总兵从广东过来的。比越南人到这来得还早。越人是在阮朝之后才大量由北方迁过来的。后潮汕人大量涌入，明乡人与华人混同一起，这里便开始流行潮汕话，并说只要是华裔血统，大多能说几句潮语。我问他们籍别。他说，明乡人身份特殊，阮朝时就不用交华人必须交的拓殖税，那时被当局认定为华裔越南人。20世纪50年代南越当局要我们选择身份，除一些长者外，大多由于生活所迫选择加入了越南籍，许多人还被认定为京族。另两位老人也帮腔道，他们从内心里认可自己是中国人，但在外面不好讲。我问他们，这里有多少明乡人，他们说，不好说。有说四五万的，也有说十万、二十万的。但有一点可以肯定，就是到处有华人，华语很流行。我又问，华越关系如何。长者们笑答道，现在还可以，底层更好些。现在政府也认识到，华人会做生意，发展经济离不开华人。即便是新加坡、马来西亚、泰国过来的投资，也大多是华人找华人引来的，更何况香港、台湾，他们跟华人打交道更方便。不知不觉过去了1小时，意犹未尽，尚多话头。可赶路要紧，急忙打住，然却对南圻有了更多一层的理解。

　　小黄催促我们快去看一看另一个小镇上的**七府庙**。庙执事75岁，祖籍广东南海。我问他，为什么叫七府庙？他说，在越南华人有"五伴""七府"之说，"五伴"指广东广府、潮汕、客家、高雷加海南五大帮，"七府"泛指中国，也有的说广东五帮再加上福建福州、漳泉二帮，共七帮，称为"七府"。"七府庙"，实际上就是"七府会馆"，亦称"中国会馆"。他这个执事是祖传的，建庙至今，150多年，他是第三代执事。七府庙崇拜的是关公信仰，这是中国人在海外流传最广的信仰。入门一看，雕梁画栋，金碧辉煌，果然不同凡响。执事说，瓦、柱、础、梁全是先人从中国运来的，照搬广州番禺关帝君的图纸样式，至今未变。他还告诉我，**寻根要寻真根，祭祀是大事。天下之大，唯礼与兵。从家乡搬过的庙，祭拜最灵验**。不觉如上了一堂国学课，然竟在千山万水之外的湄公河畔。多么强大的文化穿透力。我以为这就

▼ 永隆小镇上的七府庙（唐舒明摄）

是促使两国关系再度走向和睦亲好的底蕴所在。

由会安，到堤岸、边和，再到美荻、永隆，皆看到明乡会馆。几乎市铺者，尤其南方数省，所看到的华人祠堂会馆上多标有"明乡"两字。这是我到越南后留下最为深刻的印象之一。

所谓**"明乡社"**，原称"明香社"，是明末清初时的明朝遗臣在越南阮主统治的广南地区所建立的聚居区和村社。"明香"二字带有续明朝香火之意。阮朝于明命八年（1827年）下令将越南各地"明香社"一律改为"明乡社"。这标志着明乡人从越南侨民向本土居民身份转化的完成。17世纪中叶，**明乡社首先在广南会安建立**，5000余名明商聚集于此，建起4里多长的大唐街，成为当时越南最大的通商口岸。如今会安的商人已人去楼空，但端庄典雅的中式庭院仍完好保存着，用华文写的各类祠堂、会馆、庙宇、明乡会馆等依然存在，由越人看管，现已被评为世界历史文化遗产，是目前越南招徕旅游的热点项目之一。还有在广南都城顺化城北香江之畔建立起"大明客属清河铺"。明乡社在越南的普遍建立应发生于1679年明永历朝杨、陈二总兵率部三千（也有说五千）、兵船三百赴越被安置于嘉定府边和、永清二镇后，再加之莫玖开发河仙镇后并将之献于阮主，及之后大量投于三总兵之下的汉民，经过近两百年的历史，明乡社得以发育成长。19世纪上半叶，**"明乡人"概念的内涵发生变化**，不再指来越南的具有强烈的"反清复明"意识的明朝人或"明香社"社群居民，而是泛指华侨与当地妇女通婚所生的中越混血儿，明乡社发展成为一个中越混血华为家长的侨生社会（即华裔），因而也逐渐地具有了越南地方色彩。

1842年阮朝出台政策界定明乡人的身份，第一代留居会安，加入福广帮会的仍被视为华侨，而出生在越南，有华侨血统的第二代，即中越混血儿，满18岁加入明乡社的才算明乡人。总体而言，阮朝对明乡的管

375

理相较于后到越南的"清人"等华侨华人是有所优待的。例如，允许明乡人保持独立的村社组织，自行管理，以社长为明乡人的代表，负责征税和签发身份证等；明乡人的税务负担高于越南人低于华侨；明乡人可免兵役、徭役，但越南人必须服兵役、徭役；明乡社居民是阮朝的"编户齐民"，可以考科举、入仕朝廷，但华侨是没有这个权利的。

在法国殖民时期，一开始殖民政权基本延续阮朝的做法，明乡人之殷富与耆老，在法律待遇上与越南人一样，但须照华人一般另入册籍，而在具体管理上则将明乡人与华侨分开管理。**1874年后，殖民当局确认明乡人即越南侨生华人，将其与越南人同等看待，享有与当地居民同等待遇。**吴庭艳南越政权时期，其在华侨华人问题基本上推行强制归化政策，不仅在法律上将明乡人视为越南人，还利用各种强制手段使华侨加入越南国籍，致南越境内的绝大部分华侨、华裔成为"华裔越南人"。**1975年越南南北统一后，"明乡人"一词被废除，在入籍华人成为被归为越南少数民族华族的同时，明乡人则融入了越南的主流民族京族。**

明乡人作为比较特殊的一支，自称"我们的父亲是中国，我们的母亲是越南"，其在越南华裔总数中占有相当高的比例。1929年当局将越南人、明乡人、华侨人数分开进行统计，除昆嵩省之外的其余62个省有华侨13.2万人，而63个省的统计中有明乡人6.3万，至1936年，明乡人增加到141000人。现在的"明乡人"相当一部分已化做越南京族的一部分，之中相当多的人已难操祖宗语言，但数百年明乡村社独自管理的阅历致祖宗的传统文化习俗依然存在，认祖归宗的心理依赖和对早期明乡英雄的尊崇敬拜依然存在。这是强固越南文化中早已具有的儒文化圈属性的重要因素。

明乡人对越南近代史的贡献是巨大而又多方面的，除开荒殖田，筚路蓝缕；开疆扩土、立有战功；发展文教，人才辈出，如阮朝名臣郑怀德①、吴仁静②、潘清简③、陈养钝④、李文馥⑤等，我以为最突出的是在开发越南南方，建设成熟的农业区和繁荣发达的工商城市中所承担的重要作用，对形成了越南南方主要城市和基本经济架构的雏形贡献良多。

_____

① 郑怀德，1765-1825 年，先祖为中国福建省福州府长乐福乡人，世为官族，其祖父郑会于明末清初年间投寓越南边和。郑怀德少时师从越南名儒武长缵，1788 年应举，授翰林院制诰，1801 年迁户部参知。1802 年嘉隆帝建立阮朝，郑怀德迁户部尚书，充如清正使，为发展阮朝时期中越两国关系做出了贡献。1805 年任嘉定协总镇，1808 年阮朝改嘉定镇为嘉定城，郑怀德出任嘉定城协总镇，1812 年奉调回京，任礼部尚书兼钦天监，翌年改授吏部尚书。1816 年再次出任嘉定协总镇，1820 年受召入京主持吏部事务，1821 年升协办大学士，次年兼领吏、礼部尚书职务。1825 年，郑怀德病逝，阮朝皇帝赠其少保勤政殿大学士（秩正一品），谥文恪。

② 吴仁静，1769-1816 年，先祖为广东人，明末南渡至越南南部。吴仁静自幼有学才，初入士时为翰林院侍学，1798 年任兵部右参知。1802 年充如清副使，与郑怀德一起如清请封。1807 年为正使，携带嘉隆帝敕印前往罗壁板城赐予高棉王。1811 年任义安协镇，1812 年升户部尚书，同年接任嘉定协总镇。吴仁静在阮朝朝廷任职期间，为发展中越关系、阮朝越南与高棉（柬埔寨）的关系都做出了重要的贡献。

③ 潘清简，1796-1867 年，先祖为福建省漳州府海澄县人，明朝灭亡后流寓越南南部。他 29 岁中举，1826 年及第进士，授翰林院编修，协办大学士，后迁刑部尚书、吏部尚书，充枢密院大臣、国子监总裁等要职。在 19 世纪中后期越南发展与法国的关系中，潘清简是个具有争议性的人。1862 年作为阮朝政府的"议和"大使与法国签订了第一次《西贡条约》。1866 年被任命为永隆

377

总督和西三省经略使。1867 年 6 月法国殖民地占领永隆，潘清简服毒自杀身亡。1886 年同庆帝即位后，恢复其官爵并将其重新刻名于进士碑。潘清简是阮朝三朝元老，也是越南南部的第一名进士，而且还是越南历史上著名的史学家和文学家。他学识渊博、兼通文史，主要文学作品有《梁溪诗草》《梁溪文草》《使臣诗集》《西溪日记》等。潘清简还曾经出任阮朝国使馆总裁，所奉敕监修的《越史通鉴纲目》共 47 卷，是越南最重要的史书之一。此外，他还主持编修了《大南实录》和《大南正编列传》等史书，由此奠定了其作为越南古代著名史学家的地位。

④ 陈养钝，1813-1883 年，祖籍福建省漳州府龙溪县二十八都回鄙五洲上村，明朝灭亡后流寓越南部顺化，为承天明乡社大族。于明命十九年（1838 年）殿试举进士，同年补翰林院编修，绍治四年（1844 年）任清化省按察使、太仆寺卿。嗣德帝即位后更受重用，嗣德十四年（1860 年）升工部尚书，嗣德十五年（1861 年）改授户部尚书充枢密院大臣，兼任钦天监及兵部尚书。嗣德二十七年（1873 年）实授协办大学士，升署文明殿大学士，仍领兵部尚书。嗣德三十二年（1878 年）蒙封赠三代。陈养钝在阮朝任职期间曾参与多项重大外交事务。1862 年和 1863 年，他曾协同潘清简等官员与法国代表交涉订约。1866 年，他充钦差大臣赴嘉定与法国商定新约。

⑤ 李文馥，1785-1849 年，其先祖为中国福建省人，明朝遗臣，明朝灭亡后移居越南。1806 年中秀才，1819 年中举人，1820 年授翰林院编修，先后出任礼部主事、礼部郎中、户部侍郎、户部右参知等官职。在越南阮朝发展与中国和东南亚地区关系的过程中，李文馥发挥了不可替代的重要作用。李文馥学识渊博，一生中文名与政名并重。李文馥既工于汉文创作，又长于喃文著述，创作了汉文诗集《粤行吟草》《西行诗纪》以及喃文作品《不风流传》《二十四孝演歌》等。其中，《粤行吟草》诗集收入的是他 1841 年奉使如清途经广州时与当地文士相唱和的诗篇。他曾仿照中国"十才子书"中的两部作品改写成六八体喃文诗《玉娇梨》和《西厢传》，直接促进了这两部作品在越南的转播与普及。

遥想你腾云驾雾，鸟瞰**湄公河三角洲**，这个被越南人称为九龙江平原的地方的时候，定会发现宽广的平原如漂浮在苍茫水色之上的绿岛、洲澳。白浪滔天的江河、密如织网的川流、还有

▲ 后江上的渔舟女（范福东摄）

难以计数的汊湾将勃勃生机的土地分割，水光倩影与平陆沙壤平分天地，各领风骚。而当我行走在三角洲腹地，从前江之畔的**永隆**到后江南岸**芹苴**的短暂时光里，虽常受莽林遮蔽眼界而无那种视野远阔之感，但却能真真切切地感受到什么叫做水乡泽国，什么叫做冲积平原，比在珠三角时所产生的水乡视觉效应还要强烈。在中南半岛的东南端一隅，竟然冲决出年均**入海水量达4750亿立方米的湄公河**，这可是在亚洲仅次于两个世界级的文明古国的母亲河长江与恒河的数量级，着实使人惊讶。

湄公河的两个主干流前、后两江间距不远，三五十公里多矣，由西而东并列贯穿安江、永隆、茶荣三省，两江在柬入越时并行不悖，相向而入海门。三角洲平陆之上河川密布，除前后大江外，还又依次分汊排出巴棋河、泳濂河、茶荣江、沙沥江、优昙江、强城江等数十条河流，或纵贯沟通前后江，或独自奔流入海口，或汇入大江成溪流。

沿途所见，稻田为多，虽才三月，早稻正扬花抽穗，快进入灌浆期；村前舍后种有翠竹、椰树，辨认出的果树有柑桔、龙眼、芒果，但似乎并未进入产业化规模，仍以个体种植为主，未脱出搞副业这个穴臼。

▲后江大桥

大小不一的池塘广布田间，阳光下耀闪晶莹。小黄说，塘中除养殖各类淡水鱼外，这两年又兴起了养殖绿鳖虾，成为农民致富的一个新门道。

上高架路，过**后江大桥**。江面因中间挟有沙洲而分为南北江流，更空旷的空间显得江之宽阔倍增许多。大桥依水面过江洲由北而南分别建有一座斜拉桥和一座钢梁桥，并由高架路段将之相连，长达数千米，如彩虹卧于江面。

芹苴市四周被水环绕。我们从后江大桥落下后，进入市区。街道宽敞整齐，路旁四五层楼高的建筑物连排成列，粉刷成不同颜色，显得洋气、大方。沿江筑有近水楼台，码头依次展开，长达数百米，靠岸停放数十艘形态各异的游轮，江面上渔舟女把橹摇桨，花地绿丛中游人摆着各种姿势影留美景。即便是夕阳西下众人下班归返时分，作为五个直辖市之一的都市仍车行有序，不见喧哗，彰显这座被称为"琴诗江"的城市所特有的诗情画意和江河文化格调。

我们在市中心的**胡志明广场**下车，看着高大的慈眉善目的胡伯伯像。旁边的芹苴河码头稚童正在玩水嬉戏，给空寂的江岸增添不少乐趣。麻石铺就的堤岸紧邻广场，两者之间的观光休闲带向北延伸。绿树遮阴，江风拂面，凭栏轻语，自有一番水乡情调。

四江汇流是芹苴的画龙点睛处。沿堤岸北行，先抵芹苴江与城中溪河汇合处。溪河口中用石块垒一小岛，上立一现代造型的亭塔，饰以合金钢片，如一翼飞鸟状，上下两桥贯通。北边为绿洲，已辟为公园。行至100米，忽听江涛拍岸声，透过绿树缝隙可见水天一色，横涯

▲ 芹苴水乡（范福东摄）

无际的大江从西天泻来。竟是湄公河最大的干流**后江**卧流眼前。我站在突出部俯临远眺，后江水势浩大，涌波连天，虽是三月旱季，春水却占满河道，不见减退。顺流而下，后江一江劈为两河，连续拥抱数个狭长的沙洲汹涌而去。沙洲如浮动于镜湖中，横卧一弯翠，竹垂扫浪，椰挺排云，河道骤然宽旷，衬出远方位的后江大桥如在云雾蒸腾中。与后江汇合，眼下的芹苴河也渐趋宽广，它挟裹着刚刚与自己合流的城溪河水共同向大江挤去，通人性似的也要水汇东方，向大海这个目的地奔去。仅仅200米的距离三江相汇，并为一流，又迅即再叠分二流，终成四水汇合弥漫处。

　　立于泛洨之口，河环江绕。举目四望，春水东流。**未曾料青藏高原唐古拉山脉的冰雪之水远行九千里，在此奔腾赴海门，与我们不期而遇，既是万难，更是万幸，能览此胜景，平我心愿。**三个月前，我与福东、舒明、维民四人驾车驰骋云贵高原，在西双版纳**南阿**河口处，**望澜沧江**（入老挝后改名为湄公河），在老缅边境处的千山万壑中一路南行。舒明当时感慨，半年前唐古拉山澜江溯源，五天前高黎贡山观"三江并流"时它的雄姿，今日目送欢水南下，它日必定看涓涓细水酿成滔天巨浪，如何奔腾到海，造福六方。往日渴望，已慰平生。沿江沙土膏腴，丘阜肥润，田园茂盛，稻果丰沛，林榛莽莽，民居幢幢，

真乃美地也。饮水思源，中华绝不气傲。

但就越南而言，可谓集万千宠爱于一身。**澜湄大江**干流全长4700公里。它源于中国青海玉树藏族自治州杂多县的扎曲河，在中国境内逶迤而行，一顾三盼，经青藏高原，切横断山脉，与金沙江、怒江并行，演**"三江并流"**之绝色，授世界地质文化景观之名号。中国境内的干流称**澜沧江**，长约2100公里，送去湄公河六分之一之水量。被称为**湄公河**段的干流长约2600公里，所经之处皆为热带风雨带，汇老、缅、泰、柬四国山脉、平原、河川水，流量倍增。且挟大量的泥沙、腐殖质和浮游生物入海，演就下游的肥田沃土和丰美渔场。湄公河上、中游穿行在崇山峻岭之中，河面时宽时窄，多激流险滩、暗礁，航路时常受阻、断断续续。据勘察，只要财力充沛，从技术上而言，完全可以疏浚河道，打通航道。无奈所经之途国小力蹙，尚不具备条件。望借助丝绸之路"一带一路"战略之力，尽快完成夙愿，但要待时机成熟。

俗言险要出美景。在**老柬交界处**，雨季到来时，河道最宽处可达14公里，为老挝境内最宽的一段"腰"。旱季江水退落，"宽腰"处顿现数以百计的小岛，如果把小渚、沙洲都算上，数量过千，此区域被当地人称为**"四千美岛"**。游艇穿梭，带来不尽欢乐。继续南下，江面横亘**孔南瀑布**，猝然一跃，海量洪流撞入柬埔寨境内；在瀑布与高棉

▲ 芹苴市（范福东摄）

桔井平原之间，山谷莽流和冲积平原交错。再往下，形成江水泛滥平原之上的广阔冲积带，给人的感官以极大的欣赏满足。两大世界级的美景，由于地处偏僻，路途塞堵，尚为旅游的"处女地"，留待世人开发。柬首都金边以下，所余湄公河干流仅330余公里，这一段被称之为湄公河三角洲，而越南则占有其中的220余公里，河道均水丰面阔，可直达南海。

　　福东问，湄公河水量如此大，三角洲地区海拔仅三五米，为什么很少发生洪水泛滥，酿成洪灾？经此一游方能体会其中之奥妙。其诀窍就在于一蓄一放。金边西约100公里有一大湖洞里萨湖，湖与湄公河通过洞里萨河相连。雨季水大，水路不济，溢水流向洞里萨湖，湖面顿涨，可由旱季时的2000多平方公里湖面，扬漫成7200多平方公里的"庞然大物"，个别年间，甚至达到上万平方公里。在这次游访越南后，我等三人又马不停蹄地赶赴柬埔寨，泛舟于洞里萨湖，但见湖岸上落潮和涨潮时的水痕落差足足有七八米之多，而湖面面积东几乎可达金边西边的磅清扬市。而旱季，蓄留的湖水又缓缓退落，补充下游和三角洲地区用水之不足，致湄公河常常保持水量充沛而不干涸。洞里萨河河水忽高忽低，忽东忽西，是世界上少有的顺逆双流向河流。洞里萨湖的"蓄水池"效应，对于下游而言，唯百利而无一害，之与中国的洞庭、鄱阳两湖对长江三角洲的作用，何其相似乃尔。此乃一"蓄"，再说一"放"。**湄公河在金边附近接纳洞里萨河后分成前后江，前江在同塔省和安江省相邻处入越南，后江在安江庆安处入越南，**两江之间有多条自然河道与运河相连，形成河网。**两江干流在流经越南百余公里后，又在低平的冲积平原之上分枝扩权为六条河流，继而再分成九个海门注入南海。湄公河在越南段称为九龙江，盖源于此。**即使河水猛涨，可流河短粗，河道宽阔，出口众多，因而排泄舒畅，收放自如，直达南海，少停潴致灾祸。反而，沉积物所带来的积潊，鬼斧神工地造化为5万多平方公里的三角洲平原。且目前各大出海口滩涂仍以每年几十上百米的速度向外伸展，扩大着滩涂和平地的面积。这块年轻的土地已经成为世界"三大米仓"之一。有人说，仅九龙江平原就可养活1亿人口。

芹苴市区对岸乡镇

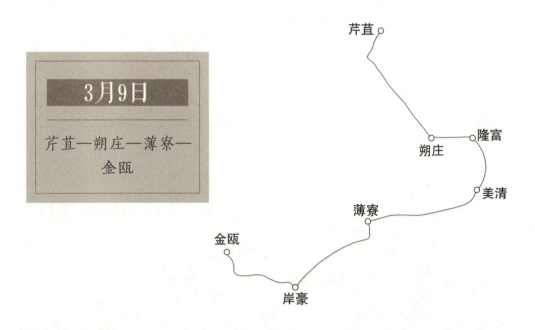

芹苴 ○
隆富 ○
朔庄 ○
美清 ○
薄寮 ○
金瓯 ○
岸豪 ○

　　越南人也有晨练的习惯，沿滨江路的公园里、广场上有人在踢毽子、跳绳、做体操，有人散步，也有练拳的，类似武术，但又不是中国武术，有点像散打，难见什么套路，无所谓练基本功，如蹲马步、鹞子翻身等，没看见众人练习太极拳、广场舞这种大众普遍参与的群体式项目练习。

　　就普及度而言，参加锻炼的人似乎少了点。空旷的公园、广场稀稀落落显得冷寂，不成气候，更难以吸引旁人的眼球，路人行走匆匆，少有人驻足观看，凑趣。这可能跟经济发展阶段有关系。改革开放

▲ 晨练的芹苴人

初期的中国就没有今天晨练的普及度高。细心观察还发现一种现象，就是参加锻炼身体的人中男人多，女性少。如眼前两拨踢毽子的人群中，一拨七八个人，但每拨只有一两个中年妇女参与其中，且从衣着、神态上看，职业妇女的可能性大。

越南流行**母道教**，将道教中玉皇大帝的次女**柳杏公主**视为上等神祇（福神），称为圣母。中国七仙女也传说是玉皇大帝的公主，但只被视为忠贞爱情的仙女，并未被尊为高级神祇。在越南母性崇拜还可追溯到其原尊出处。雄王为雒越始祖，其父貉龙君为炎帝四世孙禄续与洞庭龙王之女相配所生，后貉龙君又娶仙女妪（瓯）姬生雄王。因此安南人自称龙种仙种之后，并对龙女、仙女非常崇拜之至。当然这是传说，可能曲折地反映了某一种心理状态。但在越南母亲信仰较为流行却是事实。本为中国人之后的明乡人入越后也渐淡其俗，如他们既为父系修谱，也为母系修谱便是实例；当然明乡人仍顽固地保留了祖宗之俗，本村本族的明乡人外迁他乡，乡亲族人执意或捐财，或出力助其安家落户，生根发芽，这是华夏孝文化中的"悌"观念所使然。**重母信仰在东南亚诸国，如马来西亚、泰国等均有流传，这可能既是人类在其发展的初始阶段母系社会的观念遗留，也是人类母爱天性的自然流露，但至今仍然得以保留，并在越南这个百粤文化的属地流传甚广，应是有其更深刻的社会经济根源。**我曾工作多年的广东梅州地区，同属岭南百粤之地，据乡民耆老谈，1958年破旧风俗时，街上就贴过"男人不下地干活是可耻的"标语。广东农村妇女既主内，又主外，家务耕田一肩挑是司空见惯的事实。越南也是如此。一路走来，在北宁、宣光可见妇女在驭牛耕田，在华闾、峰牙划船载客的是一女子和一对母女俩，今日沿街所见摆摊卖菜、卖早点的皆为中年妇女。当然男人在越南也很有地位，但女子在社会生活的方方面面，尤其与家庭有关的领域似乎作用更为明显些。**将信仰中的美好形象"圣母"，**

和生活中的重担均置于女性身上，孱弱女性的压力难免过重，力有不逮。我开始明白，为何今日所见晨练场上女子少见的缘由了。

随旅行团人群，我们在广场旁的码头登船去参观河上集市。逆芹苴河行40分钟，约8时许到达丐冷水上市场。船尚未停稳，10余条小船围了上来，戴着斗笠的船女直立摇橹，边驾船边招揽生意，得心应手，进退自如。小船上各类货物都有，热带水果、蔬菜、河鲜、大米、坚果，种类繁多，不一而足；但一条小船大多只卖一两个品种的水果、蔬菜，还有的船摆满日用百货，可零售，也可与船民交换物品；稍大一些的船，甚至制作熟食售卖，亦可上去饮茶、就食。场面很火，连绵数里。据说，方圆数十里水乡的农人、疍民都赶赴于此。有些小伙、少女，未待游船停稳就迫不及待跳上小船舨游玩去了，他们说要去看戏听歌。我们则由于要赶路而不能久留，不免遗憾。"南人驶船如行马"。滔滔大江，竟当"街道"，集贸市场开在河面之上，不失为好景妙叙。

从世界考古发掘的事实来看，人类可能起源于热带。在东非大裂谷，人类考古学家约翰森挖掘到了"人类的祖先"——"露西"的头骨，后美国考古学家利基一家人也在这个热带地区挖出了早期人类遗骨。亚当、夏娃赤身裸体这一镜头画面，尽可证明伊甸园只能在热带。但全人类文明的发源地却往往在温带或暖温带，如地中海沿岸的古埃及和古希腊、中东的巴比伦、喜马拉雅山南麓的北印度及黄河长江流域的中华文明。这似乎是悖论，却符合人类有文字记载的历史。当温度变化时，人发明了衣服并建造了房屋，火的发明和运用也使人类不再惧怕寒冷。有了衣服、屋子、火，人类就具备了走出热带雨林的条件，在更适宜早期人类耕作、放牧的广阔天地生存，进而创造新的、更高的文明。

人类经过数千年的历练，已掌握了向极寒地区发展和重返热带的本领。**两千多年前中原文明越过南越五岭，在南越地区生根开花结果，又创造了本同枝异的新的地域性文明**。经过千年郡县时期，与珠江流域相似，红河流域完成了由蒙昧状态向水稻农耕社会生产形态的转变。在唐宋时期安南农耕文明达到较高水平。**嬴陵、大罗城、升龙城**的筑造标志红河地区的文明达到一个新的阶段。

10世纪后，越南凭借继承而来的高出相邻地区一个层次的经济、军事实力和文明普及程度，加快了向南、向西扩张的步伐，至阮朝建立时基本固定了现有疆域版图的雏形。长达两个多世纪的南北对峙，客观上驱使居中部地区的阮主广南政权，眼光向南。湄公河三角洲的开发成为唯一选择。恰逢此时，明朝败亡，大清国兴起。几乎与越南流民迁徙南部同时，晚明的有组织的兵、民络绎不绝地赴投南圻，平添了垦殖开拓的新鲜力量。明清之际，中国曾创造了当时世界上最先进的生产力，有许多资料称，1820年，即清道光年间，中国的GDP约占世界的三分之一，此时越南已纳入由中国朝贡关系为基础的亚洲经济圈，赴南圻的华人主体部分来自中国最具海洋商业精神的闽、粤两省，封建社会所能容纳的生产力、科技力和商业活力很快便覆盖嘉定五镇，百余年的光景将战火纷飞的三角洲地区开发为成熟的热带经济区。华侨华人与越南民众一起共同开发了越南南方。

这里是典型的热带风光，在低于北纬10°的**后江流域**。当我们在河内时，夜风还有些凉冷意味，与在广州的气候无异，需要穿上夹克和棉毛衫，而在芹苴则要脱去厚衫，一件T恤衫就可打发时光。亲水台阶边孩子们正在水中嬉闹，当空的艳阳把孩子们的皮肤晒得黝黑，预示着这里即使是阴历二月也难分寒暑。

芹苴是越南南部的中心城市之一，刚刚升级为第五个中央直辖市。出城途中经过芹苴大学、水产研究所，据说是国家级的科教单位，但从门面上看，规模都不大。公路旁有些工厂，大都是轻工业厂家，粮食、肉类、水产、果品加工和纺织工业为主。小黄说这两年开始有外商投资，多为电子、服装加工类。**茶诺**电厂高耸的烟囱正冒着灰白色的浓烟。厂区不小，但装机容量才数万千瓦，似乎电厂正在改造。

出城后沿着1号公路驶往**朔庄**。去年这个时候（三月），湄公河流域因旱季水位过低，据澜沧江源头的中国牺牲自己的能源安全利益，多次从本国水库放水以解下游之苦。我在柬埔寨时多次听到赞扬之声。但此时后江则旱象全无，完全是另一番景况。绵密的河溪纵横交错，已分不清是自然河流、人工运河还是灌溉沟渠。平均5米以下的低海拔平原上挖凹补高而产生湖湫连连，点缀在成片稻田的四周。过几公里就有桥梁横卧南北，沟通水乡的陆路交通。九龙江平原占据了湄公河冲积平原的最大一块平地，每年还有上亿吨的冲积土补充，土地十分肥沃。这里的热量和降雨量及江河水量，完全胜任每年种植三季稻谷。但由于农力安排的原因，过去往往只种两季。近些年农务季节发生了很大变化，冬春季水稻面积在不断扩大。所经后江、朔庄两省农村，但见多数水田中稻谷已黄，正待开镰收割；仍有少量的田在灌水耙田，即将播种插秧。小型拖拉机和水牛并举，闹腾田中，各施功力。稻穗的黄、秧田的青、泛光的田，色彩粗犷，收、种同时发生，形成热带稻谷文化一道特有的风景线。2012年越南水稻种植面积775万公顷，稻谷产量4360余万吨，而九龙江平原无论是种植面积，还是年产量均超过总量的一半以上。且该地区农业特别是粮食生产潜力巨大。有专家估计，经营好这一平原，就可以养活1亿人口。公路平坦，似乎刚整修过。东行匆匆，掠过隐藏在树木茂密处的村庄。农舍多为新翻盖过的，显示了这里农村生活的富足，芹苴周围的几个省，如建江、后江、朔庄，均为农业大省，年人均稻谷产量1500公斤以上，相当于全国年人均占有量的2-3倍，是世界大米的重要出口地。三角洲的农民在法治时期就进入了较为普及的商品生产阶段，市场经济意识强。这里还是越南全国最大的水产品、生猪养殖基地，遍种甘蔗和椰子、芒果、菠萝、柑橘等水果，其中水果种植面积占全国的60%以上，甘蔗占35%。

11时抵朔庄省会**蓄臻市**（即朔庄市）。我看天色尚早，临时动议去后江入海口。汽车绕市而行。入东南，穿**美川**，再一路向东抵**陈清门**。恰逢午时退潮，江水奔腾，将腹中之物喷吐入海。原本旱季之时的后江水势平稳，怎奈何成喇叭口状的入海口，在溯江向上的开阔处，形成积沙成陆的**铜老顿岛**，长约30公里，最宽处达5公里，将后江裁为两股流水，分**陈提**、**订安**两海门入海。束腰之水，即刻疾行。水借潮退，汹涌澎湃。裹泥挟沙，一吐为快。北望邻省**茶荣**，汪洋一片，宽似珠江虎门，但见水汽蒸腾。东眺南海，均为黄汤，难见蔚蓝色。岸前泥滩遍野，少许人在拾贝赶海。小黄告诉我们，对面沙洲日见在长，每年生出新土长达80-100米。

在**薄寮市**里的小滩上，一人吃了一碗米粉，福东说不够，舒明又买了些面包和火腿肠，应付了众人的未饱腹。小黄没想到这几位"老家伙"生活如此随便，直喊"太辛苦"。我顾不得这些"牢骚"，叫司机不走1号国家公路，而是绕市南去，走经**岸豪**再折向**金瓯**的支线公路。

沿薄寮渠南行10公里，到达渠口与南海交汇处。被称为越南"陆地尽头"的薄寮省，位于金瓯半岛的上腰部，南接金瓯，西倚建江，北望朔江，在南圻开发史占有重要位置。薄寮是一片年轻的土地。受南北海潮的影响，沙土在这里淤积，积泥沙冲积层而逐步抬高，形成三角洲冲积平原的一部分，但就土地生成的时间而言，大大晚于湄公河前后两江沿岸诸省。从流民迁移的历程来看，它的开发是由西贡、边和一带由北至南逐步推移而展开的，到17世纪末期这片土地才开始进入农业开发阶段，较陈、杨二总兵率部开发边和、美荻及形成市肆商埠的时间要晚数十年。19世纪中期法国入主越南后，土质厚肥而又地广人稀的薄寮很快成为殖民者眼中的一块"肥肉"，纷至沓来，跑马圈地，是法国开发越南战略的重要环节。这块"领地"，原属安江省的拜叟府。1882年，法国统督**里麦雷·德·威勒斯**签署决议，从当时朔庄小区和迪石小区分划出一部分地，三地共同组建新区。1889年法国越南全权总督**保罗·道麦尔**干脆把这个地方更名为薄寮省，以利于掠夺和直接统治。薄寮成为南圻地区的最后一个区划省，后华人及华资蜂拥而入，成为开发或投资这一地区的重要力量。真有些许意味。

过去大农场似的庄园，早已成过眼烟云。大片的稻田，大片的果林，被分割成零碎的地块。统一后南越很快就实行合作社化，而如今，革新的越南第一个举动就是将土地的经营权交给农户，且是永久性的。遍地是新盖的农舍，但过去"地主"们留下的西式别墅也不时显现，米黄色的墙，挂绿色的百叶窗，红瓦铺就的屋顶，带有围廊的砖石小楼，确有番西洋特色。

出芹苴后的三五个小时，不经意间在路边发现多处华人所造祠堂庙宇，难免不驻足观瞻。芹苴城外的**广肇会馆**占地不大，却堂深门进多，供拜关武圣为主，另塑有观音、弥勒等道佛诸家神灵像，可曰"庙小神灵多"，反映了中华文化儒释道一家的信仰

▶芹苴广肇会馆

传统。庙为红墙绿瓦，塑脊屋顶，陶砖木雕齐备。整个大堂上空挂满了南方人抓鱼用的上尖下阔的鱼篓似的盘香，每盘香高约1米，底直径70-80厘米，每次点燃两盘，临空而燃，香满堂室，代表了华人会社对神灵信仰的虔诚。

在朔庄蓄臻市南的公路旁立有**"和安会所"**，门面装修稍事简单，但入门后顿觉庙堂金碧辉煌。繁华之中梁柱交错，金光朱漆；精雕细刻，玲珑剔透。尤以龛台装饰最为繁复：木雕金饰重叠镂空，造型折返不厌其烦。会馆长老说，门面压脊，内里神像雕塑皆先人从原籍潮州海运而来。远在异国他乡竟如此讲究，真耐人寻味。前室厅两壁挂有美川摆草市、美秀埠头市、隆富大义市等地的明乡会馆、潮汕会馆所送表示祝贺会所再修的牌匾。回望廊柱，上分立对联：

本正直神明无愬衾影

公平分祸福不爽毫釐

完全是武圣关羽所奉的忠信义气之言，已成海外华人社会凝聚内气、公正经商的立身信条。

◀ 朔庄和安会所
（范福东摄）

遍布越南城乡的华人到底有多少？这始终是个萦绕于心的问题。归国后我翻阅大量资料。据1989年4月1日越南人口普查指导委员会的抽样统计结果显示，越南华人共96万之多，其中城镇华人人口72万多人，乡村人口24万人，近90%的华人居住在越南南部。进入本世纪后，越南民族委员会公布的数据，截至2003年7月1日，越南华人（一般意指越南华族）人口为91.3万余人。目前，有关越南华人人数的说法并未统一，越南社会上一般认为应超过100万人。**这里所说的华人，中国学者大多认为并未包括均已融入越南社会的明乡人，也未包括华侨，因为到20世纪90年代，越南华侨已融入主要社会，即完成了侨民向华人的转变，有华侨名分的华侨数量已经非常之少，在华人研究中甚至可以忽略不计。华人华侨在越南人口统计中呈现出不断减少的趋势。**据温广益《"二战"后东南亚华侨华人史》（中山大学出版社出版），1954年越南华侨华人总数116万，其中北部18万，南部88万。越南在1975年南北统一后总人口约计4000余万，2013年人口总数约计9300万。也就是说近30余年以来，越南总人口已翻倍有余，且仍处高速增长阶段，而华人总人口不但未予增多，反而下降，这是不正常的。许多中国学者认为，越南华人数量100万-150万这样的数据是远远不够的，如学者**向大有**著文《一百万与四百万的关系——关于越南华侨华人人口数据的考据》，认为越南华人数量应为400万左右。其主要观点认为越南的人口数量中缺少乡村人口数据，有一些有中国血统的人群如少数民族华人、艾人数据缺乏等。还有人认为，很多华人入籍后被归入京族等其他民族，其这么做的原因是复杂的，有的是社会原因，有的是随母系登记。还有些越南学者认为应将是少数民族的依族、瑶族和明乡人统计为越南华人。无论采取何种方法计量越南华人数量，华人群体对越南历史和现实均产生过巨大影响和深刻印记，却是不争的事实。这是谁也否认不了的。

一路东进南下，行走在**"水真腊"**的故地。虽然随着土地开发的深入，经过阮朝的兴衰与不请自来的法国殖民统治，整个南圻的人口结构发生重大变化。高棉人让出了前、后江流域中心区域，或拘缩在原生地，或向西向南迁去，散布在金瓯半岛的各处及边缘。

如果说在永隆、芹苴一带见到高棉人的小庙、小塔是零星的、偶尔的，那么在朔庄、茶荣、薄寮这些后开发区域看到**高棉庙宇**则司空见惯，不足为奇了。据说，朔庄有89座、茶荣有140座。

我们在沿海公路旁的**铺市**前，一个不起眼的地方，被眼前那座金光闪闪的高棉庙宇所吸引。巨大的殿堂托起三层逐步升高的屋檐，屋脊变形为每侧三个锐三角形交叉契合的形状，而在每个翘角上方分别

▲ 薄寮高棉寺庙佛塔（范福东摄）

有蟒蛇飞檐，似欲刺破天穹，中间傲立神塔，达一二十米高，塔正反两面则饰有两层中间镶嵌复杂几何图形画面的三角形面墙。整个殿堂金黄饰顶，红瓦铺辍，正门富贵堂皇，雍容华贵；而它的右后方则为石结构的陵堂似建筑，并在悬梁上嵌有五座佛塔，这可能是被称作"林伽"的石室，应该是用以摆放佛陀魂灵的地方。在附属建筑中，以两个锐三角形屋脊十字相交的房屋，造型奇特，颇有韵味。整个佛堂建筑群正在修缮、翻建，尚未完工，但从其规模与华丽度上看，便知靡费非薄。这对于"以佛立国"的高棉民族而言，日常生活可"青云无心常淡淡"，来生大事则"靡费再多也为少"了。

高棉人所信之教为上座部佛教。上座部佛教是自称，中国称之为南传佛教，是相对于中国滇南地区傣族而言的，傣人也信仰上座部佛

▲ 薄寮高棉寺庙

教，以区别中国的汉传佛教与藏传佛教，这两种佛教又称北传佛教。

　　佛教有大、小乘之分。汉传佛教为大乘，上座部佛教为小乘。大乘佛教经中华传至日本、朝鲜、越南等儒文化国，成为东亚的一种主要宗教信仰。而小乘佛教，即上座部佛教，现主要流传于中国云南南部和中南半岛的缅甸、泰国、老挝、柬埔寨等国，还有南亚的斯里兰卡，覆盖面积160余万平方公里，信徒人数过亿。**汉传佛教与上座部佛教在佛教的基本教理的认定、修持的最终目的上是相同的，但仍有许多区别**。主要有两个方面。一是佛教的语文上，大乘佛教的经典用的是梵文，而上座部佛教用的是巴利文；二是在教义和修行上，大乘佛教把佛化作为神，主张以成佛为目的，希望普度众生，佛教通过修行来成为佛或仅次佛的菩萨，而上座部佛教则认为佛不是神，而是一位教师，注重自我解脱，过简单平和的生活，其明显特征就是只供奉释迦牟尼这位佛教的创始人，修行者穿黄色上衣。

中国在东汉之前，在西域地区也曾流行小乘佛教，如在"小西天"于阗、罗布泊的楼兰古城等地都曾出土过大量的巴利文佛经文献。经过4世纪的**鸠摩罗什**、7世纪的唐僧**玄奘**这两位中国历史上最伟大的佛经翻译家、佛学家的努力，东土方取得"真经"，《金刚经》等重要经典皆由梵文直接翻译而来，致大乘佛教在东亚地区成为主要的宗教信仰之一。

佛教源于印度。印度原盛行婆罗门教，但该教法典《摩奴法典》确认四个等级的不平等的种姓制度，把"婆罗门"列为最高种姓，把"首陀罗"列为最低种姓，还有大量的连种姓也入不了的"不可接触者"，低级种姓和"不可接触者"要服从高级种姓的统治和奴役，带来信仰上的矛盾。传说约2500年前，在印度**迦毗罗卫国**（今尼泊尔境内）王子**释迦牟尼**在菩提树下修行冥想，创立佛教。因其反对婆罗门的种姓制度，提倡众生平等的思想，且富于哲理，逻辑性强，因而很快得以流行。**佛教传入中南半岛自缅甸始**。传说缅甸孟族商人**德蒲娑和巴利伽**兄弟到印度经商，受佛法感化，皈依佛门。他们还带回佛祖亲赐的8根圣发，修建了一座佛塔以事供奉，后佛塔经历代加高修缮，成了现在的**仰光大金塔**，为世界著名的佛教标志建筑，引无数信徒到此顶礼膜拜。**柬埔寨1世纪就有佛教的传入**，在相当长的时期内传入的是大乘佛教，与此同时印度教也传入柬埔寨，"印度风"吹得很盛。13世纪缅甸蒲甘王朝确立上座部佛教居主导地位，柬埔寨自14世纪后上座部佛教始终被奉为国教。

柬埔寨这个古老的国家，历经**扶南、真腊、柬埔寨**三个王国时期，而进入近现代社会。1世纪，扶南王国建国，至7世纪初叶（627年）被真腊吞并。与此同时，婆罗门教与佛教相继传入扶南。在相当长的历史时期，婆罗门教占据着柬埔寨的主要宗教地位，印度化诸因素支配着扶南王国的社会结构和社会生活及宗教生活。到了5-6世纪，在婆罗门教盛行的同时，大乘佛教也很兴盛。

7-16世纪，是真腊王国时期。真腊原为扶南的北方国家，位于今柬埔寨上丁省和老挝占巴色省一带。真腊人与扶南人同属一族，都是孟高棉人。550年前后，真腊王**扶婆拔摩**开始发动兼并战争，至公元630年，其主**伊摩那拔摩一世**挥师南下，最终吞并扶南。真腊国有近千年的历史，最强盛时期当数9世纪至15世纪这600多年间。由于其定都吴哥，亦称吴哥王朝。这个王朝著称于世的是**吴哥窟**古迹群，其与中国的长城、印尼婆罗浮屠和埃及金字塔并称为古代东方四大文明古迹。吴哥古迹群有600多座雕刻精美的石刻浮雕建筑物和宝塔，散落在45平方公里的区域内。由吴哥寺、吴哥王城、空中宫殿、女王宫等组成。之中核心部分是吴哥寺和吴哥王城。**吴哥寺**的主体是一石砌的三层台基上的五座莲花蓓蕾般的尖塔，最上层中央的塔最高，高于地面65米。这些塔象征着印度教和佛教神话中的宇宙中心和诸神之家茂路山。吴哥寺周围有壕沟环绕，沟宽190米，周长约5000米。**吴哥王城**称大吴哥，城呈正方形，周长约12000米，城墙高7米多，厚3.8米，有5座城门，还有巨大的斗兽场。城墙、门均为石头砌成。城外有护城河环绕，河宽约100米。吴哥王城的中心是巴戎寺，是一座大乘佛教寺庙，建在一石砌的二层台基上。寺中塔群，由16座较大的塔相互连在一起，中央塔高约45米，直径25米。加上四周的小塔，共有54座。远远望去，似一座座山峰，每座石塔上四面都雕刻有高达1.75-2.4米的巨型佛面，人称"四面佛"，佛面脸露安详的微笑，这就是著名的柬埔寨"**吴哥微笑**"。**吴哥窟**是世界最大的宗教建筑物之一。它由一块块巨大的石料组成，石料来自50公里外的荔枝山，石料总重量达30亿吨，最大的有8吨之重，且完全凭借自身的重量和石头间天然可契合的凹凸纹路来搭建，没用石灰水泥，更没用钉子梁栓，无论是建筑规模，还是建筑技巧，均令人叹为观止。同时，吴哥古迹的存在也反映了当时柬埔寨国力强

▲ 吴哥王城（唐舒明摄）

盛和经济达到相当水平。历代吴哥王东征西战，开疆扩土，曾战胜过爪哇海盗、缅甸和占婆强敌，**在阇耶跋摩七世**时达到顶峰，建立了一个空前强大的吴哥帝国，除了真腊本土外，占婆及今老挝、泰国、马来半岛的一部分（直到克拉地峡）和缅甸的一部分（萨尔温江和伊洛瓦底江之间的地带）也在帝国的疆域内，至少说是在它的势力范围。

真腊后期国力衰落，经多次迁都后，最后定都**金边**。14世纪后，大乘佛教与婆罗门教一并衰落，上座部佛教最终取得了在柬埔寨的主导地位。值得一提的是，虽然婆罗门教自此淡出了柬埔寨历史舞台，但它所留下的影响仍然存在于柬埔寨人民生活中，特别是王室的重大庄典活动仍由婆罗门教的祭司来主持，国王的王冕、金履、宝剑等传国之宝，仍由国师（婆罗门教高僧）保管，湿婆主神仍受到崇拜，其王宫与佛寺建筑受印度风格影响极大。

16世纪末，真腊改称柬埔寨。这时王国不断受到暹罗和越南的控制和争夺，国家战争不断，很多民众相信"今生积善，来世享福"，上座部佛教让他们的心灵得到慰藉，故此南传佛教日益深入人心，逐渐在这片土地上根深蒂固、枝繁叶茂了。

　　需要说明的是，许多古代柬埔寨的信息保存在中国古籍中。由于受生产力水平所限，缺乏造纸和印刷技术，柬埔寨的古代史料与文学作品都写在兽皮上，或雕刻在贝叶、石碑上，被人称作"兽皮文学"、"贝叶文学"、"碑铭文学"，致使历史文献的保存受到影响，大多残缺不全。恰逢中柬交往频繁，众多中国史料对柬埔寨的古代历史有过记载。其中最著名的是两部史籍。一是《后汉书》，记载了**扶南王国**的情况。扶南一词来源于高棉语的音译，即"山"的意思，故中国史籍也将扶南称之为"山之国"，还提到"肃宗元和元年，日南蛮夷不事人邑豪献生犀白雉。"可见柬埔寨在扶南时期就已与古代的中国有所往来。二是作为中国元代使者的浙江温州人**周达观**所写的《**真腊风土记**》。周达观曾在1297至1298年在柬停留11个月，对吴哥王朝有众多记载和描述。《真腊风土记》于1819年被**法国汉学家雷米查**译成法文，流传到西方。**法国探险家亨利·穆奥读到此书，然后按图索骥，1858年于茂密丛林中找到了湮没400多年的吴哥窟**，才得以揭开其神秘的面纱。

　　其实中南半岛国家的主体民族或主要民族都与中国的历史，或相关的跨境少数民族有割不断的亲缘关系。国际学界的主流意见一般认为，**马来人种**是南方蒙古人种南下和当地土著尼格利陀人的混血融合而成，这个暂且不论。侧重谈谈其余六国的主要民族与来自北方的中国一些民族息息相关这个问题。

　　约公元前1000年前，位于中国西部的被称之为**濮人**的少数民族，被湄公河平原地区优越的农业发展条件所吸引，沿湄公河南下迁徙，在老挝的中游地区稍稍停留后，到达中下游地区，后又发展到湄南河流域、萨尔温江下游等地区，他们与当地马来人融合，再度融血后成

为孟高棉人。这是有记载历史以来，第一批南下中南半岛的中国古代人群，已被国际主流学界所认可。孟高棉人属于东南亚三大语系中的南亚语系（另两个为南岛、汉藏语系）民族。濮人在北方接受了一定的华夏文化，具有一定的农业生产经验，在云南一带曾创建了具有较高知名度的**古滇国**，文明程度明显高于尚处于原始部落阶段的土著民族。孟高棉人积极开发土地，发展水稻种植为主的农业。且处于当时中国与印度之间海上交流的必经之地（由于受船小和航海技术不发达所限，从安全考虑只能溯江、沿海抄近道而行，所以早期古代丝绸之路不走马六甲海峡，而是绕金瓯半岛经暹罗湾，从陆上翻过克拉地峡，接印度洋沿岸地区），开始接触海上贸易，成为东西贸易的驿站。

公元前2世纪至公元2世纪，南亚次大陆的印度处于孔雀王朝和贵霜王朝时期，社会发展程度较高。随贸易而来的印度人也带来了印度文化，特别是婆罗门文化。婆罗门与当地的族群首领的结合，为国家的建立提供了前提条件。后来在柬埔寨等地婆罗门教失传了，但婆罗门的仪式仍然保留在柬埔寨的王室礼仪中。《剑桥东南亚史》作者认为"东南亚的第一个政体出现在距爪哇和巽他海峡以北数百公里的地方"，即"中国人称之为扶南的地方，它的出海港位于今称为俄亥的小城"，"它的都城毗耶陀罗补"，"尽管扶南出现的时间难以断定，但通定为1世纪"。中国的史书对扶南国也多有记载。**康泰的《吴时外国传》**说，"扶南之先，女人为主，名柳叶。有摸跌国人，字混慎。……混慎晨入庙，于神树下得弓，便载大船入海，神回风令至扶南。柳叶欲取之，混慎举神弓而射焉，贯通度，柳叶惧伏"后混慎娶柳叶为妻，并成为扶南的国王。柬埔寨由此立国。可见，扶南立国前该地区尚处于母系社会末期。后孟高棉人不断向西扩散，在今湄南河流域或缅甸南部建立了由孟人为主导的国家或部落群体，如林阳、金邻、堕罗钵底、哈里奔猜、罗斛等，许多中国史籍对此有过记载。

第二拨进入中南半岛的是中国的汉藏语系的**汉傣壮**等民族。约在公元前2世纪秦始皇平定岭南至西汉初期。居住在岭南地区的**西瓯人**和**骆越人**，以及居住在川、滇一带的**滇人**、**羌人**等，逐渐往西、南迁徙。他们在今广西的西南部，云南的南部，越南的西北、老挝、泰国、缅甸的东北部，印度的阿萨姆邦等地连成一片，约100万平方公里的广大地区定居和繁衍，现在人口接近1亿。除泰国的主体民族泰族、老挝的主体民族老族外，该族群的共同体还有缅甸的掸族，越南的岱族、侬族、泰族，以至印度的阿洪人等。他们生活习俗相同或相近，相互之间的日常用语几乎可以听得懂。13世纪泰族人在泰国建立素可泰王朝，一度十分强盛。15世纪后，泰国是角逐中南半岛领导权的主要国家。"**泰、老、壮、傣、掸、侬，同根生，一家亲**"，反映了对共同祖先西瓯越、骆越人和古滇人的怀念。缅甸人称汉人为"胞波"（缅语，即兄弟的意思），可见缅汉关系的亲密。

当沿海公路走到尽处，便到了**岸豪小镇**。再折向正西，向金瓯角进发。路傍河而筑，车沿溪而行。路河之间的隔离带距窄，种有稀疏的树木。路基与低矮的河堤同高，河水充盈，几乎没于堤面。车速很快，树丛和村庄匆匆退去，而河水却好像迎面而来，水面似乎高于路面，从头上漫过一样，令人不能持重。

流水淙淙在欢乐地跳跃。不时有河涌汇合，又形成新的自流河。出芹苴至今4个多小时，往返折行300余公里，沿河直行已成常态。福东与舒明争论道，这直来直去的河道，密如织网的渠涌到底是自然形成，还是人工挖掘？一人说，如果是人工所为，那工程量太大，怕难以胜任；一人则坚持认为人工挖掘。他说人工痕迹太明显，哪有河流不回旋，特别是在这地平如砥的地方。我则认为，这场争论意义不大。应当说，河渠纵横，交织成网，是自然加人工合力所为。在九大海门之南，后江之

▲ 路基与低矮的河堤同高，水面似乎高于路面，从头上漫过一样，令人不能持重。

西，是面积阔大的冲积平原。在拓荒前，此地水乡泽国，洪水无忌，漫浸泛滥，泥潭沼泽遍地。要想生存，首要的问题是抵御洪水。以自然泄洪的沟汊河道为基础，顺地势水势而为，掘土填高，挖沟开渠，再加以整理联成一气，汇入大江，或直排入大海。**据航测考古发现，后江至金瓯半岛一带古代就有沟渠排灌网**。先是集中在后江西部地区，古扶南国的孟高棉人，在河仙、迪石、龙川、朱笃之间的四角形区域内，依地形的走势坡度修建了一个很先进的以排灌为目的渠道水利网。该网向东南通往巴萨河，然后由西南入大海。这个渠道网既可降低巴萨河汛期水位，又可通过连续的节流装置利用洪水压低海边土地的盐碱水位，以利于种植水稻。同时，由于沟渠网的相互沟通，还可以用来进行水上交通运输。当然由于种种原因，这个沟渠网一度壅塞、废止。17世纪末期广东雷州的**著名侨领莫玖**曾驻扎于此，率人重新规划、疏浚、加密了这个排灌网，使其再度焕发青春。这是后话。而该网东、南部广大地区，地形水势更加复杂，当泥沙积澱露出大片陆地后，在18世纪迎来新的垦殖拓荒的高潮。可以说，**后江东部各省和金瓯半岛地区是越南最后开发的**

"大块头"区域，至今仍有不少榛莽之地等待开发。陈、杨二总兵所开创的源源不断的华侨移民南圻潮，成为开发这片"处女地"的先行者和生力军，与越南流民和当地高棉人共同奋斗，筚路蓝缕，终成伟业。《**嘉定城通志**》载："龙川道茳所（即今金瓯市），道前铺市，华唐、高绵凑集，暹船多来贸易焉。**其出力垦地者，惟唐人为勤，而海网江篓、行商居贾，亦唐人主其事矣**"。

金瓯省，高棉人称哥毛，水真腊故地，亦是一块新生的土地，为九龙江和其他河流不断冲积而成。金瓯省面积5300余平方公里，而人口刚过百万，显得地广人稀。且三面临海，海岸线长达370公里，海域面积大，更增添空寂感。西行路上，村庄稀少，偶见一些铁皮棚屋和茂密草房，大多是农人照看鱼塘、果园的临时住所。稍高处辟有水田，但田土显露，不见秧苗。小黄说，金瓯地势低平，常遇海水倒灌现象，多盐碱地、高碱地和泥潭滩，水稻一般只种一季。"晚田五月秧，八月稼，十一月获"。不

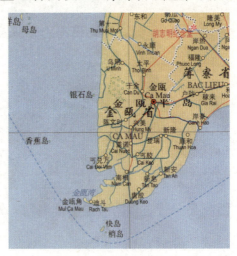

▲ "天涯海角"金瓯省

过，近些年来已开始试种双季稻。约三五公里遇集市，两旁民居骤密，多傍路摆摊，出卖香蕉、菠萝等水果，但人气不旺，买卖方冷淡。我们下车买了三个菠萝。卖菠萝的少妇，高兴坏了。她头戴斗笠，花布包头垂肩，模样俊俏，忙不迭地帮我们削皮、去眼、切块，动作麻利，一气呵成。

在一个叫做**那镇**的地方，一座崭新的天主教堂格外引人注目。青

白色的外饰，在阳光下熠熠闪亮，大堂顶上高耸的竖塔笔直挺立，巨大的十字架盘踞其上，惹眼招人。而围绕教堂四周，形成了一个喧闹的集市，数百个摊铺沿公路排开，五六个用玻璃瓦搭建的食肆里食客众

▲ 那镇的天主教堂

多，人声鼎沸。前往金瓯的公共汽车大多在这里停留。而更多的顾客似乎是前去礼拜的教徒。法国人留下的宗教遗产，竟然还如此丰厚。据说，近几年，越南，尤其是越南南方天主教发展迅猛，是世界上基督徒人数增加最快的地区之一。

　　我们与市区擦肩而过，拐上新建的1号公路，向南驰去。越向南走，越发显得寂寥，难见路人车影。眼前景致也与过往所见发生很大变化。公路两旁的稻田被池塘所取代。每个塘面积约20-30亩大小，随地形呈不规则的形态。池塘间距很宽，排灌渠道贯中，堤坝上长满茅草和灌木丛。与珠三角淡水养殖的精细化管理相较，看来差距不小，这可能与热带地区气候潮热，植物易"疯长"，而人力匮乏有关。有些池塘簇拥一起，连成一片；大多数池湫零散地各据一方，被成片的茂林所分割。未曾发现村庄农舍，可能早已淹没在满地的绿色丛中。棕榈类的植物遍植路边荒地和积沙层上，椰树和槟榔树高高的身躯格外扎眼，海风和阳光带来勃勃生机。与中国的农民相似，在堤坝上、树荫下盖有茅棚草舍，那是牧渔者照料营生放置劳动工具的地方，着实让人看出这里还留下人的痕迹。绿色愈浓。渐渐地池塘退去，我们进入到莽林当

中。公路筑在泥潭之上，路两旁的沟中渗满了水，路基上泛着白花花的盐碱，这是咸水退去的印记。隔数百米就挖一条与公路相垂直的横渠，沿着前进的方向还平行地并列着纵渠，向远处延伸，形成长方形的格状网格。沟渠宽约10米，既可行舟，又可养鱼虾，更能降低地下水位，保护绿色植被，可谓一举多得。高出水面的陆地，如漂浮在江海之上的绿岛。寂静的丛林断断续续地传来啁啾的鸟声和姑娘泛舟的动静。林莽深处雾气朦胧，蔓藤摇曳，潮湿的气息氤氲在青枝翠叶水润欲滴之中。数十米高的密林，似乎是次生林，又恍若红树林，让人一时难以分清。才进入金瓯角，我们就像有一种处于某种诗情画意的感觉，但这种因人工劳作和自然景观交互而起的感觉一时难以说清楚。仅仅用热带雨林和沿海红树林过渡地带这个概念概括眼前这片大地的丰富内涵是远远不够的。

　　顺1号公路延长线行60公里至**南根**县城。说是县城，几如村镇，实为沿河网择高地而建的小集市。出南根即临**大门河**。大门河东起新安河口，西至关婆角，东西横贯金瓯半岛，两端皆为出海口。成为将半岛顶端分为两截的分水河。这是一种只在水量极为丰富的地区才有的

▼ 大门河（范福东摄）

特殊地理现象。大门河长不过50-60公里，水势浩大，南北两岸皆与数十条河流沟渠相通，待雨季来临，大潮骤起，海浪掀起江面，两岸常被洪水淹没。**东、西汉时"海上丝绸之路"开通，中国的平底商船就是沿安南、占婆海岸南下，逪入大门江，过金瓯半岛，再过暹罗湾、克拉地峡而抵达印度、波斯的。**

停留大门河桥上。我们看到汹涌的河水由东向西奔腾而去。桥东侧不远处，蓝色的海水与浑浊的江水交汇，形成一条明显的蓝黄分界线。蓝水推压黄水，翻滚向前。两岸似乎没于水中，覆盖其上的红树林郁郁葱葱，无边无际，似茫茫森林一般。我知道，我们已进入纯红树林区。

刚下桥，1号公路就戛然而止，车只得拐上沙土小路，在红树林中穿行。路由周围取土垫高而成，落潮时分，土壤展露，浦湫潞汊还留存水。未想到红树林竟如此壮美，遮天蔽日，如在武汉东湖所见湖畔生长的水杉一般，高达一二十米，难见树梢，只不过密集度更高，树干显得稍有些沧桑瘦细罢了。

林中辟有小块空地，用于构造房屋庭院。先垒土筑台约半米高，再在其上盖房舍，多单层，修平台为屋顶，可能是在"水浸金山"时

▲ 金瓯红树林区（范福东摄）

便于避灾躲难的缘故。靠近房屋附近还建有坟场。墓室不埋入地下，而是置于水泥台上，用砖砌就而成。室体通白，褐色瓷片套边，摆放整齐，严肃得体。小黄说，这里的居民大多是高棉人，也有占族人，但从墓室构造和殡葬构造上看，这些墓室可能是高棉族的。京族人与中国汉族人一样讲究入土为安，而高棉人的最终愿望是死后"在菩提树下安息"。

　　一路颠簸10余公里，花了半个小时，到达**玉轩县**。又连续跨过11条河流，抵**迪曹树乡**。村边的河，两岸布满了长约1公里的高脚屋，油茅毡、石棉瓦、薄铁皮以至茅草作顶，五花八门，不一而足；长短不齐、粗细不均的木柱作桩，支撑起四面漏风的房体。打鱼归来的小船以桩为锚，占满了半边河筒。两艘小火轮一前一后地前行，装满砂石料，掀起的波纹拍打堤岸，推着小船荡漾。司机说，正在修1号公路延长线，砂石是修路用的。没想到偌大的红树林深处还有一个偌大的村庄。

简易公路的尽头叫**罗蓬角**。在泥泞的路上步行1公里后到达金瓯角地标广场。广场占地面积不小，约1公顷，这在地下水位高的濒海低地确实不易。麻石铺就的广场中央，核心景物就是置于三层台阶之上的用枣红色抛光石料装饰的越南最南端的地理坐标碑。这个被命名称**0001号坐标**的石碑标明金瓯角顶南端的地理坐标：

北纬8°36′

东径104°43′

海拔高程（H）9M（米）

越南整个国家均处于北回归线内，北纬8°30′至北纬23°22′之间。在32万平方公里的国土面积内，地跨15个纬度，南北直线距离达2000公里，这在大陆性国家是十分罕见的，东西跨度和南北跨度的悬殊对比，决定了这个国家形状的狭窄与瘦长。在越南常听导游对自己国家的评论：人瘦、房瘦（指民宅多为单间多层楼房）、国土瘦。"自嘲"中不乏幽默与机智。这种高跨度的超越，可以在单位面积里占有最长的距离，也就意味着越南几乎可以尽享从北回归线至赤道之间绝大部分的热带风光及其地利，而这所指还仅仅是陆上，并不包括海域。

四周被高大的红树林所包围，密不透风，如被篱笆墙扎住一样。闻听到海浪翻滚的阵阵涛声。沿木

▲ 越南最南端的金瓯地理坐标碑

411

▲ 远眺金瓯角

板铺就的小径觅声而去。近海丛林，甚为繁密。落潮露土，泥潭与沼泽俱为黑色土壤。红树林根系发达，即便海水浸漫，也深深扎根于海潮之下的泥土之中。树茂再生根，根老又成藤，盘根错节，发芽发枝，枝长成条，条大为树，随着泥沙冲积成陆而向大海推延。红树林不断扩大着种群，成为大地向大海伸展的标志物和保土护岸的急先锋。**与树高成反比的是，向海边行走的距离。**随着与海的距离由远至近，红树林的标高就由高至矮。越靠近海边，红树林越低矮、粗壮。这是新的生命，红树林的生命在扩张。

我们来到**金瓯角**，它宛如金瓯半岛伸入茫茫大海的金钓一翘，又恰似欲与天地瀚海对话的如簧巧舌。站在伸向大海的栈桥上，任风劲吹，巨浪澎湃，块垒心中，感触良多。**长驱8000里，置道南北越，耗时20多日，全为踏足于这个中南半岛的东南端点**，它东面面向波涛汹涌的南中国海，与同一纬度的南沙群岛对望于天；西边环抱泰国湾，

412

是进出柬埔寨、泰国之要津，更是今后开发穿越克拉地峡、重现古代海上"丝绸之路"辉煌的必经之路。友邻、睦邻绝不是口号，它具有底蕴丰厚的现实内涵，应成为两国人民的共同行动。

与栈桥相连的是沿金瓯湾而建的护岸堤坝。我们疾走在堤上，达2-3公里之远，竟不忍离去。远观这犹如漂浮在海上的红树林，恍若海市蜃楼。莽莽林海，由低至高，铺满海岸，目力所及，俱为黛绿一片。据说，仅金瓯省的以海枣树和海桑树为主的红树林面积就达**70万-80万公顷**，而靠近红树林边缘并与之伴生的半红树林，即是有耐盐力的海芒果、黄槿、银叶树、刺桐等树种的森林，**竟达数百平方公里之多**。这是世界上最大面积的红树林生物群落之一，也是联合国科教文组织认可的**世界生物储备区**。这是一个多么大的海水与江河水交汇碰撞、争雄厮斗的舞台啊。咸、淡水的你来我往锻造了红树林特殊的本能，积沉泥沙和海洋交界带的滩涂湿地提供了催生新的物种的产床。红树木练就了**本胎生**，即果实成熟后直接发育成种后播向海洋在滩涂生根的本领，还让枝干垂下藤须入土扎根融化成**"呼吸根"**而不畏风涛大作、水潦崩摧。依仗红树林的庇护，林内出现种类繁多的木本和附生植物，形成一种复杂的、由常绿灌木和乔木组成的热带生物群落，直至成为无数海洋动物——各种鱼、虾、贝类的生长天堂。

夕阳沉入大海，天色开始灰暗。岸边传来了**小黄**呼呐归返的声音，我们的心中仍然放不下眷恋的念头。这是一块多么值得眷顾、值得呵护的地方。虽然已经有了淡淡的人迹化，但仍是立于江海搏斗所造就的泥滩之上的荒野莽原。

待回到金瓯省会的时候，时针已指向22点。

莽莽苍苍的金瓯角红树林，已被联合国科教文组织列为"世界生物储备区"名录

3月11日

金瓯角—迪石—河仙—
白马市（柬埔寨）

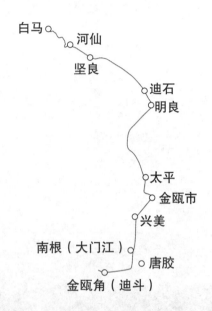

白马
河仙
坚良
迪石
明良
太平
金瓯市
兴美
南根（大门江）
唐胶
金瓯角（迪斗）

　　海风劲吹但少见台风灾害，水漫泽林却难有江洪侵掠。风光独特的地理环境，阴阳平衡的优越条件，天锻地造的生物王国。尽管已离开金瓯角，但它壮阔的红树林景色所带来的震撼和惊奇依然不曾离去。

　　追记昨日（10日）事。

　　顾不上疲劳，清晨在旅馆对面的小店吃了早餐后，没有在金瓯市区逗留，便赶路前行。省城的路宽且平，愈发显得清静。几乎没有高楼大厦，3-5层的楼宇成为街道两旁的主体建筑。出城路绵延着民居与铺档，间有食店、加油店、批发市场，还有许多新盖的小楼，色彩绚丽。小城显得恬淡，疏密适当。农渔业为本，绿色生态占优，无工业开发之大动静，有民生兴业之好兆头。

　　沿金瓯半岛两侧过坚江省会迪石，再循泰国湾海岸抵华人称之为"芳城"的河仙市，约计200公里。沿途气象好，风光各异，我以为大致可分为四种景色，或四种生态地貌，令人印象深刻。

　　一是红树木及其所蔓延滋长的热带森林带。出城不久，就进入林

416

区。仍然是泥潭沮洳，草莽深郁；仍然是河汊通海，地势低平；仍然是红树遮天，不见边际。随着地势增高，红树林向次红树林转化，林中的树种增多，陆生的热带树种和灌木、草本植物混生混长。过**干余**、**太平**两县，沿渠而行，村稀民少，农业垦殖化低。进入**乌明**县境，地势稍高些，有些低矮山丘。与次红树林带相连的是热带雨林，面积很大，小黄说有200-300平方公里，分**乌明上**、**下两个国家森林保护区**。黛绿色一片，横际天涯，有些气势。林中雀鸟欢跃，鸣叫悦耳，催人兴奋。路边建有抗美战争烈士纪念碑。那个时期，金瓯沿海及广大丛林地区均为南方解放力量的游击区和根据地，美、吴集团即便在其势头最旺的时期也不曾将其消灭。这里的南方游击队后发展成为南方区的抗美力量，许多正规军在此驻足，并成为北方援助南方的重要交通要道，即所谓的"海上胡志明小道"。他们凭借的就是乌明山区的热带森林和范围广大的红树木的绿色遮蔽及掩护。

▲ 红树林气根

二是水产养殖区。北行路旁尽是平塘，

▲ 水产养殖区

依地势掘就，成不规则状分布。谈不上细化和精养，似乎仍然是自然放养，偶尔可见池塘里有换水换气装置，塘边基埂长满蒿草荆棘，但养殖面积大，规模不小，数量取胜，且与村庄、园林杂处，连绵数十公里。金瓯省多盐碱地和碱土土质，海、淡水均进退自如，水量充沛，气候湿热，适应水产养值，尤以养虾出名，质量好，产量大。养鱼的种类也很多。此行一趟看到越南海、淡水人工养殖的规模和潜力。

三是椰林、水果种植区和集中生长带。 法国人殖民越南自南方始，因而金瓯、坚江一带的市场经济起步早，商品农业的意识较强，商品经济较为发达。当森林退去，在平旷的大地上显示另一番景象。成片的椰树星罗棋布于路旁屋前，或挺立在海岸。村庄开始密集许多，散布在河野上的香蕉林、菠萝丛、荔枝和芒果树将农庄包围，所占耕地远远超过水稻田，还有零碎的经济作物带插花于零碎的田壤之上。路旁稍大一点的村庄集镇皆可见散卖各类水果的市铺。碎花布包头的妇女正要称秤收钱，出售物品。不时可以看到拖运水果的农用车和三轮车。**坚盛**的集市码头上堆积了不少果品，正准备通过运河运往龙川、芹苴。近**迪石**（坚江省省会）时明显感到车多人密起来，街铺连连。近些年迪石成为南方的一个外来投资热点，濒泰国湾是地缘优势所在。隐约可见立于城郊四周的厂房与楼厦。连续看到几座高棉风格的庙宇，大多是新翻盖的，高耸的塔尖和陡斜的金黄色屋檐是其明显的特征。当然在这些新建筑中，鹤立鸡群的是那些屹立多年的古老的带有印度风格的陵塔。以邻近**坚盛**的那座陵迦为甚。塔高10余米，造型繁复，做工精细，保存良好。只有那覆盖其身的重重苔迹和黪黑色彩，在告诉人们它存在的悠远历史。这些规模不小的高棉式宗教建筑的重建和存在，既反映了越南在宗教政策上比较宽容，也说明了民间财力开始积攒，民间已有能力将信仰转化、固定为物质信物。《嘉定通志》告诉我们，在阮朝初建之时，莫玖的**河仙镇**就在所属地域的沿海地带建有

36个柬埔寨人聚集的市镇村落，史称"**高蛮三十六濒**"，其中以散布于金瓯、迪石、河仙以及白马、喷吥（均为柬埔寨沿海城市）一带的村镇最为有名，仍然保留着浓郁的高棉文化和民族习俗。

四是水稻种植区。抵金瓯半岛后感到公路建设的一个特征就是沿河道而筑。过迪石后愈发明显。迪石到河仙约计70-80公里，实际上我们进入了一个**由人工河道和天然河渠所构成的纵横交错河网区**，或者说是一个大规模的人工灌区。越南史书记载，阮主政权在与暹罗、高棉争夺湄公河三角洲的过程中取得了主动权，控制了湄公河前、后江流域的大片土地和金瓯半岛。而夺取后江至泰国湾这块土地斗争甚烈，反复转手。**莫玖家族**的自治政权及垦民在龙川市至朱笃，由东向西分别疏浚、修建了10余条河道，南至河仙、迪石一线，直贯泰国湾，形成后江至海岸的不规则四边形的灌区，灌区面积达数千平方公里，是越南南方主要的水稻种植区。史称这10条河道为"**十沟**"。而据现代航测考古发现，在越南南方西部的河仙、朱笃、龙川、迪石之间的四边形区域的排灌渠道网是由古扶南国时期修建的，亦即在7世纪左右时期所为。从根源上也可以说这是古代柬埔寨人沿澜沧江—湄公河，从古滇国（秦至西汉时期中国云南的一个古代地方政权）南迁后运用其比较成熟的农耕技术在湄公河流域开发的一个巨大工程硕果。这个"十沟"网络既可降低湄公河及其支流和巴萨河的汛期水位，利于抗洪排涝，又可通过连续的节流装置利用洪水冲刷咸水，压低沿海地区土地的盐碱水位，为使其辟为水稻种植区准备了前提条件。当然这个河网地区的扩大、疏浚、维护、使用与越南南方人民的后继努力是分不开的，尤其是与莫氏家族在河仙"港口国"地区历经三代、长达100多年的直接统治与治理密切相关。

沿河渠行，西岸稻田里农人正在耕田、插秧，一片繁忙景象。早插的稻秧已经返青。绿色的秧苗、裸露的黄土地与波光粼粼的水田，

▲ 汉语对联与屋顶上贴着拉丁字母写就的越南文横批

连带着周围绿树成荫的村庄，以及欢快的渠水，在我们快速移动的目光下，迅速变换着切片与镜头，既养目，更增添了旅行的快乐。

　　在一个路边小镇下车歇息。一个门前搭着凉棚的农舍吸引了我们。门前写着庆贺新春佳节的汉语对联，但屋顶上却贴着用拉丁字母写就的越南文横批，真有点不伦不类，应验了古书上所写河仙一带"习尚华风，而少绅衿"，"人性轻浮，妇饰风雅"的记载。与房东打招呼后，我递上一支香烟，被引进室内一叙。见家中堂屋正中筑有佛台，不摆什么九玄七祖供桌，台上的供品仅为一盏清水、一束鲜花、一炉清香，说是象征纯净和高洁，而佛台上挂一块深棕色布条，竟是代表禅宗与和谐。小黄说，这个家庭是**和好教**信众。和好教的创立者**黄富数**（1919–1974年），为河仙不远处的朱笃省和好乡（现属安江省富新县）人，他在继承了南部定山奇香派佛教的基础上以家乡地名"和好"为名创立了"和好教"。在反法抗日的背景下，和好教成立了自己的民兵组织和宗教政党。1946年，和好教徒人数已达100万。1947年黄富数不明失踪，法国殖民者称是越南共产党杀害了黄富数，和好教走上了亲法反共的道路。南越吴庭艳政权也曾镇压过和好教，并剿灭了该教的军事势力。后和好教在美伪的支持下又得以东山再起，信徒一度到

200多万。1975年越南共产党统一全国后曾一度禁止和好教活动，直至1999年，和好教的合法性地位才得到越南政府的承认。目前有信徒100多万，主要集中在南方西部地区，原河仙镇区域正位临盛区中心及其附近。和好教以汉传佛教净土宗为法门，以"学佛修人"为宗旨，主张在家修行，不建寺塔塑像，避免繁文缛礼，并将佛教教义和儒学的忠孝观相结合，积极入世。其民族性、入世性和灵活性等特点显示出这种民间信仰的强大生命力。

这种带有杂糅各种宗教教义，并且赋予民族性特点的宗教信印，在越南本土另一宗教**高台教**的身上也得到充分展露，甚至有过之而无不及。

高台教崇拜三教（儒、释、道）、五支（孔子的仁道、姜太公的神道、耶稣的圣道、老子的仙道以及释迦牟尼的佛道）神灵，是地地道道的多神教。在高台教的祭台上，最上层的是三教始祖：释迦牟尼位于正中，老子位左，孔子位右；下一层是辅佐高台普度众生的"三镇威严"：观音代表佛教居中，李白代表道教位左，关羽代表儒教位右；再下层的是天主教的耶稣，最下层是代表神教的姜太公。此外，还有印度教湿婆、梵天和毗湿奴神以及东西方诸神。这一切之上是描绘或悬挂在殿堂最高处的"**天眼**"，这是高台教的标志。信徒看到"天眼"，就仿佛看到了自己的内心。在圣殿内还悬挂"三圣像"，分别是越南先知阮秉谦，以及他的"弟子"维克多·雨果及孙中山。在像中，三位圣人分别用汉文和法文写下了人类的共同愿望，即仁义、爱情和真理。

高台教祭殿如此摆置，杂糅得有点风马牛不相及，是受其教义决定的。"高台"是上帝的化名，表示"最高的存在"。高台教教义的核心内容是**"三期普度说"**。它认为，自有人类以来，上帝两次创造了各种宗教以普度人生（第一次为各种宗教的前身，第二次为儒、释、道以及基督教、伊斯兰教等），这些宗教虽然同源同归，但由于较为分散，时常产生矛盾和冲突，未能带领人类脱离苦海。如今条件已经具备，上帝决定进行"第三期普度"，即在统一所有宗教的基础上创立一种新的宗教，并亲自担任教主，自称"高台仙翁大师菩萨嘛哈萨"，简称"高台教"。

高台教于1926年由**吴文昭**在越南南方西宁省慈林寺正式宣布成立，最高峰时曾达到200万人，也曾握有武装，并建立了政党。1992年越南政府正式承认其合法宗教地位。

和好教和高台教均产生于越南南方。这与越南南方于17世纪后随着华人以及北部越人南进而逐步得到开发这个历史背景是分不开的，同时也明显打下法国殖民时期所留下的文化印记。**杂糅式宗教**的产生可以起到凝聚人心、满足普通民众心灵信仰的需要，对形成稳定的村落共同体有所帮助。越南北方由于开发较早，受汉文化影响深，主要通过村庄的公田公土和宣扬正统的儒释道文化来增强村社的稳定性，而越南南方历史短暂，以移民社会为主，且近百年为法国直接殖民，两地社会形态和村社大相迥异。**我们应当对越南本土宗教和好教、高台教的民族底蕴所蕴含的精神企盼有所认识和研究，对其所折射出的社会心理特征和社会文化追求有所认识和研究。**

汽车穿行在海与河之间，一路向西。平旷的沿海平原与上午所过之处相较，地貌悄悄发生变化，海岸岬角畔平添不少山峰秀峦。红树林渐渐退去。它在提醒大家即将告别湄公河三角洲，来到**泰国湾**的沿海低地地带。近岸的**东土山**山形逶迤，走入海澨，两峰分峙，周达五里，树木繁茂，清溪贯流其中；**戟山**崔巍高耸，尖峰林立，蟠际海渚，山之东麓村庄连接，多胡椒园圃；**葫芦谷**峰峦峻峭，中覆崖谷，海潮可浸其上，礁磕众多，船艘不便进入，谷口处立有山屿，终日波涛冲击，响振如雷。更见一圆融独峰，山脚直跨海滨，湾涵于左右，间有精光石，下多红纹蛤。相传**莫玖**曾在此处得径寸之珠，珍宝无价，献于广南王。此处渊域深冲，为鱼虾窟穴，常有成群的鹭鸥在此处盘旋浮游以觅食。因此又被称作河仙十大美景之一的**"珠岩落鹭"**。

　　下午3时许抵达**河仙**。这座城市始终和一个人的名字联系在一起。他就是**河仙城的伟大创建者和保护神莫玖**，一个来自于广东雷州半岛的著名侨领。莫玖广场就建在进城的入口处。广场中央矗立着高大的莫玖石雕像。莫玖身披明朝战袍，左手按剑，右手握笏，神情严毅，目光冷峻，给人一种沉稳可信致远的感觉。

　　莫玖（1655–1735年），在越南称**郑玖**，他原姓莫，为有别后黎朝叛臣莫登庸，而在安南改姓"郑"，又称郑玖，俗称"玖公"。莫玖在1708年被广南国主阮福凋授为河仙镇总兵玖玉侯。从此河仙镇总兵一

▲ 河仙莫玖广场

▲ 河仙海湾大桥跨景（范福东摄）

职就成为河仙郑氏的实际头衔，带有世袭性质。1735年7月莫玖逝世后，阮主追封莫玖为开镇上柱国大将军，其总兵职则由其子**莫天赐**继承。1822年，即阮朝第三代皇帝、明命帝念莫氏"有功于国"，追封莫玖为树功顺义中等神，将莫玖神化；1846年后建其庙于城西，并规定每逢莫玖诞辰（农历五月初八）和逝世日（农历五月二十七），在河仙开展大规模的祭祀活动。

　　对于18世纪的河仙莫氏政权，清朝一度视其为安南、暹罗的属国，称之为**"港口国"**（因河仙旧称悭坎，原意即为"港口"之意），还称莫玖之子莫天赐为国王。《**清朝文献通考**》有记载，"港口国，在西南海中，安南暹罗属国也。天郑（应为郑）姓，今王名天锡。其沿革世次不可考。国中多崇山，所辖地才数百里，有城以木为之，宫室与中国无异，自王居以下皆用砖瓦。"当时也有些西方旅行家称河仙为"邦国"或"公国"。如法国人**波微**说："从马来之陆地及岛屿可北抵一小邦，其名为Canear（即港口）"，甚至有的欧洲人记录说，莫天赐曾经自称"高棉王"或"真腊王"。这是由于当时**河仙名义上归属高棉，又向**

广南称臣，然却自置幕府，自建军队，自行收税铸币，拥有相当大的自治权和主权，在中南半岛国属关系上地位非常特殊的缘故。

  过海湾大桥，绕山背入城区，路旁皆为新盖的四五层民居，大多改作旅舍、饭店用。抵**滨江市民广场**，凭栏远望，此处踞**永济河**西，南距入海口约300米，海湾呈细袋状，海口西侧皆为岩角，南有**小薯屿**挺立其处，遏怒涛而培洲渚。东岸有一溪一河注入港湾，可行火轮，可泊舟船，俗称**迪江三江口**。永济河实为运河，亦称**永济渠**，是莫氏统治时期修筑的一处大型水利设施，由朱笃至河仙，长约100公里，疏通江河，既可排灌，又利舟楫，且沿途山清水秀，古迹甚多，为一胜景。海口与门外岛屿罗列相错，中间巨渍江涵，深浅互异，为著名的渔场，多大鱼、海参、海鳖、玳瑁、蚌蛤、海镜、象耳螺等。古时广东琼州船常来依泊网取海参、鱼脯，与河仙民杂处，帆樯相望；而爪哇一带的海盗也不时潜来，掳人掠财，因此南风一起，尤需谨慎。远辖之**富国岛**，高挺秀丽阔大，与附近的安泰群岛和河仙群岛相呼应，为镇遏狂澜兵灾之砥柱。

　　河仙坐拥港湾、江河之便利和滨海之堑护，三面环山，据险形胜。北倚**屏山**为后护，东岸屹立一长约2-3里的山脉，因酷似中国苏州虎丘山形，命名为**苏州山**，或**虎丘山**，西南有**大**、**小金屿及窖山砦、鸣山**雄踞。古城三面土垒，由东至北而西，长约600余丈，各高4尺，厚7尺，濠广10尺。城内布列官署、军寨、祠堂、庙宇、鱼档、市铺，胡同穿贯，店舍络绎，城外还有码头、船厂，城南建有堑壕、炮台，正如古籍谓："海陬之一都会也"。

　　现河仙城墙已无，但城之原形尚存，犹可辨认。河东原船厂处已形成新的集市，主城区向南扩大，多为新盖楼房，新建道路平阔，滨

▼ 河仙鄚公庙（范福东摄）

江处筑有堤岸、观光带，些许新意。但河仙临近柬埔寨，属边境地区，发展并不快。尚未发现有什么"开发区"之类的外商投资项目进入。1978年越入侵柬时，越柬曾在河仙附近爆发激战，迪河公路旁建有越烈士陵园，碑文标明柬曾入河仙一带进行反袭扰，致越多人阵亡。

入城急赴**屏山**。过集贸市场，穿多个背街小巷，临东湖。1818年，阮朝开国君主**阮福映**批准在屏山东湖旁建**莫玖庙**，亦即**忠义祠**。莫玖追赠中等神祇封号后，绍治六年（1846年）阮主重建莫玖庙。莫家的陵山设在屏山，屏山被视为河仙鄚氏的风水宝地。

莫玖庙保存良好，虽河仙屡遭兵燹，然庙院、陵山在乡人保护下未损大害。据说河仙市内有一半以上的人口带有华裔血统，现每年有数以千计的莫氏后代到此扫墓，而华裔在东南亚及越南的经济力量之雄厚，在越南南方是一件心知肚明的事情。庙门不大，一丈多高，四五尺阔，上书"鄚公庙"三字，左右对联：

一门忠义家声远
七叶藩翰国宠荣

标明莫氏家身世，

▲ 三进院落

▼ 柱亭内挂御赐牌匾

四世七人领总兵或镇守衔，被加封公、侯爵。

山门正对东湖，湖汊与永济渠勾连，活水淙淙，荷香喷波。华言曰河仙为芳城，盖缘城里一芳湖。

庙分三进院落，面积均大小适中，每进约两三亩。既不显赫声张，也不陋小狭窄。莫玖在越南终归只能算是个中等神祇，与李常杰、陈兴道等大神相比差一个等级。

第二进院落中盖有一搭棚式的双重檐亭子，亭下四周立10桩砖砌立柱支撑亭体，中有四根铁力木柱拱撑二重塔顶，上披蓝色琉璃屋脊和复式阴阳小瓦，四面透亮通风，造型简洁流畅，亭内用檩条和梁柱联成一体，显得稳庄大方，为典型的中国南方的亭式建筑。正中分别悬挂"忠义祠"和"乐善会馆"匾额，亭棚四周挂满阮朝嗣德、绍兴等君主颁给莫玖及其后继者的各类敕书和嘉奖令，均以汉字写就。

主殿为五开间二进堂屋，正中设置供桌、供台和龛台，塑有莫玖神祇像，绫罗帷幔，金漆描木，光彩耀人，繁复隆重，充分表达了阮朝对莫玖家族在拓土顺境方面历史作用和地位的肯定。

莫玖是一个讲礼义、有担当、善权变、有作为的历史人物，他的一生充满传奇。

莫玖出身广东雷州一个大户人家，其高祖辈先人曾因参加平定倭乱和西南少数民族之乱而被明朝授予总兵、镇守使等职。受儒家正统思想的熏陶，莫玖少年时就参加了抗清斗争。待其17岁时因"**明亡，不服大清初政，留发南投于高蛮国南荣府**（即柬埔寨金边一带）"，率族人20余口来到柬埔寨。下南洋后，莫玖并非如常人般仅仅满足温饱、发个洋财、打发一生了事，而是在站稳脚跟后希望有一番作为。他曾做出过**两个颠覆性的抉择和举动**，致其人生道路发生了根本性的变化，重新书写了17—19世纪泰国湾北岸一块地域的历史。**第一次抉择是择地柴末府**（即今河仙地区）。莫玖以办事干练、善于经商、踏实可靠而取信于柬王，短短的三年后便被授予类似宫廷警卫队长、管家之类的职务，柬王还答应以后逐步提拔莫玖为更高官位。虽年龄不大，但莫玖少年老成，充满理性。他不贪恋钱财、职位，不寄望于浪得虚名，不纠缠于宫廷权谋争斗中，决计走出寄人篱下的困局，另去开发一片天地。莫玖提出自己要去**柴末**为高棉开拓财源。柬王应之。任其为**茫坎**（柬地名，亦即后来的河仙）**屋牙**，负责管理之。莫玖去河仙的具体时间应在1674–1679之间。（注：莫玖去河仙的时间之说，分别有家谱、郑怀德及中国学者戴可来三种说法）。莫玖选中河仙为安身立命之处颇为明智之举。此地靠山近海，岸线曲折，已有古港，可在此基础上扩大拓展；可修建运河，疏通古高棉人的灌溉、运输网络，通江达海，深入高棉和南圻腹地，便于舟楫和通商；此地"华民、唐人、高蛮、阇巴（即今爪哇）诸国凑集"，又远离暹罗、高棉、广南的统治中心，有大片荒蛮土地以供开垦、经商之用，且该地所属的"水真腊"地区正成为广南阮主侵占、开发的重点地区，局面比较混乱，可乘隙而入。莫玖进入"柴末府"后，在市区辟建"六庸所坫属"，即六条华人华侨商业街；招越南流民在沿海地域立七社村，其中包括1个明乡社，后发展到52个村属；将高棉人分置到36个滷以举农商。莫玖还通过开赌场、采坑银、征买其税，很快致了富。这些举动立见成效，**茫坎**不几年初具规模，致莫天赐时期，河仙被世人称之为"港口国"、"小广州"。

第二次抉择是转附广南阮主。 17世纪中期，广南国征服占婆国，兵锋直指"水真腊"。经"六公主"事件，"水真腊"开放边境，致大量越南流民入高棉故地，许多明朝遗民也来到南圻，加入到开发的行列；特别是广南王**阮福濒**引明朝**陈上川**、**杨彦迪**二总兵驻扎边和、美荻，使湄公河三角洲的开发、建设进入实质性阶段。阮主于1698年在越南南方设立嘉定府，完成了对"水真腊"的占有。而此时柬埔寨陷入内讧之中，轮番受到暹罗、广南的攻击与欺凌，左右为难，国势衰微，再无昔日吴哥王朝之辉煌。在莫玖治理河仙的期间，柬埔寨曾受到一次来自**暹罗**的强势进攻。据《河仙镇叶镇郑氏家谱》所载，该次战役中，柬王竟"闻警尽带眷属而走，暹兵至国，掳掠其女子玉帛财物而归"，柬埔寨朝廷几乎处于总溃败的状态。至于莫玖，《家谱》上说："暹师见太公（莫玖）雄毅之勇，甚爱，故善慰公归国。太公无可奈何，遂从而北至暹。暹王见公颜貌，大喜而留之。"实际上莫玖成了暹罗的俘虏，被安置在万岁山。后暹罗发生内乱，莫玖才逃回河仙所属的**陇棋**居住。其后再返回河仙城。这大约是发生在1679年前后的事情。

由暹逃之，并见到暹之野心与逆行，暹不可靠。而柬懦弱，不足恃。须以地方社稷为重，以利于保境安民。莫玖从长计议。谋士**苏公**提出"高棉素性浅薄，……非久依之势。不若南投大越（旧阮），叩关称臣，以结盘根之地。万一有故，依为亟援之助。"莫玖看到河仙"乃沿海地面，可聚财生财，非用武之地"，尽管可繁荣生息却强邻环伺，难以自保。他作出了背乡离井后第二次艰难而重大的抉择，转投广南阮主政权。他在1708年陈情表文，并亲赴顺化，"肯为此处（即河仙）之长。"阮主准颁莫玖为河仙镇总兵**玖玉侯**。此举立竿见影，收到实效。"遂建立营伍，驻扎于**芳城**（即河仙），城民日归聚。"莫玖还曾去菲律宾和巴达维亚（今维加达）考查借鉴西洋人构筑城堡之技术，利用所聚之资，凿掘城壕并装备炮队，收"招四方商旅"，"帆樯连络而来"之功，使芳城为中南半岛上的一座繁荣的城堡型城市。莫玖转投广南旧阮，除考虑其势大等实力性因素之外，我以为更重要的是出于**顺境保民**之需要。华越同文同种，生产方式相似，语言文字雷同，宗教信仰同出一源，便于沟通，且有1680年陈、杨两总兵归化嘉定受到重视之先例，将河仙之地臣服广南，以取得外交上纵横捭阖的主动权，是顺理成章之事。而阮主则顺水推舟，承认现实。河仙虽从名义上归越，但却维持着内部独立的状态。在归顺之后，阮主曾多次派**胜才侯陈**上川协防河仙，至河仙在莫玖去世之前的二三十年间处于基本和平的状态。莫家与陈家还结喜庆之缘，莫女嫁陈男。陈上川嫡孙、莫玖外孙丑才侯**陈久方**曾到河仙巡防边警，以备当时的缅暹之战及海匪侵扰，死于任上。**莫玖转投仍不忘旧主，在暗地里仍然每年备一份税贡于柬王，维持着礼义传统。**莫玖所定方略由其以下三世固守如常，终未动摇，保河仙的自治地位和福祉绵长达百余年之久，也为华夏民族在海外留下一族血脉宗亲。

莫玖庙后即为**屏山**。庙、陵之间有两条山路相连，均筑有通道。

山不高，约200米，长1000米–2000米。山上土层深厚，树木茂繁，山势平缓，绵延起伏数峰相连，与卧东的**五虎山**叠翠对峙，构成镇城的北部屏护。

陵山在山之南麓山坡处，绿树茂竹，繁花秀草，地面开润，峰冈

▲ 莫玖墓

▲ 莫天赐（莫玖之子）墓

环抱，可俯瞰城区海湾，得远近灵气风水。

陵区坟茔数十座，皆相距不远，大都保存良好。可能春节刚过，墓前仍残留着祭奠物品。

莫玖墓位于陵区上方中央，墓形与粤西一带毫无二致。墓室依势凿山而成，沿山坡筑两道半圆形护坡，再立碑，设宝山。墓前铺平台，设祭坛，塑有石人、石狮。下阶梯，勾连红砖铺就的广场。

莫玖娶越南民女**裴氏廪**，1700年生子**莫天赐**。莫天赐1735年继位河仙镇总兵之职，并获勋衔**"钦差都督琼德侯"**。

莫天赐的墓就在莫玖墓侧下，墓制的大小与其父墓几乎一致。作为莫家的第二代"掌门人"莫天赐是个可圈可点之人。

史载莫天赐"公赋性忠良，仁慈义勇，兼博通经史、百家诸史之书，无不恰蕴胸怀。"莫天赐继承其父之施政纲领，对外继续其父的对越称臣的政策，以使其对外有所恃，保持了外交上的弹性和自治权的稳固。如1739年他击退了柬埔寨对河仙的攻击；1747年柬由内乱发展到内战，大批难民及王室人员流亡到河仙，他"大发储积仓赈济，流民莫不感恩戴德"；1757年莫天赐经阮主同意领兵护送柬**昭蝓尊**归国夺位，在昭蝓尊获得王位后，即将柬埔寨的香澳（今西哈努克市）、芹渤、真森、柴末、宁琼五地割让给莫天赐。另外，莫天赐又开拓了水真腊的故地龙川（今金瓯）、坚江（今沥架）、镇江（今芹苴）等地，大大地扩大了河仙镇的地盘。史书上记："东西四百十九里，东北至城（指河仙城）六百七十九里"。莫天赐对内则积极推行文治。他招揽中国士人，"自清朝及诸海表俊秀之士，闻风来会聚，东南文教肇兴公始"，还"制衣服冠帽"，"建文庙设义学"，"俾国人皆知弦诵，以自附于中华之礼教"，致"威服外敌，仁扶居民，四方安堵无事"。同时完善河仙的军事防卫和行政设施，"分设文武衙署，拣补军兵，建公署，起城堡，区划街市"，致经济繁荣，"诸国商船多往就焉"。莫天赐在东起金瓯半岛、西至柬埔寨西哈努克港，湄公河后江以南的大片地域进行了有效治理，致河仙政权达到鼎盛时期。被清朝文献称为"港口国"的说的就是莫天赐时期的河仙自治政权。

18世纪70年代后，西山朝的农民起义军多次占领嘉定、河仙等地，南圻成为旧阮政权与西山军鏖战的主战场。而此时的暹罗在**丕雅新**（中国潮汕籍后裔，汉名**郑信**）的领导下击败缅甸，获得统一，日渐强大起来。郑信并未恢复被缅甸推翻的阿瑜陀耶王朝，而是自立称王，染指柬埔寨与河仙。莫天赐曾数次击败暹罗军对河仙的攻占。

虽然莫天赐惧郑信野心，但由于西山朝兴、旧阮政权覆亡，莫天赐亦不得不投靠郑信。然而，由于错综复杂的中南半岛形势和越暹关系的不稳定性，令郑信对莫天赐持不信任态度，特别是发生于1779年柬王室内争事件和1780年暹罗商船被烧事件后，郑信疑心增大，中了西山军的反间计，令莫天赐自杀，旧阮使节和莫氏宗亲53人遇害，其中包括莫天赐长子**子潢**、次子**子消**、三子**子溶**。

后暹罗内乱，大将**却克里**取代郑信，建立**拉玛王朝**。阮福映为了抗西山军，与暹罗结盟。1784年莫天赐四子**子泩**亦得重返河仙。从1784—1809年间，河仙先后由**莫子泩**（1784—1788年任职）、**莫公柄**（莫天赐孙，1789—1792年任职）、**莫子添**（莫天赐子，1800—1809年任职）继任镇职。至1809年莫子添去世后，阮朝委任官员直接镇守河仙。

1816年，**莫公榆**（莫天赐孙，1816—1829年任职）被阮福映委任为

▼ 敕赐三宝寺

"河仙镇叶镇（协镇），但同时亦派遣越南官吏，河仙莫氏已不能恢复昔日内政独立。其后再历**莫公材**（莫天赐孙，1830—1833年任职），由于公材被牵连入逆党叛乱，送顺化审问，至此莫氏子孙继承河仙管治职务的历史被终了。

下山后，顺老城墙根到**三宝寺**。庙是翻新的，新修的大门，新铸的观音手持三宝像，新粉饰过的殿堂，但院内断残的城墙，和古老的牌匾却告诉我们，这是一个有年月的地方。三宝寺是莫玖初来河仙时所建，是为他80岁的老母亲漂洋过海后思念故乡、"依间望切"而建的，也可以说是他母亲**蔡老夫人**的还愿寺、供养寺，因而格外具有灵性，受到重视。一日，蔡夫人"瞻拜之倾，忽于佛前坐化"。后莫玖铸蔡夫人像于寺前。阮朝还曾下旨将该寺院重新命名，此庙在"三宝寺"前又加"敕赐"两个字。

夜晚，滨江广场闹腾到半夜，当地剧团露天演出，广场上人头攒动。一男一女对唱，女的为主，男的辅助，还有三四个人的乐队，如胡琴、拍板、小鼓等。小黄说，这叫**"改良戏"**，是从越南呖剧、潮剧改编而来，可以演许多大戏，现在是清唱，曲目多为中国传入，如**"金云翘传"**、**"孟尝君"**、**"三国演义"**等。演唱者着越南式旗袍素装登场，一招一式十分讲究，唱腔低沉有力，婉转悦耳，很有听头，中间插有道白，如京剧般，字正腔圆，如泣如诉。小黄还说，许多曲目是章回式的，如"三国"、"水浒"等，可以连唱七八天。唱三五十分钟后，就换另一拨登场，快到12点转钟了，才散伙息场。而此时，开窗正对广场的我们方能入眠，享些更深夜静。

天明后（**即**11日）先去屏山寻找**"招英阁"**。莫天赐继位后，广招天下文学之士，据记载有广东文人林其然、孙天瑞、梁华峰等13人，福建文人朱瑾、陈鸣夏、周景阻等15人，越南嘉定等府文人郑莲山、潘大广等5人，还有大和尚、道士等人。莫天赐得到这些士人的归附后，就多次组织"学术"大会，编修著作，让他们各展所长："开招英阁，购书籍，日与诸儒讲论，……酬和者甚众，

▲ 河仙五虎山

其文风始著于海陬矣。"莫天赐在"招英阁"与文人共作诗三百余首，后编为《河仙十咏》，现仅有天赐本人的十首。

如写河仙十景中的第九景，"鹿峙村居"，就有些诗韵诗味：

竹屋风过梦始醒，啼鸦檐外却难听。

残霞倒影沿窗紫，密树低垂接圃青。

野性偏同猿鹿静，清心每羡稻粱馨。

行人若问住何处，牛背一声吹笛停。

在屏山西，传说中"巍峨高大"的招英阁已毁，在原处重建寺庙，**日赤荣寺**。用拉丁越文写的庙名，让人觉得有些异常。开寺门，见古楼改建的佛殿，正殿供阿弥陀佛的三世佛像。半山腰上的玉皇殿是道教建筑；殿后有一片塔林，其中从中国广州来的**禅宗临济宗37世长老陈公**的塔林最为显眼，显示了河仙与中国广东之间的佛教传承关系。

后切**五虎山**脚，绕行河仙西北，两公里处便为**越柬国境线**。平原之上俱为稻田，可能是土质的原因，大多是种一季，虽已三月，并未

灌水，仍为旱地，荒草萋萋，不见稼穑。而原上零星散有山峰，且多为名山，如芙蓉、地藏、云山、鹿峙等，俱峰峦蟠曲，草树畅茂，缥缈于昏夕之际。

南下过**大嵼屿**，沿海岸公路西行出境。**小黄**显得恋恋不舍，一个劲地说："不知哪天再见……"同行五

▲ 越南柬埔寨边境

日，贵在相知。这个祖籍广东潮汕的小伙，虽然他随着家庭在20世纪80年代登记为越南京族人，但却浑身上下充满了潮汕人特有的那种精明强干的气息，他和他的家庭在骨子里还是将自己划为祖宗家乡的范畴，这并不是哪种狭隘的乡土心理，而是溶入血液之中的信仰、习俗、文化底因和思维定势使然，他们所保留的熟人系统和行为方式使他们在各种环境里都能应对自如，在当前中越关系正在逐步迈向成熟、正常的时候，他们之中的许多人在异国他乡正成为时代的弄潮儿。我通过他们，看到了中南半岛上深深的中华印记。祝愿小黄他们成为新时代加强越中关系的新纽带。

夕阳西下，结束了20多天的越南历程，登上赶赴柬埔寨**白马市**的大巴车，准备夜宿金边。又一个新的历程在等待着我们，但内心却依然沉浸在刚刚过去的过去，一时难以解脱。

河仙晚霞

补　记

东岭故居访"莫玖"

盛夏时节，应朋友邀，与舒明、维民去广西玉林。玉林古郡为汉武帝命名的岭南九郡之一，与交趾三郡同。夜翻著名历史学家**周一良**先生主编的《世界通史》一书，其近代史部分谈及中国与世界各国关系，有如下记载："雷州人莫玖先投柬埔寨，后入越南，在沿海荒凉地方聚众开垦，建立了河仙城，成为南圻重要港口。莫玖父子相继在广南王下任总兵……"

1984年雷州正在着手编写《雷州地方志》，其负责人**王增权**于同年11月1日写信给**周一良**，说：我们认为，名上《**世界通史**》的人物不是一般人物，拟对莫玖进行研究，但我们苦于手头缺乏资料，究竟这位雷州人莫玖"何许人也"？周一良于当年12月出差回到北京，见王增权信后即于12月13日复信："雷州人莫玖到越南并任职河仙事，见于越南人用汉文所写历史《**大南实录**》，特此相告。"《大南实录》是越南阮朝时期最重要的一本官修史书，其史料上的真实性应是值得信任的。

恰三月曾去越南河仙，见莫公祠、莫家墓园及府衙遗址，曾为莫氏三代在河仙所取得的成就感到震惊。当时就想返国后当去莫氏故里一游。由广州至雷州仅四五百公里，可还夙愿。由玉林返广州后不久便急匆匆赶往雷州。

雷州半岛位于中国大陆最南端，与海南岛隔海相望。半岛上的徐闻港（现称海安港），自秦汉以来就是去海南、安南以至南洋的主要港口。**莫玖故乡雷州市白沙镇东岭村**位于半岛腹地，北距雷州府城5公里，南临海安港不足40公里，村东、西两侧不远处均有渔港，交通十分便利。

▲ 莫氏宗祠

　　我们由高速公路雷州口出站，在朋友小刘的引导下，先到白沙镇，再向西行约2公里，过两个村，折向南，再行1公里乡间公路，抵东岭村。

　　村外地势平坦，稻田纵横相连，显得十分开阔。村南临南渡河，支流九曲港河环村绕行，水流缓慢，终年不涸，明清时期就是水上运输的重要港道，现为东岭和周围数村排灌之用。村北、西地势呈起伏状，村北坡名飞鹅山，由南向北延伸，四个坡岗相连，达三四里路。此地树木茂盛，结荫纳气，适宜旱作、绿化或墓葬所用。村庄就建在坡下。

　　如此气势不凡之地，为雷州莫氏开基祖莫与所抉择。

　　莫与公，祖籍福建，生于元朝宪宗四年（1255年），元延祐年间中进士（1314年），官居元中直都御史，后因忠言直谏逆鳞，于1321年被元英宗贬雷州，为"府衙经历"，可谓命运多舛。

　　莫与在雷州任职时忠于职守，施舍百姓，做了很多善事。他原在

▲ 保存下来的"源远流芳"碑

▲ 祠堂主体结构已修整完毕

城内三元塔东边岭定居，一天梦见一只天鹅带着他向西飞行，见一石榴园，风景秀丽，便落下，莫与也遂择此地建村，并将此地命名为东岭村，以纪念其来雷州的始住处。

我们在村口见到**村长莫文海**。他身材颀长，好客、健谈，40多岁，透着成熟男子的气息。他说，雷州莫氏家族于14世纪开基以来，已达二十多代，我是二十三世裔孙，全氏族人口近5万人，多居住在岭东村及四周村落，还有6000多人移民海外，以柬埔寨、越南、泰国居多。岭东村人口均为莫氏子孙，有4500多人，改革开放以后，很多人出外上学、务工或搬到县城和湛江居住，长期留守者不足2000人。

岭东村分老村和新村两部分。老村居内里，环村而建的则为新村，大多是新建的二层楼房。村长带我们到老村参观。沿着500多米长、用青石板铺就的古巷行走，明清时代的古民居鳞次栉比，依次排开。这些古色古香的民居，与福建的"闽南大厝"样式相似，红瓦搭顶，青砖砌墙，砖木结构，重檐挑角，多有装饰。虽经数百年沧桑风雨侵蚀，但这些四合院似的组合院落，仍然保存良好，不失昔日的气派与富华。不仅屋檐、顶角的灰塑图形清晰可辨，而且墙壁上的花草人物和如意纹的彩绘依旧色彩斑斓。尤为难得的是古村落四周建有防御匪盗的军事设施，闸门、炮楼、碉堡、炮台错落有致，浑然一体。莫村长说："保存良好的古民居还有20座，面积达6000多平方米。大多仍有人住。"

老村正南为莫氏宗祠。祠庙坐北朝南，占地面积1300多平方米，宽20多米，纵深60多米，为四开间四合院式布局。院前原立有牌坊，上有明朝礼部尚书**王弘海**题"源远流芳"和雷州俊彦**柯时复**题"奕世衣冠"两块匾额。牌坊后竖有8块石碑，分别刻有本村在明万历年之前考取功名的族人的名字和资料；幸运的是，牌楼被毁时，匾额与碑均被族人收藏，未曾丢失。待重修时仍可镶嵌。

祠堂主体结构已修整完毕，正在粉刷、油漆。五开间的堂面显得

▼ 雷麦陈三殿宫

开阔，庄重大气；二进堂为魁星楼，于堂房顶部架起，造型奇特；后进大厅为铁力木大柱撑起，抬梁式梁架结构，是典型的明代建筑风格。祠堂以结构严谨，场面宏大闻名于粤西，明清之际多次作为雷州府或海康县的科举考场。

东岭村"莫氏祠堂"为整个雷州地区的莫氏宗族的主祠堂，始建于明朝弘治七年（1494年）。该祠堂的过人之处在于整个祠堂的主要构件是从福建陆海联运而来，可谓匠心独运，也可以想象莫氏宗族的决心之大，凝聚力之强。当时本村举人**莫卿**任福建漳州府长泰县知县期间，按照该县县衙实样进行设计，将建筑祠堂所需的铁力木质梁、桁、柱和石栏、石碑等材料，均在福建实件制成成品，再监运漳州月港，

▲ 雷祖祠（胡维民摄）

乘海船过南海，经北部湾运抵雷州海安，在村里安装、造就。

东岭村历史悠久，尚文崇礼，人才辈出，是个富有传奇色彩的村庄。据《莫氏族谱》以及雷州志、《粤大记》记载，岭东村自元朝至清朝期间，所出进士、举人、贡生等贤人能士30多人，而其中授职八品以上者20多人。这种文风显盛的情况，对于一个位于偏僻荒蛮之地的山乡村庄而言确属不易，即便是放在珠江三角洲这样发达之地，取得如此"奕世衣冠"的成绩亦属罕见。除开基祖**莫与**公之外，历史上名声显赫之莫氏裔孙当推十二世的**莫天赋**与十四世的**莫玖**两人。

先说**莫天赋**。该公为明嘉靖年间进士，初任福建莆田知县，任职期间，在莆田涵江口会同名将**戚继光**联手抗倭，取得辉煌战果，莆田人民为纪念戚继光、莫天赋的不世功劳建起神庙，将两位英雄塑像同坐此庙常年奉祀。后莫因功升云南大理府知府，敢于任事，爱民抚夷，曾开放国库救济少数民族的灾民；舒平冤事，将前任知府无故收监的民众全部平反释放；发展生产，注重文教，是云南历史上的有名的循吏之一。万历年间升任广西右江兵备道，镇守南疆七年，政声煊赫，被朝廷封为"登状元"，离职时，广西百姓从百色至玉林、博白沿途排设水果、茶水相送，并在百色建**莫天赋庙**。在赴任南京刑部侍郎任上，莫天赋顺路回家探望父母，染病逝于雷州。

再说大名鼎鼎的**莫玖**。文海村长说，**玖公与天赋公同属东岭莫氏**

六支房，从辈分讲玖公是天赋公的本房裔孙。天赋公的亲弟弟莫天然号"报富"，是恩例冠带儒官，善于经商，勤劳致富，为当时广东八富之一。这两人均对莫玖产生重要影响。玖公自幼天资聪慧，虽战乱致家贫，无暇读书，但敢于任事，素有大志，少年时即为白沙一带的抗清英雄。

文海还说，莫玖的父亲**莫仕平**，也是当地一位名人。**莫家与明末遗臣陈上川是亲家**。玖公生一男，即**莫天赐**，又一女，名金定，女嫁与**陈上川**总兵之子**陈大定**。我问："史书上对莫玖去真腊（今柬埔寨）的时间有两种说法，一说1671年，一说1680年。你们认为是哪一年？"文海答："**据村上老人回忆，玖公下南洋应在陈上川去广南之后，而史料记载1679年陈上川与杨迪秋率高、雷、钦三千子弟去广南，广南王嘉褒忠勇，准许他们开发水真腊**（今越南南方）**一带。既然玖公南下是受陈、杨二位总兵启发所采取的行为，逻辑上推理为1680年是可信的。**"我认为，南下举动还涉及到莫玖下南洋的动机，也可反证莫玖南下时间。陈上川1642年在广东肇庆上府学，1646年桂王朱由榔在岭南诸大臣支持下成立抗清永历小朝廷。陈参与了永历政权抗清斗争；1662年，郑成功从荷兰殖民者手中收复台湾，建立明朝政权，任命支持抗清的陈上川为高、廉、雷三州总兵。陈后曾率部驾船奔袭钦州，打败尾随的清兵，占据了钦州湾，并不时巡航南海，出入东京湾、广南和高棉之港口，还配合过打着"复明"旗号的吴三桂部在两广的军事行动。1679年"三藩之乱"平定后，陈上川见反清复明无望，便与龙门总兵杨彦迪一起转赴安南。莫玖很小就参加了义兵抗清的行动，并成为白沙一带的头领。1679年平定三藩是个转折点。此后反清活动渐次荡平。**莫玖于第二年，继陈、杨二总兵之后尘，"因不堪胡虏侵扰之乱"，率族人"越海南投真腊国为客"，可视为既是忠良失利后的无奈之举，也是保持气节、另辟新途的聪明转寰。**

越南朝代与中国朝代对照表

越南朝代	存在时间	中国朝代
丁朝	968–980年	北宋
前黎朝	980–1009年	太平兴国六年
李朝	1010–1225年	北宋
陈朝	1225–1400年	南宋、元、明朝
胡朝	1400–1407年	明朝
后黎朝	1428–1778年	明朝、清朝
莫朝	1527–1593年	
后黎朝郑主	1593–1787年	
后黎朝阮主	1558–1778年	
西山朝	1789–1802年	清朝
阮朝	1802–1945年	清朝

　　备注：1. 中国在交趾（交州、安南）地区治理时间长达1182年，即公元前214年—公元968年，越南史称这段历史为"北属时期"。这一时期可分为五段：象郡、南越国、两汉时期（交趾、九真、日南三郡）、东吴至两晋南朝时期的交州，以及隋唐时期的安南。

　　2. 法国殖民时期为1884–1945年，其间日本曾于1940–1945年对越南实行占领。

　　3. 1945年9月2日越南北方成立越南民主共和国，1976年7月2日南北方统一，改国名为越南社会主义共和国。

　　4. 1954–1975年，越南南方又称越南共和国，分为法治和美治时期。

参考书目

[1] 郭振铎，张笑梅. 越南通史. 北京：中国人民大学出版社，2001.

[2] 兰强，徐方宇，李华杰. 越南概论. 广州：世界图书出版广东有限公司，2012.

[3] 张荣芳，黄淼章. 南越国史. 广州：广东人民出版社，1995.

[4] 余富兆. 越南经济社会地理. 广州：世界图书出版广东有限公司，2014.

[5] 范宏贵，刘志强. 中越跨境民族研究. 北京：社会科学文献出版社，2015.

[6] 金旭东. 越南简史. 中国国际友好联络会和平与发展研究中心，云南省社会科学院东南亚研究所，1989.

[7] 古小松，等. 越汉关系研究. 北京：社会科学文献出版社，2015.

[8] 古小松. 越南经济. 广州：世界图书出版广东有限公司，2016.

[9] 林明华. 越南社会文化与投资环境. 广州：世界图书出版广东有限公司，2012.

[10] 古小松. 越南文化. 北京：科学出版社，2018.

[11] 古小松. 越南：历史 国情 前瞻. 北京：中国社会科学出版社，2016.

[12] 古小松. 东南亚文化. 北京：中国社会科学出版社，2015.

[13] 范宏贵. 越南民族与民族问题. 南宁：广西民族出版社，1999.

[14] 许志生，李宁，等. 越南经济四十五年. 南宁：广西人民出版社，1992.

[15] 黄国安，杨万秀，杨立冰，黄铮. 中越关系史简编. 南宁：广西人民出版社，1986.

[16][日本] 山本大郎 . 越南中国关系史年表 . 昆明：云南省东南亚研究所，1983.

[17][越] 陈重金 . 越南通史 . 北京：商务印书馆，1992.

[18][越] 潘辉黎 . 越南民族历史上的几次战略决战 . 北京：世界知识出版社，1980.

[19] 范文澜 . 中国通史（1-10 册），北京：人民出版社，1994.

[20] 周良霄，顾菊英 . 元代史 . 上海：上海人民出版社，1993.

[21] 王钟翰 . 中国民族史 . 北京：中国社会科学出版社，1994.

[22] 李浚源，任逎文 . 中国商业史 . 北京：中央广播电视大学出版社，1995.

[23][明] 诸葛元声 . 滇史 . 芒市，德宏民族出版社，1994.

[24] 钱穆 . 国史大纲 . 北京：商务印书馆，1996.

[25] 郑怀德 . 嘉定府通志（越南善本影印版）.

[26] 越军总政治局军史研究委员会 . 越南人民军历史 . 昆明军区司令部二部，1986.

[27][美] 道格拉斯·派克 . 越南人民军 . 昆明军区司令部二部，译 . 美国普雷西迪出版社，1986.

[28] 越南国防部军史研究院 . 越南人民军历史 . 南宁：广西人民出版社，1991.

[29][越] 黄文泰大将 . 决定性的岁月 . 北京：军事译文出版社，1989.

[30] 黄群 . 六十年中越關係之见証 . 香港：天地圖書有限公司 .

[31]Hồ Chí Min. 獄中日記 . Vietnam：Editions Thế Giới，2016.

[32] 裴金洪编 . 胡志明主席传略和事业 . 越南：文化通讯出版社，2012.

[33] 中共靖西县委党史办公室 . 胡志明与靖西 . 南宁：广西人民出版社，2009.

[34] 陈赓传编写组编 . 陈赓传 . 北京：当代中国出版社，2007.

[35] 郭谨良 .1966：亲历越战 . 北京：解放军文艺出版社，2004.

[36] 中国人民大学历史系，中国古代史教研室，深圳市博物馆，合著 . 中国历朝行政管理 . 北京：中国人民大学出版社，1997.

[37] 总参谋部军训部 . 中国军事地理 . 北京：解放军出版社，1989.

[38] 陈代光 . 中国历史地理 . 广州：广东高等教育出版社，1997.

[39] 任继愈，金宜久 . 伊斯兰教史 . 北京：中国社会科学出版社，1990.

[40] 任继愈，杜继文 . 佛教史 . 北京：中国社会科学出版社，1991.

[41] 卿希泰 . 道教史 . 北京：中国社会科学出版社，1994.

[42] 莫裕斌 . 大清国魂 . 西安：陕西人民出版社，1999.

[43][澳] 米尔顿·奥斯本 . 东南亚史 . 郭继光，等译 . 北京：商务印书馆，2012.

[44][美] 罗兹·墨菲 . 亚洲史 . 海口：海南出版社，三环出版社，2004.

[45] 吕正理 . 东亚大历史 . 北京：群言出版社，2015.

[46] 内蒙古社科院历史所，蒙古族通史编写组 . 蒙古族通史 . 北京：民族出版社，2000.

[47][澳] 大卫·钱德勒 . 柬埔寨史 . 郭继光，等译 . 北京：中国大百科全书出版社，2013.

[48] 郝勇，黄勇，覃海伦 . 老挝概论 . 广州：世界图书出版广东有限公司，2012.

[49] 卢军，郑军军，钟楠 . 柬埔寨概论 . 广州：世界图书出版广东有限公司，

2012.

[50] 陈晖，熊韬．泰国概论．广州：世界图书出版广东有限公司，2012.

[51][英] 格兰特·埃文斯．老挝史．上海：东方出版中心，2011.

[52] 钟智翔，尹湘玲，孔鹏．缅甸概论．广州：世界图书出版广东有限公司，2012.

[53] 龚晓辉，蒋丽勇，刘勇，葛红亮．马来西亚概论．广州：世界图书出版广东有限公司，2012.

[54] 范宏贵．华南与东南亚相关民族．北京：民族出版社，2004.

[55] 韦红．东南亚五国民族问题研究．北京：民族出版社，2002.

[56] 周建新．中越中老跨国民族及其族群关系研究．北京：民族出版社，2002.

[57] 李谷．从恩怨到平等互利—世纪之交的中越关系研究．香港：红蓝（香港）出版公司，2001.

[58] 陈晓锦．东南亚华人社区汉语方言概要．广州：世界图书出版广东有限公司，2014.

[59] 余蔚．宋史．上海：上海人民出版社，2015.

[60] 王河．岭南建筑学派．北京：中国城市出版社，2012.

[61] 廖国一，黄启善．广西北部湾地区出土汉代文物与海上丝绸之路研究．北京：科学出版社，2017.

[62] 廖国一．环北部湾少数民族的经济发展与文化变迁．北京：科学出版社，2017.

[63] 郑兴，南疆．英雄的丰碑—云南人民十年支前纪实．昆明：云南人民出版社，1991.

[64] 高之国，贾兵兵．论南海九段线的历史、地位与作用．北京：海洋出版社，

2014.

[65] 杨翠柏.南海群岛主权法理研究.北京：商务印书馆，2015.

[66] 刘锋.南海祖宗海与太平梦.北京：外文出版社，2015.

[67] 张一平.南海考古.桂林：广西师范大学出版社，2011.

[68] 司徒尚纪.中国南海海洋文化.广州：中山大学出版社，2009.

[69] 周伟民，唐玲玲.南海天书——南海渔民"更路簿"文化诠释.北京：昆仑出版社，2015.

[70] 曹云华，鞠海龙.南海地区形势报告（2011-2012）.北京：时事出版社，2012.

[71] 丘振声.壮族图腾考.南宁：广西教育出版社，1996.

[72][美] 塞缪尔·亨廷顿.文明的冲突.北京：新华出版社，2012.

[73] 戴可来，童力.越南关于西南沙群岛主权归属问题文件资料汇编.郑州：河南人民出版社，1991.

[74] 暨南大学东南亚研究所，广州华侨研究会.战后东南亚国家的华侨华人政策.广州：暨南大学出版社，1989.

[75] 张声震.壮族通史.北京：民族出版社，1997.

[76] 过竹.南方民族文化探幽.南宁：广西人民出版社，1995.

[77] 温广益."二战"后东南亚华侨华人史.广州：中山大学出版社，2009.

[78] 李林娜.南越藏珍.北京：中华书局，2002.

[79] 林炳权.剑啸十万山.北京：作家出版社，2013.

[80] 伍新福，龙伯亚.苗族史.成都：四川民族出版社，1992.

[81] 孙衍峰，兰强.越南文化概论.广州：世界图书出版广东有限公司，2014.

[82] 彭定求等. 全唐诗. 北京：中华书局，1960.

[83] 周一良. 世界通史. 北京：人民出版社，1962.

[84] 任继愈. 中国哲学史. 北京：人民出版社，1999.

[85] 王仲荦. 魏晋南北朝史. 上海：上海人民出版社，2003.

[86] 李治亭. 清史. 上海：上海人民出版社，2002.

[87] 林剑鸣. 秦汉史. 上海：上海人民出版社，2003.

[88] 周良霄，顾菊英. 元史. 上海：上海人民出版社，2003.

[89] 王仲荦. 隋唐五代史. 上海：上海人民出版社，2003.

[90] 南炳文，汤纲. 明史. 上海：上海人民出版社，2003.

[91][美]R·麦克法夸尔，费正清. 剑桥中华人民共和国史. 北京：中国社会科学出版社，1992.

[92][美] 费正清，刘广京. 剑桥中国晚清史. 北京：中国社会科学出版社，1985.

[93][英] 崔瑞德，[美] 牟复礼. 剑桥中国明代史. 北京：中国社会科学出版社，1992.

[94][加] 卜正民. 挣扎的帝国：元于明. 北京：中信出版社，2016.

[95][加] 卜正民. 儒家统治的时代：宋的转型. 北京：中信出版社，2016.

[96][英] 赫·乔·韦尔斯. 世界史纲. 桂林：广西师范大学出版社，2001.

[97] 陶晓风，吴德超. 普通地质学. 北京：科学出版社，2014.

[98] 王全喜，张小平. 植物学. 北京：科学出版社，2004.

后 记

　　随旅行团赴越南北部沿海及首都河内一行，撩拨起我对越南一探究竟的兴致。这个与中国有着两千多年相融与相交历史的国度，虽近在咫尺，且与岭南有许多相似之处，但近二三十年两地却交往甚少，即使是改革开放国门大开，赴越之人除两地边民外也在罕见。拜托中国与东盟关系升温，中越之门随呼呐声隆起而渐渐开启，竟酿成现在的营商、投资、旅游之热潮，这对于增强睦邻关系实为重要，也给两国普通民众交往带来便利，更可使我们这些曾经历过中越关系"蜜月期"的过来之人再去回味历史，展望未来。我始终认为，无论从哪个方面来谈，中越关系都太重要了，永远也绕不开，值得我们花工夫去深刻感受和认真探究它。

　　唐舒明和范福东都是阅历丰富、眼光独到之人，与我相伴有过多次驾车远足探险之既往。因而三人一反国人旅越之常态，以自由行方式，或乘车（窄轨火车、长途汽车、出租车、运输车、私家车、摩托车），或骑自行车，或步行"暴走"，或搭乘短途廉价航空，穷尽所能就便之交通工具，由北往南，逐省逐市（共计5个直辖市、38个省）地将这狭长图形的邻国看个够，直到中南半岛最南端的金瓯角和越柬边境的河仙市，纵横行程近五千公里。虽一无入雪山高峰孤漠之惊险，然竟有旅途磨难曲幽之奇遇，得以览大江大海岛屿热带丛林之景序，遍访历史遗物和市井街巷之百态，及数不清的直入眼帘的沸腾生活和现实状况。以日记形式将其记之，再去繁就简，追根溯源，把这事情谈清，使心中明了，我以为对增强相互的了解和理解是极有意义的。

现出版的这本书便是这种游览、读书、思索、写作的产物。虽之中少不了个人的努力，欲解惑一个不熟悉的领域，确实要费些苦工夫，难怪花了整整一年的时间，读了难以计数的书和资料才将此行思记写出，之中又要克服年龄大的困难，照料近百岁的家母便是我之最大的牵挂，但是更应该将这本书的出版看作是众人帮助、提携以至合作的结果，我十分感谢这些先生、朋友与同事。他们同样作出了很大的贡献。

除唐舒明、范福东与我同行、共同学习讨论外，朋友陆力阳、秦绍军、黄玉洁、覃翎、李家宁、黄平辰也曾作为向导与熟情者伴我走遍越南。

胡维民多次驾车与我和唐舒明等人一起考察广西、云南的中越中老边境和广东雷州、海南三亚羊栏，搜寻了许多宝贵资料，并主动承担20余万字的书稿打印任务。

着古小松、王晋、韦克义、赖志刚、赵同顺和广东图书馆处借阅了大量书籍和资料。知名学者古小松传播知识，热心解惑，共同探究问题，对我帮助很大。

写作过程中朋友陈大民、刘建新、韦克义、发小刘铁达、韩韧等人提出了许多宝贵的写作建议和修改意见。陈大民不吝赐宝，为本书题写了书名；曹全义所摄的《中越边境德天瀑布全景图》被本书采用为封面。

方锦丽参与了书稿打印、修改、示意图制作和书籍的装帧设计工作。赵宇为本书的编辑出版出力甚多。

本书文内采用了范福东、唐舒明、孙磊、胡维民、曹全义等人的署名摄影作品，未署名的图像摄影均为作者本人所为。

写作过程中还曾得过李怀北、张美学、刘红兵、韩小江、袁小苗女士及家人王扬扬、孙磊、孙凯等人的帮助。

世界图书出版广东有限公司的领导卢家彬热心出版此书，并提出一些指导性意见；编辑室主任陈名港费心不少，还做了不少实务性工作；编辑钟加萍为此书出版出力甚多，工作认真负责，严格细致。

对以上诸人，表示衷心感谢。

母亲陈英，年逾九八，曾两次获得中央政府颁发的抗日战争六十周年、七十周年纪念勋章。她老人家久卧病榻，仍乐观豁达，关心世事与儿孙，堪为我等后辈之榜样。此书可视为酬母之作。

二零一八年十月十日

封面题字：陈大民书

封面摄影：曹全义

封面为中国境内德天瀑布，

封底为越南境内德天瀑布